燃在北京时间

孙京雷 著

南方出版传媒 花城出版社
中国·广州

图书在版编目（CIP）数据

燃在北京时间 / 孙京雷著. -- 广州：花城出版社，
2022.1
ISBN 978-7-5360-9549-6

Ⅰ.①燃… Ⅱ.①孙… Ⅲ.①长篇小说－中国－当代
Ⅳ.①I247.5

中国版本图书馆CIP数据核字(2021)第260134号

出 版 人：肖延兵
责任编辑：黎　萍　蔡　宇
技术编辑：凌春梅
封面设计：DarkSlayer

书　　名	燃在北京时间 RAN ZAI BEIJING SHIJIAN
出版发行	花城出版社 （广州市环市东路水荫路11号）
经　　销	全国新华书店
印　　刷	佛山市浩文彩色印刷有限公司 （广东省佛山市南海区狮山科技工业园A区）
开　　本	787毫米×1092毫米　16开
印　　张	24
字　　数	383,000字
版　　次	2022年1月第1版　2022年1月第1次印刷
定　　价	59.80元

如发现印装质量问题，请直接与印刷厂联系调换。
购书热线：020-37604658　37602954
花城出版社网站：http://www.fcph.com.cn

刚才最后一响,是北京时间9点整。

01

　　洛杉矶东边的阿凯迪亚市，跟大洛杉矶地区的其他城市相比，是一个相对安静的地方。乔勇已经在这里住了5年。1990年拿到工商管理硕士学位后，乔勇已经搬过3次家，但自从5年前搬到阿凯迪亚市，因为喜欢这个城市安静的环境，所以一直住在这里。虽然每天上班、下班、去健身房健身的生活很规律，但乔勇还是经常觉得他的洛杉矶生活少了点生活中应该有的"丰富多彩"。

　　乔勇是北京人，一米八三的身高，因为每周4次户外跑加3次健身房，他的身材非常匀称。这些年，每当自己一个人的时候，乔勇就会想起北京，想起他国内的朋友和他熟悉的那些北京街道。通过报纸和电视，乔勇知道这些年国内发展很快，这就让他从内心深处希望能有机会回北京工作，事实上，这几年他也在积极地寻找这方面的机会。

　　洛杉矶的冬天一般不是很冷，有件毛衣加件外套就可以过冬。临近圣诞节了，美国人都在准备过这个一年中最重要的节日。今天是周五，乔勇下班前，从北京来还在读商学院的女朋友肖迪给他打了个电话，让他下班后别跑步了，去她公寓接她一起去一家叫Pavillion的超市买些过节的东西。所以乔勇下班后，开着他的那辆本田雅阁二手车，先回到他在杭廷顿大道上的公寓，准备换上休闲服，再去肖迪那儿接她。

　　杭廷顿大道是阿凯迪亚市内的一条主要的东西向马路，马路中间由草地隔离带将东西方向的交通隔开。周末，有很多美国当地人在这个隔离带上跑步。乔勇下班后，除了去健身房，也会在这个隔离带上跑步，特别在参加1995年洛杉矶马拉松的前一年，乔勇几乎每天下班后及周末都要在这个隔离带上跑上50分钟。

　　乔勇刚把车开到他住的公寓门口，就看见也是从北京来的邻居老方的爱人小陈从公寓里往外搬东西。老方原来在洛杉矶的一所大学读化学专业研究生，半年前小陈从国内来洛杉矶陪读，在一家香港人开的车衣厂里打工。乔勇知道本来老方来美国的时候有奖学金，那时老方吃住都不用担心，但读了3个学期不知什么原因奖学金没了。没有了奖学金这个重要的经济来源，老方就不能继续在学校读书了，为维持生计，没办法，老方只好去了临近的阿罕布拉市的一家中餐馆打工，来美国不久的小陈也去了一家车衣厂。

老方一家跟乔勇住在公寓的同一层，但隔了几个门，老方在餐馆的工作时间是早上10点到晚上10点。因为工作时间不同，乔勇跟老方平时很少见面。

乔勇把车靠边停稳后，下了车走过去问刚把一个很大的旅行袋放在路边人行道上的小陈："搬家呀？"小陈直起腰，看了一眼乔勇，低声说："是我搬，他不搬。"乔勇刚想问为什么老方不搬，就见一辆小货车开过来停在他们旁边，车窗摇下，一个说话带广东口音的30多岁的中年女人冲小陈喊："小陈快点，晚上餐馆忙，我没多少时间。"听见那个接小陈的女人这么说，乔勇赶忙帮着小陈把放在人行道上的旅行袋从地上拿起来，开车门将它放在小货车的后座上。小陈什么也没说，看旅行袋放好后，关了后车门，开门坐进车的副驾驶位置，冲乔勇挥了一下手，车就一溜烟地开走了。看着小货车开远了，乔勇转过身，看了一下老方公寓房间的窗户。他没看见老方的身影。

乔勇走进公寓，上楼没回自己家，而是先来到老方的公寓门口。门关着，乔勇敲几下门，等了一会儿，门开了，老方出现在门里。老方比乔勇大10多岁，是比较典型的中国知识分子，个子不高，比较瘦，戴着一副度数很深的近视眼镜，因为休息不好，脸上没有多少光泽。乔勇有一个多月没有见到老方了，看到老方脸色这么不好，很吃惊，问老方："刚才在门口看见小陈了，说是搬家，你们怎么了？吵架了？"老方看了一眼乔勇，说："上午我们离婚了。"

听老方说已跟小陈离婚了，乔勇一愣，因为在他的印象里，老方和小陈从搬到这个公寓后，一直很安静，也没有听到公寓经理和邻居对他们有任何抱怨。乔勇问老方："为点儿什么呀？"老方没说话，默然地看着前方，重重地叹了口气。乔勇见老方这样，又问了句："你们这是怎么了？"老方默默地摇了摇头后说："今天白天我没去餐馆打工，晚上得去，我得准备走了。"乔勇看着老方说："老方，有什么地方需要帮忙的你就说一声。"老方没说话,关上门去屋里换餐馆打工的衣服。

乔勇回到自己的公寓房间,从裤兜里拿出手机放到桌子上,然后坐在椅子上想着刚才发生的事。在美国这些年,不管是在学校还是在华人社区,经常能听到从中国来的留学生夫妇吵架、离婚的事情。乔勇周围也有几对来美国后没多久就分开了的中国留学生夫妇。虽然没有统计,但中国留学生作为一个群体,它的离婚率在美国可能会排进前几名。因为高离婚率和男女留学生之间经常变化的不同的排列组合,"分""和"在中国留美学生中成了一个很普遍的现象,大家对这种事早就见惯不怪了。但老方跟他爱人离婚,还是让乔勇很意外,虽然乔勇跟他们不熟,但每次看见他俩都是很恩爱的样子,怎么说离就离了?

乔勇正想着,桌上的手机突然响了,吓了乔勇一跳。乔勇定了定神,接起电话,就听见电话那头肖迪纯正的北京音:"你什么情况,这么晚了还不过来,没事吧?"乔勇换了一只手拿电话,说:"没事,我换件衣服,马上过来,5分钟,等我。"

肖迪住的公寓离乔勇很近,只隔了两条街。乔勇换了套休闲服,几分钟后,就开车来到肖迪住的那条街上,远远地,看见肖迪已经在公寓门口等他了。

肖迪身材高挑,一米七二的身高加上人长得漂亮,在当地中国留学生中非常显眼。乔勇跟肖迪认识已经两年多了,都很喜欢对方,又都来自北京,去年确定了男女朋友关系。肖迪住的是一个卧室加一个厨、卫的公寓,因为肖迪这个学期拿的课比较多,需要经常熬夜,乔勇的公寓也是一室的,所以两人决定等过了这个学期,他们再在阿凯迪亚市找一个两室的公寓,搬到一起住。

见乔勇的车过来,肖迪从公寓门口走到路边。她的腿长,配上合体的牛仔裤,一件淡蓝色薄毛衣套在白衬衫外面,长发弄成马尾形,走起路来给人一种干练的感觉。肖迪开门上了车,亲了乔勇一下,看见乔勇神态跟平时不太一样,就问:"什么情况?"乔勇边将车开出停车位边说:"老方今天不知道为什么跟他爱人小陈离婚了,我下班回来看见小陈往外面搬东西,上楼问老方才知道他们上午已经离了婚,问原因,他也不说。"肖迪系上安全带,没有说话。乔勇扭脸看了肖迪一眼,说:"没反应?"

肖迪眼睛看着前方，轻轻叹了口气，说："原因出不了三种可能，为身份、为钱、为情，现在在美中国留学生离婚基本就是这三个原因之一。"想想不对，又补充说："也可能是三种原因当中两种或三种的组合。"这时，车正好来到一个"停车"（Stop）标志前，乔勇把车停下来，看着前面的路，说了句："悲催。"

这天晚上，乔勇和肖迪一起在肖迪公寓做了晚饭，吃完了，两个人一起收拾完桌子，已经10点多了。乔勇在桌子边的椅子上坐下来，肖迪过来把一杯水放在乔勇面前，然后坐在他对面，就听乔勇说："你说老方他爱人到底为了点什么呀？都是背井离乡的。"肖迪把脸上的头发往后捋了捋，说："还想老方的事哪？"见乔勇没反应，肖迪接着说："人家肯定有人家的理由，别想了。"停了一下，继续说："我们是幸运的，在现在美国商学院很少给中国留学生奖学金的时候，我们能有家里这边的亲戚帮着先把学费垫上，不用像老方他们还得为学费发愁。你现在已经读完了商学院开始工作了，我再有一个学期最多两个学期就能毕业了。""祖上的阴德。"乔勇笑着说，但马上接了一句，"我爸帮我向他亲戚借的学费我可是向他保证了我要还的，事实上，我明年就能连本带利全都还上。"肖迪说："我也得还呀，但我的意思是没有后顾之忧地在正规学校把学位读下来，是今后发展的前提，没有学位，中国留学生要进这边的大公司工作比较难。""也是。"乔勇答道。肖迪接着说："不是你说你们公司计划要去国内设分公司、合资厂什么的吗？要设最好是设在北京。如果你能被派回去，我拿到学位后，就回去找你。"乔勇拿起面前的水，喝了一口，说："我也只是听说，真要那样就好了。"又说："真能被派回去工作，回去之前，咱就去拉斯维加斯把婚结了。"肖迪看着乔勇，轻轻地点点头。乔勇接着说："真希望能有机会回北京工作，从报纸电视上看，觉得北京变化挺大。"然后看着肖迪问："你真愿意跟我一起回去？"肖迪答道："其实在哪儿我都成，关键是得有事情做和快乐。"

"回北京肯定快乐，那儿有好多好看的、好吃的和好玩的。"乔勇答道。

肖迪看着乔勇美不自禁的样子，假装正色地问了一句："好看的，好吃的？"乔勇看到肖迪的表情，马上说："我说天安门、炸糕什么的哪。"听乔勇这么说，肖迪笑着说："这还差不多。"

乔勇从肖迪公寓出来已经快晚上11点了，肖迪坚持要把乔勇送上车，乔勇说不用，但看肖迪非常坚持，乔勇只能让步。临出门，乔勇跟肖迪说："外面可能挺冷，你加件厚衣服吧。"肖迪点头，于是一边从衣柜里拿出一件短风衣和一件毛衣，一边对乔勇说："那你披件我的毛衣吧。"说着把毛衣递给乔勇。乔勇把肖迪递过来的毛衣推回去，说："我没事儿。"

洛杉矶12月底的夜晚有时也会很冷，肖迪送乔勇出了公寓，乔勇抬头看了看天，满天星辰，这时，刮过来一阵小风，乔勇穿的衣服比较薄，打了个冷战。旁边的肖迪觉察到了，扭脸问："你冷吗？"乔勇点点头，说："有点儿。"但马上又满不在乎地说："没事儿，这才到哪儿呀。"肖迪也抬头看了看布满繁星的天空，对乔勇说："咱们快点儿走，你上了车就好了。"乔勇点点头。

临近半夜的街道，没有任何行人和车辆，非常安静。看着这条自己每天都要走一两次的离北京十万八千里远的街道，肖迪突然对乔勇说："突然觉得在这里挺孤独的。"乔勇答道："这不是还有我呢吗。再说，咱不是可能很快就能回北京了吗？"肖迪点点头，紧挨着乔勇快步向停在路边的乔勇的那辆本田雅阁走去。

02

乔勇回到他住的公寓，按照跟肖迪的约定，给肖迪手机上发了一条"Arrived"（到了）的短信。肖迪马上回复了一条短信："Pull out the cord, sleep tight"（把座机电话线拔了，睡个好觉）。看到肖迪的短信，乔勇回了个"OK"后就关了手机，拔了座机电话线，他想赶快洗漱然后上床睡觉。

但刚洗漱完，就听见外面有人敲门。乔勇心想这么晚了，会是谁呢？等来到门口，从门镜里看到是老方站在门外，乔勇赶紧把门打开，看到老方还穿着中餐馆侍者的服装，只是领口敞着，肯定是刚下班，脸上显得很疲惫。

乔勇问老方："什么事，老方？"老方没有正面回答，只是问："你这儿有酒吗?"乔勇一听老方问自己有没有酒,就说:"好像还有两听百威。但老方你现在这么累,能喝酒吗?"

"没事。"老方答道。

乔勇马上把老方让进屋里。老方进屋后,重重地在靠墙的一把椅子上坐下。乔勇从冰箱里拿出两听百威递给老方,顺手拿了件套头衫穿上,然后从桌子边拉过另外一把椅子在老方对面坐下,问:"下午我问你为什么离婚,你也没说。到底是为什么?"老方打开一听百威,喝了一大口,叹了口气,说:"她在外面有人了。"

乔勇听后吃惊不小。老方比乔勇大很多,乔勇知道老方跟小陈是在国内结的婚,到现在已经快10年。听老方说小陈在外面有人了,乔勇问:"是留学生吗?"老方摇了摇头,说:"不是,是她车衣厂老板的弟弟,香港来的,我们在车衣厂的朋友告诉我说看到他们在一起搂搂抱抱,我想我们这个朋友不会骗我。前些时候我有一次下班早,从餐馆骑车回家,碰巧看见小陈在离咱们公寓几十米的地方从一辆宝马上下来,我当时刚转到咱们这条街上,他们没看见我,但我就在他们车后不远处,可能是那个香港人送她回来吧,我回到家就问她,她不承认,说急了,就动了手,我打了她两巴掌……"说完,老方又喝了一大口啤酒,接着说:"我现在很后悔来美国,在国内我在大学里已经当讲师了,现在在这里打餐馆工,我这学期没了奖学金,没钱继续在学校注册,学生身份已经没了,现在已经黑了,不知道今后怎么办。这些日子我有时真想回去,但她不想回去,可留下来我哪有钱继续读学位,怎么解决身份问题?她可能是想找个有身份的人结婚办绿卡吧,我不知道。"

乔勇听了老方说的,就问:"那你打算怎么办?"老方摇了摇头,又喝了一大口酒。

停了一会儿,见老方不说话,乔勇又问:"你爱人搬哪儿去了?"

"搬她朋友那儿去了。"老方有气无力地答道。

"你有她朋友的电话吗?"乔勇问。

老方点点头。乔勇说:"那你把电话给我,我找找你爱人,劝劝她。"

"没用。"老方说。

"谁知道呀?可能你爱人正在气头上才跟你离的,这时候得有个中间人帮着说和说和,这在国内是法院调解员或是居委会大妈的活儿吧,这儿没那些个,我就充当调解员或大妈的角色吧。"看老方没有反应，乔勇接着说："再说了，踹一脚① 总没毛病吧。"乔勇说着，回身从桌子上拿过纸笔，递给老方。

看着乔勇递过来的纸笔，老方愣了一下，然后把啤酒放在旁边的茶几上，接过纸笔，起来趴在桌子上写了一串电话号码，然后回身拿起茶几上的啤酒又喝了一口后，把椅子挪得离门远了点儿重新坐下。看到老方的这个举动，乔勇赶忙问："给你找件厚点儿的衣服？"老方叹了口气，说道："是心冷……"

老方在乔勇这儿待到快凌晨3点，中间乔勇又下楼去附近的便利店买了6听百威。老方喝了5听，边喝边断断续续地跟乔勇讲他和小陈过去在国内的一些事情。

老方说，他是北京知青，1977年以知青身份考上了北京的一所著名理工大学，入学时已经快30岁了。老方毕业后留校教书，几年后，由于教学和科研工作成绩突出，从助教升到讲师。小陈比老方小5岁，长相在外人看比一般强点儿，但小陈一直觉得自己长得漂亮。从北京一所普通高校毕业后，进了一家国企当技术员。两人是经人介绍认识的，并在认识一年后结了婚，婚后的生活虽说不上富裕，但很稳定。

但这个稳定的生活被80年代后期的出国潮彻底打乱了。

看到周围许多人出国留学，小陈非常羡慕，开始极力劝说老方也申请去国外留学。老方对出国留学的兴趣不大，这一方面是因为留学费用的原因，但更主要的是年龄，老方觉得自己是30多岁的人了，已经过了出国留学的黄金年龄，即使幸运地拿到奖学金去了，这个留学过程也会非常艰苦，再说，自己目前教学科研的事情太多，根本没时间去申请国外学校。但小陈非常坚持，理由很简单：如果老方能拿到一张国外大学的学位证书并且能留在国外，那她和老方的生活水平就会大幅度提高。小陈已经打听清楚了，老方学的那个化学专业在国外是冷门，申请奖学金相对比较方便。看到老方依然兴趣不大，小陈几乎是带着哭腔央告老方去报托福和GRE加强班，然后参加考试，说只要够了申请分数线，申请学校的事她全包了。看着小陈如此坚持，没办法，老方只好点点头，说："那我试试吧。"

在上了一年加强班后，老方参加了托福和GRE考试，成绩不高但申请国外大学研究生应该没问题。在拿到老方托福和GRE成绩单后的几个月里，小陈把老方的托

---

① "踹"取自英文"try"的谐音，这里"踹一脚"的意思是"试一下"。

福、GRE成绩及其他材料寄给了50多所英国、美国和加拿大的大学。两个月后，加州的一所大学同意给老方奖学金。收到入学通知书的老方根本感觉不到任何的兴奋，倒是小陈激动得好几夜睡不着，她在幻想着去美国生活的情景……

老方是先来美国的，10个月后，在小陈一再催促下，老方以陪读为理由为小陈办了赴美签证，并且在小陈到美国的前一个星期，从跟另外6个中国留学生共住的校外公寓搬到现在的公寓。但就在小陈到美国后的第二个星期，学校突然通知老方，他下学期的奖学金没有了。没了奖学金意味着老方从下学期开始就得自筹学费，老方没有这个能力，没办法，只能申请休学并开始申请其他学校的奖学金，同时，为了维持生计，老方在快40岁的时候，开始了他人生中第一次在餐馆打工的经历。

但老方没有餐馆打工经验，只能从最底层的打杂开始。打杂的收入很少，为了能多挣些钱，没办法，老方只能跟小陈商量，让她也出去找份工作贴补一下。

小陈对出去工作是一万个不愿意，她知道中国刚来美国想打工挣钱的大都进了中餐馆。而小陈对去中餐馆打工极其排斥，不但因为在中餐馆打工挣不了多少钱，更重要的是中餐馆的工作很累，小陈怕没打多久自己就会被累得没模样了。但是面对生活的压力以及老方很可能失去学生身份后自己也会马上失去合法身份的现实，没办法，她最终还是同意出去找工作，但坚持不找中餐馆的工作。

小陈找了两个星期也没找到合适的。凑巧这时老方在研究生院的一个同学的爱人所在的车衣厂正在招人，老方就问小陈是否愿意去，并且一再说只是暂时的，先挣点钱再说，以后有更好的机会再跳槽。小陈心想车衣厂的工作总比中餐馆整天伺候人要强点儿吧，又听说那间车衣厂的工作环境还成，就同意了。但老方没想到，小陈在车衣厂没干多长时间，就跟车衣厂老板的弟弟搞在了一起……

老方说了很长时间，在把最后一听百威喝完后，想站起来告辞。乔勇赶忙也起来扶了老方一把。老方走出几步，转回身，口齿不清地对依旧站在门口的乔勇说了句："我……就是一悲催。"

看着老方进了他的公寓房间，乔勇才转身回到自己的房间，对着茶几上的空酒罐，叹了口气，把空酒罐收进垃圾袋后想赶紧睡觉。但他躺在床上翻来覆去怎么也睡不着，直到快早上5点了，才勉强睡了几个小时。

不到9点，乔勇就醒了。起来洗漱完喝了杯热牛奶后，乔勇从桌子上拿起老方留下的电话号码，看了一下，然后插上座机电话线，给小陈打电话。

接电话的是个带广东口音的女人。乔勇估计是昨天来接小陈的那位开小货车的。乔勇问小陈是否在那边。对方问了乔勇的姓名和跟小陈的关系后，说小陈出去了，让乔勇过一个小时再打。

挂了电话，乔勇给自己冲了杯咖啡，然后打开电视，边看新闻边喝着咖啡。等喝完了，看看时间已经9点40分了，就打开自己的手机拨了肖迪的号码。肖迪接起电话，听乔勇说了老方跟他爱人的事并听乔勇说一会儿要给小陈打电话，马上说："我觉得你甭打了，他们已经离了，你还给人家打什么电话？"乔勇答道："我也不想打，但昨天看老方的样子，我也不知道为什么就要了他爱人的电话，潜意识是想帮着说和说和吧，也已经答应老方了，现在不打不太好吧，说不定老方还在那边等信儿呢。老方挺可怜的，都是北京来的，背井离乡不容易，小陈真要是出轨了，特别是为了绿卡出了轨，我也想让她知道，这样对老方不公平。""我还是不觉得你应该打这个电话。"见电话那头的乔勇没反应，肖迪叹了口气，说："那你跟人家态度好点儿，这终究是人家两个人的事。""我知道。"乔勇应着。

10点15分，乔勇又拨了小陈朋友的电话，这次是小陈自己接的。听到小陈接起电话"喂"了一声后，乔勇赶忙说："是小陈吗？我是乔勇，北京来的，你的邻居。"

电话里的小陈"哦"了一声，问："有事吗？"

"昨天晚上见到老方了，他情绪不太好，看上去很憔悴。"

"我跟他离婚了。"

"老方昨天晚上去我那儿了，喝了好多酒……"

小陈在电话里没有说话。乔勇"喂"了一声后，突然听到电话里小陈提高了嗓门喊道："他神经病。"

"他怎么神经病了？"乔勇语气尽量和缓地问。

"他打我了。"电话那边的小陈马上又提高了声调喊道。

乔勇把电话听筒拿得离自己耳朵远了点，说："是，他动手不对，可能是失手了。"

"他神经病。"小陈继续在电话里喊道。

听电话里小陈反复说老方是"神经病"，乔勇皱了皱眉头，停了一下，尽量耐心地对电话里的小陈说:"咱们都背井离乡的,彼此应该相互理解才对,说句您可能不愿听的,没有老方,您可能也来不了美国,就这么把婚离了,老方会很伤心的。"

电话里小陈不假思索地说:"我没办法。"

"出什么事了,你没办法?"乔勇问。

"他多疑,小心眼,跟着他在这儿没希望。"小陈在电话那头没好气地答道。

"那……回国发展呢?"乔勇问。

小陈"哼"了一声,说:"怎么回去?他在这儿书也没读完,学位也没有,身份也没有,钱就更别提了。"

"那你打算怎么办?"

电话里的小陈没有马上回答,停了一下,说:"不知道,走一步看一步吧。"

乔勇还想继续劝劝电话那头的小陈,就说:"老方挺难的,大学老师在餐馆打工,你们能再在一块说说吗?结婚都这么长时间了。"

"我现在不想。"小陈马上回答,接着问乔勇,"是老方让你来说的吧?"

乔勇忙说:"不是,是我自己想劝劝你。都是从国内来的,在这儿都不容易,能包容就包容点儿。"

听到乔勇让自己"包容点儿",电话里的小陈显得有些不耐烦:"等会儿我还有事,没别的事,我挂了。"

乔勇听小陈说要挂电话,刚想挂断电话,就听电话那头的小陈又补了一句:"麻烦你跟他说一声,离婚了,别再来找我了。"说完就挂断了电话。

听到电话里的忙音,乔勇把电话听筒放回机座,心想小陈这是王八吃秤砣——铁了心了,然后又拿起电话,拨了肖迪的电话号码,告诉她自己跟小陈通话的情形。

肖迪正在看下午案例讨论要用的演示幻灯片,听了乔勇的话,说:"我跟你说什么来着?过几天你看吧。"

"看什么?"乔勇问。

"如果老方说的是真的,小陈是奔绿卡去的,她会很快跟人结婚以便尽快拿到居留权。"肖迪答道。

"要真那样,老方真是忒倒霉了。"乔勇感叹道。

肖迪在电话那边也叹了口气，说："都是为了生存。先不说了，我得赶紧把幻灯片再过一遍，然后去学校了。"

"小陈说话那决绝的口气一点儿不像在新中国长大的，妈的，这是六亲不认的节奏。不成，我得出去跑几圈，说不定多巴胺能抹了刚才跟她通话的记忆。"乔勇说着站了起来。

"多巴胺没有那个功效。"

"那我也得出去跑几圈。"

"那你悠着点儿，过马路看着点儿汽车。"

挂了电话，乔勇还在想着刚才肖迪说的话。中国留学生里，为绿卡离婚的事时有发生。乔勇读商学院的时候，周围就发生过。但乔勇不相信肖迪说的几天后，小陈就会跟别人结婚。哪儿能那么快！乔勇边想边拨了老方公寓的电话号码，老方不在，乔勇就在他的电话留言机上留了言，让老方晚上下班去一下他那儿。放下电话，乔勇换上他参加洛杉矶马拉松时穿的裤衩和T恤，蹬上他那双已经跟他跑了几千公里的跑步鞋，出了公寓，跑上了杭廷顿大道中间的隔离带……

晚上11点多，老方来到乔勇的公寓。乔勇想让老方进屋，但老方没有，只是站在门口，问："你跟她通过电话了？"

乔勇点点头，说："通了，小陈好像现在……"话说了一半，乔勇突然觉得不应把小陈说的话告诉老方，所以就没继续往下说，而是马上安慰老方："老方，别想这糟心事了，说不定过段时间她会回来的，毕竟你们结婚那么多年了。"

听乔勇说完，老方面无表情地摇摇头，说："谢谢了，早点儿歇着吧。哦，我也要搬了，自己住这种公寓太奢侈了，下个月就搬到朋友那儿，跟他们挤挤。"

听老方说要搬家，乔勇赶紧说道："那别忘了把你朋友电话告诉我，别断了联系。"

老方说了一声："好。"就回身走向自己的公寓房间。

乔勇看着老方进了他的公寓房间，关上门，也转身进了自己的房间。他坐在椅子上待了一会儿，拿起电话，拨了肖迪的号码。电话接通后，那边肖迪轻声问："乔善人还没睡呀？"

"刚才老方来了，我跟他说跟小陈通了电话，也间接地告诉他小陈现在是铁了心了。"

肖迪在电话里叹了口气。

"老方真够倒霉的。"乔勇说,说完又补了一句,"留学生谁摊上这么一位谁倒霉。"

"别想了,赶紧洗漱睡吧。"

"那小陈真成,整这么一出,弄得我昨天晚上都没睡好。"乔勇想起跟小陈的电话,生气地说。

"睡觉多眨眨眼,把烦心事都忘了。"肖迪又嘱咐了一句。

乔勇又叹了口气,说:"老方就是典型的'悲催'。"

"快睡吧。"肖迪催道。

"你也是,别太晚了。"乔勇应着。

"我这儿还有个小paper(论文),明天得交,马上就写完了,写完马上睡。"肖迪说完,马上又嘱咐了一句,"明天早上起来想着吃早餐,吃完等一个小时之后再出去跑哈。"

"知道。"乔勇答道。

乔勇挂上电话,起身正往卫生间走的时候,电话又响了。乔勇拿起电话,听见电话那边肖迪说:"我有个提议。"

"什么?"

"昨天晚上你没睡几个小时,明天礼拜天,你多睡会儿,明天上午你起来先别跑了,等我上午交了paper回来歇会儿,下午咱们去帕萨迪纳后山爬山如何?上山下山来回也得一个多小时,可能比你跑40分钟还累,下山后咱们去味坊餐厅吃中餐,吃完你回去洗个热水澡,睡个好觉,好周一上班。"

"听着倒还成。"

"那你就快点儿拔电话线睡哈。"

"OK。"

03

　　乔勇工作的PCT国际部在洛杉矶市中心威尔谢街北边的"图书馆大厦"（Library Tower，现在叫美国银行大厦）里。这个写字楼就是在美国灾难片《独立日》（Independence Day）中被外星人飞船首先击中的洛杉矶市中心的写字楼。这个写字楼顶部是皇冠状的，晚上被白色灯光照着，就像写字楼戴着一顶白色皇冠。飞机晚上从洛杉矶北部、东部和南部飞进洛杉矶时，乘客都能在飞临洛杉矶机场时看到这座建筑物。它是洛杉矶市中心标志性的建筑。

　　PCT是一家经营多种化工产品的跨国集团。乔勇从商学院毕业后就进了这家公司，目前在公司里担任中国区销售经理，负责集团对中国市场的销售业务。周一早上，乔勇刚进公司办公室，他桌子上的电话就响了。乔勇拿起电话，是他的顶头上司PCT国际部主任约翰·库博（John Cooper）的秘书苏珊（Susan）打来的。就听电话那头苏珊说："Good morning, Qiao, how did your weekend go?"（早上好，乔，周末过得怎么样？）

　　乔勇想起周末跟小陈的电话，就说："Good, but not that good."（还好，但不是特别好。）

　　"What happened?"（出什么事了？）苏珊好奇地问。

　　乔勇不想跟苏珊讨论为什么"不是特别好"的原因，只是简单地说："You don't want to know. Just feel bit of tired. What can I do for you?"（你不会想知道。就是觉得有些累。有事？）

　　"Well, John wants to see you at 10 in his office."（约翰想10点在他办公室见你。）苏珊说完，停了一下，接着说，"He wants you to go to Beijing with him."（他想让你跟他一起去北京。）

　　乔勇知道PCT计划年后派人去国内考察市场和洽谈合资项目，但去的人里没有自己，为此他还觉得挺遗憾。现在听苏珊说约翰打算让他一起去北京出差，心里非常高兴。但乔勇马上镇静下来，用略带兴奋的口气说："That's great. Do I need to bring any docs to the meeting？"（那太好了。我需要带什么文件去见约翰吗？）

"Yes, monthly sales report for China."（是的，中国市场销售月报。）

"OK, thanks."（好，谢谢。）

挂上苏珊的电话，乔勇马上从桌上拿起手机，调出了肖迪的电话号码，想给肖迪打电话，告诉她自己要去北京出差的事情，但转念一想，又把手机放到桌子上。这学期肖迪选的课多，每天晚上都是很晚才睡，昨天下午爬山回来累得够呛，周一上午她没课，估计现在还没起。想着，乔勇又从桌上拿起手机，给肖迪发了如下短信："I am going back to BJ. Pls. call."（我要回北京啦。请回电。）

刚把短信发出去没几秒钟，肖迪的电话就打到乔勇的手机上。乔勇接起电话，就听见电话那头肖迪的声音问："真的吗？是被派回北京工作吗？"

"不是回北京工作，是跟约翰去北京出差，刚才苏珊说的。我等会儿去约翰办公室，等聊完了再打给你。你起了？"

"早起了，正准备去学校，上午有个seminar（讨论会），是有关金融衍生品的，想去听听。"

"那我跟约翰开完会后，给你发短信。"

肖迪说了句："好。"马上又补了一句："别为去北京出差，在公司里显得特得意忘形哈。"

"知道。"乔勇马上答应着。

乔勇挂了电话，刚把手机放到桌子上，手机就显示了一条肖迪发过来的短信。乔勇点开短信，看到短信的内容是："Happy going back？"（回去高兴吧？）

乔勇马上给肖迪回复了一条短信："Thrilled."（惊喜。）马上，肖迪的回复就到了："I am happy for u."（我为你高兴。）接着肖迪又发了一条短信："On my way out to school, love."（我现在出门去学校，爱你。）

乔勇盯着肖迪最后这条短信足有10秒，然后回复："Love u, too."（我也是。）

PCT国际部主任约翰·库博，60多岁，瘦高身材，从加州大学洛杉矶分校大学毕业后，又在沃顿商学院获得了MBA学位。从沃顿商学院毕业后，约翰就进了PCT，到现在已在PCT工作了30多年。约翰是20世纪80年代初期在PCT内部第一个提出开拓中国市场，向中国出口PCT化工产品的公司高管。约翰也是PCT最后面试乔勇的企业高管，顺利通过约翰的面试，乔勇便进了PCT。

约翰是个学者型企业高管，对东方历史，特别是日本历史了解很多。但从20世纪80年代初开始，当国内开始对外开放后，约翰就对中国产生了浓厚的兴趣，并曾多次去中国访问、旅游。伴随着对中国的逐渐了解，约翰相信，今后中国会成为世界上最重要的新兴市场。

作为乔勇的直接上司，约翰很欣赏乔勇，这不光因为乔勇跟他是校友，说一口漂亮的英语，还因为他和乔勇有一个共同的爱好：跑步。约翰在高中时，就经常参加越野跑（cross-country），在纽约总部工作期间，跑过纽约马拉松。而乔勇七八岁就进了体校，练中长跑，算起来已经有20多年的跑龄，1995年还跑过洛杉矶马拉松。因为二十世纪八九十年代，大多数中国留美学生要么在校内忙学业，要么在校外忙打工，很少有健身、跑步的，更别说参加马拉松跑了，所以在约翰看来，乔勇跟他概念中的中国留学生出入很大。

约翰刚在纽约总部开完年度计划会议，回到洛杉矶。明年PCT国际业务的一个重要内容就是在北京建立代表处，并为今后在中国的合资企业做准备。约翰已经跟国内几家可能的合资对象谈了半年多，但因为种种原因，至今没有同任何一家国内企业达成合资协议，所以PCT管理层决定先在北京设立一个代表处，就近管理目前逐渐增多的对中国的出口业务，对此乔勇知道一些。

10点整，乔勇准时来到约翰位于边角上的办公室（边角办公室：corner office，美国高级经理人员的办公室一般都在楼层的边角上）。看见乔勇进来，约翰显得很高兴，说："Guess what? We are going to do it."（知道吗？我们会做那件事。）

虽然乔勇知道约翰指的是在国内建代表处的事，但为谨慎起见，还是问了一句："To do what?"（做什么？）

约翰边示意乔勇在他办公桌前面的椅子上坐下边说："We are going to set up a Rep Office in Beijing. A Rep Office in Beijing, your hometown, Qiao."（我们将在北京设立代表处，公司的北京代表处，在你的家乡，乔。）

乔勇说了句"Great!"（太好了！），在约翰对面的椅子上坐下，将手里的中国市场销售月报放在前面的桌子上。

约翰见乔勇坐下了，接着说："What if I say… you will be going back to work in the Rep Office…"（如果我说……你去我们北京代表处工作，你会怎么想？）

听了约翰的这句问话，乔勇猛然觉得自己的心跳加速。他原以为约翰想跟他谈去北京出差的事，没想到约翰会征求他回北京工作的意愿。乔勇心里激动，但还是极力控制着自己的情绪，回答道："I am willing to go back if you think I am qualified."（我愿意回去，如果你觉得我符合职位要求。）

约翰点了点头，停了一下，然后接着对乔勇说："Tell me everything you know about setting up a Rep Office in China."（跟我说说你知道的所有关于在中国设立代表处的事情。）

乔勇介绍了一些自己知道的在国内设立外资代表处应注意的事项，约翰听得很认真，不时还在笔记本上记着什么。

听乔勇说完，约翰没有表态。低头看了一会儿刚才记下的笔记后，他抬起头，扭脸看了一会儿窗外，然后转过脸，看着乔勇，说："It's been decided that Scott Fielding, GM for Japan, will be the Chief Rep for the newly established Rep Office in Beijing and GM for the China market. Scott is not China expert. He will go there directly from Tokyo. I have recommended that we send you back to help out. What do you think？"（我们决定让斯考特·费尔丁，现在的日本市场总经理去做新建的北京代表处首代和中国区总经理。他会从东京直接去北京。斯考特对中国不熟，所以我建议把你派回去，帮助斯考特，你的意见？）

乔勇已经从刚才的激动情绪中逐渐平静下来，听约翰说完，回答道："Thank you. I'd like to go back and help out. But John, what will my responsibilities be？"〔谢谢。我愿意回去帮助（斯考特）。但约翰，我在北京代表处负责什么？〕

约翰合上面前的笔记本，说："We will discuss that in further details when we come back from this trip. Please give it some thoughts first and discuss this opportunity with your family. And please keep this confidential."（等我们这次出差回来后再仔细谈。你先考虑一下，也跟你的家人讨论一下这个回北京工作的机会。但请对其他人保密。）

"OK."乔勇答道。

"Good."（好。）约翰点头，然后接着说，"Talking about the trip, I would like you to join Jeff and me on this trip. Scott is tied up now. He won't be able to go to Beijing this time."（说到这次出差，我希望你、杰夫和我一起去北京。斯考特因为有别的事，这次不能跟我们一起去北京。）

杰夫·威尔逊（Jeff Wilson）是PCT执行副总裁，乔勇隐约感觉这次北京之行意义重大，自己可能真的近期就可以回北京工作了。乔勇定了定神，说："When will we be leaving?"（我们什么时候走？）

"January 5 right after the New Year holidays. Will that be OK for you?"（新年假后的1月5号，可以吗？）

"That would be fine with me."（可以。）乔勇点头答道。

约翰想了一下，说："You will be serving as our translator and, of course, when we need some sales data for the china market, I will turn to you."（你将担任我们的翻译，当然了，如果我们需要中国市场的销售数据，我也指望你的帮助。）

"Absolutely."（没问题。）乔勇马上回答。

约翰从左手边拿过另一个笔记本，打开后对乔勇说："Now, let's take a look at our monthly pipeline and sales report."（现在让我们看看我们这个月的销售预测和销售报告。）然后，边低头看着笔记本里的内容边自言自语地说："China, China, China."（中国，中国，中国。）约翰连说了三遍"中国"的英文单词，抬起头对乔勇说："You know China has become a buzzword in New York city and Washington D.C. these days…"（知道吗，"中国"在纽约和华盛顿已经成为每个人都在谈论的词语了……）

从约翰办公室出来回到自己的办公室后，乔勇迫不及待地拿出手机拨通了肖迪的电话。手机响了五六声，肖迪才接起来，小声问："不是说发短信吗？我正在seminar（讨论会）当中，有好消息吗？"

"我明年1月初去北京出差，回来后就可能被派回北京工作。"乔勇兴奋地冲着电话说。

听到电话里乔勇激动的声音，肖迪赶快小声对电话里的乔勇说："等会儿，我出来。"说着就站起来,来到外面,然后对电话那头的乔勇说:"这么快!"

乔勇兴奋地说:"是,我也没想到。晚上你几点能回来?"

"七点半左右吧。"肖迪答道。

"那我要下班早了,就先去健身房,晚上一起吃饭。"

肖迪说了声"好"后,马上又跟了一句:"别太激动哈。"

"成,晚上见。"

但不激动根本做不到,乔勇一整天都在为去北京出差和可能回北京工作兴奋。特别是一想到能有机会回北京工作,他就不自觉地停下手上的工作。乔勇已在美国待了8年,一直希望能有机会回北京,回到他熟悉的环境生活和工作。

晚上7点多,乔勇从洛杉矶健身(LA Fitness)的健身房出来,去山谷街上的一家台湾人经营的快餐店买了两份中餐外卖后,来到肖迪的公寓,肖迪已经在家等着乔勇。乔勇把外卖打开,招呼肖迪。肖迪从冰箱里拿出橙汁,边给乔勇和自己各倒一杯边说:"我也特想跟你回去,来这儿3年多了,特想北京,但没办法。"说完看了乔勇一眼,问了一句:"你特美吧?"

乔勇拿起筷子,说:"没错,北京,好看的、好吃的、好玩的什么都有。"

肖迪把橙汁放回冰箱,回来坐在乔勇对面,说:"又来了。老听说留学生回国找漂亮姑娘结婚……"

"不能够,我有我们家肖迪就够了。"乔勇抬起头,笑着对肖迪说。

肖迪没说话,拿起筷子,低头开始吃饭。

乔勇看着低着头吃饭的肖迪,觉得有些不对,问:"我哪句话说错了?"

肖迪抬起头,看着乔勇,说:"没事,只是突然高兴不起来了。你说你回国后不会变坏吧?听说国内现在诱惑特多。"

乔勇放下筷子看着肖迪,收起笑容,严肃地说:"不会的,向毛主席保证。"肖迪笑了:"这还差不多。"

乔勇拿起桌上自己的那杯橙汁,跟放在肖迪面前的那杯橙汁碰了一下,然后说:"你别胡思乱想了,我不会的。快吃吧,等会儿凉了。"看着肖迪拿起橙汁,喝了一口,乔勇接着说:"圣诞节想不想出去走走?比方说,再去趟拉斯维加斯?"

"今年不想出去了，有好几个paper要写。"肖迪说着，将橙汁放到桌上。

"听老佛爷您的。"乔勇痛快地答应着，然后喝了一大口橙汁。

04

洛杉矶南面橙县的拉古纳市紧邻拉古纳海滩，是世界闻名的海滨小城。商学院毕业后，乔勇曾在离拉古纳市不远的塔斯汀市住过一年多，并且在那儿认识了一位叫史蒂文·詹宁斯的能说中文、做投行的邻居。住在塔斯汀市的那段时间里，只要有空，乔勇就会来拉古纳海滩，所以对这一带非常熟悉。拉古纳城市不大，市中心很小，但海滩非常漂亮，海滩边上的小山上有一座小亭子，亭子下面有一个半场篮球场，每到周末都会有很多当地美国人，主要是黑人，在这个半场篮球场上从早到晚地打三对三比赛。乔勇也曾跟他在橙县的商学院校友组队，在这个半场篮球场跟当地黑人打过三对三比赛。虽然乔勇这边有一个过去打过美国大学联赛的白人，但很多时候，十个球一局的三对三比赛，没几分钟就会被那些没有经过任何正规训练、玩野球的黑人打下来。

乔勇很喜欢拉古纳海滩，即使搬到了阿凯迪亚市，也会经常在周末和肖迪来拉古纳海滩待一天。乔勇喜欢拉古纳海滩，不光因为它紧邻太平洋，还因为拉古纳海滩比起大洛杉矶地区其他海滩要安静得多，还有就是海边的一家点心店和汉堡包店是乔勇特别喜欢的，每次去他都要在汉堡包店吃次午餐，然后在点心店买点儿点心带回来。圣诞节这天，乔勇叫上肖迪，约上他的两个朋友——从北京来的齐晖和从成都来的赵志成，又开车来到了拉古纳海滩。

到了拉古纳海滩，乔勇在海边的一个停车场把车停好，带着肖迪他们来到海边，找了一张离那个半场篮球场50多米远的长木桌坐下。在他们旁边的另外几张长木桌上，有几拨人正在聚精会神地下国际象棋；篮球场那边，已经有20多个黑人在打三对三比赛。乔勇去附近餐馆买了汉堡、可乐和薯条，几个人面对太平洋，边吃边聊了起来。

"现在是北京时间夜里3点。我一直觉得海的那边就是天津。"乔勇掏出手机看了一眼时间后说。

听乔勇这么说，坐在旁边的肖迪抬头看了一眼前面的太平洋，说："可能吧，你没看过地图吗？"

"甭管是哪儿了噻，游过去就是咱的地方噻，用北京时间噻。"赵志成说。

齐晖摇摇头，看着赵志成说："游过去？游不出加州，你就得让鲨鱼吃了。"说完问乔勇："你真想回国吗？"

乔勇喝了口可乐，看着前面不远的太平洋，反问齐晖："你不想呀？"

赵志成和齐晖都在加州大学读物理博士学位。听乔勇问齐晖，赵志成就说："我想回去，但得等我博士读完，还得看看再说，现在真挺矛盾的。"

坐在赵志成旁边的齐晖回头看了一眼太平洋，说："我是没打算回去，国内正处在资本积累初级阶段，听说现在各种'封、资、修'都有，人和人之间的关系远不像从前那么简单了。现在国内离婚率也特高，全是钱闹的。你有钱还不成，因为总有比你更有钱的。为了点儿钱，人家找个理由就跟你离了，跟更有钱的走了。我北京有一哥们儿跟他媳妇儿就是这么分的。还有，大家根本不管钱是不是好道来的，反正你有钱你就是爷爷。"说完接着问乔勇："就这，你回去能适应吗？"不等乔勇回答，齐晖又问坐在乔勇旁边的肖迪："你跟他一起回去吗？"

"要是有机会，他可能先回去，我得把学位读完才能回去。"肖迪答道。

"你放心让他自己回去？"齐晖问。

肖迪看了一眼乔勇，对齐晖说："我觉得没你说的那么严重吧。"

"老齐你那是怀旧幻觉，你以为以前人与人的关系简单吗？"赵志成听完齐晖的议论，问了一句。

"起码不像现在似的，让钱弄得这么乌烟瘴气的。"齐晖答道。

"以前是整个社会发展水平低，还没有那么多钱，所以钱的问题不那么突出。"赵志成马上反驳道。

"也许是，但甭管是不是怀旧幻觉，我觉得像我这样的，回去恐怕不会适应。"说完，齐晖又问乔勇，"你到底冲什么去的呀？你甭跟我说什么有好吃的、好看的、好玩的，你在这儿这么长时间了，又在大公司工作，干吗非要回去不可？"

乔勇一直看着前面的太平洋，听齐晖问自己，就说："为了Peace of Mind（安静的心境）吧，我在这儿待了这么长时间，甭管放多少次《高山流水》，听多少次《春江花月夜》，老是觉得少点儿什么，这可能就是'归属感'吧。老齐你说得没错，国内是在经历资本积累初级阶段，这个过程我们这辈子不可能再遇见，创业机会肯定会很多，我想见证这个过程，最损也得离这个过程近点儿，我觉得应该会挺有意思……"

齐晖摇摇头，说："人一辈子多短呀，几十年一眨眼就过去了，资本积累得多少年？你能看得完吗？你说什么？'挺有意思'？资本积累过程中的龌龊肮脏东西，都会反映到你每天的生活当中，劳体伤神，我觉得特没意思！反正我是没打算回去，等读完博，看看能不能做个后（博士后），都完了，在这儿找个实验室的营生，一忍，挣钱养家，把希望寄托在下一代身上。"

"你可真累。"赵志成冲齐晖说道。

齐晖看了一眼赵志成，说："是累，但没辙。"

"老齐，你不回去就不怕在这儿扎了根，你们家的种几代之后让人串了？你爸知道了饶得了你？"赵志成说完，拿起面前的可乐喝了一口。

齐晖从餐盒中拿起一根薯条，蘸了一下番茄酱，把薯条全放进嘴里，边嚼边看着赵志成，说："我也想过这事，但我只能保证我这代不会找一老外……"

乔勇听齐晖这么说，马上拦住他的话，说："您打住，在这儿咱们是老外。"

齐晖一愣，立即反应过来，冲乔勇说："我忘了，是，在这儿咱是老外。不过我是想说，我自己在这儿不会找一金毛，我儿子女儿，我督着应该也不会；我孙子外孙子，兹我还活着，好好说说，也可能不会；但我重孙子、重外孙呢，我还真就说不准。但话又说回来，到那会儿，我可能早没了，更别说我爸了。"

乔勇笑了一下，说："儿大不由爷，说不定你儿子这代你就管不了，特别是在这儿。"

齐晖喝了一口可乐，答道："我要好话说尽，他非坏事做绝，我还就真没什么招儿。再说了，要奋斗，就得有牺牲。真要那样，我就爱谁谁了。"

旁边一直没怎么说话的肖迪，听到这儿，对齐晖说："其实也没你们想的那么悲观，混血孩子怎么了？也可以培养对咱们文化的认同感嘛。"

赵志成接过肖迪的话，说："也是，不是说'关键是教育人民吗'？但问题是，混血后代要问，我是谁，从哪儿来的，怎么跟谁长得都不像，到时候你怎么回答？"

齐晖边摇头边说："这还真就是个事儿，人孩子问的也没错，跟谁长得都不一样，要我我也得问。"

"你看过史蒂芬·霍金写的《时间简史》这本书吗？"乔勇问齐晖。

齐晖点点头，说："特牛的一本书。"

"我们学物理的基本都看过，就像你们学经济的全得看亚当·斯密写的《国富论》一样。"旁边的赵志成马上说。

"《国富论》统治经济理论100多年，现在好多经济学派，甭管你是凯恩斯学派、芝加哥学派什么的都借鉴了斯密的那本《国富论》。"肖迪接着赵志成的话说道。

"听说那个叫凯恩斯的一九二几年在柏林见了次我们这科的爱因斯坦，就也学人家用'General theory'（通论）写了本关于经济学的一个什么'通论'[①]。"赵志成冲肖迪说。

"你指的是《就业、利息和货币通论》吧？"肖迪问赵志成。

"具体名字早忘了，大概是吧。"赵志成答道。

"你怎么知道凯恩斯的'通论'俩字是跟爱因斯坦学的？"肖迪质问赵志成。

听肖迪这么问自己，赵志成愣了一下后笑着答道："都这么说。"

"自然科学和社会科学本来就是相通的，美国不是有一个叫西蒙·纽康[②]的，既是经济学家，也是天文学家和数学家吗？"肖迪说道。

---

① 爱因斯坦的通论是指 The Special and The General Theory，是关于相对论的书。凯恩斯的通论是指 The General Theory of Employment, Interest And Money，这本书包括了凯恩斯对经济理论的诸多论述。

② 西蒙·纽康（Simon Newcomb），加拿大出生，数学家，天文学家，经济学家。美国著名经济学家厄文·费雪（Irving Fisher）的一些货币理论就是从纽康对经济理论的论述中发展起来的。

"我觉得经济学跟医学差不多，一个是针对不知从哪儿来也不知要到哪儿去的人的健康，一个是针对由人组成的小圈圈大圈圈，就是社会的健康。"赵志成说。

听赵志成这么说，乔勇点头同意："的确，古老宗教和现代科学，多少年来一直在试图回答一个最基本的问题：'咱们是从哪儿来的？咱们要到哪儿去？'前几天报纸上不是还说你们研究物理的对暗物质有了新的认识吗？这人、地球、宇宙的事现在谁能说得清楚？"说完乔勇冲齐晖说："所以，老齐你别害怕被串，说不定你就是一串秧子，你能保证你们家没有一丁点外族人，比方说波斯人的血统？"

齐晖刚咬了一口汉堡，听乔勇问自己，马上说："这我上哪儿知道去？"

乔勇笑了一下，说："所以呀，你还瞎担什么心。你们家现在的种从你往下真要被串了，也是几十年、几百年以后的事了，到那时，这可能根本就不算事儿。不是说犹太人还有一支落在河南了吗？现在有谁能从河南人堆里分出犹太人？所以，老齐你要想在'沙家浜'扎下来，就踏踏实实地，后代的事、百年之后的事少想。"

齐晖等把嘴里的东西全咽下去后，说："其实我有时也特矛盾的，我还真就不想在这儿长待，但我这两年听国内朋友说了国内的情况，我觉得我还是适合在这儿待着。"

乔勇边从桌上拿起他的那份汉堡边说："这没人拦你，只要你自己乐意。我想回去是因为我相信国内今后会有一个相对稳定的快速发展期，百年不遇。我想如果我的判断正确，那边会有很多机会。我老跟肖迪说，我总想自己干点什么。在这边的公司里干，早晚会遇到职场升迁的天花板，这对咱们这些第一代的少数族裔来说，避免不了，但国内就不同了。"

这时，那边篮球场打球的黑人可能是因为有人犯规，发生了争执，争吵的声音越来越大，好半天都解决不了，引得乔勇他们几个不约而同地都往篮球场那边看。齐晖边看边说："你说他们一基层群众体育运动，还真认真。"

"你还真别小瞧了他们那些打野球的基层黑人群众体育运动，就有那业余瓿（音'cèi'）专业的，说不定打美国大学篮球队，跟玩似的。"乔勇冲齐晖说道。

"那也不至于这么较真吧？你看那边，5分钟了吧，还争哪。"齐晖说。

"这你就不了解了,黑人打街球,能为一个犯规争半个小时。"乔勇说。

"是吗?至于吗?"齐晖边说边摇头。

"你还真别不信,还有,没解决这个犯规,谁也别想继续打。这是规矩。"乔勇说。

听乔勇这么说,齐晖摇着头笑着说:"黑人兄弟真可爱。"

"乔勇要回了国,你毕业了,也真回去?"赵志成问肖迪。

"当然了。"肖迪不假思索地答道。

听见肖迪的回答,齐晖冲肖迪说了句:"仗义。"

乔勇扭头看了一眼肖迪,然后冲齐晖说:"那是,我们家肖迪,绝对的。"

05

除夕夜这天下午4点多,乔勇在PCT刚打印完自己写的中国市场销售分析报告,就接到肖迪给他打来的电话。肖迪在电话里说,她上次去超市忘了买黄酒,因为晚上要给乔勇做鱼,没黄酒不成,就让乔勇下班顺便去蒙特利公园市的顺发超市买一瓶。

下班后,乔勇开车从市中心顺着州际10号高速公路,直接来到洛杉矶东部有"小台北"之称的蒙特利公园市的顺发超市。

超市里人很多,乔勇因不常来华人超市购物,对货架不熟悉,问了一个超市员工,知道摆放黄酒的货架位置后,刚一转身,迎面看见小陈挽着一个看上去60岁左右、跟小陈差不多身高、提着购物筐的男人走了过来。

看见乔勇,小陈赶忙把手从身边那个男人胳膊肘里抽了回来。乔勇第一反应是:"妈的,老方说的没错,小陈在外面是有人了。"想到几天前自己在电话里还想劝小陈和老方和好,以及小陈当时的态度,乔勇心里顿生腻味,而这种腻味马上反映到他的脸上。

　　看见乔勇，小陈本来就显得不自然，又见乔勇脸上的表情，更加手足无措。乔勇看着小陈慌里慌张的样子，说了句："你好。"小陈非常尴尬地也说了声"你好"。乔勇看了一眼小陈身边的男人，然后故意装出特热情的样子对小陈说："跟你爷爷采办年货？"听乔勇带有敌意地这么一问，小陈立刻脸涨得通红，小声介绍说："这是我男朋友。"说完，马上又补了一句："我们下个月就要结婚了。"乔勇"哦"了一声。那个男人用非常重的广东口音普通话问小陈："这位先生是……"小陈说："是我以前的邻居。"乔勇不想再跟他们说任何话，说了句："我急着买点儿东西，你们慢慢挑着。不再见。"说完绕过小陈和那个男的，往店员指示的放黄酒的货架方向走去。这时，乔勇听见背后那个男人问小陈："他是从哪儿来的，怎么好像很没礼貌的样子？""北京。"小陈答道。

　　乔勇买了黄酒，回到车上，马上从包里拿出手机给肖迪打电话。等肖迪接起电话，乔勇没等对方说话，马上说："小陈真要结婚了，跟一广东口音的男的，估计就是那香港车衣厂老板的弟弟。"

　　电话里的肖迪显得很平静："大惊小怪了吧。"

　　"可这才几天呀？这叫他妈的什么事，把她弄美国来的老方这时候正撅着屁股在餐馆打工，她可倒好，挽着估计还没一米六的一糟老头子逛超市。她还说老方'神经病'，我看她才是。你说老方要知道，不得抽自己大嘴巴后悔把她弄美国来。"

　　肖迪依旧平静地说道："那只能说明那女的知道她想要什么。你那邻居受不了也得受，要不怎么办？你黄酒买了吗？"

　　乔勇忙说："买了，我在顺发外面，就是特生气。你等着，我10分钟就到。"

　　10分钟后，乔勇来到肖迪的公寓，进了门，看见肖迪已将做完的除夕夜晚饭摆上了桌子，很有中国特色：宫保鸡丁、清炒土豆丝、鸡蛋汤。乔勇进门后，把手上的黄酒递给肖迪。肖迪接过黄酒，说："就差它了。你洗洗手，桌上有给你倒的水，你先喝一口。米饭已经做好了，我这儿鱼做完，咱们就吃除夕大餐。"

　　乔勇进了洗手间，边洗手边说："小陈肯定是奔绿卡和钱去的，你说小陈是怎么想的，为张绿卡、为几个破钱嫁老头？至于吗？"

肖迪在厨房，边调鱼汁边回答："太至于了，绿卡那是在美国生存的先决条件。没绿卡，像她那样的打工挣钱是违法的你不知道呀？说到钱，说不定那老头能让小陈在美国一步跨入有产阶层。听你说，小陈像是心思活泛的主儿，要真那样，她现在这种情况，房、车的吸引力，可比老方的感受重要多了。"

乔勇从洗手间出来，坐在桌子边的椅子上，说："真是良心丧于困地，话是没错，可美国有多少非法打工的，数得过来吗？她这么做，老方知道了会怎么想？"

"没办法，小陈想留在美国，想马上过上舒服生活，这是最快捷的了。"肖迪在厨房里说道。

"哦，因为自私，就可以做歹事，去伤害别人？"乔勇说着，拿起放在桌子上的水喝了一口。

"人家小陈可能不这么认为。"肖迪说着，开始往油锅里下鱼。

"就她这么实际，为达到什么目的就跟糟老头走那德行，要在旧社会，一准儿是一小妾。"乔勇愤愤地说。

肖迪在厨房里回头看了一眼乔勇，说："您累不累呀，说不定人家另有隐情呢？喝完水了吗？喝完了过来帮忙盛饭。"

这是乔勇和肖迪第一次在一起吃除夕夜晚饭，乔勇开了一瓶红酒，给肖迪和自己都倒了一杯。看着桌上肖迪做的几盘中国菜，乔勇举起酒杯，冲肖迪说："明年这个时候我请你在北京吃大餐。"

肖迪端起面前的酒杯，说："一起在北京吃好吃的，看好看的。"

乔勇马上说："必需的！"

新年后的第四天上午，PCT执行副总裁杰夫·威尔逊从纽约飞来洛杉矶，跟约翰开了一天会后，第二天带着乔勇，三人搭乘飞机去了北京。

06

　　快8年没回北京了，乔勇觉得北京变化很大，从机场到城里的路上，乔勇看见到处都在建设，一派发展的景象。他们一行住在城东的长城饭店，乔勇进了房间，马上给他父母打了电话，告诉他们自己已经到北京，下午5点会回家看他们。然后又给肖迪的父母打了电话，跟他们约好，明天晚上去他们家，把给他们带的东西送过去。之后，乔勇拨了他朋友翟小松的手机。

　　翟小松接起电话，听出是乔勇的声音，非常兴奋："什么时候回来的，也不事先说一下？"

　　"刚到。"乔勇答道。

　　翟小松马上问："等会儿有时间吗？"

　　"你不上班啦？"乔勇问。

　　"我不坐班，时间自己定。"

　　"我等会儿先得回趟家。晚上叫上魏军、吴越、李国民、周霞出来坐会儿？我在北京就待3天，并且这几天事儿巨多，估计除了今天晚上就得等下次回来了。"

　　魏军、吴越、李国民、周霞和翟小松都是乔勇的小学和中学同学。

　　翟小松在电话里顿了一下，说："魏子和吴越没问题，但李国民和周霞就算了。"

　　李国民和周霞从中学就开始谈朋友，但乔勇知道，这些年他们已经分了，原因乔勇不了解。虽然如此，乔勇还是希望能在离开北京快8年后一起聚聚，于是就在电话里问翟小松："怎么了？"

　　翟小松在电话里叹了口气，说："周霞是把国民给害了。"

　　乔勇一听，马上问："什么意思？"

　　"周霞的事儿……等见面再说吧。咱们晚上在哪儿见，几点？"翟小松问道。

　　"晚上9点吧，北京我不熟了，你说个地方，最好离长城饭店近点。"乔勇说。

　　"没事，我有车。那老两位都不开车，晚上9点我先接着他们，然后去你爸妈那儿接你吧？"翟小松问。

"成吗？"乔勇问。

"成，那我带那哥儿俩9点过来，然后你就跟我走吧。"翟小松说。

"成。"乔勇答道。

晚上9点，翟小松开车带了魏军、吴越准时到乔勇父母家接乔勇。乔勇和翟小松、魏军、吴越、李国民和周霞的关系一直很好，虽然乔勇上大学后跟他们见面机会少了，但每逢寒暑假，他们都会聚几次。

见了面，几个人上下打量着乔勇。魏军说："没怎么变呀，美国雨露滋润得不错。"

乔勇边跟几个人握手边说："一般吧，我一劳动人民能怎么着。"说完，问翟小松："正经的，国民和周霞怎么了？"

翟小松见乔勇不上车，见面先问李国民和周霞的事，忙说："别站着了，上车，车里说。"

几个人上了翟小松的车，乔勇坐在前面副驾驶位置上，系上安全带，扭脸看着翟小松："说呀！"

翟小松叹了口气，边发动车边说："他们现在是仇人了。"

"为什么？"乔勇问。

翟小松把车开上马路，说："我不愿说周霞的事，魏子，你说吧。"

乔勇于是回头看着坐在后座上的魏军。魏军说："我也不愿提周霞。但你问了，我就跟你说说，挺没劲的一事儿。"停了一下，魏军接着说："这不是周霞旅游大专毕业后，当了地陪，老接港澳团，没多长时间就学会了跟人上床，躺着挣外汇券，没准还没少挣，不是说女的变坏就有钱吗？但这事不知道怎么被国民发现了，抓了一次现行，把床上的香港人和周霞都打了……"

坐在魏军边上的吴越补充说："把那香港人打伤了。"

"周霞疯了吧，老李对她那么好。"乔勇回头冲魏军说。

翟小松在旁边"哼"了一声，说："钱呗。抓现行之后，他们两个就分了。我们本来不知道是怎么回事，是我九四年跟老李喝酒，他喝多了说的。那次老李哭了，哭得很厉害，我第一次看见一个男的这么哭，是真伤心了。"

坐在后面的吴越接着说:"我们这几年谁都没见过他们,现在不知道老李在干什么,听说周霞后来跟一个比她大30多岁的人结了婚。"

车上一阵沉寂。

过了一会儿乔勇说:"你们也不找找国民?"

"他们两家住的地方都拆迁了。"翟小松答道。

乔勇扭脸问开着车的翟小松:"拆迁了就找不着原来住那儿的人了?"

翟小松眼睛一直看着前面,答道:"也不是,一来大家都忙,再说老李让周霞戴了绿帽子,一直在躲着我们。九四年那顿酒后,哥儿几个想着再跟他喝一次,再劝劝他。我们几个都给他胡同公用电话打过几次,让接电话的大妈给他带话,让他给我们回个电话,但他一直没回。"

车上一下又沉静了下来。听完李国民和周霞的事,不知怎的,乔勇突然想起洛杉矶的小陈以及齐晖在拉古纳海滩说的现在国内有些人为了钱,不顾感情,不择手段的话。

过了一会儿,还是翟小松先说了话,问大家:"说说去哪儿吧?乔勇,你在万恶的资本主义社会结婚了没有?我们可都结了。"

"还没有。"乔勇回答。

听见乔勇还没结婚,翟小松看了一眼乔勇,说:"那咱们去歌厅吧,小姐特棒。"

乔勇扭头看着翟小松,问:"歌厅?换个地方成吗?"

翟小松扭头又看了乔勇一眼,说:"呵,怎么了?你在美国没去过歌厅、夜总会?就是那意思。"

乔勇:"我在美国还就真没去过。"

听乔勇说在美国没去过歌厅、夜总会,坐在后座上的吴越把身子探过来,手扒着乔勇椅子背,问了一句:"不会吧,你是圣人还是有病?"

乔勇回过头看着吴越:"什么意思?"

"这歌厅、舞厅、夜总会什么的不都是从你们那边儿传过来的吗?"吴越说。

乔勇转回身,说:"舞厅我在国内那会儿就去过,歌厅我真还就没去过。"说完又加了一句:"我有女朋友。"

翟小松看着前面的路说:"那怎么了,你们还没结婚呢。要我说,你也别在美国结了,就你这条件,哥们儿在国内给你找一貌赛天仙的,你看如何?"

乔勇看着翟小松:"歇了吧。"

这时到了一处红绿灯十字路口,翟小松把车停稳后扭头对乔勇说:"到时候你别后悔。不是,到底去不去歌厅呀?"

"歌厅就算了,我飞了十几个小时了,找个安静点儿的地方,哥儿几个聊会儿吧。"乔勇说。

坐在后面的魏军也说:"我也觉得歌厅没劲,要不别去了。"

翟小松看了一眼乔勇,说:"没有夜生活,你是从美国回来的吗?"

乔勇笑了一下,说:"那边不像你想的那样。"

"那去我朋友的茶楼吧,离长城饭店也不远,我在那儿还存着高沫哪,怎么样,哥儿几个?"吴越建议。

"不是声色场所?"乔勇扭头问吴越。

"不是。"吴越答道。

"那就去茶楼吧,哥儿几个?"乔勇问。

见没人反对,吴越把茶楼的地址告诉了开车的翟小松。

等吴越说完茶楼的地址,乔勇对翟小松说:"电话里忘了问你,你现在干什么呢?"

"在一民企打工,做销售。后头那哥儿俩,吴越还在原来的衙门,魏军在港企。"

"销售什么?好做吗?"乔勇问。

"国内需要什么,我们就国外找去,找到了就卖给国内。也是拼缝儿的营生,只要有信息、有渠道、有关系就成。"翟小松答道。

乔勇看着外面的街道,问翟小松:"这到哪儿了?还远吗?"

"东直门外了,快到了,5分钟的事儿。"翟小松看着前面的马路答道。

"哥儿几个,我得先跟你们说一声,咱今天别太晚了,我12点前得回酒店睡觉。明天一天的事儿,6点就得起。"

"可12点是不是忒早点儿了?现在可都9点多了。"翟小松说。

"在洛杉矶没事，我11点一准上床睡觉。"

听乔勇这么说，吴越又探过身子问乔勇："你不会吧？"

"我真会，在那边每天也得早起，你们不知道洛杉矶的交通有多堵，上下班在路上得多长时间。"乔勇转过身对吴越说。

"乔勇，你回来别让他们俩给带坏了。"坐在吴越旁边的魏军冲乔勇说。

乔勇回头看看魏军，说："不会，有你呢。"

"魏子是好人，踏踏实实，平时晚上没事不出来，今天你回来了，才跟哥儿几个出来。"翟小松说。

乔勇又回头看看魏军，问："是吗？"

魏军笑了一下："甭听丫胡说。主要是我晚上得帮孩子写作业，带孩子练琴。他妈在医院工作，太忙。"

"男孩儿还是女孩儿？"乔勇问。

"男孩儿。"魏军说着从上衣口袋里拿出钱包，打开，把他儿子的照片从钱包里抽出来递给乔勇。

乔勇接过照片看了看，还给魏军，说："你革命事业后继有人了。"

"魏子你怎么逮着谁都要给人看你儿子照片，显摆什么呀？"坐在旁边的吴越冲魏军说。

魏军"咳"了一声。

乔勇没回头，看着前方的路，说道："挺好的，吴越你什么意思？也有儿子了吧？"

"我是女儿。"吴越说完看了一眼旁边的魏军，接着说，"我就是有儿子，也不会像他似的。"说着指了指魏军，"见天把儿子揣怀里。"

乔勇问吴越："老吴，你爱人干吗的？"

"也机关的。"吴越答道。

"挺好呀。"乔勇说。

"还成吧，这年头……"吴越说了一半的话。

翟小松在旁边说："老吴媳妇儿成，处长的干活了，比老吴官儿大，有权。"

"官大生险，吴越你跟你媳妇儿说说，别让她再进步了。"魏军说。

吴越叹口气,说:"这由得了我吗?"

"你也是当家做不了主的主儿?"翟小松揶揄道。

乔勇扭头看着翟小松,说:"你们俩干吗?一个不让人进步,一个不鼓励家庭和谐,你们要干吗?"

魏军忙解释:"不是,乔勇你不知道,现在不是从前了,当官是高危行业,进步的路都是深一脚浅一脚,一不留神,说不定什么时候在哪儿就是一大马趴。"

"是吗,有那么凶险吗?"乔勇看着前面问道。

"没错,吴越你听魏子的没错。"翟小松在旁边坚定地说。

从茶楼出来已经是晚上12点多,乔勇回到酒店,进了自己的房间,打开电脑,给肖迪发了封电子邮件,告诉她已平安到京,明天会去她父母家,把带给他们的东西送过去。

接下来的两天,乔勇陪着约翰和杰夫一个接一个地跟可能的国内合资伙伴开会。其间,他们还访问了PCT在北京的两家重要客户:洪阳实业和至盛化工。在访问至盛化工的时候,至盛董事长秦立钧把自己的手机号码写在了自己名片上,然后跟乔勇交换了名片,并小声告诉乔勇:PCT在亚洲市场上的主要竞争对手莫拉公司正筹备在北京设立代表处。

07

因为约翰和杰夫要从北京去伦敦,所以乔勇是自己从北京飞回洛杉矶的。

在洛杉矶机场取了行李,出了闸口后,乔勇看见肖迪正在离闸口不远的地方等他。乔勇快步走上前。几天不见,他觉得肖迪瘦了。乔勇放下旅行袋,一把搂过肖迪,盯着肖迪的眼睛,说:"怎么好像瘦了?"

肖迪赶快看看左右,不好意思地小声说:"想你想的呗。"然后又左右看看,说:"走吧,这是机场,LA LAX(洛杉矶国际机场)是个不太安全的地方。"

乔勇松开肖迪,说声:"好。"然后拿起地上的旅行袋,拉着肖迪的手出了机场大楼,向机场停车场走去。

肖迪边走边问乔勇:"还顺利吗?"

乔勇点点头,答道:"还成吧,当了3天的翻译。"

"北京怎么样?变化大吗?"肖迪问。

"挺大的,但我觉得最大的变化可能是人的观念。"乔勇答道。

"什么观念变了?"肖迪继续问。

乔勇若有所思地说:"我也说不清,反正感觉跟过去不太一样了。"

肖迪"哦"了一声,接着问乔勇:"你爸妈还好吧?"

"还成。你爸妈也不错,包里有他们给你的东西。"

等开着乔勇的那辆本田雅阁出了机场,上了105号机场高速后,肖迪眼睛看着前面的路况,问乔勇:"在北京严格要求自己了吗?"

乔勇一听就笑了,但马上假装严肃地回答:"报告领导,严格了。"之后又问了一句:"咱们说的是一件事情吗?"

肖迪依旧看着前面的路况,回答道:"应该是吧。"

"放心吧。"乔勇答道,说完马上又笑着对肖迪说,"不是,你是我什么人,管我这么紧?"

肖迪这时刚往左换了一条车道,听到乔勇这么问,就说:"替你爸妈管的,警钟长鸣着你。"

从北京回来的第二个星期二下午,乔勇正在审核国内主要客户洪阳实业的订单结算信用证条款,桌上的电话响了。乔勇接起电话,听出是约翰打来的,就听约翰在电话里说:"Hi Qiao, can you come over now? I just finished a conference call with folks in New York about our investment in China and I want to talk to you about it."(你好,乔,你能否现在过来一下?我刚跟纽约的人开完电话会议,我想跟你谈谈我们在中国投资的事。)

乔勇听约翰说刚跟纽约开完关于去国内投资的电话会议,又让自己去他办公室,心想可能约翰想告诉自己有关在国内合资或建代表处的事。这么想着,乔勇马上对电话里的约翰说:"I am on my way."(我马上过来。)

等进了约翰的办公室,乔勇看见约翰正看着窗外,像是在思考什么问题。看见乔勇进来,约翰对乔勇说:"Please sit down, want something to drink? Coffee?"(请坐,想喝点什么?咖啡?)

乔勇在约翰桌子前面的椅子上坐下,说:"Coffee would be fine. Black please."(咖啡吧,不加奶和糖。)

约翰出去对他的秘书苏珊说:"Susan, will you please bring in a cup of coffee? Black one."(苏珊,拿杯不加奶和糖的咖啡,可以吗?)说完,约翰走回他的办公桌,在桌子后面他自己的椅子上坐下,想了几秒,然后用他一贯的缓慢但清晰的说话方式对乔勇说:"The board of directors has approved our plan to set up a Rep Office first in Beijing."(董事会已经同意我们在北京先建一个代表处的计划。)约翰说完,停了一下,然后接着说:"As I have told you, Scott will be the man running the show in Beijing. He has no China experience, so I have recommended to the management that you should be sent back, if you agree, to work with Scott. I feel they will accept it."(正像我之前跟你说的,斯考特将会管理北京代表处,他没有中国工作的经验,所以我向管理层推荐了你,如果你同意去北京跟斯考特一起工作,我觉得管理层会接受我的建议。)

看见乔勇在对面静静地听着,约翰继续说:"Also, our source has confirmed what you told me in Beijing that Mola, our arch-rival competitor, is considering the same move over there. We don't know the detail yet, but we will."(另外,正像你在北京告诉我的那样,我们的信息渠道也告诉我们,我们主要的竞争对手莫拉公司也在中国准备着相同的部署,我们目前还不知道细节,但我们今后会知道的。)

乔勇在北京已经将至盛董事长秦立钧告诉他的莫拉公司也可能计划在北京建代表处的事告诉了约翰。现在约翰说公司的消息来源确认了这个信息,乔勇觉得这个信息可能是真的。

这时,苏珊端进一杯咖啡,放在乔勇面前的桌子上。乔勇欠欠身,对苏珊说了声:"Thank you."(谢谢。)苏珊冲乔勇笑了一下,说了句:"You are welcome."（不用谢。）然后就转身快步走了出去，并随手将门关上。

约翰看苏珊走出去后，继续说："Now, Qiao, I would like to confirm that you are willing to go back to Beijing to work in our Rep Office there."（我需要你跟我确认，你同意回北京，在我们的代表处工作）。

乔勇这时内心已经兴奋到极点，但他努力控制着自己，用尽可能平静的语气答道："Yes."（是的。）

听到乔勇的肯定回答，约翰表情上没有任何变化，依旧缓缓地对乔勇说："Good, then I would like you to do two things for me, a) help HR and me find a qualified replacement and pass your work to him or her, and b) draft a 12-month action plan telling me what you would like to do for the first 12 months to help achieve our goals in China."（好，我希望你帮我做两件事：一、帮助人事和我找到一个适合接替你工作的人，并在他入职后，做好交接工作；二、写出一个你到北京后第一个12个月的工作计划，告诉我你在第一个12个月中如何帮助实现我们在中国市场的目标。）

乔勇兴奋的情绪这时已经和缓了一些，听到约翰要让自己帮助招人和写到北京后12个月的工作计划，说道："OK, but what are my responsibilities in Beijing? You know my plan should be drafted according to my responsibilities."（可以，但我在北京的职责是什么？你知道我的工作计划应该根据我的职责来做。）

约翰点点头，答道："I am sorry. Yes. Again, Scott will be the man running the show in Beijing. You will be responsible for sales and marketing. We will fly you to New York next week for a couple of interviews with Joan and Jeff there. I believe you are qualified. You know the market, culture and people in China. We will hire some locals to support you. You will have two headcounts for the first year. And we will discuss the size of your local team next year."（对不起，是的，再说一次，斯考特会是北京代表处的主管，你负责销售和市场工作。下周你飞纽约跟朱安和杰夫进行两次面试。我相信你符合这个职位的要求，因为你了解中国市场、文化和那边的人。我们将雇些本地员工来支持你。你第一年将有两个员工名额。我们会在明年再次讨论你部门的员工规模。）

乔勇认真听完约翰说的后,问约翰:"I will be reporting to Scott?"(我汇报给斯考特?)

约翰点了点头,但马上说:"Yes, you will have one solid and one dotting reporting lines. Solid line goes to Scott, since he will be the Chief Rep and general manager there. Dotting line comes to me in L.A. as the international department needs to consolidate export data on a monthly basis and data from China is important now and will be more important in the future."(是的。你有实线和虚线两条汇报线,实线去斯考特那儿,因为他是首席代表和中国区总经理,虚线来洛杉矶我这里,因为我们每月要编制合并出口月报,而对中国市场的出口信息现在对我们很重要,并且将来会更加重要。)

"Will Scott be responsible for JV negotiation in China?"(斯考特负责在中国谈合资的事吗?)乔勇问道。

"No. We will do the negotiation. He will be the messenger though. But it seems JV negotiation has hit a snag. I don't believe it would go anywhere anytime soon."(他不负责。我们负责,他会是我们的信使。但看起来合资谈判遇到了些问题,我想近期不会有什么进展。)约翰答道。

"Understood."(明白了。)乔勇点点头说道。

约翰这时似乎犹豫了一下,看着乔勇,说:"Your title will be deputy general manager for China market. Actually, you will be promoted if you get the job, which I believe you will."(你的头衔是中国区的副总经理。事实上,如果你获得这个职位,你是被提升了,我相信你会获得这个职位。)停了一下,约翰接着说:"Just between you and me, I want to let you know Scott wants someone else for the job in Beijing. You are my pick and I have strongly recommended you to Jeff and the management."(这话仅在你我之间,我想告诉你的是,斯考特是想让别人干北京的副总经理,你是我强力向杰夫和管理层推荐的。)

乔勇当然明白约翰说这些话的意思,除了PCT国际部每月需要合并国际销售数字以编制国际销售统计报表的原因,约翰是想把PCT国际部影响力延伸到北京并想借此汇报通道了解北京发生的一切。那条汇报虚线就是约翰的眼睛和耳朵,是办公室政治在中国这个新兴国际市场上的延伸。乔勇心里想着,等约翰说完,他用略带感激但依旧平静的口吻对约翰说:"Thank you very much for the recommendation. I will try my best. If they accept your recommendation, when do you want me to go off to Beijing?"(谢谢你的推荐。我会尽我所能。如果他们接受了你的推荐,你希望我什么时候去北京?)

约翰想了一下,说:"It will be very soon. I heard this morning Scott would leave for Beijing before April. If management approves my recommendation, I want you to be there the same time. We will have plenty of time in between looking for your replacement. Do you know Scott's backgrounds?"(我想很快。我今天早上听说,斯考特将会在4月前去北京。如果管理层同意我对你的推荐,我希望你也能在那时去北京。这期间我们能有充分的时间寻找接替你的人。你了解斯考特的背景吗?)

"No."(不。)乔勇答道。

"He and Jeff are from the same town and graduated from the same college."(他和杰夫是同乡,也是大学校友。)约翰继续说。

"I don't know that."(我不知道这些。)乔勇说。

约翰在椅子里调整了一下自己的坐姿,说:"And they have worked together for a long period of time. Kurt, who was Scott's predecessor and now head of our UK market did a great job building an effective sales and marketing team in Japan. He had grown business on that market every year for five years straight before Scott took over four years ago. But the PO from Japan, well, has been stagnant for the last three years. So, when there was an opening in Beijing, Scott told Jeff that he wanted to go and Jeff agreed."(他们一起工作过很长时间。科特,就是斯考特的前任,也是我们现在的英国市场总经理,在日本建立了很有效率的销售和市场团队。四年前,斯考特接手时,科特使业绩连续五年增长。但这三年日本的订单没有任何增长。所以,当公司要在北京建代表处时,斯考特就跟杰夫说他想去北京。杰夫也同意了)。

听了约翰的介绍,乔勇不想做任何表示,只简单地说了句:"Well…"

（哦……）

约翰接着说："Yes, Scott knows that management wouldn't be putting lots of pressure on a newly established Rep Office to generate big business for the first couple years. They usually give people two to three years to do that."（是的，斯考特知道管理层一般不会给新建的海外代表处很大增加业务量的压力。管理层一般会容忍两到三年的时间。）

乔勇看着约翰，继续简单地说："I see."（哦。）

约翰停了一下，然后说："But even so, management would expect that PO from China market would be kept at same or similar level for the first couple years."（但即使这样，管理层也希望中国的订单在今后两年保持在原有或相似的水平上。）

乔勇点点头，说："Understood."（明白。）

约翰拿起面前的咖啡，喝了一口，继续说："Not like you and me, Scott is not runner. His sports are basketball and football, huge fan."（跟你我不一样，斯考特不喜欢跑步，他喜欢的运动项目是篮球和橄榄球，他是这两项运动的狂热球迷。）约翰说着，扭头看了一眼窗外，然后若有所思地说："I think you guys will be fine working together in Beijing."（我想你们俩能在北京很好地一起工作。）

"I am sure we will."（我相信我们会的。）乔勇答道。突然，乔勇想起一件事，就问约翰："John, when will I have an interview with Scott？"（约翰，斯考特什么时候面试我？）

出乎乔勇意料，坐在对面的约翰听他问完，只简单地回答："We will make the decision here in the States."（我们将在美国国内决定这个职位的人选。）

听到约翰的回答，乔勇脑子里又出现了"办公室政治"这个词，但心想这跟自己没关系。自己需要做的就是下周顺利通过纽约的面试，然后回北京。这么想着，乔勇只简单对约翰说了句："OK."（好。）

半个小时后，乔勇从约翰的办公室出来，快步走回到他自己的办公室后，从双肩包里拿出手机给肖迪发了一个短信：My days in L.A. are numbered. Call.（我在洛杉矶的时间快到头了。回电。）

一会儿，肖迪的电话就打进来了："我在学校。这么快，什么时候回去？"乔勇小声兴奋地答道："可能3月底4月初吧。"接着把跟约翰的谈话简单地跟肖迪说了一下。

听乔勇说完，电话里的肖迪像是在自言自语："4月，那我还没毕业哪。"乔勇半开玩笑地冲电话那头的肖迪说："别读了，我养着你，一年给你100块老头票。"

"别逗了，100块？够干吗的？买俩炸糕加碗豆汁儿？再说，我不拿学位，回去没法向我爸妈交代。"肖迪说。

"跟你开玩笑。你得拿学位，不是就几个月了吗？"乔勇赶紧说。

"你回去什么title（职位）？"肖迪问。

"Deputy GM（副总经理）。"乔勇答道。

"那是升了吧？"肖迪在电话里像是在自言自语。

"应该是吧。我下周得去趟纽约，跟杰夫和人事的朱安面试。"乔勇答道。

"怎么？还没定？"

"我了解约翰，应该没多大问题。"乔勇肯定地说。

"你这是算派出吧？公司提供什么额外福利吗？比如公寓什么的？"

"这个还没说，我想公司应该会有安排。不安排也不怕，我爸妈那儿还有一套一室一厅的补差房。"停了一下，乔勇突然对电话里的肖迪说，"咱们结婚吧？找个周末去拉斯维加斯把婚结了，我先回去，你一毕业就回来，成吗？"

电话里的肖迪显然被乔勇的结婚提议弄得措手不及，半天没反应。乔勇冲着电话说了好几声"Hello"后，才听肖迪说："咱们结了婚，你不怕失去在国内找漂亮女孩的机会？"

"我觉得肖同学就挺漂亮，而且心眼儿大大地好，Beauty should be from inside out（漂亮应该是自内而外），这道理我中学就懂了，所以别的花姑娘的不要。"乔勇笑着说。

肖迪在电话里愣了几秒，然后说："你会永远对我好吗？"

"那是，必需的！"乔勇立即回答。

见电话里的肖迪又没了声音，乔勇对着电话又"Hello"了好几声后，急促小声地说:"肖迪同志,组织上对乔勇同志的结论是:'这人还成,属于德、智、体、美、劳综合素质比较好、平均分数比较高的那种',你就跟了他得了,把你放在乔勇同志手上,组织上也放心,我这儿上着班哪,我的肖迪同志。"

就听肖迪在电话里笑了,说:"好,但我得先跟我爸妈说。"

"成,应该。"

"晚上我请你吃饭,祝贺你升官。"肖迪在电话里说。

"别,永远是我请你,晚上见。"

3月的最后一个星期六上午,乔勇一早就开车去了车厂,为他那辆本田雅阁车做保养。PCT已经同意约翰的推荐,任命乔勇为新成立的中国区的副总经理。乔勇已经将他的公寓房退了,搬到肖迪的公寓一起住。肖迪也只多续了半年的公寓租约,计划夏天一毕业,就回北京跟乔勇会合。

上周末,乔勇和肖迪已经在拉斯维加斯登记结婚。乔勇下周四就要回北京工作,为今后肖迪卖车方便起见,乔勇已将车过户给了肖迪。回北京前乔勇想为车好好做次保养,以避免肖迪今后开车时出现什么故障。

给车做完保养后,乔勇把车开出车厂,刚拐到车厂外的缅因街上,就看见以前的邻居老方和小陈手拉手从乔勇右手边的人行道上迎面走了过来。看到老方,乔勇马上将车开到道边停下,然后摇下副驾右边车窗,叫老方:"老方,老方……"老方低头看见车里喊他的人是乔勇,拉着小陈快步走到车边。

乔勇看着手拉着手的小陈和老方,觉得奇怪,就问:"你们这是……"

老方脸上略显不自然:"呵,我们又在一起了,我们下周二一块去纽约。"

"干吗去纽约?"乔勇问。

"我有一个同学在那边,也打餐馆工,说那边挣钱比这边多。"老方说。

乔勇"哦"了一声,说:"老方,我结婚了,爱人也是北京的。我也搬了,但现在跟我爱人住的地方离原来咱们那个公寓不远。我下周四就回北京工作了,晚上我们一起聚聚?"

老方看看脸上略显尴尬的小陈,说:"我等会儿就得去餐馆了,晚上得挺晚才能回来,算了吧。"

"晚点儿没事。"乔勇赶紧说。

"我打餐馆工的时间不定,晚上说不定什么时候才能回来,还是算了吧。"老方答道。

乔勇见老方坚持,就说:"老方,我纽约没朋友,你们到那边自己保重。"

老方点点头,说了句:"谢谢,再见。"

"再见。"乔勇说着,从副驾车窗伸出手,跟老方握了握,然后把车开出泊位。

当乔勇把车开上缅因街,从后视镜里往后看时,他发现老方和小陈还站在原地看着他,没动。

回到肖迪的公寓,乔勇把碰见老方和小陈的事告诉了肖迪。肖迪听了也挺吃惊:"这么说,小陈跟那个香港人分了,又跟老方好了?"

"看这意思像,有小陈在旁边,我也不好问。"乔勇说。

肖迪轻轻叹了口气,自言自语地说了句:"美国这地方……"

乔勇没听清肖迪说的话,问:"什么?"

肖迪走到窗户边,一边把打开的窗户关上一些一边说:"在这儿每个人都忙,一年也见不了一面,好不容易见面了,听了发生的事。"

正说着,乔勇的手机响了。乔勇接起来,听出电话那边是老方。老方说:"老弟,刚才小陈在边儿上,不便说,小陈跟那个香港人分了,说那个人是'神经病',还变态。他告诉小陈说已经跟老婆离了,实际上根本没离,他老婆和两个孩子都在香港,就是一骗子。前些时候他们分了后,小陈给我打了电话,我们也不打算再结了,就先一块搭伙过吧。"

听了老方在电话里说的,乔勇想起小陈也曾说过老方是"神经病"的话,现在她跟那个香港人分了回到老方那儿,又说那个香港人"神经病"。但想到老方又跟小陈在一起了,自己也不好再说什么。听老方说完,乔勇说:"能在一起就好,但你下周要去纽约了,这两天还去餐馆干吗,还不歇歇,收拾一下?"

"小陈收拾呢。"

"老方,干吗非要去纽约?"乔勇问电话那头的老方。

老方叹口气,说:"我比不了你,你正规名牌商学院毕了业,拿了学位,在大公司工作。我什么都没有,只能在餐馆做苦力挣辛苦钱,在纽约能多挣点儿,交通发达，不用买车，比洛杉矶方便。"

听老方这么说，乔勇顿时有种凄凉的感觉，于是劝道："实在不喜欢，就回北京吧。"

电话里的老方重重地叹了口气，说："回不去了，没学位，没钱，没身份，怎么回去？"

"老方，这些都不重要。"乔勇说。

"没钱、没身份还好说，但没学位……唉，我有时真想像有的留学生似的，花钱买一个学位然后回国算了。"老方在电话里无奈地说。

乔勇知道，因为没钱或读不下来美国正规大学学位的，从专门卖假学位的公司买假学位的中国留学生很多。这些年，甚至有些在国内的人，为了各种目的，也通过各种途径，在美国买假学位。因为需求量大，目前在洛杉矶专做向中国来的人卖假学位生意的公司很多。但老方居然也动了这个念头，这让乔勇很吃惊，因为乔勇觉得，像老方这样的知识分子，是不屑于通过"买"的方式，弄一张美国大学假学位的。

但显然，电话里的老方又确实动过买假学位的心思。但老方难道不知道买假学位的风险？心里想着，乔勇对电话里的老方说："老方，现在跟几十年前《围城》那会儿不一样了，国内今后来这边读书的人会越来越多，了解这边学校情况的人也会越来越多，假文凭恐怕会被人发现，一旦被人发现……"

"我知道，我知道，我也就是晚上睡不着，想想罢了。"老方不等乔勇说完，立刻说道。

老方显然不想再讨论这个话题，马上把话岔开，说："老弟，咱们下周都要坐飞机离开洛杉矶，但飞两个相反的方向：你向西飞，是奔了希望；我向东飞，唉，前途未卜。"

听老方在电话里这么说，乔勇心里非常不是滋味。他不想跟老方讨论下周的事，知道再讨论这个话题，无疑对已经感到无助和无奈的老方是"雪上加霜"。想着，乔勇对电话那头的老方说："老方，你记一下我个人的电子邮件地址，我这个邮箱地址不会变。"乔勇把电子邮件地址告诉了老方，然后说："老方，到纽约安全最重要，你自己保重，咱们别断了联系。"

"好，我得赶紧去餐馆了，再见。"老方马上说。

"再见。"

几个月后，乔勇知道他刚说的这个"再见"，是他跟老方说的最后一句话。

挂了电话，乔勇坐在椅子里，拿着手机，呆呆地发愣。不知为什么，乔勇隐约觉得老方这次去了纽约，这辈子再见就困难了。又想起小陈说过老方是"神经病"的事，叹了口气，把手机放到桌上。

这时肖迪手里拿着一杯柠檬水从厨房出来，将柠檬水放在乔勇前面的桌子上后，在乔勇对面坐下，问："老方的电话？"乔勇点点头，拿起柠檬水喝了一口，说："你说老方在国内已经是讲师了，到这儿端盘子，打餐馆工，还不知要到什么时候，不知道他怎么想的。"

肖迪摇头："一念之差。"

"老方下周跟小陈一起去纽约，说是纽约能挣得多点儿。"乔勇说道。

"是吗？"肖迪问。

"可能他听别人这么说吧。"乔勇说。

等了一会儿，肖迪问："老方又跟那个小陈结婚了吗？"

乔勇摇摇头："没有，他说就是一起过，互相有个照应。"

肖迪叹了口气，说："老方挺厚道的，小陈都那样了还要她。小陈也好意思的，这么伤害别人还有脸回去。"

乔勇又摇了摇头，说："老方是个厚道人。"

乔勇觉得肖迪好像要说什么，但肖迪什么也没说。

乔勇又喝了一口柠檬水，看着坐在对面的肖迪欲言又止的样子，就问："怎么了？"

肖迪轻轻叹了口气，说："你马上就要回北京了，但这些天，不知怎么了，我一直在想老齐在拉古纳海滩说的话，你说如果国内真是老齐说的那样怎么办？我知道你一直想回北京发展，可……"

虽然肖迪没把话说完，但乔勇知道肖迪是想说如果国内环境跟自己想的不一样，怎么办。其实这个问题也是很多国内留美学生决定去留的一个主要考虑因素。但乔勇相信国内在今后很长的一段时间内，会有一个安定的发展期，对像他这样有世界500强企业实际工作经验的留学生，国内的发展空间肯定会远远大于美国。乔勇相信自己的这个判断。看着坐在对面望向自己的肖迪，乔勇把水杯放在桌上，说："我有时也会想国内真实的社会环境到底是个什么样，我上次回北京，时间太短，也没有更多的了解，但有一点我知道：我看见北京到处都在建设。这就是发展的表现。我也想了，就算国内真的像老齐说的那样，咱不沾那些不着调的事、不理那些不正经的人不就结了，况且我身边还有你哪。"说着，乔勇站起来，把椅子拉到肖迪旁边，伸手握住肖迪的手，说："怎么，你别不是后悔答应跟我回去了吧？"

肖迪摇摇头，说："没有，我说话算数，我拿了学位马上回北京跟你会合，咱们是夫妻，你做的任何决定我都会支持。我只是担心你回去后，发现情况不理想会后悔。"

乔勇点点头，答道："其实这些年虽然我一直想回北京发展，但我有时也担心国内的情况跟我们想的有差距。但我觉得我们都还年轻，真要出现什么情况，我们完全可以再想别的辙，只要有你在我旁边，我什么都不怕。"

肖迪笑了一下，说："我就是担心你回去发现情况不理想后悔。我是已经想好了，如果回去后公司的工作不理想，我就去学校教书。"说着，扭头看看靠墙放着的乔勇要带回北京的箱子，然后接着说："既然已经决定了，并且你现在也是箭在弦上，别的就先不想了，我觉得回去后如果出现什么问题，我们会有办法的，办法总比问题多。"

"还是那句话，仗义。"乔勇一边大声说着一边放开肖迪的手，站起来，拿起桌上的柠檬水一口喝干，"为感谢亲亲老婆的仗义，我打算今天亲自给亲亲老婆做次浇汁鱼。"

"你会做浇汁鱼？你怎么从来没说过？我妈最喜欢吃了。"肖迪看着站在面前的乔勇好奇地说。

就见乔勇先是愣了一下，然后马上答道："啊，我还不怎么会，我是说您今后再给我示范几次怎么做那道菜，然后我再体会个一二十年，等跟您老这儿出了徒之后……"

"就知道你是假招子，那去厨房帮我打打下手吧。"肖迪说着站起来，顺手拿起桌上的空水杯。

"没问题。"乔勇说着,上前拉着肖迪,向厨房走去。

08

乔勇回到北京后的第二天下午2点,跟斯考特在他们住的公寓楼下面的咖啡店见了面。斯考特比乔勇早到北京一个多星期,公司为他和乔勇租了靠近东三环的两套公寓。斯考特住在二层,乔勇住在六层。

斯考特40多岁,身高跟乔勇差不多,跟乔勇一样,因为经常去健身房,身材保持得也很好。两人各买了一杯咖啡后,找了一张桌子坐下。

"Qiao, we will be overwhelmed setting up an office here in Beijing for the next couple months, maybe more. John speaks very highly about you and I am glad that we will be working together on this project in Beijing. I heard you were from this town?"(乔,我们今后两个月甚至可能更长要在北京把代表处建起来,会非常忙。约翰对你评价很高,我也非常高兴我们今后能一起在北京做这个项目。你是北京人?)斯考特问。

乔勇点点头,答道:"That is right. Had lived here for 25 years before going off to the States for an MBA program."(是的,去美国读工商管理硕士前,我在北京住了25年。)

"You know my hometown is Philly. You been there?"(你知道我是费城人。你去过那儿吗?)

"Yes, in 1991."(是的,1991年去过。)乔勇答道。

斯考特点点头,喝了一口咖啡,接着说:"Now, Qiao, I have read your to-do list, I guess we need to get a business license first?"(乔,我看了你的工作

计划，我想我们先要申请一个工商执照，是吧？）

"Yes."（是。）乔勇回答。

斯考特张开手掌，边掰着手指边说："So, business licence, tax certificates, SAFE filing, bank account are our priorities according to your list."（根据你说的，我们得先办工商执照、税务登记证、外管局登记证，以及开个银行账户。）

"That's right. And it might take two months to get all those permits."（是的。取得那些证照可能要两个月。）

"Two months are way too long."（两个月时间太长了。）斯考特嘴里嘟囔了一句，然后接着说，"Now, Qiao, I need to let you know that I have retained a PR firm from Japan to apply for those permits on our behalf. USD200K for the job. They will get all those permits for us. What you and I need to do is to work with a commercial real estate agent to find a nice office at a nice location for our new venture here. At the same time, we need to find some quality people for our office. Oh, I forgot to tell you, I also retained a headhunter to do that."（乔，我想告诉你，我用20万美元雇了一家日本公关公司来帮我们申请你提到的那些证照。他们会帮我们办齐所有证照。我们现在需要做的，就是跟一家商业地产经纪公司一起为我们的代表处在一个好的地段找一间漂亮的办公室。同时，我们还得为代表处找些高素质的员工。哦，我忘了告诉你了，我已经雇了一家猎头公司帮我们招人。）

乔勇有些吃惊，他没想到斯考特居然雇了一家日本的公关公司为PCT北京代表处申请国内证照。乔勇不知道日本的公关公司是否能在更短的时间内为PCT北京代表处取得所有证照。至于斯考特找了猎头公司为代表处找当地员工，乔勇可以理解，显然猎头公司会直接跟斯考特联系，这样斯考特就可以通过在初期员工雇用过程中的最后决定权，使他雇的那些员工对他感恩、忠诚，以便他今后掌握对代表处的控制权。乔勇想，斯考特这几年真没在日本白待，学了点东方文化，从一开始就想着为今后管理和控制代表处打基础。但乔勇不想放弃他挑选自己部门员工的权力。想到这儿，乔勇对正在喝咖啡的斯考特说："That's fine. Scott, I know you will be the last person to say yes or no for an employment contract. But I'd be appreciated if I can get involved in the interviews for sales and marketing people."（好的，斯考特，我知道你对雇用合同有最后决定权，但我希望我能参与面试销售和市场部的员工。）

斯考特听到乔勇想参加面试销售和市场部的员工，放下咖啡杯，说："Yes, you will be kept in the loop and do interviews."（是的，你会被包括在这个程序里并会面试候选人。）

乔勇听到斯考特说"you will be kept in the loop"这句话，感到不太舒服，因为在美国，人们有时对跟某事无直接关系但希望了解这件事的人用这种表述。乔勇觉得斯考特的说法隐含着这个意思，好像自己跟面试自己部门员工一事没直接关系似的。但又一想，这也正常，PCT总部不是也没有让斯考特面试自己吗？

斯考特见乔勇没有说话，于是接着又说："You must hear Mola has also planned to set up an office in Beijing. They have been our major competitor in Asia for ages, I have a feeling they also see China as one of their strategic markets and China will be another battle field for both companies. Blood will be shed here. But they don't know what they are up against."（你一定听说了，莫拉也计划在北京建办事处。他们是我们在亚洲市场上常年主要竞争对手。我觉得他们也把中国当作战略市场了。中国会是我们跟他们的又一个战场。在这儿会有人"流血"，但他们不知道他们在这儿是在跟谁作对。）

乔勇没有马上回答，斯考特最后一句对莫拉公司的评论是典型美国式的表达方式，它可能仅仅是一种没有任何实际意义的表示，也可能其中暗含着斯考特对在中国市场上打败莫拉公司的自信。乔勇心想：如果是后者，希望斯考特不要过度自信。想着，乔勇端起桌上的咖啡喝了一口，然后问斯考特："How are we going to know anything about Mola？"（我们怎样了解莫拉的情况？）

斯考特耸耸肩，说："That will be the job for the guys at HQ in New York. But I think they will keep us closely informed."（那是纽约总部的事。但我想他们会及时向我们提供莫拉的信息。）说完，斯考特故意停顿了一下，然后继续说："I know you know the market, language and people here, so, I want you to be in charge of sales and marketing in China."（我知道你了解这里的市场、语言

和这里的人，所以我希望你主管中国区的销售和市场业务。）

听斯考特这么说，乔勇觉得有点儿奇怪，因为中国区负责销售和市场工作的副总经理职位是PCT通过内部招聘的方式决定的，乔勇只是在纽约已经确认他获得这个职位后，才跟在东京的斯考特通过一次类似例行公事的电话。乔勇开始也纳闷，因为一般来说，在确认公司副职经理之前，正职经理都应该面试副职经理候选人一次。但当想到过去两年约翰对日本分公司业绩和管理方式有保留，有时甚至是负面的评论，乔勇感到，可能约翰在管理PCT北京代表处问题上有自己的想法，约翰可能不希望让一个表现不佳的PCT海外经理，在全球最重要的新兴市场上一手遮天，他想通过让乔勇担任PCT中国区副总经理，同时建立向他本人的虚线汇报路径的方式，随时掌握中国市场的真实情况。所以，乔勇获得这个职位的"程序"被设计成：乔勇本人申请，约翰背书，纽约管理层经过两轮面试决定，最后由人事总监朱安告诉乔勇：公司同意他担任这个负责销售和市场工作的中国区副总经理的职务。这个程序中根本没有斯考特什么事儿。乔勇心想，这跟斯考特现在在北京做的似乎有些相似，都是希望通过对员工的控制，获取或控制信息。

乔勇觉得，现在斯考特把PCT纽约管理层的决定说成是他的决定，可能是他觉得他这么一说，自己会感激他吧，但决定自己现在的这个职位和自己在北京的职责这两件事，确实跟坐在对面正喝咖啡的斯考特没一丁点儿关系。乔勇心想：他就不怕自己把这层窗户纸捅破了？同时，乔勇又想起约翰在洛杉矶曾告诉过他，斯考特其实是想让其他人干自己现在的这份差事。但乔勇不愿意第一次跟斯考特见面就闹不愉快。想着，乔勇对斯考特只简单说了声："OK."（好。）

斯考特的确以为乔勇不会知道自己根本没有参与PCT高层招聘中国区副总经理的决策过程，总部的人包括杰夫，也没有提醒他。他故意那么说的目的就是想让乔勇觉得，乔勇负责中国区销售和市场部门的工作是他安排的，从而让乔勇感激自己，以便今后在乔勇通过虚线向国际部的约翰汇报时能跟自己汇报的口径一致。但斯考特发现在自己说完之后，乔勇只说了声"OK"就没下文了。斯考特喝了一口咖啡，等了一会儿，发现乔勇坐在对面不说话，看着自己，于是又喝了一口咖啡，然后换了个话题，问乔勇："You married？"（你结婚了吗？）

"Yes, you？"（结了，你呢？）

"I am MBA."［我还在婚，但是可以再找别的女人的那种。（MBA是Married But Available的简称。这一般是指正在办理离婚手续的人。）］斯考特答道，接着又补充道，"My wife and I are separated. We are in divorce process."（我妻子和我已经分居，我们正在办离婚手续。）

"Sorry."（很遗憾。）乔勇马上说。

斯考特说了句："That's fine."（没事。）接着问乔勇："Where do you think the best office location will be？"（你觉得我们代表处的办公室最好在哪儿？）

乔勇将手中的咖啡放到面前的桌上，答道："To be honest, I don't know. I have been away for eight years. I myself also need time to get to know this city. But I feel our office need to be in one of those CBDs."（说实话，我也不知道，我离开这儿8年了，我自己也需要重新了解这个城市。但我觉得我们的办公室应该在某个中央商务区内。）

斯考特点头表示同意："Rent is high here, I am kinda surprised. But it is in our budget and New York will pay the bill. We need a nice office."（这里租金很高，让我有些吃惊。但这在我们的预算之内，纽约会支付的。我们需要一间漂亮的办公室。）

乔勇知道PCT北京代表处的一些预算大致情况，是约翰告诉他的，第一年300万美元左右。他回国前，只跟斯考特通过一次电话。斯考特在电话中除了让乔勇写一份在北京成立代表处过程中应该做的事情的报告，没有提及其他任何设立代表处的事情。乔勇也曾通过电子邮件问过斯考特自己负责的销售和市场部的预算有多少，但斯考特没有答复。知道斯考特不想回答，乔勇也就没再问。乔勇当时就想，看来斯考特是不想让自己过多地参与北京代表处的初期设置。

但乔勇觉得作为负责中国区销售及市场的副总经理，自己起码应该知道自己部门的预算情况。约翰虽然说了代表处总预算的大致情况，但没有说销售和市场部的预算有多少。想到这儿，乔勇说："Talking about budget, Scott, can I take a look at the budget for sales and marketing department？"（谈到预算，斯考特，我能了解一下销售和市场部的预算吗？）

听到乔勇问销售和市场部的预算,斯考特装出有些歉意的样子,马上说:"Yeah, I am sorry, I should've forwarded those numbers to you when the draft budget got approved by New York last month."(可以,对不起,我应该在上个月纽约批准预算草案时就将一些数字转给你。)

听斯考特这么说,乔勇马上意识到他在说瞎话。虽然乔勇不知道是不是纽约财务跟斯考特一起做的北京代表处的预算草案,但他知道纽约管理层已经在两个月前就批准了北京代表处第一年的预算。但对面的斯考特却说纽约上个月才批准预算草案,斯考特显然没说实话。

但乔勇不想在代表处创建初期跟斯考特在自己部门的预算问题上多纠缠,还是那句话,终归斯考特是首代、总经理,他在PCT北京代表处有不让别人,包括自己这个副总经理知道预算的权力。不管是出于什么原因,如果他不想让自己知道北京代表处的总预算,就随他去吧,只要他能让自己了解销售和市场部的预算就成。想到这,乔勇对斯考特简单地说了句:"That's fine."(好吧。)

斯考特注意到乔勇脸上的细微变化,马上换了一个话题,说:"Qiao, I forgot to ask headhunter to find a receptionist for the office. We need a front desk girl. Do you know anyone looking for a front desk job?"(乔,我忘了让猎头为我们找一个前台。我们需要一个前台女孩子。你认不认识谁现在正在找前台工作?)

"I don't know anyone looking for a front desk job. What are the requirements?"(我不知道谁在找前台的工作。这份工作的要求是什么?)

"Gotta be pretty, I guess. Able to speak English, college grad, organized, nice to people, tall, etc."(我觉得必须得漂亮、会说英文、大学毕业、有条理、对人友善、高个子,等等。)斯考特答道。

"Well, I will keep that in mind."(哦,我会想着这事。)乔勇点头。

"Yeah, if you know anyone looking for the job, friend, friend's friend, etc, please bring her to the company."(是的,如果你认识谁正找前台工作,朋友、朋友的朋友什么的,请介绍给公司。)

"OK."(好。)乔勇答道。

斯考特换了个话题说:"Now, let's talk about sales for the China market, what do you expect the sale volume for this year and next?"（现在谈谈销售，你怎么看今年和明年的销售规模？）

乔勇边把桌上自己的咖啡杯往边上挪了一下边说："Well, like I have said in my forecast report, we might be able to grow our sales volume for this year and next. We have some prospects we need to go after."（像我在销售预测报告中说的，我们可能能在今年和明年增加一些销售量。我们有一些潜在的客户，我们需要做些工作。）

斯考特点点头，说："It would be fine if this year's sales volume is similar to that of last year. HQ would be OK with that as we are just setting up an office here in China. They won't be hard on me. But we need to grow business for the next year. We would be off-the-hook for another couple years from next year if we can do that."（如果今年销售量跟去年相似，我们不会有问题。因为总部知道我们正在这里建代表处，纽约不会难为我。但我们明年需要增加销售量。如果我们明年能增加点儿销售量，我们后年和大后年就安全了。）

虽然乔勇明白斯考特说的前半句，但不明白后半句话中"安全"的意思，于是问："Why is that?"（为什么？）

斯考特嘴角露出一丝微笑，答道："Because people in New York normally allow two years for overseas execs to grow business on an emerging market. We will be OK if sales volume for this year stays the same. They will give us another 12 months to catch up."（因为纽约一般会给新兴市场主管两年时间来增加销售量。如果今年我们销售量不变，我们也不会有问题。他们会再给我们12个月的时间去增加销售量。）

"So, you don't want to start out too strong?"（所以，你不想开始就强力增加中国市场的销售额？）乔勇问道。

斯考特不假思索地回答："Absolutely not, let's gradually build up…"（绝对不想，让咱们逐渐增加……）

刚说了半句，斯考特明显地犹豫了一下，好像意识到说错了什么，马上转移了话题："Qiao, John told me you are a runner. I am not a runner, just pumping some weights in weight rooms. You know a good gym in Beijing?"（乔，约翰说你喜欢跑步。我不能跑，只是在健身房推推杠铃。你知道北京哪儿有好点儿的健身房吗？）

虽然斯考特转移了话题，但乔勇还是马上明白了斯考特的用意：斯考特是不想在来北京的第一年就把弓拉得很满，在业绩"今年一般明年好"与"今年好明年一般"的选项上，斯考特肯定是选了前者，以为自己能在北京首代位置上多待一两年创造条件。乔勇知道，一些公司的市场销售经理有时也会使用这种方式，以便在经理的职位上多待几年。对此，乔勇很了解。听到斯考特提到健身房的事，乔勇答道："That is what I need to find out. If I find a good one, you will be the first person to be notified."（我也在找，如果找到了，我第一个通知你。）

"Thanks."（谢谢。）然后，斯考特端起面前的咖啡，装出非常不经意的样子问乔勇："Qiao, is John retiring?"（乔，约翰要退休吗？）

乔勇听到斯考特这么问，觉得很奇怪。约翰虽然已经60多岁，但从来没听说他要退休的消息。乔勇不知道为什么斯考特突然问这个问题，就说："Really? I don't know anything about that. Actually, I was caught off-guard hearing it."（是吗？我不知道。事实上，你问我的问题让我有点儿吃惊。）

斯考特听到乔勇的回答，笑了一下，说："Well, I don't believe John is retiring. He will be in L.A. for another 10 years."（是吧，我也不相信约翰会退休。他会在洛杉矶再干10年。）说完，马上接着说："Now, Qiao, let's have a dinner together tonight. Any suggestions? I know Peking Duck is good."（乔，今晚咱们一起吃个晚饭吧。你有什么建议？我知道北京烤鸭不错。）

"Have you tried Peking Duck before?"（你吃过北京烤鸭吗？）乔勇问。

"Yes, in HongKong."（是的，在香港。）斯考特答道。

"So, you like it?"（你喜欢这道菜？）乔勇边从桌上端起自己的咖啡边问。

"Like it? I frigging love it."（喜欢这道菜吗？我他妈的爱这道菜。）斯考特高声答道。

"Well, I know a place nearby. They have good Peking Duck."（哦，我知道附近有一家餐厅，他们做的北京烤鸭不错。）乔勇说道。

"Let's go that place tonight."（那就晚上去那家吧。）斯考特建议道。

"OK."（好。）乔勇点头答道。

吃完晚饭后，斯考特还想去附近的酒吧待会儿。乔勇推说他时差还没倒过来，想回公寓休息，就先回了公寓。回到公寓后，乔勇洗了澡，然后坐在桌子前打开电脑，想查看一下电子邮件。

乔勇先看了他自己的个人电子邮件信箱，有肖迪的一封电邮。乔勇点开肖迪的电邮，看到肖迪写道："上次电邮收到，知道你顺利到京，挺高兴的。这两天老觉得不踏实，心里空落落的，很想你……再有，还是我们在LA聊的那些，我不知道北京现在的真实情况，但在这边听到很多，也不知是真是假。总之，我不在你身边，你好好照顾你自己。我这边还有几个月，拿到学位我会马上回去和你在一起。Love（爱你）。"

乔勇到北京的当天给肖迪发了一封平安到达的电子邮件，并把他公寓地址和房间电话告诉了肖迪。这是肖迪回复他上次的邮件。

看完肖迪的回复，乔勇马上写了如下电邮：

"回京第二天了，还在兴奋，也特别希望你能在我身边。我会自己照顾我自己。放心吧！希望时间能过得快点，你能早点儿回来。昨天回了我爸妈家并跟你爸妈联系了，明天会把给他们带的东西送过去。Love（爱你）。"

给肖迪回复完后，乔勇打开公司的电子信箱，看到约翰给他发了如下电邮：

Dear Qiao,

Hope you are well. HQ has told me Mola will shift more resources to China market. To keep our market share, we must secure those POs you and I have discussed.

John

（亲爱的乔，希望你一切顺利。总部告诉我，莫拉会将更多的资源向中国市场倾斜。为保持我们的市场份额，我们必须保证拿到你我讨论过的那些订单。约翰）

约翰的这封电邮同时抄送给了斯考特，约翰的电子邮件一向简洁明了。乔勇看完约翰的电邮，想了一会儿，给约翰做了以下回复：

Hi John,

I am well, thanks. I wouldn't be surprised if Mola allocates more of their resources to China market. I will closely follow those POs and keep you posted.

Qiao Yong

（你好，约翰，我很好。对莫拉会将更多资源用于中国市场一事，我并不吃惊。我将紧跟那些我们讨论过的订单并随时将进展通报给你。乔勇）

因为约翰把给乔勇的电子邮件抄送给了斯考特，所以，乔勇也将他给约翰的回复抄送给了斯考特。

把给约翰的电子邮件发走后，乔勇刚想关电脑，突然想起一件事，于是又打开他的私人信箱，给肖迪发了如下电子邮件：“别忘了周五晚上8点（北京时间）通话……”

邮件刚发出，肖迪就回复了：

"忘不了！"

09

回国的第二个星期六下午，乔勇给翟小松的手机打了电话，告诉他自己已经被公司派回北京工作，希望什么时候能跟他、魏军和吴越去哪儿聚聚。一听是乔勇，翟小松在电话那边大声说："我说今天早上我眼皮子跳，闹了半天是鬼子进庄了，忘了让解放军把城门关上了。你什么时候回来的？"

"回来两个星期了。"

"那怎么才联系？外国人是不是老搞突然袭击呀？"翟小松语气里流露出明显的埋怨。

一听翟小松这么说，乔勇赶紧答道："你张嘴就来，我什么时候成外国人了？洋装穿在身，我心可依旧是中国心。"

"你成，说话还这么北京特色，我赞成。不像那些在国外待了几年，回来后说话调儿都变了。"翟小松语气缓和了许多。

"小松,你得允许人家有选择怎么说话的权利,成吗?我前些天事儿忒多,我想等忙完了这段,再踏踏实实地约哥儿几个聚聚。"

"这次待多长时间?"翟小松问。

"估计得在沙家浜扎下了,我们公司正在北京建代表处,可能明年、后年还要建分公司什么的。"乔勇回答。

"我操!你那儿要人吗?我给你介绍几个特飒的?外商代表处嘛,必须得有几个飒的……"

"我上面还有一个首代,拿大主意的。"乔勇马上打断翟小松的话。

"那你不管招人?"翟小松似乎还不甘心。

"基本不管。"

"那你能管什么?"

"市场和销售什么的。"

"对哪儿'市场销售'?"翟小松问。

"国内呀。"乔勇答道。

"怎么,你们代表处还能卖东西?"

"灰色地带吧,但我们代表处不能跟国内买家签约,他们得跟美国总部签约。"

"那我肯定得给你介绍几个做销售的,都是骗人的高手。"

"咱能不介绍骗子吗?"乔勇笑着说。

"开玩笑,开玩笑。也别哪天了,就今天晚上怎么着?想干吗?"

"能约魏子和吴越出来吃个晚饭吗?"乔勇问。

"我也挺长时间没见他们了,应该没问题,只要他们在北京并且没得病。"

"那你问问,能成,找个地方晚上哥儿几个聚聚?"乔勇说。

"成。"翟小松答应着。

晚上7点,乔勇来到翟小松订的位于建国门的一家川菜馆,翟小松、魏军和吴越已经到了。握手坐下后,翟小松看着乔勇问:"这次真的不回去了?"

"估计是。"乔勇答道,然后看着魏军问,"魏子最近怎么样?"

魏军苦笑了一下,说:"继续奔命呗。"

正在一边看菜单的翟小松抬起头,看了魏军一眼,冲乔勇说:"魏子成,踏实过日子。"

"还是原来那家公司？"乔勇问魏军。

"刚换了一家公司，澳大利亚的，能多挣几个。我这儿也正攒钱打算买套房，但现在这房价，好几千一平方米，操……"魏军显得有些无奈。

乔勇有点吃惊："好几千一平方米？北京？贵点儿吧？"

魏军苦笑了一下，说："说是叫什么商品房，就这个价，你说现在人的工资，能有几个人买得起？你说跟银行借吧，一借就是几十年，背几十年债，等你还完账，也他妈的快死了。"

翟小松边把菜单递给吴越边问："吴越你升副处快一年了吧，当得怎么样？舒服吗？"

吴越正坐着愣神，没注意翟小松递过来的菜单和问自己的话。翟小松看吴越这样，用菜单捅了一下他的胳膊，说："想什么哪？"吴越被翟小松捅了一下，马上缓过神来，接过菜单，看着翟小松，问道："什么？"

"问你官当得怎么样？"翟小松说。

吴越嘴角撇了一下，说："副处长算官儿吗，在北京？"

坐在吴越边上的魏军，扭头看了一眼吴越，说："吴越成，也是能折腾的主儿，爹就是当官的，有当官的基因，现在就敢当副处长，以后还说不定能当什么长呢，但我还是那句话，官大生险。"

吴越边看菜单边说："估计就到这儿了。"然后抬起头问乔勇："听小松说你是回国办公司的？"

乔勇说了句："是。"然后对周围的几个人说："我结婚了，在洛杉矶。"

几个人立即变得特有兴趣。魏军首先问了句："跟谁？"

"一留学生，也是北京的。"乔勇答道。

"那怎么就你一人回来了，她呢？"翟小松问。

"她还有几个月才能毕业，等毕业了就回来。"乔勇答道。

"那你就得当几个月和尚了，咱弟妹叫什么来着？"翟小松笑着冲乔勇说。

乔勇看着翟小松："你认识？"

"不太认识。"

"听你这么说，好像认识似的。她叫肖迪。"乔勇说。

"有照片吗？让我们搂一眼？"翟小松问。

乔勇从兜里掏出钱包，将里面肖迪的照片拿出来递给翟小松。

翟小松接过照片，一边看一边评论道："条儿顺盘儿亮，挺飒的呀，成呀你，在大洋彼岸还能碰见这么漂亮的。"说着将肖迪的照片递给吴越。

"上辈子修得好。"乔勇笑着答道。

"她家干什么的？"吴越拿着照片边看边问乔勇。

"中科院搞研究的。"乔勇回答。

"那你们两家算是门当户对呀。"吴越说道。

"我不太信这个。"乔勇说。

"你得信，你看魏军两口子，老家儿都是医生，知书达理，所以魏军两口子从来不吵架。"吴越说着将照片递给魏军。

"成，那我信吧。"乔勇笑着说道。

魏军边从吴越手里接过照片边冲吴越说："我们一天到晚那么累，哪儿还有力气吵架。"说着看了看照片，然后将它还给乔勇。

"你们今后还想回美国吗，都回来了？"吴越问。

"希望不回。"乔勇答道。

"你说你在那边待得好好的，回来干吗？"翟小松问。

乔勇看着翟小松："参加'四化'建设，怎么不行呀？"说完又补了一句："这顿饭算我的，算是我补请哥儿几个的喜酒了。"

"这就算喜酒呀，档次低了点吧？"吴越马上说。

乔勇笑着指着翟小松说："小松点的地方。"

"你要早说，我就不点这儿了。但今天早上我一起床就觉得眼皮子跳，所以没敢开车，敢情落这儿了：是老天爷让我晚上喝酒呀。"翟小松笑着说。

"你现在住哪儿？跟你爸妈住吗？"魏军问乔勇。

乔勇摇摇头，答道："公司给租的公寓，在东三环那边。"

"能带人过去吗？"翟小松马上问。

"带什么人，你要干吗？"乔勇问道。

魏军这时赶紧拦住翟小松的话，说："小松你别祸害人家乔勇了，人家是正经人，你要干什么外边开房不就结了。"

"就是。"吴越也附和着说。

翟小松看着魏军和吴越，说："我是为你们问的。我不是寻思外国人住的地方不一样吗，再说，这年头能省一个就省一个，魏子说，还得攒钱买房呢……我们有地方去，不用借你的。"

乔勇一听翟小松这话，觉得不对，就问："'我们'？什么意思？你外头有人了？"

吴越端起桌上的白水，喝了一口说："做销售的，肯定闲不住。"

翟小松面无表情："恋爱自由，反正闲着也是闲着。"说着，从兜里掏出一盒香烟。乔勇看到翟小松要抽烟，就说："小松，跟你商量件事成吗？"

翟小松正要把抽出的一支烟递给吴越，听乔勇说要跟自己商量事情，就说："商量什么呀，你什么事，说，我听你的。"

"你能不在这儿抽吗？我对这个差点儿。"乔勇说着，用眼睛示意了一下翟小松手里的香烟。

翟小松听乔勇不让抽烟，马上把已经抽出的一支烟放回烟盒里，说："我当什么事哪，你一句话，我今天晚上一支都不抽了。"然后又对吴越说："吴处，这可不是我不给您老上烟哈，是乔老板不让，您可别怨我呵。"说完，又冲乔勇说："不是，你过去可没这毛病。怎么这几年国外待得待出毛病了？"

"可能，这烟不是好东西。直接能让人得肺癌。外国室内都不允许抽烟。在医院、学校外抽烟的，也得离大门多少米远才成，要不就违法了。"乔勇说道。

翟小松撇撇嘴："抽烟在国外还违法？"接着马上又说："不是，这大烟土不是从国外英吉利贩进来的吗？就为这，朝廷不是还跟他们打过一仗吗？"

"你扯哪儿去了？是，为什么跟英吉利打？不就是因为那玩意儿不健康，祸害中国人吗？"乔勇说。

"不是，是他们把朝廷的银子都赚了去了。"翟小松马上反驳，说完想了一下，问乔勇，"哎，我说，你下午不是还说要允许人有选择的权利呢吗？怎么到晚上就变卦了，不让我有选择抽烟的权利了？'美国人'就是双重标准。"

乔勇看着翟小松："你又说跑题了，没人剥夺你抽烟的权利，但这得建立在不伤害、不影响别人健康的前提下呀。我觉得，咱先得弄明白，抽烟和二手烟是不是对自己和别人的健康有害？如果'是'，那就别抽了，特别是别当着别人的面抽。这个逻辑没毛病吧？说到'抽烟的权利'，就像什么呢？"乔勇想了一下，接着说："对不住啊，哥儿几个，举个例子，就像人得拉屎撒尿，没人有能拦着你拉屎撒尿的权利吧？但你得分地方，因为那玩意儿不卫生，对别人健康和环境卫生都不好，你想拉想撒，得去茅房，不能由着性儿随地大小便。"说完，乔勇又马上对周围几个人抱拳："对不起啊，哥儿几个，吃饭前举这个例子，但话糙理儿不糙，抽烟也是这个道理，二手烟在屋里对人的健康影响更大，您就得忍忍，别在屋里当着别人抽，要想抽到外头抽。你要这么做，别人肯定在背后夸你懂事，小松，我现在就在心里夸你哪。"

翟小松似乎是同意了乔勇说的："那你要这么说，好像还有点道理。但例子忒糙，跟你现在的身份不符，要街道没文化的大爷大妈这么说，我不奇怪。"魏军马上接过翟小松的话，冲翟小松说："小松，人外国人说得对，你也别抽了，把烟戒了，也好多攒几个钱留着买房。不是，你刚才说什么？'恋爱自由'？你丫可是有主的，你老婆要逮着你可没你好。"

听魏军这么说，吴越看着翟小松，问："是呀，刚才我还没理会，魏子这么一说，倒提醒我了。小松，你怎么个意思？真外头有人了？"

听魏军和吴越问自己，翟小松脸上的神情有些变化，但马上说："本来今天没想说，乔勇说今天是他请吃喜酒，但魏子聊到这儿了……"说到这儿，翟小松停了一下，然后接着说："我们离婚了，我已搬出来两个多月了。"

"为什么？那么长时间了，也没听你说起过，天天怎么办？"魏军吃惊地问。

翟小松叹口气，说："过不下去了，离了算了，都挺累的。"

"小松，你跟我们露个实底，你是不是外面先有人了？"吴越问。

翟小松犹豫了一下，说："真没有。"

吴越看了一眼翟小松，说："肯定有了，说话都没底气。刚才还说要攒钱买房呢，说说吧，那丫头怎么个意思，什么个来路？有照片吗？也让我们搂搂？"

"没有，还没定哪。"

吴越看着魏军说:"我就知道嘛。"然后又看着翟小松,问:"你这是为她离的婚吧?"

"也不是。"翟小松答道。

"天天跟谁?"魏军问。

"跟她妈。"翟小松说。

乔勇一直听着没有说话,听到翟小松说他离婚了,不由想起肖迪在洛杉矶说过的导致离婚的三种原因:身份、钱和感情。乔勇知道翟小松的爱人是他大学的师妹,比翟小松低一个年级。翟小松大三时开始跟人家谈恋爱,等女的一毕业,他们就结婚了。他们的婚礼,乔勇、吴越和魏军都去了。翟小松的爱人也是北京人,一米六四的个,人也长得挺漂亮的。乔勇想,为什么结婚这么多年,最后还要离婚,特别是两个人还有一个女儿?

桌子周围的几个人有几秒钟都没有说话,最后还是魏军打破了沉寂,问翟小松:"你现在住哪儿?"

"在亚运村那边的一个小区租了套房,先住着吧。"翟小松答道。

"你是不是已经跟那女的住一起了?"吴越看着翟小松问。

翟小松没有说话。

看翟小松没反应,吴越扭头冲乔勇说:"八成俩人已经住一块儿了。"

乔勇一直看着翟小松没说话。见乔勇看自己,翟小松马上说:"我是净身出户。"然后拿起吴越放在桌上的菜单,交给乔勇,说:"甭说我了,看看想点点儿吗,这可是京城有名的川菜馆……"

晚上10点多,乔勇回到公寓后想起翟小松离婚的事,给魏军打了一个电话。

"魏子,小松什么情况呀?"乔勇问。

"我觉得小松他们家是被第三者插足了。"魏军答道。

听魏军这么一说,乔勇在电话里"唉"了一声。

就听魏军在电话里说:"你刚回来,不知道,国内离婚的现在真挺多的,人说是继五六十年代离婚潮后又一次离婚潮。"

"五六十年代还有过离婚潮?"乔勇这是第一次听说。

"怎么,你不知道?那时候有些个刚进城没什么文化的农民干部,觉得得了天下进了城，城里姑娘有文化、漂亮，还会打扮，跟人家搞在一起后立马就跟没文化的老家农村媳妇儿把婚离了，说是要'挣脱封建包办婚姻的枷锁'，即使人家已经给丫生了孩子。吴越他爹不就是这样吗？吴越在东北老家还有一个哥俩姐哪，这咱都知道呀。要说真是过不下去了，你离，也成，别人说不出什么，好合好散嘛。本来就是见异思迁的勾当，倒还给自己找一'挣脱封建包办婚姻的枷锁'的说辞。"电话里的魏军说道。

"官本位加小农经济意识，时代特征吧。"乔勇像是在自言自语。

"这也算是历史局限性吧？"魏军在电话里问乔勇。

"你指的是思维的历史局限性吧？"乔勇问。

"是吧。"魏军答道。

乔勇想了一下，说："应该没到那份儿上吧，顶天儿了就是喜新厌旧的事，这种事历朝历代都有，关键是有没有机会和乐意不乐意。至于思维的历史局限性，我觉得咱每个人都有。"

"也是。"魏军同意着。

"但你说五六十年代还出过离婚潮，我还真就是头一次听说，但这离婚的事成'潮'了，就是大量的了吧。咱周围就吴越他爸这样，没听说还有别人喜新厌旧呀？"

"也是这几年大家才知道当时离婚的数特大。但这次'潮'可比那次大多了，我周围好多人也都离了。人现在都挺实际的，资本积累初级阶段的现象，都想在物质上跟别人较劲，都想过得好点儿，住大房子开好车，所以外面有了这方面可能，控制不住自己的人就都奔了'高枝儿'，甚至是不择手段地奔'高枝儿'。男的女的都算上，你知道现在国内中年男人整天都想什么吗？"

"想什么？"乔勇问。

"升官发财死老婆。你刚回来，可能不太了解，慢慢地就知道了。"魏军在电话里说。

乔勇突然觉得魏军刚才说的跟齐晖在拉古纳海滩说的很像，于是"哦"了一声。

"人和人想的不一样。"魏军在电话里叹了口气说。

"能想辙找找国民和周霞吗？十几年没见了。"乔勇问。

"可能得费点劲。你找周霞干吗呀？头几年我听说她跟香港人上床挣外汇券，就挺腻味，我不知道我见了她说什么。"魏军的口气带着明显的不愿意。

"那就找找国民吧。"乔勇说。

"那我试试吧。"

挂上电话，乔勇打开电脑，接上互联网，上了他的私人邮箱。乔勇想给肖迪写封电子邮件。打开信箱，乔勇看到肖迪给他发了一封电子邮件："这些天晚上睡得都特别不好，很想你。其实我一直非常不想咱们刚结婚你就回北京工作，但我知道这是你一直想的。电话里忘了提醒你：北京春天有沙尘暴，你别再露天跑步了，你住的附近有健身房吗？要有，去那里在跑步机上跑。我每天都在看日历，希望这学期快点完，能尽快拿了学位回北京。自己一个人在这里觉得特没意思。哦，今天收到我大学同班同学马晓彤的电邮，她大学毕业后，就跟一个做生意的结了婚，还生了一个孩子。她在电邮中说她离婚了，是她前夫有了外遇。现在她自己带着孩子过。因为毕业后她一直在家带孩子，没有任何工作经验，找了挺长时间的工作都没找到。你们在北京建代表处，能让她去你们公司吗？如果可以，我让她跟你联系，如果不成就算了。Love。"

乔勇看完电邮，马上给肖迪回了以下电邮："我也非常想你。最近比较忙，还没顾得上找健身房，等过了这阵子吧。放心，我不会在沙尘暴里跑步的。你的那个同学我建议最好不要来我们公司，我不了解她，北京代表处在筹建阶段，我也不管招聘的事，等以后你回来再说，好吗？你同学离婚是我今天听到的第二个离婚消息。今天我北京的一个朋友，叫翟小松的，说他也离婚了。他也有孩子，是个女儿，不知他怎么想的。听我另一朋友说，现在国内离婚的确不少，折腾！Love。"

乔勇把这封电邮发走后关了电脑，正准备去洗澡，他的手机响了。乔勇拿起手机，看到来电显示是国外，估计是肖迪打的。接起来，电话里果然传出肖迪的声音："电子邮件我看到了，晓彤的事就听你的吧。但我觉得晓彤挺惨的，她在电邮里说，她前夫做生意赔了，连孩子生活费都给不了，她现在靠过去的一点积蓄和她父母的接济……"

"女怕嫁错郎。"乔勇说了一句。

"当初晓彤要跟那个做生意的结婚，我们都劝过她，但她可能看上那男的今天送这个明天送那个，老带她这儿吃那儿吃的，唉。"说完，肖迪在电话里叹了口气。

"你这同学是一俗妞呀。"乔勇语带不屑地说道。

"我们大学住一个宿舍。"

乔勇"哦"了一声。

"你朋友为什么离？"肖迪问。

"具体我也不清楚，可能有外遇了吧。"乔勇回答。

电话那边肖迪沉默了一会儿，突然说："我不想读了，想回北京……"

听肖迪说不想读书，想回北京，乔勇马上说："别呀，为什么？"

"想在你身边。"肖迪在电话里小声说。

乔勇笑了，说："就为这事？"然后马上接着说："咱们跟他们不一样，我没事。你也必须读完这学期，拿了学位回来，要不然没法向咱爸咱妈交代。"

电话那边肖迪没有说话。

乔勇有点着急："成吗？这事你得听我的。"

过了一会儿，肖迪回答："好吧，你那边快11点了吧，早点睡吧。"

听到肖迪的回答，乔勇轻舒一口气，问："你今天干吗？"

"有个paper要写，估计得一天，你快睡吧。"肖迪说。

"好吧，那你好好的，别忘了喝橙汁，多喝水。"乔勇说。

"知道了，Bye（再见）。"肖迪答应完，挂了电话。

10

吴越猜得没错，翟小松的确是跟一个叫张丹的东北女孩好了，并且两人已经一起住在翟小松去年在亚运村附近租的一套一室一厅的小区居民楼里了。

张丹在东北读完大学就来北京闯世界,到现在已经在北京3年多了。其间她换了两次工作,现在在一家民营五金厂做销售。张丹身高一米七,比较瘦,单眼皮,跟翟小松是两年前在一次展销会上认识的。在翟小松之前,张丹在东北老家有一个男朋友,后来认识翟小松,被翟小松吸引,两人经常出去下馆子,没多久,张丹就跟男朋友分手了。事实上,翟小松在亚运村租这套房子已经一年多了,张丹一直住这儿,翟小松过去只是下班后过来待一两个小时,然后就走。他离了婚,才真正跟张丹住在一起。

跟乔勇他们吃完饭,翟小松回到亚运村的住处。进了门,看见张丹正在客厅沙发上打电话。翟小松没进客厅,直接进了洗手间。在洗手间里,翟小松站在手盆上方的镜子前,看着镜子里的自己。做销售的,经常会有招待应酬,加上生活不规律,翟小松看上去要比实际年龄大五六岁。看着镜子里已经开始发福的自己,翟小松突然想起他女儿天天。他已经有一个多月没有回他原来的家看女儿了。翟小松非常喜欢他这个女儿,天天11岁了,正在上五年级,学习成绩在班上名列前茅。天天属于那种集中了父母全部优点的孩子,非常聪明、活泼。翟小松过去下班回家,总是要跟天天闹一会儿。为了不让孩子受父母离婚的影响,翟小松和天天妈妈约定,暂时不把他们离婚的事告诉天天。对是否离婚跟张丹在一起,翟小松当初的确很犹豫,但张丹对翟小松的确也有很大吸引力,特别是在翟小松丢了订单,受到经理的责骂,烦了想喝酒抽烟的时候,张丹会一瓶一瓶地陪他喝,一根接一根地陪他抽。天天妈妈不会让翟小松那样喝酒,尤其不让他当着天天的面抽烟,她希望翟小松生活规律,经常提醒翟小松把烟和酒都戒了。但天天妈妈的提醒在翟小松看来就是没事找事的"唠叨",让他很烦,这导致两人经常因为翟小松又喝酒了或又抽烟了吵架,加上天天妈妈因年龄原因逐渐发胖的体形以及张丹的年龄优势和姣好的身材,使翟小松在跟天天妈妈离婚前很长一段时间里,下班后不愿回家,经常跟张丹在一起直至婚姻破裂。

但最近一段时间,翟小松对为张丹跟天天妈妈离婚,突然有了一种若隐若现的后悔。这主要源自搬过来跟张丹一起生活后,两人经常出现的一些摩擦和矛盾。比如张丹不像天天妈妈那样干净、整洁,张丹从来不会收拾房间也不想做饭,房间永远是乱七八糟的,到吃饭时候总让翟小松带她出去吃,这让有过家庭生活经历的翟小松在这儿根本找不到家的感觉。再比如，天天妈妈除了晚上睡觉将手机关机，其他时间一般不会关机，开会也只是把手机调成静音。白天翟小松基本上任何时候都可以通过手机联系上天天妈妈。但张丹就不是这样。作为销售人员，张丹需要经常为打点关系或联络感情，跟客户出去吃饭，饭后有时还会去歌厅唱歌，晚上很晚才回来。对此，也是做销售的翟小松可以理解。但张丹经常在出去应酬时将手机关机，让翟小松无法找到她，这就让翟小松很生气。翟小松曾为张丹不接电话和关机，多次跟她沟通过甚至吵过，特别是跟天天妈妈离婚、跟张丹一起住后，翟小松认为张丹不应再给别人她还是单身的印象，手机也不应经常关机，但张丹的解释是做销售的跟人说自己单身要比说自己结婚或有男朋友好做得多。她跟翟小松结婚、买房、换车都要钱，如果不通过订单提成多挣点儿，单靠两人的工资，在北京根本甭想买上房。翟小松了解销售职业的潜规则，但心里还是别扭，坚持要求张丹今后出去应酬不能关手机。张丹虽然不愿意，但看到翟小松真的认了真，就对翟小松保证今后出去应酬不会关机。

这之后一段时间，张丹出去跟客户应酬时，虽然不再关机，但经常将手机设置成静音。如果这时翟小松打进电话，张丹不愿接，过后张丹总会以诸如去了洗手间、手机放包里没听见之类的理由搪塞。几次之后，翟小松也觉得没劲了，所以遇到张丹晚上出去应酬，不接他的电话，翟小松也就懒得再问了。昨天晚上就是这种情况，张丹说晚上要请客户吃饭，翟小松看张丹晚上10点还没回来，就给她手机打电话，张丹没接。到晚上11点张丹回电，说是手机放包里没听见，马上就回去。翟小松当时在看电视，心里不愿意，但觉得大晚上的，再为张丹不接电话吵起来，特没劲，就没再跟张丹为手机的事掰扯。

翟小松正看着镜子里的自己，想着心事，冷不丁张丹推门站在洗手间的门口，说："干吗哪，进门也不打个招呼，一个人在这儿想谁哪？"

听见张丹的声音，翟小松转过身，没回答张丹的问题，而是问："谁的电话？"

"我妈的。"张丹答道。

翟小松扭头看着张丹。张丹穿着牛仔裤，把上面的衬衣搭在裤子外面，长发散开披在肩上，显得跟她上班穿正装时的感觉不太一样。

"你妈没事吧？看你好像挺严肃认真的样子。"翟小松简单洗了一下手，然后用毛巾擦了两下后，边问边走出洗手间。

张丹没情绪地答道："也没什么大事，就是他们还是想在老家买套房，但还是差钱，想管我借点儿。"

翟小松走进客厅在沙发上坐下，张丹也跟了过来，跟翟小松并肩坐在沙发上。翟小松掏出烟，抽出一支点上，吸了一口，看着张丹，问："她这是第几次跟你说借钱买房的事了？你想借就借吧，反正那是你妈。"

张丹看了一眼翟小松，说："但我不是没那么多嘛。"

翟小松深吸了一口烟，然后把烟吐出去，问："他们这次想借多少？还是30万？"

张丹伸出两个手指，说："不，20万。"

翟小松"哦"了一声。

张丹看着翟小松，等了一会儿问："你考虑得怎么样了，能借我点儿吗？"

翟小松扭头看着张丹非常坚定地说："不能。"

张丹听翟小松这么坚决地说"不能"，一下就急了："你干吗老不能、不能的？为什么？你不是说爱我，要跟我结婚吗？"

翟小松不耐烦地说："两回事。为了你，我女儿都不要了，婚都离了。我现在手上没那么多钱，就是有，我那边还要付抚养费，这边还要攒钱买房，还得供你吃喝……"

听翟小松这么说，张丹马上提高了嗓门，冲翟小松嚷道："就知道你还想着那边！你供谁吃喝了，你每个月给过我钱吗？"

翟小松听见张丹这么说，非常不舒服，不知怎的突然想起昨晚张丹又不接电话的事，一下子火就撞了上来，冲张丹说："这租房钱、平时的开销不都是我出的吗？平时你连吃速冻饺子的醋都不愿买，我每月给你钱？我干吗每月要给你钱，我跟你什么关系？"

"什么'什么关系'？跟你住一起的关系，你不觉得你该每个月给我生活费吗？把你没给我的生活费加起来给我，算是借我的，帮我父母买套房不应该呀？"张丹已经是扯着嗓子冲翟小松嚷了。

翟小松鼻子里"哼"了一声，说："住一起的关系？你晚上10点多了不接我电话。"然后突然像想起什么，大声问张丹，"你说什么费？"

张丹也觉得失言了，扭头看着别处，没有回答。

翟小松不依不饶："生活费？！你是我二奶还是我小蜜，我他妈的还得给你生活费？你有工作有收入，咱们正经搞对象谈朋友，你要哪儿用钱你说，我拿给你，但你能别那么俗成吗？我不适应！"

张丹还是没说话，眼睛继续看着别处。

翟小松抽着烟等了一会儿，见张丹没有要缓和的意思，就使劲按灭了烟头，说："不早了，我想洗洗睡了，明天还得早起上班。"

张丹这时把脸转过来，说："成，我妈那边的事不用你管了，但还有件事你得管。"

翟小松扭头看着张丹，问："什么事？"

"我表妹的事。"张丹没好气地说。

"你表妹，你从哪儿又蹦出个表妹？"

"我姨的孩子，马上要来北京找工作，我妈让我帮帮她。"

"那你帮吧。"说着，翟小松从沙发上站起身。

"我怎么帮？北京我又不熟！"张丹嚷道。

翟小松低头看着张丹，说："那你想怎么着？"

张丹缓和了一下语气，说："你不是说你有一哥们儿从美国回来，在北京建公司吗？能不能介绍我表妹去那儿干？"

翟小松一听张丹让自己介绍她表妹去乔勇的公司工作，就问："你这表妹读过大学吗？"

张丹脸上马上露出自豪的神情，说："正经大学本科，学英语的。"

"现在想找工作的太多了，前几天还有人让我帮着找工作哪。你表妹多大了？"

"22，去年大学刚毕业，在老家那边的一家私企做过秘书，人长得漂亮。"张丹说完，马上问，"你那哥们儿结婚了吗？"

"张丹你想什么哪？"翟小松冲张丹说，然后马上又补了一句，"在美国结的，跟一北京留学生，特漂亮。"

张丹脸上的表情又变成酸溜溜的，说："是吗，你特羡慕吧？"

听张丹这么说，翟小松立刻不耐烦起来："你说什么哪？我们那哥们儿特别牛，读的是中国名牌大学和美国名牌商学院，跨国公司经理。人两家都是高知，门当户对，关键是人家都懂道理。"

张丹"切"了一声，马上接着说："那先跟你朋友说说我表妹的事呗。"

"我问过了，人说不要。"翟小松答道。

"你什么时候问的？帮谁问的？"张丹追问道。

"没谁，只随便问问。怎么你不信我问过？"翟小松没好气地答道。

张丹仰头看了会儿翟小松，然后站起来往翟小松旁边凑了凑，语气变得特温柔："翟哥，我就这么一个亲表妹，打小一起长大的，跟亲妹妹似的。她来北京找我帮忙，你说我能不帮吗？"

翟小松看了一眼张丹，没说话。

看翟小松没反应，张丹又撒娇似的说："翟哥，你就帮次忙呗，要不你就再问问你那哥们儿，成不？"说着张丹像孩子似的摇了摇翟小松的胳膊。

翟小松还是没说话，弯腰从茶几上的烟盒里抽出一支烟。

"你倒是说话呀，就求你问问你哥们儿，成不成再说。求你了成了吧，翟哥。"张丹语气中已经带着央告成分。

翟小松这是第一次见张丹这么求自己。他转过身，看见张丹漂亮的脸蛋儿。翟小松的心有点软了。

张丹见翟小松还是不说话，就趴在翟小松的耳边，轻轻地说："我表妹要来，但我'大姨妈'今天刚走。你要答应帮我表妹这个忙，我让你这几天连着几个晚上当'新郎'。"说完拿眼睛定定地看着翟小松。

翟小松看着张丹的神态，顿时感到了一种不能控制的冲动。他边把手里的烟扔回茶几边对张丹说："说说倒没什么，只是要不要你表妹得人家说了算。"

"成，只要你能帮着问问，一准儿成。"

"这你说了不算。"翟小松说。

"就当是给你亲妹妹办事，咱不都快成一家人了吗？"张丹说话的口气带着真诚。

"你表妹什么时候来，来了住哪儿？"翟小松问张丹。

张丹回答得很麻利："说是下礼拜就来，当然住我这儿了。"说完觉得不对，又补了一句："我是说暂时的。"

翟小松有些吃惊："下礼拜？！住这儿？这一室一厅的怎么睡？"

"我和她睡里屋，你睡这儿。"张丹说着拍了拍沙发，又说，"就是过渡，她找到工作，我就让她自己找房搬出去住。"

翟小松刚才的冲动被张丹的几句话一扫而空。他开始往洗手间走，边走边说："张丹，你觉得这样合适吗？"

张丹冲着翟小松后背说："怎么了，就几天。你要觉得不合适，赶快让你那哥们儿雇了她，头天雇了她，第二天我就让她搬。"

张丹的语气好像是在命令，已经没了刚才央告的成分。翟小松没回答，推门进了洗手间。

张丹看翟小松不理自己，马上换了副笑模样，也来到洗手间门外，对里面正挤牙膏的翟小松说："我都不让你管我妈买房了，你就快点儿帮着把我表妹这事办了，呵，又不让你出钱。"

翟小松扭头看了一眼站在洗手间门外的张丹，说："我欠你妈的？再说了，这人情可比钱值钱多了，你懂吗？"

张丹撇了撇嘴，说："不觉得。"

翟小松听了张丹的话，突然有种莫名的烦躁，问："你妈买房缺的钱你打算怎么着？"

"你别管了，我自己想办法。"张丹说着把头扭向一边。

翟小松又看了一眼张丹，说："那你想吧。"刚想开始刷牙，又把牙刷从嘴里拿出来，回头问张丹："你表妹叫什么？"

张丹转过脸，看着翟小松："干吗？"

"你不是让我问我哥们儿能不能雇你们家那亲戚吗？人要问起她的大号，我得告诉人家吧。"

"她叫于倩倩。"说完，又加了一句，"你能赶紧打电话吗？求你了。"

"等我刷完了牙再说吧。"说完,翟小松开始刷牙,不再理张丹。

10分钟后,翟小松拨了乔勇的手机号。听见手机那头乔勇接起来后,翟小松马上说:"哥们儿,抱歉,你都上床了吧?"

"没事儿。有事儿?"乔勇放下正在看的书,答道。

"是,想向你推荐个漂亮的女孩,学英语的。"翟小松说。

"小松,不是跟你说了,我不管招聘。"

"我介绍的肯定好,要不您先看看?您看着入了您的法眼,您就帮着推荐推荐。"顿了一下,翟小松继续说,"实话实说,这是我现在女朋友的表妹,亲的,从东北来的,住我这儿。我这儿就一室一厅,挺不方便的,我女友说了,她找到工作就让她搬出去住。所以,为了我能舒坦点儿,我得赶紧帮她找份差事。"

乔勇想了一下,说:"那好吧,什么时候你把她的CV给我吧。"

"TV?电视?你招人还管别人要电视?黑点儿吧?"

听翟小松在电话里嚷嚷,乔勇马上意识到他没听懂,于是赶紧解释:"CV就是简历的意思。"

"简历叫TV呀?"

"是CV,不是TV,这英文你还得继续学呀。"乔勇解释着。

"我毕了业,顶天了,说英语超不过10句,还都是'你好'之类的。你这高词儿我上哪儿知道去。成,我过些天就把……什么来着,哦,对了,CV给你。"

乔勇说了一句"成",接着马上说:"但小松,我还得劝你几句……"

翟小松知道乔勇又要跟他说离婚的事。他现在最不愿意听的就是别人跟他提离婚的事,况且张丹这时就在几米外的洗手间里,所以不等乔勇说完马上说:"我明白,明白。"

"我这儿还没说呢,你那头就明白了?"停了一下,乔勇接着对电话那头的翟小松说,"小松,我知道你不是那种薄情寡义的人,咱们哥儿几个都不是……"

翟小松马上打断乔勇的话,说:"您没听说过,人在江湖,身不由己吗?"

"你又扯哪儿去了,反正我觉得有些事你得想清楚了……"乔勇说。

没等乔勇说完,翟小松又打断了他的话,说:"哥哥,大批判会能改天吗?我知道您该睡觉了,有什么事咱改天成吗?"

听翟小松这么说,乔勇知道他不愿谈这个话题,于是说:"成,那我不说了,那你也早点儿歇着。"

11

两周后,斯考特租了国贸东边的一处写字楼的第十二层,作为PCT北京代表处的办公地点。写字楼地处北京朝阳区商务中心,交通很方便。斯考特首先挑了他的办公室,在边角上,是典型的边角办公室,然后让乔勇挑。乔勇选的办公室,跟斯考特隔了几个房间,办公室有16平方米左右,有扇窗户正对着长安街。能在自己的办公室经常俯瞰自己再熟悉不过的长安街,这点让乔勇很是满意。

办公地点定了后,在装修及购买办公室家具的过程中,面试PCT北京代表处员工的工作也在同时进行。因为办公室正在装修,面试都安排在斯考特找的那家猎头公司的办公室里进行。这段时间,斯考特已经自己面试了由猎头公司推荐的人事部、财务部、销售和市场部所有初期需要雇用的员工。几轮面试后,斯考特决定雇用Tracy李作为北京代表处的人事经理,Tina崔为会计经理,Peter赵为销售经理,李莉为销售和市场专员。

Tracy李是上海人,大学人力资源管理专业毕业后,已经在几家外资企业的人力资源部门工作了10年。Tracy李一米六五左右的身高,身材匀称,瓜子脸,大眼睛,戴了一副薄片近视眼镜,配上西服套装,显得很精干。

跟Tracy李不同,Tina崔是北京人,大学会计专业毕业后,就进入了一家世界500强企业的会计部门,从出纳做起,最后被提到会计部门经理。可能是职业上的原因,Tina崔给乔勇的感觉比较沉稳,说话严丝合缝。

销售经理Peter赵是江苏人,曾是新加坡一家化工企业中国区销售经理。销售和市场专员李莉是四川人,PCT是她大学毕业后工作过的第四家公司。Peter赵和李莉向乔勇汇报。其他部门的经理向斯考特汇报。

斯考特没让乔勇参与所有第一轮面试。第二轮面试安排在国贸一层的咖啡店，在面试Peter和李莉快要结束时（有些美国公司，在基本决定雇用某个职位的应聘者后，将被雇用人员的上级经理为了同被雇用人员建立亲近感，会请被雇用人员一起喝咖啡或吃饭），才让乔勇过来跟这两个他今后的下属见了一面。

前几天，翟小松把张丹表妹于倩倩的简历通过传真发给了乔勇。今天翟小松给乔勇打电话，把他跟于倩倩表姐张丹的事跟乔勇说了。

听翟小松说完他跟张丹的事，乔勇叹了口气，说："小松，我也不知道说什么好，但事情已经这样了，别亏了你闺女。"

翟小松马上在电话里表示："不会的，我亏了自己也不会亏了我闺女。"

乔勇又问："你跟那东北女孩过得到一块去吗？"

翟小松在电话里"咳"了一声，说："凑合着过呗。"然后马上又说："但她表妹的事，你真得帮帮哥们儿。我不向你推荐别人了，这次能用她就别用别人了，为了我晚上不睡沙发，成吗？"

"小松，我看了简历，也想跟你说这事。她刚大学毕业一年，我们这儿都要求有5年以上工作经验，这丫头差点儿。但我们这儿缺一前台，她愿意做吗？"

翟小松一听乔勇说的，马上说："我说，于倩倩她是大学毕业，您能尽量安排一个技术含量高点的差事吗？"

"我们这儿都是大学毕业的，我真觉得别的职位她都差点儿，我们初期只招人事、财务和市场，这几个部门她也都没工作经验。要不算了，就是这前台也得我老板说了算，让她再看看别的机会吧。"

翟小松想了一下，说："那我回去问问她愿不愿意吧。这前台每月能开多少？"

"2000左右吧。"乔勇答道，然后又对电话那边的翟小松说，"小松，我觉得你是瞎折腾。"

"你说我跟张丹？"

"是。"

翟小松叹口气，说："也许吧，但已经到这份儿上了。"

"听你这意思是后悔了？"

"哪儿有后悔药买呀？你容我10分钟，我问问张丹，看她们愿不愿意。"

"好。"乔勇说完挂了电话。

挂了乔勇的电话后，翟小松马上给张丹打电话。电话刚响了两声，张丹就接了起来，这让翟小松有点不适应："这次你接电话倒挺快呀。"

张丹没接翟小松的话，直接问："早上让你问问你朋友，问了吗？倩倩能不能去他那儿？"

翟小松："我那哥们儿说了，你表妹没有工作经验，他那儿别的部门可能不成，前台愿意干吗？"

"怎么给整前台了，你这哥们儿过了点儿吧。"张丹的口气带着明显的不乐意。

"你表妹没有其他部门的工作经验。"翟小松说。

"过几年不就成有经验的了吗？他是不是不想帮你呀？"张丹的口气从不乐意变成了质问。

翟小松听张丹这么说，很不以为然："张丹你别这么脏心烂肺成吗？不至于。他上面还有一美国人管着他呢。要不我看算了，你要觉得前台不合适，也别为难人家了，公司也不是他们家开的。"

电话那边张丹没有马上回答，等了几秒，问："前台每月能开多少？"

"2000吧。"翟小松答道。

"一前台给这么多？都比我工资高了，我都想去了……那我问问倩倩。"张丹说完，没等翟小松反应过来就把电话挂了。

翟小松听张丹那边挂了电话，愣着看了一会儿手机屏幕，心想："我还没说完哪。"然后叹了口气，给张丹发了一条短信："10分钟之内告我结果。"

才过了5分钟，张丹就给翟小松回了电话："倩倩说可以，但每月工资能不能再高点？"听翟小松那边接起电话，没等翟小松说话，张丹马上说。

"您把人那边当成你们老家的自由菜市场了吧？"听着电话里张丹这么直奔主题，翟小松没好气地回了一句。

"商量一下怎么了？"张丹也没好气地答道。

"你想商量没人拦着你,但这事人家不想商量。"翟小松冷冷地说。

"不就是一破公司吗?!"张丹不紧不慢地回了一句。

听张丹这种口气,翟小松有点儿搂不住火:"这是咱求着人家呢成吗,张丹?"

"谁求谁还不一定哪!"张丹回道。

"你这不是……"翟小松本想说"你这不是混蛋吗",但说了半句,把"混蛋"俩字咽了回去,生生地改成,"咱别较劲、打嘴炮了成吗?到底去不去?"

"去呀,干吗不去?"张丹没好气地说道。

翟小松没说话。

没听见翟小松说话,张丹在电话问:"加点钱真的不成呀?"

翟小松顿感特别没劲,还是没有说话。

"你倒是说话呀,到底成不成呀?"张丹在电话里着急地问。

"别去了。"翟小松叹了口气,没好气地说。之后,马上接着说:"不是,张丹,那公司不是咱家开的吧?"

"你没问你怎么知道?"

"你没在外企干过,这上面经理、总监什么的工资会有浮动,越往上浮动越大,越往下浮动越小,这前台、搞卫生的阿姨什么的,是最下面的了,不会有什么浮动。"

"你又不是他们公司的,可能他们公司跟别的公司不一样呢。"张丹没好气地说道。

听了张丹的话,翟小松很不舒服,说:"张丹,不让人觉得咱们太过了就特难是吗?"

"多大个事儿呀。"张丹回道。

见翟小松没反应,张丹的口气缓和了一些,说:"那成吧。"

翟小松没说话。

见翟小松没反应,张丹"喂"了几声,又等了一会儿才听见电话那边翟小松不耐烦地说:"到底能不能去,现在还没定,得面试完了再说。你先挂了,我先跟我哥们儿回一句吧,人那边还等着哪。"没等张丹说话,翟小松就把电话挂了。

挂了电话,翟小松突然发现自己跟张丹的想法和交流方式存在巨大差异,他不会跟乔勇提涨工资的事,但如果张丹说她表妹愿意做前台,他还是希望乔勇能帮这个忙，因为如果于倩倩找到工作、上了班，她就可以早点从他和张丹住的地方搬出去。想到这儿，他拨了乔勇的手机号。等乔勇接起来后，翟小松先是赶紧道歉，说是有事耽误了，没能及时回电话，同时告诉乔勇："于倩倩同意申请前台职位。"

12

斯考特在PCT北京代表处开始对外办公后的第二天，就去香港出差了。这天早上，乔勇刚走进自己在PCT北京代表处的办公室，还没把自己背的双肩包放在地上，人事经理Tracy就出现在门口，说了声："乔总早。"

乔勇回头看是Tracy，向她点点头，也说了句："早，Tracy。"然后把双肩包放在靠窗的地上后转过身问："有事吗？"

Tracy依旧站在办公室门口，说："斯考特想让我们一起找一个前台，您给我的于倩倩简历我看了，我觉得可以，想请她明天下午2点过来面试一下。"

乔勇听后马上说："好，你要觉得成就面一下吧。"

Tracy点头，说："好的，斯考特说让您代替他进行最后的面试。"

乔勇摆摆手，说："这不合适，你面完了，觉得成，应该推荐给斯考特面。"

"斯考特说他这段时间忙，招聘前台的事他就不参与了，他请您负责。"Tracy回答。

乔勇又摆摆手，说："你面完了，我可以在斯考特面试前，先帮着面一下，但斯考特应该再面一下。这样，Tracy，你再多选几位申请的，先筛筛，最后给斯考特推荐3位，让他决定用谁。"

"但斯考特看了于倩倩的简历，说挺合适，让我们面一下，说没有问题就是于倩倩了，她又是您推荐的……"Tracy说。

听Tracy这么说，乔勇马上说道："还是多选几位，这是程序。我没有见过于倩倩，她只是认识我的一个朋友。"

看到乔勇非常坚持，Tracy脸上显出为难的表情，但她还是点点头，说："知道了。"

第二天下午2点，于倩倩准时来到PCT北京代表处准备面试时，在门口碰上李莉。于倩倩说明来意，李莉让她在前台等会儿，用内线给Tracy打了电话，得到肯定的回答后，就带着于倩倩来到Tracy的办公室。

于倩倩跟Tracy的面试只进行了10分钟左右，之后，Tracy就带她来到乔勇的办公室。给乔勇介绍完，Tracy将于倩倩的简历递给乔勇，就转身回她自己的办公室去了。

乔勇站起来对于倩倩说了句"你好"，跟她握了握手，请她在自己对面的椅子上坐下。还没等乔勇说话，于倩倩就先说了："乔哥，我姐让我过来，说您这儿缺人……"

乔勇一听于倩倩这么说，马上纠正，说："于小姐，在公司里别这么叫。我没见过你姐，我跟翟小松熟，是他向我推荐的你。"

于倩倩觉得不好意思，脸一下红了。

乔勇见于倩倩尴尬，就马上接着说："没事，以后别这么叫了，可能你在家这么叫惯了，但这是公司。"

于倩倩小声说："知道了。"

乔勇接着说："于小姐，这个职位今后可能很多时候要使用英文，我知道你在大学的专业是英文，你用英文会话没问题吧？"

"应该没问题，但挺长时间不说了。"于倩倩依旧小声地答道。

"没事，请先用英文将你的学习和工作情况介绍一下，可以吗？"

于倩倩点点头，说："好。"

之后，于倩倩用英文介绍了她的学习和工作情况。乔勇听完，觉得于倩倩做前台应该没问题，但可能挺长时间不说英文了，显得有些生疏。但乔勇觉得只要于倩倩平时加强点儿学习，有个一年半载的就能把英文找补回来，应付前台英语应该没问题。于是站起来说："于小姐，我们会很快跟您联系的。谢谢您今天过来。亚运村到我们这儿上班可不近。"

看见乔勇站起来，于倩倩也跟着站起来，说："有地铁，还成。"

"人事Tracy会跟你联系的。她给你她的名片了吗？"

于倩倩点点头，说："给了。"

"回去别忘了给她发一封'谢谢面试'的电子邮件。"乔勇说。

于倩倩没听懂，小声地问了句："您说什么邮件？"

听于倩倩这么问，乔勇心想可能于倩倩还不了解外企的面试规则，马上说道："就是写一封谢谢她给你面试这个职位机会的电子邮件，发给她，礼貌性地，但很重要。"

于倩倩又点了点头，说："知道了。"

乔勇点点头，然后带着于倩倩回到Tracy的办公室。

"Tracy，我们谈完了，你跟于小姐还有别的事要谈吗？"乔勇没进Tracy的办公室，只是在门口对里面的Tracy说。

见乔勇带着于倩倩回到自己的办公室，Tracy马上从椅子上站起来，绕过桌子来到门口说了句"没有了"。

"那你送送于小姐吧。"乔勇说。

"好的。"Tracy马上答道。

乔勇回到自己的办公室，马上给Tracy发了以下电子邮件并抄送了斯考特：

Tracy,

I am OK with Ms. Yu, Qianqian, though she needs to brush up on her English. Please interview more candidates for the job and send the shortlisted to Scott for the review.

Thanks.

Qiao Yong

（Tracy，虽然于倩倩需要再加强一下英语，但我觉得她还可以。请再多面试几位，然后将你认为最好的几位的情况发给斯考特，请他考虑。谢谢。乔勇）

3天后，斯考特从香港回到北京。第一天上班，刚进办公室，斯考特就打电话给乔勇，让乔勇马上去他那儿，说是要过一下今年的销售情况。几分钟后，乔勇带着PCT中国区销售及订单预测报告走进斯考特办公室，还没等乔勇坐下，斯考特就说："Qiao, Tracy has told me about front desk hire and your referral. She's OK with the girl. I just signed on employment documents. Tracy will be preparing the contract. She will be coming to work soon. Qiao, is this girl your friend?"（乔，Tracy跟我说了找前台的事和你的推荐。她觉得那个女孩可以。我刚刚在雇用她的文件上签了字，Tracy会准备雇用合同。她不久就可以来这里上班。乔，那个女孩是你朋友吗？）

虽然乔勇让Tracy多面试几个前台职位申请人，但他知道Tracy只面试了于倩倩一人。听了斯考特的问话，马上说：

"No, she is recommended by a friend. I had not met her before the interview. Scott, you need to interview her and some other qualified candidates before an employment contract is given."（不是，她是我的一个朋友介绍的。在她过来面试前，我没有见过她。斯考特，你需要在给她雇用合同前，先面试她和其他一些符合条件的候选人。）

斯考特摇摇头，说："Not necessary, Qiao. I trust you."（没必要。乔，我相信你。）

听斯考特这么说，乔勇在椅子里挪动了一下身体，说："Well, thanks. But I still think…"（哦，谢谢，但我还是觉得……）

斯考特打断乔勇的话，说："That's OK. Let's talk about the sales and pipeline report. Please walk me through the report first."（没事。让我们聊聊这期的销售和订单预测报告。首先，先跟我过一下这期的报告。）

乔勇边将一份销售和订单预测报告复印件递给斯考特边说："E-version has been sent to you by email."（电子版的已经通过电子邮件发给你了。）然后就逐项向斯考特介绍上面的数字。

介绍完后，斯考特没有问任何问题，就示意乔勇可以离开他的办公室。

回到自己的办公室，乔勇马上给Tracy发了一个电子邮件：

Tracy,

Understood from Scott today you were preparing employment contract for

Yu Qianqian. Please will you a) interview more candidates and/or b) let Scott interview Yu Qianqian before providing employment contract.

Thanks.

Qiao Yong

（Tracy，今天从斯考特那儿知道，你在准备于倩倩的雇用合同。请你：一、再面试几个候选人；二、在给于倩倩雇用合同前，让斯考特面试她一下。谢谢。乔勇）

乔勇相信给Tracy发上面的电子邮件很有必要，这些日子跟斯考特共事的经历，让乔勇觉得在斯考特手下工作，任何事都不能大意。给Tracy发送完邮件后，乔勇突然觉得这样做很累，但他意识到，现实要求他必须这样，自己不能给任何人今后可以用来攻击自己的"把柄"。"小心驶得万年船。"乔勇自言自语地说。

15分钟后，Tracy的回复回来了：

Dear Mr. Qiao,

Scott said it wouldn't be necessary. Employment contract will be sent out this week. Thanks.

Tracy

（亲爱的乔先生，斯考特说没必要。这周就会将雇用合同寄出。谢谢。Tracy）

看到Tracy的这封电子邮件，乔勇知道他今后不会因为PCT北京代表处雇用了于倩倩有什么麻烦了。

13

两个星期后的星期三下午，快下班的时候，斯考特给乔勇打电话，让乔勇去他办公室。放下电话，乔勇想这几天自己和斯考特已经收到两封来自纽约杰夫和一封来自洛杉矶约翰的电子邮件，都是询问国内市场今年的订单情况。乔勇回北京后，对国内主要客户今年的总体订单规模有了更进一步的了解，也在根据市场实际情况经常调整销售预测。乔勇想，可能斯考特在读了杰夫和约翰的电子邮件后，想跟他再过一下销售预测方面的情况，于是从文件柜中取出中国市场销售预测报告后来到斯考特的办公室。

进到斯考特的办公室，乔勇在斯考特办公桌前边的椅子上坐了下来。

但斯考特找乔勇开会，根本不是为讨论国内订单。

见乔勇在自己对面坐下，斯考特说："Qiao, we've hired several people for our new China Rep Office. I got an email last night from Joan, the HR director in New York. She was asking for a profile report for each new hire, I mean the managers' profile. I have asked the headhunter to prepare the documents and I would like you to join me in signing on them."（乔，我们已经为我们的中国区代表处雇了一些人。朱安，就是纽约的人事总监，让我们将新雇员工的情况发给她，我的意思是我们为代表处雇用的经理级员工的情况。我已经让猎头准备了他们的信息，我希望你能跟我一起签一下这些文件。）

说完，斯考特把一沓新雇经理人员文件递给乔勇，接着说："I just sent an e-version to your email box."（我刚把电子版的通过邮件发给了你。）

乔勇接过新雇经理人员的介绍，看了一眼，问斯考特："Do I have to sign off these documents? You know I had not interviewed Tina and Tracy. As for Peter, I had met him for maybe 5 minutes at a coffee shop before he came on board."（我必须签这个吗？你知道我没有面试过Tina和Tracy，至于Peter，我也只是在他上班前跟他在咖啡店见了大约5分钟。）

"I'd be appreciated if you do."（你如果能签，我会很感谢。）斯考特答道。

乔勇不理解斯考特为什么要这么干。他明知道自己没有面试过那些他招的人，还要让自己为他招的人背书，是不是在为今后可能出现的任何用人失误预留伏笔呀？如果自己签了这些东西，万一斯考特雇的这些员工在工作中出现任何问题，斯考特就可以向纽约说是他和自己共同决定雇的这些人，而不必由他一个人承担全部雇用责任。乔勇心里暗笑：斯考特从哪儿、跟谁学的这套？想着，乔勇把带来的中国市场销售预测报告和新雇经理人员的介绍一起放在斯考特的办公桌上，对坐在对面的斯考特说："Scott, New York does know I have not involved in the interviewing process for those people. I am very hesitating putting my name on these documents, to protect both of us."［斯考特，纽约知道我没参与面试那几个人。我很犹豫签这些文件。（我不签）既是在保护我也是在保护你。］

乔勇知道纽约的人事部不知道自己没有参与面试那几个人，但乔勇现在必须为自己找一个不签字的正当理由，以断了斯考特让自己签字的念想。再者，乔勇想，没有面试那几个人也是实情。乔勇这么回答也是想间接提醒斯考特，他要让自己在那些文件上签字，他是在违反公司规定，今后会有麻烦。

果然，听乔勇这么一说，斯考特马上假装想起什么似的，说："Oh, I forgot. That's fine."（哦，我忘了。可以。）说完探身伸手从办公桌上将想让乔勇签的文件拿了回去。

5分钟后，乔勇从斯考特的办公室里出来，边往自己的办公室走边想，斯考特让自己在Peter、Tracy和Tina的人事雇用文件上签字的做法太损了。乔勇相信这要是在美国，因为担心会有法律上的麻烦，像斯考特这种级别的经理绝不敢这么干。乔勇想，是不是自己第一次跟斯考特在咖啡店见面时，没有"戳穿"斯考特的谎话，给了他错觉，以为自己真就不知道他跟决定中国区副总经理一事没任何关系？他肯定觉得当面跟我说让我负责国内销售和市场工作以及雇了于倩倩做前台，就是给了我一个人情，我就会感激他、回报他，就会签那些自己不该签的文件。但斯考特就没想想，自己怎么可能签那个东西！签了，就是自己给自己挖了一个大坑。这样看起来，这个斯考特还真挺有心计的，自己在招聘于倩倩过程中的那些保护自己的做法，现在看来不但必要而且很有必要，以后在这个斯考特手下工作，事事都得小心。乔勇想着，走进自己的办公室。

回到自己的办公室，乔勇查看了一下邮件，看到两封邮件，一封来自Peter，另一封带附件的来自斯考特。乔勇先点开Peter的邮件，看到以下内容：

老板：洪阳实业集团葛志鹏副总想这周跟您见一次，谈谈他们订单结算结构的事。您看周几什么时间合适？Peter.

洪阳是PCT在国内的主要客户之一，其每年的订单量一直占到PCT在国内销量的40%。洪阳也从莫拉进货，但洪阳从莫拉进的量很小，不到从PCT进口货量的五分之一，对此莫拉一直在想办法说服洪阳，希望能从洪阳得到更多的订单。

看完Peter的邮件，乔勇查了一下他这周的日程安排，然后给Peter回了如下电子邮件：

Peter，周四中午可以请葛总出来坐坐，一起吃个午饭。地点你定吧，安静点儿的地方，别太贵了。乔勇。

给Peter发了电邮，乔勇点开了斯考特的那封带有附件的邮件。乔勇心想，这可能就是斯考特刚才提到的想让自己签字的那份文件吧。但点开一看，是斯考特给朱安的邮件，斯考特只是将邮件抄送给自己。邮件内容是：

Hi Joan,

Per your request, attached please find profile docs for Tracy Li, HR Manager, Tina Cui, Accounting Manager, and Peter Zhao, Sales Manager. Qiao and I have interviewed those new hires and we believe they are the best we can find at this moment.

Please let me know if you have any questions.

Scott

（你好朱安，按照你的要求，把人事经理Tracy李、会计经理Tina崔和销售经理Peter赵的情况介绍发给你。乔和我都面试了以上这些新雇的人，我们相信他们是我们目前能找到的最好的。如果你有什么问题，请告诉我。斯考特）

乔勇看完这封邮件感觉非常气愤，这哪是让自己浏览文件，分明是在没有跟自己商量的情况下，冒用自己的名字，欺骗纽约人事部，以给纽约人事部错觉，认为自己也面试了那几个人。打开附件，看着第一次见到的新雇的那几个人的简历，乔勇心想，自己必须通过什么方式澄清一下，不然今后一旦这几个人出现问题，自己太被动，同时，不能就这么让斯考特给"陷害了"。想了几分钟，乔勇决定利用向洛杉矶的约翰介绍北京销售部门人员雇用情况的机会，把这里发生的事告诉约翰。想到这儿，乔勇给约翰写了以下邮件：

Hi John,

Positions in Beijing office have been filled. Peter Zhao will be the sales manager. Ms. Li Li will be the sales and marketing executive. Although I was not involved in the interviewing process for the new hires, I trust Scott had done thorough interviews and hope our team can generate more business in the coming months.

Hongyang's Ge wants to have a meet-up this week to discuss transaction settlement structures. I will let you know what he wants after I come back from the meeting.

Qiao

（约翰你好，北京代表处人员已经安排就绪。Peter赵是销售经理，李莉女士是销售和市场专员。虽然我没有参与面试这两个人，但我相信斯考特已经完成了面试过程中的所有程序。希望我们的团队今年能给公司带来更多的生意。洪阳的葛想见面谈谈订单结算结构的事，我跟他见面后，会让你知道他想要什么。乔）

给约翰写完邮件后，乔勇将斯考特给朱安的邮件及附件另存在移动硬盘上后，将它们连同给约翰的邮件一起发给了约翰。斯考特今天的做法，让乔勇产生了更多的自我保护意识。乔勇需要美国有人知道中国代表处发生的事情。至于他给约翰的这封邮件今后能在多大程度上对他有所帮助，乔勇不知道。但乔勇相信约翰会非常注意邮件中第一段的内容并会认真阅读附件。

发送完给约翰的邮件，乔勇刚想起身到李莉的工位问问在国内杂志上登广告的事情，就看到约翰的回复邮件到了。约翰的电子邮件很简洁：

Qiao,

You should have been given a chance to interview your people. Wondering why that didn't happen.

Please do let me know after your meet-up with Mr Ge. The transaction settlement structures have been the same for the last ten years. I don't believe finance would agree to any changes.

John

（乔，你应该面试你部门的员工。很奇怪你为什么没有得到这个机会。在跟葛先生见面后，请告诉我你们见面的情况。我们使用现在的这个结算结构已经10年了。我不相信财务部会同意任何改变。约翰）

看到约翰邮件的前两句，乔勇知道约翰已经注意到在招聘代表处员工过程中的问题，心里踏实了许多。关于跟洪阳的结算，乔勇知道，美国的财务部门可能不会同意任何改动。想着，乔勇给斯考特发了如下电子邮件：

Scott,

Peter and I will have a meet-up with Mr. Ge from Hongyang on Thursday. Ge wants to discuss payment structures. Please let me know if you can join us.

Qiao

（斯考特，Peter和我将在周四跟洪阳的葛先生见面。葛希望谈谈支付结构。请告诉我你是否参加？乔）

乔勇回北京后，一直按照汇报路径，将所有跟销售和市场相关的业务情况及时汇报给斯考特并询问他的意见，以避免斯考特产生自己不被尊重甚至是被排斥在PCT中国区销售和市场业务之外的想法。乔勇知道，只有这样做，他才有可能避免今后一些不必要的麻烦。虽然乔勇现在已经隐约感到斯考特在开始建立代表处的时候，就可能有了其他的考虑，而这个考虑可能对自己不利，但他还是希望能继续按照公司管理程序向斯考特汇报销售和市场情况并征求他的意见。

发送完给斯考特的邮件，乔勇刚想起身去李莉的工位，就见一封来自斯考特的邮件出现在自己的收件箱里。乔勇重新坐下，将邮件点开，看到以下内容：

Qiao,

I wish I could participate... Can we have a meeting to discuss PO prospects at 4 p.m Thursday afternoon?

Scott

（乔，我希望能参加但我参加不了……我们能在周四下午4点谈谈有可能下订单的公司情况吗？斯考特）

看完斯考特的邮件，乔勇马上写了以下回复：

Scott,

Yes, I will go to your office at 4 p.m. Thursday afternoon.

Qiao

（斯考特，可以，我周四下午4点去你的办公室谈。乔）

给斯考特发送完回复后，乔勇站起身，他没有去李莉的工位而是走到窗户旁边，看着下面车流缓慢的长安街，回忆着从进斯考特的办公室到刚才回复他邮件这一个小时之内发生的事情。乔勇相信，他在这期间做的每件事都是正确的。想着这段时间斯考特的管理方式，乔勇心里默念着："希望PCT中国代表处今后不要生出什么是非。"

晚上乔勇下班去父母家吃完饭后就回自己的住处，刚打开电脑，翟小松的电话就进来了："哥们儿，下午我开会的时候，张丹给我打了一电话，说你们人事经理电话通知于倩倩去上班了。我前些时候去四川出了趟苦差，昨天晚上才回来，本来今天上午还想着给你打个电话问问于倩倩的事哪，但我这儿上午一直有事，下午又一直开会，刚完，赶紧给你打个电话，谢谢了。"

"不用谢。"乔勇马上说。

"怎么我听说你不让人家小丫头管你叫乔哥？"

"公司里别瞎叫，这哥那叔的，不好。"

"你这叫不适应国情，这样叫不是亲切吗？"

"别亲切，正经称呼最好。"

"成，那我跟她说吧。"说完，翟小松接着问了句，"你觉得她长得怎么样？"

"还成吧。"乔勇简单地答道。

"她说人事那经理问她跟你是什么关系。"翟小松说。

"她怎么说的？"乔勇问。

"她说你是她姐夫的发小。"

"她还真成。"乔勇笑着说。

"晚上出来哪儿待会儿？"翟小松问。

乔勇看了一眼手机上的时间，说："都几点了？你在哪儿呢？"

"亚运村这边儿。"翟小松答道。

"你那新女友呢？"乔勇问。

"说是有个应酬，带她表妹出去了。"

"带她表妹去应酬？"

翟小松"呵"了一声，接着说："说是让她多认识几个人，她刚来北京，人生地不熟的。"

乔勇没有说话。那边翟小松"喂"了两声后，乔勇说："小松，你可别给我送一雷来。"

"不能，你想哪儿去了。"翟小松马上说。

"成吧，我得先查查电子邮件，晚上不出去了。"

挂了翟小松的电话，乔勇马上点开他的私人邮箱，看见肖迪给他发了一个带附件的电子邮件。乔勇点开电子邮件，看见肖迪给他写的电邮内容："两天没收到你的电邮了，北京工作很忙吧？别忘了多喝点水，少在外面吃，能在你父母或我父母那儿吃最好。附件是我过去的照片，扫给你……love。"

乔勇打开附件，看到肖迪3张漂亮的照片，每张照片中的肖迪都在平静地看着自己。都说相由心生，乔勇一直觉得，肖迪平静的心态是吸引自己的一个重要因素。在美国特别是在洛杉矶，到处都是金钱和物欲的诱惑，能保有一个平静的心态，专心于学业的国内女孩很难得。乔勇看着照片上的肖迪，待了几分钟，将照片存在自己的电脑上，开始给肖迪写回复："照片没有本人漂亮。知道你有'警钟长鸣'的意思，放心吧。特别希望7月能快点到，这学期如果课不多，可以找个长周末去优胜美地看看，我去过，挺好的。北京爸妈那儿一切都好，还没有开始去健身房，觉得有点胖了。北京房价现在都六七千一平方米了，叫商品房，估计在美国挣的那点钱，回来买完房咱们就成穷光蛋了。我还得努力工作，养家糊口。Love。"

将给肖迪的回复发送后，乔勇去洗手间洗了澡，回来就看到肖迪的回复已经到了："先别买房，等我回去再说。优胜美地以后有时间咱们一起去，这次不去了。我拿了学位马上回来。就是你变成穷光蛋也无所谓，我来养你，但要那样家里的大主意都得听我的。Love。"

乔勇看到肖迪的回复，笑了，马上给肖迪回道："不是说好家里的事都是先在你那儿民主，再在我这儿集中吗？……成，你不养我家里的事也全听你的。"

14

  正像翟小松说的，张丹晚上带她表妹于倩倩出去跟一个客户公司老板吃饭。老板叫龚书林，50多岁的年纪，身高不高，一米六五左右，很胖。龚书林是南方人，在北京做生意已经快20年了，开始时只是做些服装类的小生意，后来据说认识了几个"贵人"，开始做五金建材批发生意，十几年下来，生意越做越大，在五金建材批发行业内已经小有名气。龚书林的公司在北京的丰台区，在那儿，他有一个几千平方米的仓库，雇了三十几名员工。因为这些年在五金建材上赚了不少钱，龚书林已经在北京买了两套三室一厅的房子和一辆奔驰轿车。

  龚书林是在几个月前张丹到他的公司做客户访问时第一次见到张丹的。刚见面，龚书林就被张丹高挑、匀称的身材和漂亮的长相所吸引，没谈几句，就问张丹结没结婚，有没有男朋友。张丹骗他说都还没有。听张丹说她既没结婚也没有男朋友，接下来的几个月，龚书林就经常约张丹出去吃饭。张丹也知道龚书林对她有好感，想接近她，但想到龚书林只是初中毕业，结婚二十几年孩子都上高中了，觉得他们之间不可能有任何结果。但龚书林的公司是张丹手上比较大的客户，张丹还指望他增加订单让自己的提成多点儿，所以不敢得罪。每次龚书林电话约张丹吃饭，张丹总是客气地说已经有约了，得改天再说。

  今天下午，龚书林又电话约张丹吃饭，并说他有一个远房外甥，从北京一所名牌大学毕业后就进外企工作，已经十多年了，一米七三，还没女朋友，最近刚换了一家他叫不上名字的外企，现在是那家外企的销售经理，想让他们认识一下。一来张丹这个月的销售任务眼看完成不了，急需龚书林公司订单，同时，当听到龚书林说他有个身高一米七三、大学毕业、在外企工作还没有女朋友的外甥时，张丹马上想到自己的表妹于倩倩，就问龚书林能不能叫上她表妹。一听这次张丹同意出来吃饭，龚书林马上说："可以可以。"

  挂了龚书林的电话，张丹给于倩倩发了一条短信：晚上带你去吃饭，给我回电话。

正在外面逛街的于倩倩看到表姐张丹的短信，马上就给张丹打了电话。

张丹接起电话，劈头就问："干吗呢？"

"在外头瞎逛，看看衣服。"于倩倩回答。

"晚上先别回去，带你跟人吃饭去。"

"是请翟哥那个面试我的朋友吗？我早就觉得应该请他吃次饭，表示一下。"于倩倩马上说。

张丹有些不耐烦，说："不是。"

"那什么人呀，姐？"于倩倩有些失望地问。

"一私企老板和他的外甥，说是在一家外企工作，当经理的，给你介绍一下。"

"几点？在哪儿呀？"于倩倩问。

"7点，你先到我们公司，我下班咱们一起去，等会儿我把公司地址发给你。"

"你跟翟哥说了吗？"于倩倩又问。

"等会儿跟他说，我在公司等你。"

"姐，我还是觉得得请翟哥的朋友吃次饭，人家帮了我这么大的忙。"

"这个你别惦记了，让翟小松请他。他们是朋友，给你省几个钱。"

"合适吗？"

"有什么不合适的？你听我的没错。"

于倩倩"哦"了一声，没再说话。

"别忘了晚上准时过来。"说完，张丹就挂了电话。

晚上7点，张丹带于倩倩来到她跟龚书林约好的餐厅。龚书林已经到了，正跟旁边一个30多岁的男的聊天。张丹想，这可能就是龚书林说的他的那个远房外甥。看到张丹她们进来，龚书林赶紧站起来，说："张小姐，我给您介绍一下。"说着回身指着站在他旁边的男的，说："这是我外甥，冯军，外企大公司经理。"

冯军跟张丹握了握手，同时用眼瞄了几眼张丹旁边的于倩倩。

张丹在龚书林介绍冯军的时候，非常快地打量了一下他，觉得冯军根本不像龚书林说的有一米七三，自己是一米七，穿着高跟鞋比冯军高出一截，冯军可能还没自己高呢，也就一米六八、一米六九的样子，还比较瘦，似笑非笑的脸让人看了有一种不太舒服的感觉。看到冯军用眼瞄于倩倩，张丹就冲龚书林说："龚老板，这是我表妹，于倩倩……"

几个人围着桌子坐下后，龚书林问于倩倩："于小姐到北京多长时间了？"

没等于倩倩回答，张丹就接过话，说："一年多了。"说完马上岔开，冲龚书林说："龚老板，您的订单什么时候能下呀？我等米下锅哪，我们经理也挺着急的。"

龚书林拿起桌上的茶杯，喝了一口，不紧不慢地说："过几天吧，但全国各地的厂家属你们价高，从你们那进好几年货了，你们价格能不能低点？别的厂家给我们的报价都比你们低，我们是做批发的小公司，给开发商的价格不能高，完全是靠低价和货量赚点钱，买你们东西，进价老这么高我们受不了。"

听龚书林这么说，张丹有些着急："龚老板，您要是小公司我们没法活了。再说我们的价已经很低了，实在不能再低了。您不能光看价格，您也得看质量和咱们这么长时间的合作和交情呀。没您的单，我这月的任务指标估计完不成了，完不成指标，就没有提成，没提成光靠我这点工资，北京房租加这么高的生活开销，我可怎么活呀，什么时候能买得起房呀。"

龚书林看着张丹，笑着说道："张小姐，这么长时间的交情，你都不愿出来一起坐坐。"

"这不是出来了吗？"说完张丹马上转移了话题，扭脸看着坐在龚书林旁边的冯军，没话找话地问，"冯先生，在北京多长时间了？"

"十多年了。"冯军答道。

"十多年应该是老北京了。"

"算半个北京人吧。"说完，冯军看着坐在张丹旁边的于倩倩，问，"这位于小姐做什么工作的？"

张丹抢着替于倩倩回答："外企，做办公室文秘工作。"

冯军似笑非笑地说："文秘好，轻松。"

这时龚书林从桌上拿起菜单，递给张丹，说："张小姐看看要点什么？"之后又加了一句："随便点。"然后拿出香烟，点上，一边抽一边看着张丹。

张丹接过菜单，刚翻开，就听见包里的手机响了。张丹马上想起还没有跟翟小松说晚上带于倩倩出来吃饭的事，也忘了将手机调成静音了，心想肯定是翟小松的电话。本想不接，但因为忘了调成静音，手机一直响着，桌子周围的人都听见了。无奈，张丹只能从包里拿出手机，一看果然是翟小松打的，于是接通了电话，"喂"了一声。

"怎么晚上又有饭局？"电话里传来翟小松略带不满的声音。

张丹马上站起来，走到离桌子有10米左右的地方，然后背对着龚书林他们的那张桌子对电话那头的翟小松说："是，忘了跟你说了，跟我表妹在一起呢，想给她介绍一个男朋友。"

电话里的翟小松"哦"了一声，说："也不提前说一下，我还给你们买了外卖呢。"

"这次赖我，回去再说吧？"张丹马上说。

"你们几点回来？"翟小松问。

"10点吧，今天能早点儿。"

翟小松有些生气："10点还早？"说完一下把电话挂了。

张丹知道翟小松又生气了，但她在听见翟小松挂断电话后，马上用另一只手将手机设置成静音，然后转过身，向龚书林他们这边边走边继续拿着手机说："好，潘总，咱们明天再商量。"最后这句话张丹故意说得声音大了点，成心让龚书林听见。

果然，龚书林等张丹回到座位上，马上说："张小姐电话挺多嘛？"

张丹把手机放进自己的手提包内，顺手将包里的一包纸巾压在手机上，然后将头发向后捋了捋，看着龚书林，说："一个客户，想让他把下个月的单提到这月，补一下您不愿下的订单。"然后又笑着继续说："我们不能跟您比，我们得挣钱吃饭呀。"然后扭头问于倩倩："点了吗？"见于倩倩摇头，张丹重新拿起桌上的菜单，交给倩倩，说："看看你要吃点儿什么……"

在于倩倩看菜单的时候，张丹扭脸问冯军："你们外企做销售的每月基本工资能有多少？"

"一般销售也就几千吧。"冯军回答得很勉强。

"那你们经理每月基本工资能开多少？"张丹接着问。

冯军犹豫了一下，没回答。龚书林笑着冲张丹说："人家外企不兴问挣多少钱。"

冯军看了一眼于倩倩，说："没关系，我们经理一级基本工资差不多每月一万吧。"

听冯军说他每月基本工资就一万，张丹显出有些吃惊的样子，马上又问："外企活儿好干吗？"

"不好干，特别是当你碰上一个没同情心的老板时。"冯军马上回答。

听冯军这么说，坐在对面的于倩倩问了句："你老板没同情心吗？"

冯军"哼"了一声，说："不多。"

这顿饭吃到9点多才结束。在几个人往外走的时候，龚书林把张丹叫住，小声跟她说："张小姐，订单的事你放心，你能降点价最好，实在不成这个月的单就这么走吧。我明天回去就让他们跟你联系。"说着，从兜里拿出一张购物卡，递给张丹，说："这是我们客户给我的，里面有4000块，给你吧，工资提成不够开销，用这个补上，这卡百货、超市都能用，商店名在卡的背面。"

张丹马上推托道："不行，龚老板，您还是给您太太吧……"

"她有她有。我这也不是花钱买的。"说着龚书林强行将购物卡塞到张丹手里，然后说，"你住哪儿？要不要我送你一段？"

张丹赶忙摆手，说："不用，谢谢。我们打车。您喝了酒，能开车吗？"

龚书林笑了一下，答道："没事，咱们保持联系。"说着叫上走在前面的冯军，先走了。

看着龚书林他们的背影，张丹快速将购物卡放入手提包里，然后紧走了几步，赶上前面的于倩倩，说："咱们到街上叫辆出租去。"

于倩倩点头，跟着张丹往前走，一边走一边对张丹说："姐，刚才那个冯军管我要手机号和电邮地址来着。"

张丹扭头看着于倩倩，问："你给他了？"

"我把电子邮件地址给他了。"

"你觉得他怎么样？"张丹问。

于倩倩撇撇嘴，说："我不太喜欢他那样的，个也矮了点儿吧。但他一个月怎么能挣一万多块，比咱们老家那边总经理挣得还多。那个龚老板看上去挺有钱的，冯军说他是坐他舅舅的奔驰来的。"说完，于倩倩看了一眼张丹，说："姐，这个龚老板好像挺喜欢你。"

"别胡说，他有老婆。"张丹赶紧说。

又走了几步，于倩倩突然问张丹："姐，你打算跟翟哥结婚吗？"

张丹摇摇头："不知道。"

"为什么？"于倩倩马上问。

"不知道，你说我们这种关系，管他借点钱他都不借。"

"你借钱干吗？"于倩倩问。

"是我爸妈要在老家买套房，差钱。"

"差多少？"

"30多万吧。"

于倩倩"啊"了一声，说："那么多！30多万能在老家买一套200平方米的大房子了吧？"

张丹像是对于倩倩说又像是在自言自语："我现在也想不清楚。走一步看一步吧。"见于倩倩没反应，张丹接着说："我对那个姓冯的也没太多好感，觉得他看人的眼神不太对。你得留点神，防着点儿他。"

于倩倩点点头说："所以我只给了他我的电邮地址，没给手机号码。"

张丹和于倩倩到家已经是晚上10点多了。进了门，张丹看见翟小松坐在沙发上正看电视，就冲翟小松喊："我们回来了。"

翟小松没有反应。

张丹看见桌子上的外卖基本没动，就问："你吃饭了吗？"翟小松还是没反应。旁边于倩倩轻声对张丹说："生气了。"张丹没再说话，换了鞋，来到翟小松旁边坐下。

翟小松扭头看了看张丹，没有说话，问刚走进客厅的于倩倩："什么时候去乔勇那儿上班？"

"下周一就去了。"于倩倩笑着答道。

"你姐下午告诉我他们招了你后，我给乔哥们儿打了电话，谢了他，但你上了班，要亲自谢谢他，别忘了。"翟小松嘱咐着。

于倩倩看了张丹一眼，说："知道。"

说完，于倩倩站在沙发旁边不知道要说什么，等了几秒，说："翟哥，姐，你们聊，我先洗洗。"说完去了洗手间。

张丹等了一会儿,看翟小松还是没有说话的意思,就问:"你怎么了?"

翟小松没好气地说:"你这不是明知故问吗?你出去吃饭最起码得先说一下,我买了这么多东西等你们回来一起吃,你倒好,不回来吃不说,连个电话都没有。我不给你打电话,你就想不起来通知一声?"

张丹自知理亏,轻声说:"对不起,事多,忘了。下次注意成吗?"

"事多?一个电话几秒钟的事,事再多,几秒钟都挤不出来?我信吗?"

"不是后来跟你说了吗?"张丹装出一副委屈的样子。

"你什么时候说的?我给你打电话你才说的!"翟小松提高嗓门说。

张丹见翟小松没完没了,已经不耐烦了,也提高了嗓门,冲翟小松说:"那你想让我怎么着?"

张丹一句话怼得翟小松不知道怎么回答。停了会儿,翟小松摇摇头,说:"不说这个了,没劲!你表妹说什么时候搬了吗?"

"你什么意思?她刚来,北京不认识别人,我是她亲表姐,你让她往哪儿搬?你什么意思?"张丹一副得理不饶人的架势。

张丹的话一下把翟小松的火给激了起来:"你不知道我是什么意思?我就想知道我还得在沙发上睡多长时间,问问不行呀?"

张丹不再说话了。

这时于倩倩从洗手间走出来,刚才翟小松和张丹的谈话她在洗手间都听到了。于倩倩走到沙发旁边,轻声对翟小松说:"翟哥,对不起,我来给你们添麻烦了。我明天出去找房,找到就搬出去。"

听于倩倩这么一说,翟小松立刻觉得不好意思,说:"不是,倩倩,你在这儿住吧,没事。"

张丹看了一眼翟小松,没有说话。

"要不我睡沙发,你俩睡里屋吧。"于倩倩不好意思地小声地对张丹说。

翟小松一听立即说:"别,我睡这儿挺好,你赶紧洗漱吧。"

张丹这时语气缓和了一些,冲翟小松说:"你还没吃吧?要不你先吃饭吧。"

"不吃了。"翟小松看都没看张丹,没好气地说。

张丹没再说什么,站起来进了洗手间,于倩倩也跟了进去。

这一夜，翟小松在沙发上翻来覆去很长时间睡不着。他又想起他的女儿天天，翟小松第一次真的开始怀疑自己的离婚决定是否正确……

15

周四中午，Peter提前15分钟就到了他预订的位于建国门附近的一家餐厅的包间，准备跟乔勇一起请洪阳公司主管进口业务的葛志鹏副总经理吃次工作午餐。刚坐下，乔勇就从外面走了进来，他是从上午访问的另外一家潜在客户公司那里赶过来的：洪阳是大客户，不能让葛志鹏等。

坐下后，乔勇让Peter给葛志鹏发了条短信，告诉他他们已经到了，并再次跟葛志鹏说一下包间的名字。

等Peter发完，乔勇问Peter："你觉得洪阳今年下半年订单有把握吗？"

"应该没问题，我看了这个客户跟我们的合作记录，他们一直是从我们这儿进货，还没提过我们产品有质量和服务方面的问题，我们的价格也不比莫拉的高。"Peter答道。

乔勇点点头，说："别大意，洪阳的单得跟紧点。我这两天一直在想，葛志鹏说要谈结算的事，他到底要谈什么？是要降低现金首付比例，还是在信用证条款上有其他要求？"

"我问了，他不跟我说，说是要当面跟您说。但葛志鹏说他们过去曾要求过货到付款的方式，但我知道公司一直不同意。"

乔勇笑了一下，说："这些年他们每年都提货到付款，但纽约财务也是一直不同意，约翰也不同意，怕出现支付风险。约翰是不喜欢支付风险的那类国际业务经理。"

乔勇说完停了一下，问："葛总的背景你熟悉吗？"

Peter摇摇头。

乔勇看了一下手机上的时间,离跟葛志鹏约的12点30分还有几分钟,就继续说:"他原来是在一家国企当副总,是被朋友三顾茅庐才去的洪阳。在这行干了30多年了,很有经验……"

乔勇正向Peter介绍着葛志鹏的情况,就见葛志鹏推开包间的门走了进来。Peter看见他,马上站起来说:"葛总好。"

葛志鹏50多岁,个不高,已经发福,看见乔勇,没理Peter,将胖乎乎的小手直接伸给乔勇,说:"知道您回北京好些天了,今天才能跟您见上面,抱歉抱歉。"

乔勇也站起来,跟葛志鹏握了一下手,笑着说:"葛总您好,我也老想跟您一起坐坐。"说着,跟葛志鹏一起坐下。

这时,服务员进来给葛志鹏上了热湿巾。乔勇拿起桌上的茶壶给葛志鹏倒了一杯茶后,把茶杯放在他面前,说:"葛总,谢谢您今天过来。斯考特,就是我们PCT中国代表处的首代和中国区总经理,本来也想参加,但他不巧中午有其他安排,他让我代他向您致意,等下次您有时间他再单独请您吧。"

葛志鹏连忙说:"不客气,本来你们在北京建代表处,我们应尽地主之谊,去你们那儿登门拜访才对,但小赵打电话,执意要约到这儿。"

在一旁的Peter笑着说:"葛总,这是我们乔总的意思,乔总听说您喜欢这家餐馆的菜,所以就选了这家。"

听Peter这么说,葛志鹏扭头看着乔勇,笑着说:"谢谢乔总。"

"应该的。"乔勇笑着答道。

葛志鹏端起面前的茶,喝了一口,问乔勇:"我记得乔总是北京人吧?"

乔勇点点头,答道:"是。"

"觉得北京的变化大吗?"葛志鹏问。

"再这么变下去我就不认识了。"乔勇笑着答道。说完,他从桌上拿起菜单递给葛志鹏,说:"葛总您看看,点儿什么?"

葛志鹏用手挡着乔勇递过来的菜单,说:"乔总您点吧,别太多了。"

"我点菜不在行,要不Peter代劳吧。"乔勇说着,把菜单递给坐在旁边的Peter。

Peter跟旁边站着的服务员点了5个热菜、3个凉菜后,问葛志鹏:"葛总您喝点什么?"

"听乔总的。"

"葛总,您开车了吗?"乔勇问。

"开了。"葛志鹏答道。

知道葛志鹏开车来的,乔勇扭头对Peter说:"那就算了,喝茶吧。"然后扭头以征求的目光看着葛志鹏。

葛志鹏脸上的表情稍微有些变化,但马上恢复了原样,说:"对对,我开车了,酒就不喝了。"

乔勇拿起桌上的茶壶,边给葛志鹏面前的茶杯加水边说:"葛总,您上次电话里说,洪阳今年的订单规模跟去年差不多,但Peter说您对结算方式有些想法……"

葛志鹏端起桌上的茶杯,喝了一口,想了一下说:"上半年订单就这样了,下半年的单要看今后几个月市场需要,可能会有所调整,但我觉得调整的幅度不会很大。至于结算方式,我们过去几年一直是30%现金首付、70%信用证结算。我们希望从下半年开始,将现金首付比例下调到5%,其余还是以跟单信用证方式结算。"

乔勇听后,显得很平静。这种平静让葛志鹏多少有些吃惊,因为葛志鹏在来的路上觉得乔勇在听到自己将现金首付比例下调这么大的幅度后,肯定会马上有所反应。

就见乔勇将椅子挪得离桌子远了一些,转过身子冲着葛志鹏,说:"葛总能说说原因吗?"

"成本和风险吧。"葛志鹏简单地答道。

乔勇点点头,依旧平静地说:"葛总,降低订单现金首付比例并相应地提高信用证结算比例,从买方角度来说,在结算期内是节省了一些现金,但提高信用证结算比例相应地也会直接使卖方获得更多的出口信贷机会。"见葛志鹏一脸困惑,乔勇知道他不太了解美国出口信贷操作情况,于是接着说:"就是出口商可以使用更大数额的信用证去当地商业银行进行短期流动资金借款,如果出口商在美国,美国的进出口银行甚至会对它认可的国内银行开立的信用证提供商业信贷担保,出口商将这种担保提交给它当地的商业银行,后者就可以依据这些担保向出口商提供流动资金贷款。"看着葛志鹏还是一脸困惑,乔勇接着说:"简单地说,葛总,如果您降低现金首付比例,同时提高信用证结算比例,您可能会使PCT财务部门在更大规模上使用你的信用证从当地银行借入更多的贷款,说得更明白点儿,这就会使洪阳在更大规模上从财务上支持了PCT。"

"就是说你们可以使用我们的信用证在美国融资？我们的信用证可以做你们融资的担保？"葛志鹏显得有些吃惊。

"是的。如果你们信用证的开户行被美国进出口银行接受，你们的信用证和汇票可以在美国被用作融资工具。"乔勇语气平和地回答。

"虽然我听得不太懂，但是好像我们的信用证能被你们在美国变现？"葛志鹏问。

"不是变现，是可以作为从金融机构借款的担保工具，这是出口信贷的一种形式，但大致是这个意思。"乔勇答道。

"你们一直这么干吗？"葛志鹏问乔勇。

乔勇没有直接回答葛志鹏的问题，而是说："只要出口商所在国家的进出口银行和他们当地的商业银行提供这种出口信贷服务，很多出口商都在使用这种服务来支持其流动资金需求或缓解流动资金需求压力。"

葛志鹏低头喝了一口茶，没说话。

Peter在旁边听了乔勇的说法，也有点犯蒙，这是他第一次听到信用证还有这种作用，因为他也不了解美国的银行信贷和财务管理，只能在边上听乔勇说，但看葛志鹏的表情，Peter觉得乔勇的话起了作用。

看着表情不太自然的葛志鹏，乔勇也觉得自己的话对他产生了影响，怕葛志鹏还不明白提高信用证结算比例会让"洪阳吃亏，PCT占便宜"，乔勇于是就接着说："其实葛总，洪阳如果提高信用证结算比例，PCT纽约的财务部可能还会挺高兴的，因为您向他们提供了更大规模的信贷保证工具，他们可以使用您的信用证作为担保物，借入更多的贷款。就是说，洪阳在间接地借钱给PCT，让PCT赚钱。"

"乔总，这个，这个，回去我们得再考虑一下。"葛志鹏的语气里透着明显的迟疑。

看到葛志鹏脸上露出的像是对一单要"吃大亏"但又不得不做的生意做决定的表情，乔勇说了句："好吧。"然后停了一下，接着对葛志鹏说："葛总，过去我们都靠越洋长途电话联系，现在我们全在北京了，联系起来方便多了。如果您有任何问题，可以直接找我，我们当面沟通。"

"现在外商都在抢国内市场，莫拉最近也在北京建了代表处……"葛志鹏突然转换了话题并且边说边用眼睛的余光注视着乔勇的反应。

乔勇意识到葛志鹏在观察自己的反应，就略微点了一下头，依然很平静地说道："应该的，大家都想离客户近点……"

跟葛志鹏吃完饭，乔勇和Peter把葛志鹏送到停车场。看着葛志鹏把车开上马路后，Peter问乔勇："乔总，我觉得您把葛总那边说动了，他肯定会重新考虑改变结算结构的事。但您说的内容我不懂，您能不能什么时候跟我仔细说说？以后谁再跟洪阳似的想减少现金首付，我也可以这么跟他们说，我觉得挺有效的。"

其实乔勇知道自己用信用证可以在美国作为出口信贷担保工具为理由，劝说洪阳不要降低现金首付金额、提高信用证结算比例很勉强，但乔勇知道只要对葛志鹏强调信用证可以被PCT用作信贷担保工具，洪阳开出的信用证金额越大PCT能得到的信贷规模就越大，葛志鹏和洪阳就可能会不再坚持降低现金首付金额和增加信用证结算比例。但乔勇知道洪阳不可能永远发现不了他这种说辞的破绽，同时，洪阳也可以要求降低现金首付比例、保持信用证结算比例不变，但加一个货到付款方式支付降低了的首付现金。但乔勇相信只要PCT有出口合同并使用信用证结算绝大部分合同款，纽约财务部同样可以从当地商业银行获得出口信贷支持。说到底，如何结算是产品市场供需关系和买卖双方关系的体现。所以等Peter说完，乔勇就笑着说："Peter，其实他动心是因为他不想'吃亏'。其实，哪有什么'吃亏'呀。"说完，看了一眼已经开远了的葛志鹏的车，对Peter说："莫拉也已经在北京建了代表处，我们得认真对待。我今年初回国出差就听说这事了。"

Peter点了点头，说了声："是。"

16

乔勇回到代表处处理了一些跟销售有关的事情之后，按照斯考特的要求，4点钟准时来到他的办公室。但来到斯考特的办公室门外,乔勇发现斯考特不在里面,办公室的门是锁着的。乔勇转身刚想回自己的办公室,看见会计经理Tina手里拿着一个大信封走过来。

Tina一见乔勇,马上说:"乔总好。"

"Tina,你也找斯考特?"乔勇问。

"是呀,来好几次了,他都不在,现在在吗?"Tina口气中带着无奈。

乔勇摇摇头,说:"不在。"

Tina"哦"了一声。

"我也在找他。你找他有急事?"

Tina犹豫了一下,说:"斯考特急着要报销款,昨天他问了好几次,因为昨天保险柜里没那么多钱,他昨天下午签字让我今天去银行提钱,我今天一早就去银行把钱提了……"

"你们找到出纳了吗?"乔勇知道代表处一直在找会计出纳,就顺嘴问了一句。

"没有,做过外企出纳的北京女孩挺难找的,已经找了挺长时间了。"Tina答道。

"干吗非得找北京的?"乔勇问。

"啊,这是规定,在北京做外企出纳的得是北京人,得有北京户口。"Tina回答得很坚决。

这是乔勇第一次听说有这种规定,不解地看了Tina一眼,说:"这不是地区歧视吗?"

"也是为了公司财务安全。"Tina赶忙说。

"现在你一个人又是出纳又是做账,这对你和公司更不安全。这是哪儿的规定?"乔勇问。

"我也说不上,但人事肯定知道。"Tina答道。

乔勇摇摇头,接着问:"你今天联系过斯考特吗?"

"他一整天都不在办公室,我打他手机,他也不接,给他发短信,他也不回。"

"那就再等等吧。"乔勇边说边开始往自己的办公室走。

乔勇回到自己的办公室，拿起桌上的手机给斯考特打电话，想问问他是否忘了下午4点开会的事。电话响了四五声，斯考特才接起来，没精打采地说了一声："Hi Qiao."（你好，乔。）

斯考特的问候让乔勇觉得他显然已经忘了说好的跟自己开会的事，这让乔勇很生气。但乔勇还是礼貌地对电话那边的斯考特说："Hi Scott, You have asked me to go to your office at 4 this afternoon. I just went to your office…"（你好，斯考特，你让我今天下午4点去你的办公室，刚才我去你办公室了……）

电话里的斯考特好像突然想起来似的，马上说："Right, right, right, sorry Qiao, I am tied up right now. Can we re-schedule for another time？"（是的，是的，是的，对不起，乔，我现在有点事走不开。我们能再找别的时间谈吗？）

"OK."（好。）乔勇皱皱眉答道。

"How did lunch go？"（工作午餐进行得怎么样？）斯考特在电话里问。

"It went OK. Ge wants smaller down payments."（还可以。葛要求降低首付比例。）

"Oh, How about their PO？ Are they going to sign PO contract for the second half of this year？"（哦，那订单呢？他们能签下半年的订单吗？）

"He didn't say. Are you going to come back to the office today？"（他没说。你今天还回办公室吗？）

"No, I am not going back today. Let's talk about that tomorrow."（我今天回不去。明天谈吧。）

"OK."（好。）

挂断了斯考特的电话，乔勇回忆了一下跟葛志鹏会面的内容后，给斯考特和约翰发了一封电子邮件：

Gentlemen,

Mr. Ge from HY did raise the question of payment structure today. He asked that cash down be reduced to 5% of total PO value citing cost and risk concerns. I tried to use export financing in the States to convince him that it would be in the best interest of HY to use current payment structure as Letter of Credit and drafts could be used by PCT as a guarantee for a loan. He became little hesitating after he heard export financing stuff. Whether he and HY would buy that remains to be seen. Although I feel size of PO from HY for this year would remain similar to that of last year, we'd better have a plan B in case HY insists on a reduced down payment.

Qiao Yong

（先生们，洪阳的葛先生今天确实提及了支付结构问题。因为成本和风险原因，他要求将现金首付比例减至订单金额的5%。我试图用美国出口信贷作为理由说服他，说洪阳开立的信用证可被PCT用来作为信贷担保工具，使用现在的支付方式符合洪阳的最大利益。他听了我说的后变得有些犹豫。但他和洪阳是否接受我的这种说法，目前还不清楚。虽然我觉得洪阳今年的订单规模会跟去年相似，但我们最好现在就开始考虑一个B计划，以防洪阳今后还是坚持降低现金首付金额。乔勇）

p.s. Mr. Ge confirmed today that Mola had already established a rep office in Beijing. （另外，葛先生今天确认，莫拉在北京也建了代表处。）

几分钟后，乔勇看到约翰的回复：

Qiao and Scott,

My gut feeling is Ge was trying to use payment structure to get a better pricing from us. We need to be firm on the price.

John

（乔和斯考特，我觉得葛是在使用结算结构作为让我们降价的借口。我们在价格上不应让步。约翰）

乔勇看到约翰的回复，心想约翰可能在这个问题上想得太简单了。如果莫拉在结算上做些调整以满足洪阳对首付的要求，PCT可能就会丢掉洪阳的订单。但乔勇不想在电子邮件内讨论这个想法，他想等斯考特明天进办公室后，当面再把这个问题说一下。

第二天上午斯考特还是没进办公室，大约11点，乔勇接到斯考特从外面打给他的电话。

"Saw your email. NY pays tons of money for industry intelligence. Now, all of sudden, we have an enemy at door and we are not aware of it. Someone in NY needs to take a look at this. I have sent a note to Jeff to let him know what happened here in Beijing."（看到你的邮件了。纽约为行业情报付了大量的钱。但现在敌人已经到了我们门口了，我们还不知道。纽约得有人调查一下这件事。我已经给杰夫发了邮件，告诉他发生在北京的事。）斯考特带着明显的指责口吻在电话里说。

"You mean Mola?"（你指的是莫拉？）乔勇问。

"Yes, people in NY need to do a better job collecting info."（是，在纽约的人应该在搜集情报上做得更好些。）

乔勇觉得斯考特这么快指责并抱怨纽约搜集行业情报不力，可能会对北京代表处产生负面影响。出于好意，乔勇想提醒一下斯考特，于是说："Scott, Assigning blame this quick to NY may invite backfire."（斯考特，这么快指责纽约，可能会起反作用。）

斯考特在电话里明显地顿了一下，然后说："But I can't fail to notice their failures in their job."（但是我不能不注意到他们工作中的失误。）

乔勇不想为莫拉也在北京建代表处的事多费时间，想尽快为今后可能出现的洪阳结算结构问题，提前跟纽约财务部一起设计出一个应对方案，并且希望斯考特在这个过程中能对自己有所帮助。于是，在斯考特说完后，乔勇马上对电话那头的斯考特说："Regarding payment structure, I felt Ge was serious when he brought it up. But he was not that sure when I told him his company would finance PCT to some degrees if he chose to request a smaller down payment. I felt he was hesitating. But he was serious. He could come back and make exactly the same demand if he just ignores the financing stuff in the States, especially when our competitors provide what he wants. I think we'd better have a plan B."（关于结算结构，我觉得当葛提出这个问题时，他是认真的。但我觉得，虽然他在我说他的公司如果降低现金首付比例、提高信用证结算比例可能会在财务上支持PCT时犹豫了，但他是认真的。如果他不在乎在财务上支持我们，他可能会再次这么要求，特别是在如果我们的竞争对手提供他想要的时候。我觉得我们最好考虑一下B

计划。）

电话里的斯考特犹豫了一下，问乔勇："You think so？"（你这么想吗？）

"I know so."（我知道会是这样。）乔勇马上用肯定的口吻回答。

听到乔勇肯定的回答，电话里的斯考特没有反应。乔勇拿着手机耐心地等着。过了一会儿，就听斯考特在电话那头问："Qiao, exactly what export financing you were talking about in the email？"（乔，你在邮件中提到的出口信贷到底是什么？）

"American exporters, like PCT, can use documentary letters of credit and accompanying drafts as collaterals to apply for credit lines at some commercial banks in the States, if they are the first beneficiaries in the LOCs. EM-IM Bank in D.C. also has a program to support this."（美国出口商，比如PCT，如果他们是跟单信用证中的第一受益人，可以使用信用证及其汇票作为担保工具，从美国的一些商业银行获得信用额度。华盛顿的进出口银行也有支持这种信贷的服务。）乔勇简单地解释着。

听完乔勇的解释，斯考特只是简单地说了句："Oh, that is something I need to know."（哦，这是我需要知道的事情。）

乔勇觉得斯考特在日本做销售多年居然不了解出口信贷的事简直匪夷所思，但乔勇也不想再向他做进一步解释。他现在需要斯考特做的，就是让他催促纽约，特别是杰夫和财务部门，尽快拿出应对洪阳改变结算结构要求的B计划。想到这儿，乔勇对斯考特说："Again, I think we need a plan B in place just in case. You know other customers may follow Ge's suit. So I feel guys in finance and commercial at HQ need to at least consider an alternative to the current payment structure. And I think you are the person who shall ask them to do that."（我还是觉得我们需要一个B计划，以防万一。你知道，其他客户可能学葛。所以，我觉得总部的财务部和负责商业合同的人至少应为现在的结算结构考虑一个替代方案。同时我觉得你是应该跟他们谈谈这件事的人。）

斯考特在电话里想了一下，说："Let me give some thoughts."（让我想想。）

乔勇心想，干吗还要"想想"，这不是显然的吗？但出于下级对上级的礼貌，乔勇还是以平静的口吻说道："OK."（好。）

17

于倩倩已经正式到PCT北京代表处上班了。她很兴奋，虽然是前台工作，但这毕竟是她到北京后的第一份工作，薪水也比在老家时涨了好几倍，而且还是外企，工作环境也不错。

于倩倩知道她能得到这份工作，全是靠乔勇的帮助，所以每次见到乔勇经过前台，她都会站起来，说声："乔总好。"

这天早上，乔勇走进PCT北京代表处，看见从前台站起来的于倩倩，觉得有些不太一样，可能是衣服的原因。前些时候，于倩倩穿的是衬衫，外面罩了件毛衣，像个学生。眼前的于倩倩，穿了一套蓝色的西服套装，内衬一件白色衬衫，跟大厦里其他外企公司的文员小姐没什么两样。看到于倩倩的变化，乔勇笑着说："于小姐早，你跟前些时候不太一样了。"

于倩倩脸有些红，不太好意思地说："没有呀。就是换了套衣服。"

"换得挺好。"乔勇边说边往自己的办公室走，突然想起肖迪。他跟肖迪虽然每天都互通电子邮件，每周至少一次电话，现在已经5月份了，再有两个月肖迪一毕业就会回北京，但乔勇真的希望肖迪现在就能回北京，虽然他知道这不现实。

想着肖迪，乔勇进了自己的办公室，打开电脑进到自己的公司邮箱后，看到约翰昨天给他和斯考特发了一封关于洪阳的电子邮件：

Gentlemen,

Re. Payment：Qiao, using export finance in the States to fend off Ge's demand to change payment structure is something way beyond my imagination.

Well done! Hope he will buy that. And please try not let current payment structure be a deal breaker. We need HY's PO for the remainder of this year.

John

（先生们，关于支付：乔，使用美国的出口信贷来说服葛不去改变支付方式，很有想象力。干得很好！希望他会接受这个说法。同时，请不要让支付问题成为我们获得订单的障碍。我们下半年需要洪阳的订单。约翰）

乔勇把约翰的这封电子邮件看了两遍，觉得约翰应该会支持他提出的准备B计划的想法。乔勇对用美国出口信贷作借口说服洪阳不要改变支付结构并没有十足的把握，如果洪阳接受了乔勇说的，也是因为暂时的信息不对称，洪阳迟早会从其他途径了解到乔勇说的虽然都是真的，但其中提高信用证结算比例洪阳就可能"吃亏"部分的伸缩性其实很大。

事实上，乔勇一直担心的是另外一种可能，即洪阳还是坚持降低现金首付比例并保持信用证结算比例不变，但增加一个货到付款方式。所以乔勇想，纽约财务部必须尽快给北京代表处一个他们可以接受的支付安排底线，而不是仅仅说"不"，因为虽然PCT在国内市场上占有一定市场份额，但这个份额远没有达到卖方市场的水平。国内市场竞争逐渐激烈，没有预案准备，到时候肯定会跑单。

洪阳的葛志鹏这几天没有再提降低现金首付比例的事。乔勇心想，这可能是个好兆头。

乔勇正在考虑着各种结算组合的可能，销售和市场专员李莉敲敲乔勇办公室敞开的门走了进来，操着可爱的四川普通话说："早，乔总，能占用您几分钟吗？"乔勇点点头。李莉将两份招待费请款单递给乔勇，说："这是我和Peter这周招待至盛的费用申请，Peter早上见客户去了，他让我代他把请款单交给您，麻烦您批一下。"

乔勇接过李莉递过来的请款单，看到上面Peter申请1000元，李莉申请500元，两个人的申请金额加在一起为1500元，就问："你们要请谁呀，申请这么多钱？"

"是您让我们跟的客户嘛，至盛化工赵海波副总，管进货的。他们虽是小客户，但这两年我们对他们的销量一直在增加。我们想跟他们的副总聊聊，看能不能下半年从我们这多进点嗷。"李莉回答。

乔勇把请款单放在桌上，对李莉说："我们的报销规定是，你每次招待费上限是200元，Peter是300元。你们俩加在一起应是500元，怎么要申请1500元？"

"乔总，现在500块能干什么呀。"李莉面带委屈地说。

乔勇打断李莉的话："上次我和Peter请洪阳的葛总，花了320元，你们为什么要申请这么多？"

"怕对方吃完了提出去歌厅嗷。"李莉小声地说。

"你们要晚上请？"

李莉点点头："我和Peter是这么商量的。"

乔勇想了一会儿，说："成，你们要晚上就晚上，但歌厅就别去了，费用按照标准，我只批你们500元，你200元，Peter300元。"说着，乔勇从桌上拿起笔将Peter请款单上的数字改成300，将李莉的改成200元，并在上面签了字，然后将两份请款单还给了李莉。

李莉接过请款单，犹豫着好像要说什么但又不好说。

看见李莉犹豫的表情，乔勇就问："还有别的事？"

李莉没有马上回答，像是在想怎么说。乔勇看见李莉站着不说话，就说："要还有事，就坐下说。"李莉没有坐下，依旧站着对乔勇说："乔总，现在公司老总出来谱可大了，招待得不好，他们就不下单，他们会把单给招待得好的公司。我们是新成立的外企北京代表处，又是美资的，要给我们客户留一个有实力的好印象嗷。"

乔勇知道李莉还是觉得招待费太少，但公司的报销制度不能逾越，于是就对李莉说："我知道，但我们是否有实力，应该由我们的产品和服务以及整个公司的财务状况来决定，你们请他们去几次歌厅就能证明公司有实力？你跟至盛的人熟吗？"

李莉摇头。

"你跟他们不熟，晚上去什么歌厅？请他吃个饭，500块应该挺丰盛了，先看看他们公司的订单情况再说，成吗？"乔勇耐心地对李莉说道。

其实李莉本人也对有事没事就带客户去歌厅很反感，只是昨天Peter让她多申请点钱，说赵海波喜欢去歌厅，怕他吃完了提出去歌厅。现在看到乔勇在增加招待费的问题上很坚持，李莉觉得再争取也不会有什么结果，于是就对乔勇说："其实乔总，我根本就不想跟任何客户去歌厅，但这好像已经成了规矩了。如果去了，晚上12点前就别想回家，好烦呀。"

"所以就别去了。晚上那么晚回家，你得几点睡觉？第二天早上还要上班，你才休息几个小时？身体是革命的本钱，李莉同志。"

"乔总，没想到您从国外回来的，这么……"李莉没有往下说。

乔勇笑了："这么保守？"

李莉点点头，说："算是吧，但是老板能关心下属真是挺好的。您在美国去过歌厅吗？"

"没有。"乔勇答道。

"那能问您一个问题吗？可能是个愚蠢的问题。"

"没有愚蠢的问题，只有愚蠢的回答。"

听到乔勇的回答，李莉"哦"了一声。

"这是我商学院教授说的。"乔勇补了一句。

像是在回味着乔勇的话，李莉站在原地一时没有说话。

看着对面的李莉不说话，乔勇就说："你有什么问题？如果没想好就先回去工作吧。"

听乔勇这么一说，李莉马上说道："我的问题是：您会唱歌吗？"

乔勇笑了："会唱几首国内七八十年代流行的老歌，美国歌就是：*Take Me Home Country Road*（《乡村路带我回家》）和 *Yesterday Once More*（《昨日重现》）什么的。"

"那什么时候公司team building（团队建设）的时候，去KTV听您唱那些老歌吧。"

"算了吧，到时候你们去吧，就我这嗓子。哦，对了，你把下个月计划刊登广告的杂志情况按照地区和发行量写一份报告，明天给我。"

"好的，今天晚上或明天早上我就把电子版的发给您。"说完李莉晃了晃手里的请款单，说，"谢谢乔总批钱。"

"省着点儿花。"乔勇嘱咐着。

"知道啦。"李莉说完，转身离开了乔勇的办公室。

等李莉出了办公室，乔勇给Peter写了如下电子邮件：

Peter,

According to accounting policy, you can only be reimbursed for RMB300 per meal.

Qiao Yong

（Peter，公司会计制度规定，你每次请客吃饭的招待费最多只能报300元。乔勇）

发送完给Peter的电子邮件，乔勇正想继续想一下跟洪阳结算方式的事情，斯考特又给他打来电话："Qiao: Jeff just told me Mola out-sold us in Europe last month. We were grin-fucked by two of our big customers there. Jeff has given these two mother-fucker huge discounts. Too bad. Jeff asked if Asia, China in particular, could contribute more this year to make that up. What do you think?"（乔，杰夫刚告诉我，莫拉上月在欧洲市场的销售额超过我们了。上星期，我们在那儿的两个大客户被莫拉抢走了，即使杰夫给了这两个混蛋客户很好的优惠价。这太不好了。杰夫问，亚洲市场，特别是中国市场，年内能不能多贡献点订单，把我们在欧洲的损失补上。你怎么想？）

"Are you in your office now? I have some thoughts I would like to discuss with you."（你在办公室吗？我有些想法想跟你说说。）

"No, No, I am not in the office."（不，不，我不在办公室。）斯考特赶忙说。

乔勇"哦"了一声，说："I don't believe China can give NY more PO in the remainder of this year. I believe PO prospects in our report are realistic. Any increase in our next report update would be risky."（我不觉得今年剩下的时间里，中国市场能给纽约更多的订单。我相信我们报上去的订单预测是合理的。在下次报告中对订单数量的任何增加对我们都是危险的。）

"But I checked with Peter last week, he said Zhisheng might place more PO with us."（但我上周问过Peter，他说至盛可能会增加订单量。）斯考特说。

"That would be great if he can get more order from Zhisheng. But now

Zhisheng is still in suspect, not prospect, category. Even if we get more from Zhisheng, no one can guarantee others won't cut back on their PO with us. I would be extremely cautious increasing PO forecast numbers at this moment. I would suggest that we wait until PO from ZS becomes solid, then we reflect it in our next update. You don't want to get people in New York too excited without solid prospects."（如果他能从至盛拿到更多订单当然好。但目前我们还不能说至盛肯定会增加订单。即使我们能从至盛获得更多订单，我们也不能保证其他客户不减少他们从我们这儿的订货量。在订单预测上我们现在应该非常小心。我建议我们等至盛确认增加订单后，再把增加量反映到我们下次的报告中去。你不想在没有收到订单增加的确认信息前就让纽约太兴奋吧。）

"No. Yes, you are right. If we promise and won't be able to deliver, folks sitting behind big desks in the big corner offices in New York will come after us. And we will be doomed."（我们不想。对，你说得对。如果我们承诺了但不能实现承诺，我知道坐在纽约边角办公室大桌子后面的那些人会对我们怎么样。要那样，我们就死定了。）斯考特马上说道。停了一下，斯考特接着说："I really don't want to let Jeff down. But Qiao, I am glad I am working with a cool head. Thanks."（我真的是不想让杰夫失望。但是乔，我很高兴我在跟一个头脑冷静的人一起工作。谢谢。）

"You are welcome."（不谢。）乔勇简单地回答了一句。

挂断电话，乔勇拿起桌上的年度订单计划和PCT美国工厂生产排期表。根据往年的情况，洪阳下半年订单可以占到它全年从PCT订单量的70%左右。乔勇想，如果下半年洪阳保持去年的订单量，即使其他公司订单情况不变，PCT中国今年销售计划也可以完成。依照惯例，洪阳下半年最大一笔订单应该在9、10月份。PCT应在6—7月开始对9、10月份的订单报价、谈合同。乔勇已经开始准备这笔订单的相关资料，也一直考虑结算方面的几种可能情况以及PCT不能满足洪阳降低现金首付比例要求可能的后果。虽然PCT进入国内市场较莫拉早，有一定优势，但乔勇知道这种优势会随着莫拉以及其他竞争对手加大对国内市场的投资力度逐渐减少。从跟洪阳葛志鹏的接触中，乔勇觉得拿下洪阳下半年订单，特别是9、10月份的订单，最主要的障碍还是价格和结算结构。根据目前PCT全球销售情况和中国国内市场情况，约翰和纽约的杰夫可能会考虑按照欧洲市场的降价模式，对国内市场上的销售价格做些向下的调整。如果PCT能降一些价，乔勇觉得洪阳可能会暂时不再坚持降低现金首付比例，这样拿下洪阳下半年的订单就会容易一些，但莫拉会不会也跟着降价？

乔勇又想到，即使杰夫和约翰同意降价，甭管降多少以及是否可以及时降，在目前市场竞争日趋激烈的背景下，按照PCT通常的操作，PCT会要求他保证能从洪阳那里得到一个长期——比如说一年——的供货合同。但这对乔勇来说会非常困难，因为他知道到目前为止，还没有任何一家国内企业跟PCT签过这种长期供货合同。国内企业这些年从国外的进货经验中，已经学会怎么货比三家，没有企业会将它的进货渠道长时间地固定在一家公司身上。乔勇想，如果杰夫和约翰提出降价的条件是要求洪阳跟PCT签长期供货合同，这对他就是 mission impossible（不可能完成的任务）。

正想着下半年的订单的事，手机响了，是魏军打来的。乔勇接通电话，听那边魏军说："找到李国民和周霞了。"

18

听到魏军在电话里说找到李国民和周霞了，乔勇马上放下手里的报表，说："是吗，他们怎么着了？"

魏军没说话。乔勇"喂"了一声后，才听电话那头的魏军说："周霞不是挺好，在医院里，癌症，医生说时间不多了。"

乔勇吃惊："什么癌？她才多大呀，怎么就时间不多了？"

"说是叫什么子宫颈癌，医院说都转移了，浑身都是。她也离婚了，没孩子。

她住院，她那个比她大30多岁的前夫都没去医院看她。"

乔勇没说话，就听魏军继续说："老李也没结婚，现在跟一个比他大几岁的女的一起过。我跟他说你回来了，想跟他聚聚，但他不太愿意，说让我给你带个好。"

"你跟老李说周霞的事了吗？"乔勇问。

"说了。"

"老李想去医院看看吗？"

"他没说，也没问是哪家医院。看来周霞当初真是把人家伤得不轻。"魏军说完叹了口气。

没听见乔勇的反应，魏军在电话里接着说："有些事你不知道。你在美国的时候，国民跟周霞还好着，国民倒腾东西，曾经折进去过，当时要罚款，国民他哥找周霞借过钱，因为国民倒腾服装、香烟挣的钱一半都给了周霞，有5000多块吧，这在当时不是个小数。但周霞只给了国民他哥500块，说别的钱都在用，还让国民他哥写了张欠条。500块离罚款额差得挺多，是哥儿几个最后凑的钱，这事国民出来知道了，一直不能原谅周霞。"

乔勇叹了口气，说："问问周霞他们家缺什么吧。"

"问了，她爸说不缺。"

"那咱们去医院看看她吧。"

魏军没有说话。

没听见魏军的反应，乔勇冲电话"喂"了一声，就听电话那边的魏军说："其实我挺害怕去医院看她，不知道她现在成什么样儿了，是不是还能认出咱们。听说她没多长时间了，我也觉得挺没劲的，毕竟认识那么多年了。但我更害怕她跟咱们说什么忏悔的话，我肯定受不了。"

"还是去吧，国民要不想去就别勉强了。叫上吴越和小松吧，这个周末找一天。"

"好吧，时间定了告诉你。"魏军说完挂了电话。

挂了魏军的电话，乔勇将椅子转了个180度，脸冲着窗户，看着外面长安街上川流不息的汽车和马路上的行人，心想：人生短暂，生命脆弱。周霞才30多岁，太年轻了，要是她不折腾，好好生活，是不是不会得这个病呢？可能现在孩子都上学了吧……

乔勇回国一直没有见到周霞。在乔勇的印象里，周霞一米六七、一米六八的身高，挺漂亮的，说话很快，性格很活泼，周围的人都挺愿意跟她聊。虽然她跟李国民谈朋友，在周霞上了大专之后，周围的人都不看好，但乔勇一直觉得，两个人能不能拉起手走下去，得靠缘分，但底线是不能欺骗、不能故意伤害对方。当乔勇第一次听见周霞背着李国民为外汇券跟香港人上床时非常吃惊。乔勇想不到周霞会干那种事。为什么要折腾，甚至去伤害别人呢？

乔勇正想着，他的手机又响了，一看是Peter打来的。乔勇就接起电话，听见电话那边Peter的声音："乔总，早上一直在跟海丰开会，昨天晚上至盛管进货的副总赵海波打电话，约我上午过去谈谈合作的事。我问他什么合作的事，他说见面谈。我这边完了还得马上去至盛看看那边什么情况，希望他约我是想谈谈从莫拉转单过来的条件。至盛也是咱们的重要客户，所以我打算跟李莉请他吃个晚饭。昨天晚了，就没向您报告。现在跟您报告一下。哦，对了，我昨晚把一份请款单电邮给李莉了，让她今天打出来交给您。"

乔勇不知道李莉从他这儿离开后是否跟Peter联系过，听刚才Peter这么说，就说："Peter，跟至盛见面，主要是听他们怎么说，看看他们有什么想法，回来我们研究一下再回复。李莉把你的请款单给我看了，可能她还没跟你说，我只能按照规定，给你报300元，多了违反会计制度。加上李莉的200元，我给你们批了500块，这在北京能吃一顿挺好的饭了。"

听乔勇说完，Peter马上说："好的，李莉刚才给我打过电话了。乔总，至盛的人饭后还要活动怎么办？"

"你是说歌厅？"乔勇问道。

"是。"Peter回答。

"歌厅这次别去了。如果至盛有可能扩大跟我们的订货关系，我们可以在他们订单达到一定规模后，跟斯考特和约翰商量一下，请他们去美国参观。"

听乔勇这么说，Peter想再争取一下，就说："乔总，他们都挺实际的，跟他们说半年后甚至几个月后的事恐怕吸引不了他们。"

"这次就这么定了。"乔勇语气坚决地说，然后问，"你上午跟至盛开完会，还有别的约吗？"

"没有了。"Peter答道。

"洪阳那边对结算还是没有反应？"乔勇问。

"没有。"Peter回答。

"我们下午1点30分在我办公室碰一下下半年订单情况。"

"好的。"

刚挂断Peter的电话，乔勇看见会计经理Tina刚好从他办公室门外走过。乔勇马上叫了声："Tina。"

听见乔勇在办公室里叫自己，Tina转过身快步来到乔勇的办公室门口说："乔总您叫我？"

"Tina，如果我和Peter请客户吃饭，但我临时有事去不了，我的申请也批了，Peter可以使用我的报销额度吗？"乔勇问。

"您的意思是Peter能否把他的和您的加在一起使用，但您本人实际没去？"Tina问。

"对，可以吗？"

"我觉得应该没问题吧，只要斯考特同意，发票是真的就成。"Tina想了想答道。

"明白了，谢谢。"

"您就这事？"Tina问。

"就这事。"乔勇答道。

听到乔勇的回答，Tina没有马上离开。她站在乔勇办公室门口向斯考特办公室的方向看了一眼，像是犹豫着想说什么。乔勇看她好像要说什么，就问："有什么事吗？"

Tina想了一下，说："斯考特说找到了一处新的公寓，要搬家，但那边的价格比现在他住的贵出一半还多，Tracy到我这儿申请定金支票，也不给我任何手续，我问她要，她说等第一次付租金款时一起给。乔总，斯考特在国内住宿是否有标准？我不好问他，也不能问纽约财务。但没有杰夫批准的邮件，我是不能开支票的。我又不好直接向杰夫要。您能给个建议吗？"

乔勇听了Tina的话，觉得很突然。他知道，他和斯考特住的公寓租约都是一年，不满一年搬家会损失定金。怎么，斯考特是不喜欢现在住的公寓？也没听他说过呀。

乔勇不知道斯考特在北京的住房标准，自己住的那套公寓是他到北京前斯考特委托公关公司找的。对支票手续问题，乔勇觉得Tracy应该知道去会计那儿开支票需要出示主管经理同意了的申请，作为人事经理，她根本不应该向Tina提违反会计制度的建议。Tina在没有任何手续的情况下就开出公司支票，内审如果发现了，Tina的麻烦就大了。乔勇本不想掺和这种事，但看到Tina脸上恳求的表情，挺不忍心，于是从桌上拿起笔，在纸上写了如下一行字：

Tracy asks for a down payment check for your new apartment. Please authorize the check and accounting will cut the check right after receiving your authorization.（Tracy要你新公寓的定金支票，请授权，会计会在收到你的授权后马上开出支票。）

乔勇故意将上面的英文写得不太规范，写完后，让Tina看了一下，说："你把这个用公司邮箱发给斯考特，先用他的肯定回复当你的出票手续。"

Tina看完乔勇写的，点点头，说："谢谢乔总。"

乔勇接着说："你也给Tracy发个邮件，提醒她提供租房合同。"

"知道了。"Tina说完，站在原地没有动。

乔勇觉得Tina好像还有别的事，就问："还有事？"

Tina吞吞吐吐："是报销的事，斯考特这几个月拿来好多票，都是吃饭和娱乐的，数量挺大，我不知道怎么入账，您能也给点儿建议吗？"

"只要他有请款单，有他的主管的同意邮件，你就作为招待费用入呗。"

"可是金额太大了，而且斯考特没给我同意报销的授权邮件。"Tina为难地说。

"斯考特招待费报销也应该是杰夫批吧？"乔勇问。

Tina点了点头，答道："纽约财务告诉我应该是杰夫。"

"那你得管杰夫要同意的邮件。"

"我哪儿敢呀？"Tina马上说。

"那你报了，没有他的邮件，以后内审查起来你又是一个'没法办'？"乔勇说。

Tina顿时显得很着急："我也着急，而且已经把上几次他报的钱都给他了。他说以后把杰夫的同意邮件补给我，但上个月给他报的3万块授权邮件现在还没给我，这个月他又报了3万多块。"

乔勇一听这么大数字，着实有些吃惊，心想，别说北京了，就是PCT在整个中国市场上也没有这么多客户需要每月花这么多钱来招待和维护。斯考特来北京每月这么大的招待费，按国内现在的标准，够得上花天酒地了。斯考特该不会也像有些国外首代似的，使用公司的费用，由着性儿在这儿享受，把北京当天堂了。他对Tina说："Tina，我不是做财务的，但如果我是你，我会给斯考特发个邮件，催一下报销授权的事。"

Tina轻叹了口气，说："我想想吧，谢谢乔总。"说完，转身走了。

乔勇不知道斯考特为什么要更换公寓，他从来没有跟自己说过。乔勇对斯考特换公寓的事不感兴趣，他是PCT中国首代，也是中国区总经理，这里他说了算，自己本也不想介入会计部门的工作，但看到Tina为难的表情，还是想帮一下这个本地雇的员工。乔勇知道，如果Tina在没有拿到任何确认的申请前就开出支票，或，没有报销授权就给斯考特报大笔招待费用，她可能几天都会睡不踏实，这对一个新员工不公平。乔勇知道如果Tina给斯考特发了询问邮件，只要斯考特回复确认了，即使没有杰夫授权支付的邮件，内审即使今后发现了，Tina的问题也可能不会像现在这么严重。又想到斯考特报的金额数量，乔勇心想：希望斯考特来这儿当首代的目的不是仅想往简历上加几年吸引眼球的海外主管经历，同时用公司的钱尽情地在这儿享受几年。他希望斯考特能更多地参加PCT中国市场销售工作，跟他一起完成今年的销售任务。

乔勇几个月后就会发现，斯考特其实就是想在北京首代职位上享受几年，同时多积累些担任首代的时间，并且为了在中国首代职位上多待一两年，不惜编造和歪曲事实，把自己挤走。

上午的时间过得很快，乔勇审核完一份购买信用证，拿起手机一看，已经快12点了。他站起来，正准备去公司的休息室倒杯咖啡，看见于倩倩出现在门口。于倩倩看上去挺拘谨，轻声问乔勇："乔总，您中午有时间吗？"

"有事吗？"乔勇边从桌子上拿起自己的咖啡杯边问。

"乔总，我中午能请您吃个饭吗？我中午休息时间就20分钟……"于倩倩小声地说。

乔勇一听笑了："还是为谢我？"

于倩倩点点头。

"倩倩，我跟你说好多次了，你要谢先得谢翟小松他们，也得谢谢你自己。吃饭就算了，谢谢。"乔勇口气很坚决。

听乔勇又一次谢绝了自己，于倩倩脸有点红，说："不是，乔总，要没您介绍这个机会……"

乔勇赶紧拦住她的话："咱们不说这个了，你下班没事，外语得再补补。"

于倩倩点点头。

"你上班挤车挤地铁挺累的吧？"乔勇边向外走边问。

"还成，乔总，我下月就搬到双井这边来了，能近很多。"于倩倩回答。

"那好。你表姐跟翟小松还好吧？"

于倩倩犹豫了一下，没有马上回答。

乔勇看于倩倩犹豫，就说："没事，我就随便问一下。你先去吃午饭吧。"

于倩倩没有动，说："乔总，我姐好像这段时间跟翟哥闹别扭了，我看他们吵了几次架。"

"为什么？"

"好像是为翟哥的孩子，还有买房什么的。"于倩倩答道。

"他们要结婚了？"乔勇停住往外走的脚步问。

"也不是……"于倩倩犹豫地小声说。

乔勇看着犹豫的于倩倩，就说："算了，你不方便说就不说了，这是他们两个人的事。你快去吃饭吧，等会儿楼下食堂没好菜了。"

"好的，那谢谢乔总。"

"没事。"

于倩倩走后，乔勇没有去休息室倒咖啡。他把咖啡杯放回到桌子上，又坐回到椅子里。今天上午从跟李莉讨论是否应该招待客户去歌厅的事开始，到听到周霞癌症晚期的事，到Peter的电话，到斯考特换公寓和报销大量招待费，再到于倩倩跟他说翟小松跟张丹吵架的事，乔勇突然觉得国内的生活虽然确实要比洛杉矶"丰富多彩"，但这"丰富多彩"好像不是他所期待的，也有点儿太发了。

  乔勇又想起周霞的病和翟小松跟张丹的事，跟魏军一样，听到周霞过去做的那些事，他也对周霞产生了看法。对翟小松离婚，乔勇虽然从来没跟魏军他们发表过自己的看法，但在他跟肖迪的电子邮件中，乔勇的确对翟小松不顾家庭和孩子离婚的做法非常不以为然。在乔勇看来，家庭和孩子应该是生活中最重要的，一个有责任的父母不会在外面胡来，并将自己的家庭拆散而不给孩子一个正常的成长环境。但翟小松这么做了，而翟小松又是他多年的朋友，过去一向很仗义。乔勇感觉，看来北京已经不是他过去熟悉的北京了，这座城市不但外貌变了，生活在这里的人的想法也变了，变得让自己觉得很陌生。

19

  下午1点30分，Peter准时来到乔勇的办公室。乔勇见他进来，示意他在对面的椅子上坐下后，问："上午谈得怎么样？"

  "挺好，赵海波说如果条件可以，他可以跟至盛其他几位'总'说说。只不过……"说到这儿，Peter欲言又止。

  乔勇看着Peter，没有接话，他想让Peter自己把话说出来。

  Peter在椅子里挪动了一下身子，打开手里的记事本，又合上，说："乔总，赵海波没有谈具体我们向他们提供什么样的条件，他们才能从莫拉那边转过来一些订单。"说着，Peter站起来，将身后乔勇办公室的门关上。

  看见Peter的举动，乔勇皱了一下眉头，身子往后靠在椅子背上，眼睛看着Peter。

Peter关完门，回来重新坐下，接着说："但我从赵跟我的谈话里隐约感到，他可能是想要回扣……"

"可能？"乔勇身子没动，平静地问。

"我觉得就是，因为他问咱们是否有跟客户分享销售成果的节目。"Peter语气肯定地回答。

乔勇自言自语地说了一句："Kick-back。"

"您说什么？"Peter问。

"Kick-back在英文里是回扣的意思，一般是不正常甚至是违法的，kick-back跟commission不同，commission就是佣金，大多数情况下是合法的。我知道至盛每年从莫拉那里进大约150万美元的货，你觉得'如果条件好'，他能放过来多少订单？"

"这个我不太清楚，但半年增加六七十万美元对至盛没问题吧。"

"你觉得他想要多少回扣？"

Peter想了想，说："这种规模的单，一般在1.5%到2%。"

"100万美元的单可能就是15000美元的回扣收入。"乔勇像是自言自语。

Peter没敢接乔勇的话。

乔勇继续说："Peter，公司对kick-back有明确规定，不允许给买方任何形式的回扣。我们国家的法律和美国联邦法也有相关规定。所以至盛以回扣为条件给我们订单，从我这儿就不能同意。别的不说，这首先是违法的。"

Peter点头答道："乔总，我明白，但目前行业情况就是这样。没有好处，他们就不从你这儿买货，甚至都给回扣，还得看谁给得多。"

乔勇摇摇头，说："这不是我们这儿特有的，有商业行为，有竞争就有可能出现这种事。但Peter，现代经济是建立在信誉和信用基础上的，如果我们违反公司规定和法律，提供回扣，我们的产品质量和服务再好，我们迟早也会遇到问题，我是说法律问题。你知道公司如果因提供回扣导致法律问题，不管是被政府罚还是被政府告，都会对公司信誉和信用成本造成致命的冲击。"

Peter听了点了点头。

乔勇接着说："再说了，说不定这是莫拉跟至盛商量好了给咱们挖的一坑，就等着咱们往下跳哪。"停了一下，乔勇问Peter："所以，今天上午只是务了虚，没什么实际的东西？"

"基本是这样，但我有个感觉，赵对莫拉有意见，但这只是我的感觉，因为他几次说'我们的订单执行一直没问题，不像莫拉'。"

乔勇想了一下，说："Peter，你下班前给赵发个电子邮件，跟他说PCT非常重视跟至盛的关系，希望扩大跟至盛的合作。如果至盛也有跟我们扩大合作的想法，细节我们可以再沟通，看看他什么反应再说。"

"好的。"说完，Peter马上接着又说，"乔总，本来说好晚上请赵吃饭，但他说要延到下周后几天。乔总，招待赵的费用能不能加点儿？"

乔勇见Peter又提出增加招待赵海波费用的问题，马上说："恐怕不行，我们不是讨论过吗？我们有制度。你们打算在哪儿请赵？"

"还是咱们上次请洪阳葛志鹏的那个餐厅吧。"Peter回答。

"500块够了，你们能吃得挺不错了。"

"吃饭是没问题，就怕赵吃完了想去歌厅，听说他好这个。"

"他多大了？50多岁吧。那么大岁数去什么歌厅？以后再说吧。"乔勇语气坚定地说。

接下来，乔勇又跟Peter过了一下其他客户的情况。等Peter离开后，乔勇坐在椅子上想了想洪阳和至盛的单子，然后给斯考特发了以下电子邮件并抄送约翰：

Scott,

On HY: Although we haven't heard anything back from them re. payment structure, I strongly recommend finance develop a plan B based on the scenario that HY insists on reducing cash down payment.

On ZS: Peter had a meeting this morning with Mr. Zhao, Haibo, Zhisheng's VP in charge of purchasing. Mr. Zhao implied during the meeting that Zhisheng might move some of their PO from Mola to us, if, quote："our terms are good" unquote. Mr. Zhao did not elaborate, but it seems ZS might be considering increasing their size of PO with us. Whether or not this is true remains to be seen and we will keep you closely updated.

Qiao Yong

[斯考特，关于洪阳：虽然洪阳至今没有跟我们再次讨论支付结构的事，但是，我强烈建议财务部门在假设洪阳坚持下调现金首付比例的基础上，制定出一个相应的替代预案。关于至盛：Peter今天上午见了至盛主管采购的副总赵海波先生。赵先生暗示至盛可以从莫拉转过来一些订单，如果，我们"条件合适"（赵的原话）。赵先生没有细说。但看起来，至盛可能在考虑增加他们从我们这里购买的数量。这个判断是否正确我们现在还不知道。我们会随时向你报告进展。乔勇]

发送完上面的电子邮件后，乔勇又给Peter发了一封电邮并抄送了斯考特：

Hi Peter,

Please prepare a sales scenario analysis with 3％、5％、7％ and 10％ cash down from HY using their PO total for the second half of last year, assuming all other conditions remain the same except value of LOC increased proportionally. Please try to get the report finished by the end of tomorrow. We will need it on Monday. Please let me know if you need any assistance.

Qiao Yong

（Peter，你好，请使用洪阳去年下半年的订单总量，分别按现金首付3％、5％、7％及10％的条件，假设其他条件不变和信用证支付同比增加，准备一份销售预测分析报告。争取在明天下班前完成。我们下周一要用。如果你需要什么帮助，请告诉我。乔勇）

刚发完这封电子邮件，乔勇在收件箱里看见Peter给他发了一封电子邮件。乔勇点开邮件后，看到以下内容：

Dear Mr. Qiao,

Although I feel entertaining is very important and even vital to do business in China, I understand what you told me and obey your instruction not to entertain Mr. Zhao in KTV. But I am afraid we may lose PO if we do not entertain him as he likes.

Peter

（亲爱的乔先生，虽然我知道在中国做销售，招待客户很重要甚至很关键，但我明白你跟我说的，并且会遵照你的指示不带赵先生去KTV。但我担心我们可能会

因为没有按照他喜欢的方式招待他而失去订单。Peter）

Peter一直是用中文在电邮中跟乔勇交流，但这次用了不太规范的英文。看完Peter的电邮，乔勇心里想，Peter这是打算今后一旦不能从至盛拿单，纽约追究起责任，能用这个电邮把自己摘干净，他是想先把伏笔打好，为今后推卸责任做准备，这是很多做销售的都会做的。想到这儿，乔勇给Peter回了如下电子邮件：

Peter,

Accounting policies shall not be circumvented. We will discuss a possible alternative to entertain if PO from ZS becomes real.

Qiao Yong

（Peter，我们不能违反会计制度。如果至盛订单是真实的，我们会讨论其他招待办法。乔勇）

令乔勇没有想到的是，Peter将刚才给自己的那封电子邮件秘密抄送给了斯考特。

刚发完给Peter的邮件，乔勇就见斯考特手里拿着手机走进自己的办公室。斯考特坐下后，说："Saw your email about HY and ZS. What do you think ZS's terms would be?"（看见你关于洪阳和至盛的邮件了。你觉得至盛的条件会是什么？）

"Don't know yet."（现在还不清楚。）乔勇答道。

"Hope their terms are reasonable. It would be OK if we can't secure more PO for the remainder of this year. But please remember it's more important we need to get more PO for next year."（希望他们的条件是合理的。如果年内我们不能得到更多的订单，那也没关系。但请记住，更重要的是我们明年要能得到更多的订单。）

"We will give it a try."（我们会努力的。）乔勇说。

"Yes, we need to do everything in our power to increase PO number for next year. Let me know if you need any help."（我们需要用所有我们能做的，增加明年的订单数量。你如果需要什么帮助，就告诉我。）停了一下，斯考特继续说，"Qiao, I want to let you know I am moving to another apartment soon."（乔，我想告诉你，我将搬到另外一个公寓去。）

乔勇听斯考特自己说起他要搬家的事，平静地答道："You don't like the current one?"（你不喜欢现在这个公寓？）

斯考特赶忙摇头，说："Not that I don't like it, I got a friend in town. One of his next door neighbors has got another job in the States, better pay, and is moving back. I want to move into that guy's apartment and be close to my friend."（不是我不喜欢，只是我有一个在北京的朋友，他的一个邻居在美国找到了另外一份薪水更高的工作，要搬回美国去。我想搬到那个人的公寓房间，以便离我朋友近点。）

乔勇对斯考特为什么搬家不感兴趣。外国人都希望跟别人保持距离，即使是同事也是如此。况且斯考特正在办离婚手续，想住得离同事远点也正常。这几个月通过跟斯考特接触，乔勇感到，斯考特是那种不想让别人介入或知道他任何私生活的美国人。自从上次一起吃了一次晚饭后，乔勇再也没有跟斯考特一起吃过饭。事实上，斯考特这段时间经常不来办公室，作为他的下属，乔勇也不好问。北京有很多专门做外国人生意的酒吧，每天晚上特别是周末晚上，有很多外国人去那些酒吧消遣。乔勇自己不去酒吧，斯考特是否去，乔勇不知道。

但出于礼貌，乔勇还是对斯考特说："Need help moving?"（搬家用不用帮忙？）

"No, thanks. I will invite you over for a couple of drinks when I finish moving."（不用，等我搬完，我会请你过来喝几杯。）斯考特边说边站起身来。

"Thanks."（谢谢。）乔勇对正往外走的斯考特说道。

这天下班后，乔勇来到建国门附近的一家健身房。乔勇是上周经人介绍知道建国门附近有这么一家健身房，过来一看觉得还可以，就办了会员卡，然后给斯考特发了一条短信，告诉他这个健身房的情况。但斯考特回复说他在北京的一个朋友的公寓里有健身的地方，他会去那儿健身。今天是乔勇回国后第一次来健身房健身。

乔勇换了衣服，来到一部跑步机前，想先做些准备活动再上跑步机。正在他压腿的时候，听见后面有人说话："先生，对不起，这台跑步机坏了，暂时不能用。"乔勇回头看了一下，后面站着一个穿运动服的女孩儿，乔勇觉得她有1米75左右，人长得很漂亮，身材也很匀称。"是吗？"乔勇直起身说道。

"是，刚出的问题，我们马上会在上面放一个'故障'提示，已经报修了，但估计得几天后才能修好，您用旁边那台吧。"那个女孩儿答道。

"好吧，您是……"

"我是在这儿工作的。"说着女孩指着自己的胸牌，说，"我叫黎晓，是这里的健身教练，您是新会员吧？"

乔勇点头："是，今天第一天来。"接着乔勇又问了一句："你以前是练什么的？"

"我是体大毕业的。"

"体大？"

"就是过去的体院。"黎晓赶紧解释了一句。

"你，北京人吧？"乔勇问。

"是呀，你也是吧？"

乔勇点点头，说："是。"

"我听出来了。"黎晓笑着说。

"是吗？那挺好的。"

"为什么挺好的？"黎晓不解地问。

乔勇笑笑没有回答。

"先生怎么称呼？"黎晓问。

"我叫乔勇，乔老爷的乔，勇敢的勇。"

"乔先生您好，您如果有什么健身方面的问题，可以问我。"

"谢谢。"

"那您继续吧。"黎晓说完，转身去帮另外一个健身者调跑步机。乔勇看着黎晓的背影，心想国内的女孩儿真是越来越漂亮了。

乔勇在跑步机上跑了20多分钟，放在跑步机手机槽里的手机响了。乔勇拿起手机看了一眼，看见是翟小松来的电话，就将跑步机调到慢走的速度后接起电话，就听电话那边的翟小松说："乔哥们儿，于倩倩回来夸你了，说你'拒腐蚀，永不沾'，人家小丫头想请你吃次饭，谢谢你，你都不给面儿。"

"不用。魏子给你打电话了吗？"

"打了，说约着一起去医院看看周霞。说实话，我挺害怕见她的，不知道她能说什么话……"

乔勇突然想起上午他问于倩倩翟小松跟张丹的事时她犹豫的表情,就问翟小松:"你跟你现在的女朋友怎么样了?"

翟小松那边愣了一下,说:"没怎么样,还是那样。"

"还是哪样?"乔勇问。

"我也不知道,这些日子老觉得什么不对。你在哪儿哪?边上什么声音?"

"健身房。"

"那你先练着,咱们回头聊。"

"也成。"

挂了翟小松的电话,乔勇刚把手机放回到手机槽里,就听见旁边有人叫他"乔先生"。乔勇一扭头,看见是刚才那位提醒他跑步机坏了的黎晓。乔勇赶紧叉开腿,两脚站在跑步机滚带的铁边上,问:"什么事?"就听黎晓说:"乔先生,您今后打电话时,最好先暂停跑步机,这样会安全些。"

"哦,好,谢谢。"乔勇连忙说。

一个小时后,乔勇从健身房出来,马上给翟小松拨了电话,电话响了五六声,翟小松才接起电话。听见电话里的环境很嘈杂,乔勇就问:"你在外头?"

"吃饭呢。"翟小松边嚼着嘴里的东西边说。

"那你先吃,我什么时候再打给你。"

"好吧。"

20

接乔勇电话的时候,翟小松正一个人在西三环附近的一个小饭馆里独自喝闷酒。这段时间他跟张丹的关系的确出了问题。张丹下班后又开始经常不接电话或关机,为此两人又开始经常争吵。有天晚上,张丹下班没回来,也没给翟小松发短信或打电话,翟小松给张丹打了几次电话张丹都不接,发短信也不回。因为那时于倩倩还没找到合适的住处搬出去住,所以翟小松吃完晚饭一直在楼下等张丹,但直等到晚上10点多了才看见张丹从外面回来。

张丹走到翟小松面前,看到他气色不正,知道他又想跟自己掰扯不接电话、不回短信的事,就不想理翟小松继续往前走。翟小松见张丹不理自己,就挡住张丹,同时没好气地问:"你去哪儿了,怎么又不接电话、不回短信?你不是说不这样了吗?"

"没听见。"张丹不耐烦地回答。

翟小松一看张丹这个态度,立即大声喊道:"你没听见?你会几个小时不看手机?"

张丹见翟小松冲自己喊,也大声冲翟小松喊:"翟小松,你凭什么这么跟我说话?我是你什么人?"

"张丹,你说我凭什么,我为了你丫婚都他妈离了,跟你一块儿住,这房租水电哪样不是我出的,凭什么你不知道?"翟小松冲张丹嚷道。

张丹撇了撇嘴:"那才几个钱?别跟我提钱,没劲!"

"你甭废话,今天晚上你去哪儿了?"翟小松继续冲张丹喊。

"没去哪儿。"

"没去哪儿你现在才回来!"

张丹脸转向别处,不看翟小松,也不再说话。

翟小松见张丹不看自己,也不说话,语气缓和了一下,问:"张丹你是不是外头有想法了?"

"没有,要有我会跟你说的。"张丹没看翟小松,不耐烦地答道。

翟小松听张丹这么说,立刻气愤至极,指着张丹的鼻子骂道:"你王八蛋!"说完转身走了。

那天晚上翟小松没有再回去,在一家简易招待所睡了一夜,第二天早上快7点了,估摸着张丹已经去上班了,才回到住的地方,打算换件衣服去上班。刚进门,他就看见正要出门去上班的于倩倩。于倩倩看见是翟小松进来,马上说:"翟哥,你昨晚去哪儿了,怎么没回来?"

"没去哪儿。"翟小松没好气地回答。

"你早上还没吃吧？厨房里有我早上买的豆浆油条，我给你拿出来。"于倩倩说着放下双肩包。

"不用了，我马上走。"翟小松接着又加了一句，"你下个月开支，想着跟我哥们儿表示一下。"

于倩倩点头："知道了，但我觉得他挺严肃的，我怎么表示呀？"

"他在国外待了那么长时间，你就什么时候给他买杯咖啡吧。我知道他每天得喝好几杯那个，他们假洋鬼子全好这个。"

"知道啦。"于倩倩应着。

看着翟小松从客厅衣柜里拿出要换的衣服，于倩倩问："翟哥，你跟我姐吵架了？"

翟小松看了一眼于倩倩："没有。"

"还没有哪，我昨晚在楼上都听见了。"

"大人的事，你小孩儿甭管。"

"切，你们什么大人。"说完，于倩倩接着说，"翟哥，我觉得你挺好的，我姐从小就特任性，在老家我们都让着她，你也让着她点儿吧，你比她大几岁。"

说后面这几句话的时候，于倩倩显得特别真诚。

翟小松看着于倩倩真诚的表情，停了一会儿，说："我会的，放心吧，我们没事。"说着拿着要换的衣服向洗手间走去。

那天上午，翟小松给张丹发了一条短信：对不起，我昨晚骂你不对。

但直到下午下班，张丹才回了很短的两个字：没事。

之后的一段日子直到于倩倩找到新的住处搬走，翟小松跟张丹的关系似乎恢复了一些。张丹下了班就回来，晚上特别是周末晚上基本不出去。翟小松的电话张丹也都是马上接起来，短信也马上就回。翟小松又经常带张丹去餐馆吃饭，去张丹喜欢的游艺室。为了不让张丹多想，翟小松甚至连着几个星期不去看他女儿天天。但翟小松觉得他跟张丹的关系已经不像从前了，他怎么也找不回来他过去对张丹的那种感觉了。

而张丹对翟小松的感觉也在发生变化，对此，张丹自己也感觉到了。过去张丹经常问翟小松什么时候结婚、去哪儿买房什么的，但自从那天晚上两人吵了架，张丹再也没提起过结婚、买房的事。

虽然表面上翟小松和张丹的关系又恢复到了没吵架之前的状态，但翟小松这些日子心里一直不踏实，他不知道他跟张丹今后会怎样，总想找个时间跟张丹好好聊聊。今天是于倩倩搬出去的第一个周末，本来昨天晚上翟小松跟张丹说好晚上两个人一起吃饭，他是想借吃饭的机会，跟张丹聊聊，听听她对今后的想法。张丹也同意了，说是今天晚上不会安排任何事情，就是有事也会推了，一下班就回来跟翟小松一起出去吃晚饭。

但中午翟小松收到张丹的一条短信，说晚上她要陪一个重要客户吃饭，不能跟翟小松吃了。看见张丹的短信，翟小松觉得特没意思，本想给张丹打个电话问一下，但刚要拨张丹的号码，又觉得在电话里问她，说崩了又不痛快。想了一会儿，翟小松只是简单地回了一条"没事"的短信。短信发完后，翟小松觉得郁闷，下班铃一响，他便马上起身来到公司停车场，将自己的那辆夏利车开出公司。边开车翟小松边给乔勇打电话，想约乔勇晚上去哪儿一起喝点儿酒，但知道乔勇在健身，就想算了。挂了乔勇的电话，翟小松本想约魏军，但又一想魏军肯定忙着在家带孩子，不会出来，于是就拨了吴越的电话，但吴越在电话里说他正在成都出差，要下周才能回北京。挂了吴越的电话，翟小松顿感从来没有过的孤独，正好这时车开到了马路两边有很多饭馆的一条街上，翟小松立刻靠边停了车，下车后找了一家小饭馆，径直走了进去。

与此同时，张丹正跟龚书林一起坐在三里屯附近的一家高档餐厅的包间里。

张丹这几个月心里很矛盾，一方面觉得翟小松虽然不怎么有钱，但对自己是一心一意，除了不愿意借钱帮父母在东北老家买房，对自己的确一直非常照顾。但另一方面，龚书林这边追她也越来越紧，龚书林甚至跟张丹说，他现在是千万身家，只要张丹答应跟他在一起，他可以为她跟自己老婆离婚，然后给她在北京买房买车，甚至给张丹父母钱，让他们在东北老家买房。张丹虽然知道她背着翟小松接受龚书林的购物卡和跟龚书林交往对翟小松不仗义，但张丹母亲多次在电话里对翟小松没什么钱、有过婚史还有孩子的非议，以及让张丹不要浪费自己条件的说法，使张丹对是否跟翟小松继续往下走的想法发生了动摇，张丹开始对跟翟小松的关系犹豫起来。

张丹同意自己母亲的说法：翟小松不能像龚书林那样给自己在北京全款买车买房，如果跟翟小松在一起，付首付买了房，说不定得要背20多年的债，根本不能保证自己今后在北京的生活质量。张丹想，自己还年轻，为什么不能像其他女孩子一样，用自己的年轻换点儿后半辈子的物质条件？

一开始张丹也没想用龚书林给的购物卡，她知道"吃人嘴软，拿人手短"的道理，想着什么时候再见到龚书林，把购物卡还给他。但前些时候，有一次张丹下班，跟公司几个女孩子逛赛特，在化妆品专柜前，别的女孩子都买了一些喜欢的化妆品。其中一个叫许菁的给总经理当秘书的女孩儿，在选完她要买的化妆品后，对张丹说："张姐，你怎么什么都不买呀？你看你皮肤这么好，要是不注意保养，过几年皱了垮了多可惜呀，皮肤皱了再想修平可就难了。"

本来张丹只是想下班后跟公司的女孩儿一起去赛特逛逛，打发一下时间，她觉得赛特卖的东西对她来说太贵了，可是别的女孩儿都买了化妆品，自己一直不买，实在没有面子，又听许菁这么一说，加上导购小姐的热情介绍，所以就拿出钱包，想买一款导购小姐推荐的化妆品。但一问价，要400多块，张丹钱包里没有那么多现金，正犹豫，眼光落到放在钱包里龚书林给的购物卡上，心想：反正这张卡是龚书林送的，也不是自己偷的抢的，就用一次。想着，问导购小姐那张卡是否可以在赛特用。在得到肯定的答复后，张丹不但用那张卡买了导购小姐推销的产品，还挑了一些自己喜欢的其他化妆品，一算账，两千多块，比别的一起来的女孩子花的都多。看到公司的女孩儿羡慕自己的目光，张丹突然觉得很满足，也很得意。

张丹的这种刷卡购物之后的满足感，使她在之后一个星期内，用龚书林给她的购物卡又买了很多衣服。很快，那张卡上的额度就用光了。

在这期间，龚书林经常约张丹晚上出去。本来张丹跟龚书林出去只是为了让龚书林尽快下单，上次带于倩倩跟龚书林吃饭后，龚书林的订单很快就下了，而且比原来的数量大了很多，这样不但使张丹超额完成了季度销售任务，也使她得到了更多的销售提成。从心里，张丹很感激龚书林。所以龚书林再约张丹吃饭，只要张丹没有其他客户应酬，她都会答应。实际上，前些日子张丹很多次不接翟小松电话的时候都是跟龚书林在一起。

在跟翟小松吵架后，于倩倩也劝了张丹好几次，说了翟小松好多好话。张丹被劝得很不耐烦，最后，在于倩倩再次劝她的时候就冲于倩倩嚷道："翟小松给你什么好处了，你这么帮他说话？"

于倩倩看张丹冲自己大声嚷嚷，就小心地回答："他什么好处也没给我，但是，姐，我觉得那个什么龚总对你没安好心。翟哥真挺好的，他为你婚都离了。"

"那是他的问题，我现在觉得翟小松就是一神经病。"

"姐，我是说翟哥对你是真心的，现在能碰着一个对人真心的我觉得挺难的。"

"这我知道了，但有些事你还不懂。"

听张丹这么说，于倩倩只能"哦"了一声，不再说话，但心想，得找个机会让那个什么龚总知道，张丹已经有男朋友了。

虽然张丹越来越觉得对翟小松没有了过去他们刚认识时的那种感觉，加上面对外面诸多诱惑，也逐渐相信这么快就跟翟小松住在一起是个错误，但碍着于倩倩跟自己住在一起，她还是在跟翟小松吵架后表面上做出跟翟小松和好的样子。张丹想，即使自己跟翟小松的关系要变，也要等到于倩倩搬走之后，反正不差这几天。所以，在于倩倩搬走前的这段时间，龚书林再约她，她都说这些天事情多，要等几天再说。今天上午龚书林刚从广州出差回来，就又给张丹打电话，约张丹晚上一起吃饭。本来张丹不想去，因为晚上已经答应和翟小松一起吃饭。张丹知道龚书林还不知道她已经有了男朋友并且已经住在一起的情况，龚书林这段时间又送卡又多给订单，肯定是想跟自己发展实质性的关系，可能龚书林在吃饭的时候，就会直接提出晚上跟她去开房。一想到这种可能，张丹就很犹豫。但电话那边龚书林的话又让张丹很难拒绝，龚书林说，他想跟张丹谈谈下半年和明年给张丹再增加一些订单的事，但在做决定前，有些事想跟张丹沟通一下。张丹听电话那边龚书林说下半年和明年要增加订单量，就说："龚总，能在电话里说吗？"

"还是见面说吧，有些事见面说好些。"龚书林用一种不紧不慢的口吻说道，他希望给张丹"他是要跟她谈生意"的感觉。前些日子张丹几次拒绝跟自己出来让龚书林觉得，可能只有让张丹相信她能通过跟自己的交往获得好处才能把她约出来。

果然，张丹愣了一下，说："那成吧，您说去哪儿吧……"

跟龚书林通完电话，张丹心里很矛盾，她相信龚书林是看上她了，只要他说想增加订单，肯定会增加，这样自己今年和明年的销售提成还会增加。但她马上又想起晚上已答应跟翟小松吃饭的事，张丹知道翟小松对于倩倩搬走后的第一个周末很期待，几天前就在计划去哪儿吃什么，如果自己取消晚上一起吃饭的约定，翟小松肯定又会不高兴。想到这儿，张丹拿起电话想给龚书林打电话取消晚上跟他吃饭的计划，但转念一想，自己跟翟小松今后不定能成什么样呢，在北京还得靠自己，龚书林的订单要比跟翟小松吃饭对自己重要得多，如果跟翟小松走不下去，公司的收入特别是销售提成，就是自己唯一能抓得住的经济来源。想到这儿，张丹从想给龚书林打电话，取消跟他晚上吃饭的计划变成从手机里调出翟小松的电话号码，给翟小松发了一条短信：亲爱的，晚上临时要请一个重要客户吃饭谈事，咱们吃饭改成明天吧。

21

当张丹晚上6点在位于三里屯附近的一家高档餐厅的包间里见到龚书林时，她看见龚书林穿着一套看上去非常昂贵的深蓝色西服，但里面的衬衫却是粉色的，配了一条黑白相间的领带，脚上穿着一双白色旅游鞋，让人觉得很不搭配。看见张丹进来，龚书林赶紧从靠近门边的椅子上站起身，过来引着张丹在自己边上的椅子上坐下，然后，一边从桌上拿起菜单递给张丹，一边对带张丹进来的服务员说："先上两瓶啤酒。"然后扭头指着桌上的几个凉菜对张丹说："我点了几个凉菜，想吃什么热菜随便点。"

在张丹看菜单的时候，龚书林掏出一包香烟，从里面抽出一支，点上使劲抽了一口后，开始跟张丹有一搭无一搭地聊起来。当龚书林知道张丹因买衣服和化妆品已经用完了那张购物卡的额度后，就问张丹："是不是还想买点别的什么衣服呀？"张丹笑着回答："龚总，您不知道呀，女人永远会觉得自己衣柜里少件衣服。"

听到张丹这么说，龚书林把正抽着的烟平放在面前的烟灰缸上，从屁股后面拿过手包，从里面拿出一沓钱，然后拿过张丹的包，把钱放了进去。

张丹看到龚书林从手包里拿出一沓钱放进自己的包里，本能地想把钱拿出来还给龚书林，但龚书林按住了张丹的手，说："你别拿出来，咱们不争了，又不是大数，你自己想买什么就买点什么吧。"

张丹下意识地将手抽了回来，低着头看菜单，没再说什么。

等点完了热菜，张丹轻声地问龚书林："龚总，您真能给我增加下半年和明年的订单吗？"

龚书林从烟灰缸上拿起香烟抽了一口，说："能呀。"

"您说有些事情得沟通一下，到底是什么事？"张丹问。

"也不是什么大事。"说完，龚书林给自己和张丹各倒了一杯啤酒，然后拿起一杯递给张丹。张丹接过酒，没有喝，看着眼前这个对自己不知是福还是祸的中年男人。

龚书林拿起自己那杯，跟张丹碰了一下杯，然后喝了一大口，看着张丹，说："怎么不喝？"

张丹有些急："龚总，您别这样成吗？您还有什么要求，您提出来，我回去跟我们经理说说。"

"是订单的事，但跟你们经理没关系。"说完，龚书林把手里的酒杯放在桌上，拿起筷子。

"那是什么要沟通呀？跟谁有关系呀？"

龚书林夹了一块夫妻肺片，放进嘴里，边嚼边扭头看了一眼张丹，问："你现在有男朋友吗？"

张丹没想到龚书林冷不丁地问她有没有男朋友，一时不知道怎么回答。

龚书林看了一眼张丹，又端起酒杯喝了一口酒，说："我觉得有也是正常的，你这么漂亮，没有才不正常。"

张丹在脑子里飞快地想了想，然后平静地回答："有一个追我追得挺紧的。"

说完马上又加了一句:"但还没定哪。"

龚书林把嘴里的东西咽下后,抽了口烟,问:"他是干吗的?"

张丹犹豫了一下,说:"公司里做销售的。"

听张丹说追她的是一个做销售的,龚书林嘴角露出一丝冷笑:"做销售能有什么出息?他能给你买房买车吗?"

"贷款呗,现在不都这样?"

"贷款?那得背多少年的债?一旦他工作没了怎么办?"龚书林口气里带着明显的不屑。

张丹这些日子也曾想过这个问题,但她不想跟龚书林谈翟小松,于是喝了一口酒,说:"到那时候再说吧。"说完张丹马上把话题引开,问龚书林:"龚总,您星期五晚上出来,您爱人没意见吗?"

听了张丹的话,龚书林抽了口烟,然后将烟慢慢地吐出去后说:"我跟我老婆在办离婚手续。"

"为什么呀?听您公司里的人说,您爱人特能干,是跟您一起创业的。"

龚书林喝了一大口酒,说:"那都是过去的事了。"说完,龚书林又抽了口烟,把烟按在烟灰缸里,然后又喝了口酒,说:"张丹,这么说吧,我喜欢你,我会考虑把我们公司今年甚至明年三分之一的五金产品订单转给你做。我会在北京给你买房子,名字可以是你的,也会帮你父母在你老家买房子,但条件是,明年,等我和我老婆离了婚,你得跟我结婚,这就是我想跟你沟通的事。"

本来张丹觉得龚书林今天吃完饭顶天儿了会提跟自己去开房,张丹早想好了如果龚书林下的单不大就直接拒绝,如果足够大,就说"大姨妈"来了,现在不方便,这也为今后留有余地。但张丹没想到龚书林直接说想跟自己结婚,所以有些发蒙。她根本不喜欢龚书林,是龚书林的订单和购物卡让张丹同意跟龚书林出来。张丹曾想过,自己跟龚书林关系到头了就是跟他开几次房的事,还得是在五星级酒店,但这也得等龚书林给的购物卡或钱达到一定数量之后才成。张丹从来没想过跟龚书林结婚,她觉得这根本就是不可能的。况且,张丹内心深处也觉得翟小松虽然不能在物质上满足自己,但为自己婚都离了,又的确对自己不错,还帮着表妹找到了外企的工作,自己跟翟小松搬到一起住没多长时间就离他而去,也的确有点儿过。

龚书林见张丹低头不说话，以为张丹在考虑他刚才说的，就又喝了一口酒，然后放下酒杯，对张丹说："我知道你需要时间考虑，没关系，反正我跟我老婆的婚是离定了。离婚也需要时间，估计也得半年吧。你用半年时间考虑够了吧？"

张丹抬起头，没有回答龚书林的问题，反倒问龚书林："龚总，您老婆跟您结婚那么长时间了，为什么您要跟她离婚呀？"

龚书林拿起面前的酒杯，一仰脖，把杯里的酒全喝了，然后边给自己倒酒边说："我觉得跟她越来越没有共同语言了，她是我在老家的亲戚介绍的，本来婚前了解就不多，我觉得如果我还在老家，也许就凑合着过了，但在北京恐怕不行。"

听龚书林这么说，张丹觉得他特卑鄙，他可能觉得自己在北京挣了点钱，就不是他龚书林了。张丹心里想，看他穿西服的方式，就知道是一没品位的暴发户。张丹早就听说过，有些没什么文化的暴发户，总想找一个年轻漂亮的甚至是上过大学的女孩儿当老婆或情人，以此来证明自己的成功。但张丹没想到龚书林能这么直截了当地把离婚的理由说出来。

张丹看了一眼龚书林，看见对方正拿眼直勾勾地看着自己，就又低下头，说："龚总，我觉得您就别离了，一日夫妻百日恩。您把三分之一的五金产品订单都给我们公司，我谢谢您，我这儿敬您一杯……"说着，从桌上拿起自己的酒杯，一仰脖，也把酒杯里的酒全喝了。

龚书林马上打断张丹的话："丹丹，婚我是离定了。我能叫你丹丹吗？"

张丹又把头低下，小声说："您叫吧。"

"订单的事听我的，我知道你现在手头紧，以后我可以每月给你3000块钱，就当是我谢谢你帮我在你们公司盯着准时给我们发货的感谢费吧。"

张丹依旧低着头，没有说话。

看见张丹没反应，龚书林觉得张丹可能觉得钱少，就说："要不每月4000块吧？"

张丹心里想，4000块是她底薪的3倍多，自己什么时候才能每月挣4000块工资呀？但张丹知道，现在绝不能表态，如果同意了，龚书林就会认为自己已答应跟他了。

见张丹还是低着头不说话,龚书林又从身后拿过自己的手包,从里面拿出一沓钱,点出4000元,重新拿过张丹的包,将钱塞进包里,说:"这是这个月的。"

张丹看见龚书林又往自己包里塞钱,本想假意把包抢过来,但见龚书林已经把钱塞进包里,就又把伸出去的手缩了回来。龚书林见张丹把手缩回去,就拉上包的拉链边把包还给张丹边说:"你父母房子的事怎么样了?"

张丹接过包,把它放在自己身后,回答道:"还在凑钱。"

"差多少?"龚书林问。

"30多万吧。"张丹小声地说。

龚书林想了一下,说:"丹丹,要不这样,你先从我这儿拿30万,不够再说?"

张丹马上摆手,说:"不行不行,还是我自己想办法。"

龚书林想了想,说:"也成,如果不行,你跟我说,就算我借给你的。"

张丹点点头,低声说:"好。"

这时服务员开始把张丹点的热菜端了上来,龚书林一边给张丹的酒杯里倒酒,一边问:"你表妹工作怎么样?"

张丹说了声:"还成。"然后接着补了一句:"反正是一家外企。"

"能进外企,你表妹真够幸运的。丹丹,我外甥对你表妹很有好感,你知道我外甥是大学毕业,已在外企干了多年,钱也不少挣。我外甥想约你表妹出去,但没她的手机号,你能把你表妹的手机号给我吗?"

张丹犹豫了一下,说:"不太好吧。"

"有什么不好呀,都是朋友了。我外甥上过大学,现在是外企经理,成不成让他们两个定。"

张丹想了想,说:"那好吧。"说着从包里拿出手机,调出于倩倩的手机号,把号念给了龚书林。

龚书林用手机存了于倩倩的手机号,然后对张丹说:"你回去能不能跟你表妹说说,让她跟我外甥接触一下,看看成不成?"

"那得看我表妹的意思了,我回去跟她说说吧。不过龚总,您刚才说想跟我结婚,现在又想让我表妹跟您外甥处对象?"

龚书林一笑,说:"那怎么了?你是担心今后不好叫?该怎么叫就怎么叫,在我们老家这种事多了，根本就不算事。"

"是吗？"张丹问了一句。

"你看我还骗你不成。"说着，龚书林给张丹夹了一筷子夫妻肺片。

"那你们那里的人都还挺开通的。"张丹看着面前自己盘子里的夫妻肺片说道。

龚书林一听就笑了，说："开通，开通好。"

这时服务员把张丹点的清蒸鲈鱼端了进来放在桌子上，等服务员把盛鱼的盘子放稳，龚书林忙从盘子里给张丹夹了一筷子鱼肉："来，丹丹，这鱼凉了就不好吃了。"

张丹"哦"了一声，把龚书林放在自己盘子里的鱼肉全夹起来，用嘴吹了吹，放进了嘴里。

这顿饭足足吃了两个多小时，饭后龚书林要送张丹回家，被张丹谢绝了。看着龚书林已有几分醉意，张丹说："龚总，您打车吧，别让查酒驾的查着。"龚书林看着张丹，带着几分酒意说："没事，我这不算什么，你真不让我送你？""真不用。"刚说完，张丹看见一辆空驶出租车，赶忙招手，等那辆出租车开过来在她边上停住，张丹扭头跟龚书林说："龚总，我先走了，别忘了尽快给我下订单。"

张丹在回亚运村的路上给于倩倩打了一个电话，告诉她龚书林替他外甥冯军要她的电话号码。电话那边于倩倩听了，马上说："姐，我不太喜欢冯军那个人，你知道的。"

"我也不喜欢，但你刚来北京，多认识一个人没坏处。"张丹说。

"那他要是坏人呢？"

"人家大学毕业，外企经理。"

于倩倩在电话里"哦"了一声，没说话。

"大主意你拿。但人家给你打电话，你跟人家客气点啊，我得指着他舅的订单哪。"

于倩倩在电话里又"哦"了一声。

张丹回到亚运村的住处已经是晚上10点多了。一进门，看见电视开着，翟小松横躺在客厅的沙发上。张丹换了鞋，来到沙发前，闻到一股很浓的酒味。沙发上的翟小松闭着眼，一动不动地躺着，似乎没有感觉到旁边有人。

张丹把包放在茶几上，转过身去厨房从水管子里接了一杯水，然后把水拿到沙发前并顺手轻轻推了推翟小松。就在这时，张丹听见她包里的手机响，张丹把水放在沙发边的茶几上，从茶几上的包里拿出手机，一看是龚书林打的。张丹看了一眼沙发上依旧闭着眼睛的翟小松，犹豫了一下，接起电话，说："龚总，有事吗？"

就听电话里的龚书林说："没事，看你到没到家。"张丹马上接过话说："是，龚总，晚上谈的订单的事，您别忘了，下周一我再跟您确认一下。"张丹这话完全是说给躺在沙发上、不知是睡是醒的翟小松听的。

"没问题，我晚上说的你也好好想想。"龚书林在电话里说。

张丹马上说："好，我挂了。"张丹说完，没等龚书林说话立即挂断了电话，并将手机关了机。正当她要把手机放回到茶几上的包里时，一低头看见翟小松正两眼看着自己。"谁的电话？"翟小松问。

张丹脸上有些不自然："晚上招待的一个客户，说下半年增加订单的事。你跟谁喝的酒？"

"没谁！客户这么晚还给你打电话？"

张丹把手机递到翟小松面前，说："我不是把手机关了吗？"

"你晚上真是招待客户去了？"翟小松从沙发上坐起来问。

张丹把手机放回包里，说："信不信由你。"

见翟小松不说话，张丹坐在沙发前的茶几上，问："你喝了多少？"

翟小松又躺回到沙发里，把眼睛闭上，说："没事，这才到哪呀，你先洗洗睡吧。"

张丹犹豫了一下，说："成，那你也进屋到床上睡吧，在沙发上睡不舒服。"

翟小松睁开眼看了一眼张丹，说："你才知道在这儿睡不舒服呀？"说完，又闭上眼睛，再没了反应。

龚书林是在位于海淀区的一家洗浴中心外面给张丹打的电话。跟张丹分手后，他就开车直接来到这个他经常光顾的洗浴中心。凭他多年生意场上的经验，他相信张丹最终会同意跟他在一起。这一方面因为张丹已经几次接受了自己的钱和购物卡，另一方面也因为龚书林相信张丹来北京已经几年了，不会再回东北老家，而她在北京生存，首先就要解决住的问题，也就是房子问题。本来龚书林还担心追张丹的会是一有钱的主儿，会给她买房买车。但今天晚上一听张丹说追她的人是一个干销售的职员，龚书林心里就踏实了。龚书林知道做销售的挣的不会太多，不会满足张丹买房买车的要求。龚书林相信张丹是一个爱慕虚荣的女孩，只要自己持续不断地给她钱和购物卡，用钱砸她半年，她就会接受自己。

龚书林给张丹的购物卡是他自己买的，因为前些时候，龚书林不知道张丹是什么样的人、怎么想的，他想先用购物卡试探一下。同时，他知道如果开始就直接给钱，张丹可能碍于情面，不会接受，但购物卡，特别是当龚书林说成是客户送给自己的购物卡，张丹接受起来会比较容易。

其实龚书林内心深处有很重的自卑感。这种自卑感很大原因是龚书林觉得自己没有上过几年学，又是从外地农村来的。在他生意没做大前，有好多次他在夜总会招待客户，向妈咪要了"大学生"小姐，之后明显感觉这些"大学生"小姐在跟自己聊了一会儿后，就开始应付自己了。有几次他跟妈咪说想让自己看上的一个"大学生"小姐出台，妈咪总说那个小姐已经有约了。龚书林知道这就是借口，根本原因是那些所谓的"大学生"小姐看不起自己。但当他生意做大了，手上钱多了后，龚书林又去了那家夜总会，在跟妈咪说让那个原来不愿跟他出台的"大学生"小姐出台，并且在把出台费提得特高最后如愿以偿地把那个"大学生"小姐带走后，龚书林就觉得得到了很大满足，也逐渐相信了钱的力量。

有了钱，龚书林这几年已经背着他老婆在外面不停地跟不同女孩，包括在夜总会工作的小姐，保持着情人关系。时间长则半年，短则两三个月。龚书林相信现在的女孩很多都很实际，只要自己有钱并且让那些女孩知道自己有钱，他就能搞定所有他看上的女孩子。他觉得能不停地在北京换女孩子，说明自己在这个城市的成功，也证明自己的价值。在认识张丹前，龚书林是跟一个湖南女孩儿在一起，已经两个多月了。认识张丹后，他觉得张丹不论身高长相都比那个湖南女孩儿强太多了，于是他就连威胁带哄骗地给了那个女孩儿一万块钱后，跟人家分了手。龚书林想集中精力追这个外在条件更好的张丹。

给张丹打完电话，龚书林给冯军打了一个电话。冯军接起电话，龚书林听见电话里有人唱歌，就问："小军，你在哪里？"

"在外面跟朋友唱歌。舅,您有事?"冯军在电话里大声说。

"男的女的?"

冯军那边明显地犹豫了一下,答道:"是客户。"

龚书林把手机换了一下手,把头仰着靠在汽车的椅子背上,说:"小军,你让我弄于倩倩的手机号,还要不要?"

"要,您弄来了?"冯军马上兴奋地说。

"那你记一下……"

龚书林把存在手机里的于倩倩的手机号念给了冯军,然后说:"小军,你要追于倩倩,就不能怕花钱。我周围混社会的为什么都能找到漂亮的女孩子?还不是他们不怕花钱,北京这里的女孩子就认这个。你还得懂点计谋,别直来直去的。"

龚书林说完,就听电话里冯军特感激地说:"知道了,谢谢舅舅。"

挂了冯军的电话,龚书林坐在车里待了一会儿,又回想了一下晚上跟张丹吃饭的过程。他很高兴张丹今晚收了他的钱,这说明钱对张丹是有诱惑力的,并且有了第一次就会有第二次。从跟张丹这段时间的接触中,龚书林相信,只要他不断地用钱勾着张丹,关键时候再砸一大的,可能是买辆车或是买套房吧,他就可以搞定张丹。想到这儿,龚书林心里偷着笑了笑,下了车将车锁好后,走进洗浴中心,心想这些天太累了,得进去放松放松……

22

在龚书林往洗浴中心走的时候,在北京的另一头,乔勇正从他父母家里吃完晚饭出来。他在街上叫了辆出租车,准备回自己住的地方。刚上车,就收到魏军来的短信:"明天上午10点在医院门口会齐,看周霞,请回复确认。"乔勇回了"好,明天见"的短信后,刚想把手机放回兜里,手机铃声响了。乔勇一看手机屏幕上显示的是北美地区的电话号码，心想不是肖迪就是约翰，于是接起电话，说了句"Hello"后，就听电话那边传来肖迪的声音："干吗呢，乔先生？"

"刚在我爸妈那儿蹭了顿饭，聊了会儿天，现在回住的地方。"乔勇说着，看了看手机上的时间，知道已经是洛杉矶上午快7点了，就问："你上午有课吗？"

"没有，但等会儿有个小组讨论。"肖迪答道。

"该准备毕业什么的了吧？"乔勇问。

"没什么准备的，就希望我爸妈能来参加我的毕业典礼，像那些美国毕业生似的……"肖迪的声音带着遗憾和无奈。

"我毕业的时候我爸妈也没去。"乔勇在电话里安慰着肖迪。

电话那头的肖迪停了一下，说："我爸妈说你经常给他们打电话，谢谢啦。"

"不用谢。"乔勇答道，然后马上接着说，"本来周日上午想去你爸妈那儿，但我有两个大学同学从上海过来，要聚聚。他们要在上海做一项目，是Trade Finance（贸易结算与信贷）方面的，他们一直想让我也参加，所以过来跟我聊聊，中午我们得一起吃个饭，完了下午我就过去看你爸妈。你看我给他们买点什么带过去？"

"创业挺好的，你不是一直也想自己干吗？我支持。"说完，肖迪停了一下，继续说，"不用给我爸妈买任何东西，就是过去看看他们就成。"

"别，不能空手去，让咱爸咱妈挑了理，我今后日子不好过。你说你妈喜欢吃浇汁鱼？我去餐馆给老太太整一锅，给她送去。"

"一锅？那是炒菜，成吗？"肖迪在电话里笑着说。

"我就是那意思。还整点别的吗？"

"成了，别的不用了。"

"要不再招呼一红烧海参，给你爸妈补补？"乔勇调侃似的说。

"不用，太麻烦，海参太贵。"电话那头的肖迪赶忙认真地说。

"我先垫着，等你回来再还我。"乔勇笑着说。

"我一穷学生，哪儿有钱还你？"

乔勇"哦"了一声，然后说："没钱没关系，可以用整理内务的工作抵，比如说帮我熨30年衬衣，以咱俩的关系，28年也成，我吃点儿亏就吃点儿亏吧。"

"切,什么破海参值那么长的时间?还是你买了自己吃吧。"

"我吃不了那东西。"说完,乔勇用认真的语气补了一句,"北京的事你就交给我,我办事,你放心。"

"知道,你别忘了多喝水。我回来给你带点什么?"

"把你带回来就成了。"乔勇马上回答。

"OK,那我挂了。晚上从学校回来给你发电邮。"肖迪答道。

"你也想着多喝水和橙汁,Bye。"乔勇赶在肖迪那边挂电话前,冲电话说了一句。

乔勇刚把电话挂了,就听前面的出租车司机问:"先生您女朋友吧?"

"我爱人。"乔勇回答。

出租车司机从后视镜里看了乔勇一眼,说:"您对您爱人老家儿还真不错,又是鱼又是参的,仁义。"

乔勇"咳"一声,说:"那不是应该的吗?"

"现在这社会仁义的少,不仁义、势利的满大街都是。"出租车司机像是自言自语又像是对乔勇说道。

"是吗?"乔勇问了一句。

出租车司机从后视镜里又看了乔勇一眼,说:"现在人不讲'仁义',讲钱,特实际。别的不说,你说现在为钱哥们儿之间掰了的还少呀,多少年的哥们儿情分,为几个钱几分钟就掰了。还有,你说现在这女的,就认钱。给钱,你让丫干什么都成,傍大款的,胡搞的,满大街都是,我干出租这么些年,见多了,要不怎么现在离婚的这么多。我们街坊有一男的,交一女朋友,好几年了,到最后都快结婚了,女的又瞧上一有钱的,跟人走了,全是他妈钱闹的。"

听着出租车司机东一榔头西一棒子地说着,不知怎么,乔勇突然想起周霞,心想,如果魏子他们说的是真的,周霞真是不值当的,想到这儿,顺嘴说了句:"全是瞎折腾。"

"谁说不是呢,这年头,政府也不管管。"出租车司机愤愤地说。

乔勇觉得开出租的说得奇怪,就问:"这事儿您让政府怎么管?"

"政府得宣传,得让老百姓,特别是女百姓知道什么是应该的、什么是不应该的，您说是不？"见乔勇没反应，出租车司机接着说，"您看现在电视里，见天全是傍大款的、离婚的电视剧，里头那些个女的越离过得还越好，越离胆子越大，你这让小丫头们看了能不受影响？还有你看现在电视剧里的住户，一般家庭，哪个不是让导演整得都住一两百平方米的大房子，一般老百姓哪儿住得上？他们尽在那儿瞎编。"

"我跟您说，地方小了，演戏的转不开……您还真认真哈？"

正说着，乔勇觉得出租车猛地向左一晃，之后立刻听见出租车司机冲右边窗外大声骂道："操你妈！"

乔勇顺着出租车司机的声音扭头往右边窗外看，看到一辆奥迪车想斜插并进来，但出租车司机就是不减速让他并进来。看到出租车司机显然是在跟那开奥迪的斗气，乔勇马上冲前面的司机说："您就让他并进来吧。"

"这孙子不打灯生往里并，还差点剐着我，我就不让丫挺的并进来。"出租车司机一边看着右边道上的那辆奥迪，一边狠狠地说。

"您跟他较什么劲。"乔勇劝道。

出租车司机一点儿没有减速让那辆奥迪并进来的意思，边看着前面的路和旁边的奥迪，边说："您不知道，见天我在这路上，老碰上这种人，开车不守规矩，别人谁没事，都在排队正常走，就丫急，非得强行并，吓了我一跳，王八蛋。我就不让你丫并，有本事你就把我撞出去。"

听出租车司机这么说，乔勇赶紧说："您别呀，我可上有老下马上就有小的。"

"我知道，不能够，我看丫也没这个胆儿，全是假牛气。"出租车司机语气缓和了一些答道。

乔勇扭脸看看右边车窗外，见刚才那辆想强行并线的奥迪又回到它刚才的车道里，跟着车流向前走。出租车司机这时也朝右边车窗外看了一眼，嘴里骂道："这不结了，非得整这么一出，傻。"

23

星期六上午10点,乔勇准时来到医院门口,下了出租车,看见吴越已经到了。见乔勇从出租车上下来,吴越赶紧走了过来,说:"魏子跟翟小松一起过来,刚才打来电话,说路上有点堵,可能得晚个10分钟。"

"你怎么这么准时?"乔勇问。

"我5点多就起了,8点多出的门,早到了,在这周围转悠转悠,有好多年没有来关东店这边了。"

"你星期六起那么早干吗?也不多睡会儿?"

吴越叹口气,说:"睡不着。"说完又补了一句:"岁数大了,觉少了。"

乔勇仔细看了一下吴越的脸,说:"你丫脸色不太好看,最近腐败了吧,得注意身体,身体是革命的本钱,忘了吧?"

吴越一听,忙把话岔开,说:"你睡觉怎么样?像你们在外企当'总'的,肯定糟心事特多,你老婆又那么远够不着,特影响晚上睡觉吧?要不你晚上没事也跟我出去待会儿?"

"我没那么多糟心事。"乔勇答道,接着又问,"你晚上都去哪儿?"

吴越脸上没有任何表情:"歌厅呗。"

"你真成。"乔勇看着吴越说。

"都是朋友请客,要不就是跟朋友去茶楼打打牌。"吴越赶忙说,说完又加了一句,"都是从基层上来的,玩的左不过是基层那些东西。"

听吴越这么说,乔勇边左右看着周围的环境边笑着说:"基层上来的?你们就缺德吧。我去不了那些地方,我11点必须上床睡觉,要不就睡不着了,生物钟,没辙。"

"毛病,改改吧,你在这儿又没家没室的,晚上一个人干吗?"

"还是别改了,改不好再出人命,不值当的。"

"你是真有病还是想当圣人?你没孩子吧?"

乔勇转过脸，看着吴越，说："你想哪去了，都不是，我就是觉得……"

"什么？"吴越赶紧问了一句。

"你看，我11点就犯困，就得睡觉，生物钟得干活。再有，我觉得去歌厅夜总会什么的你陪小姐瞎聊，教她们革命道理，有时还告诉她们几个英文单词儿什么的，到了，还得给她们钱，咱在学校里不是这么学（音'xiáo'）的呀。哦，我告诉你你不知道的，我还得给你钱，哪儿的事呀。说眼前的，国民还是不露面？"

吴越摇摇头，轻轻叹了口气，答道："老李是让周霞伤狠了，听说他混得也不好，估计现在是万念俱灭了，不想跟哥儿几个联系了，可以理解。"说完又摇摇头，看乔勇在听自己说，就接着又说："其实你甭看老李连高中都没毕业，但他特要脸儿。八几年九几年那会儿他倒腾服装什么的有点儿钱的时候，也风光着呢，整天攥着个大哥大这儿吧那儿吧。要是没周霞这事儿，说不定人老李资本积累初级阶段过了后，也能开一巨大的托拉斯的买卖。所以，这男女之间的事，害人！都指着上辈子修得好，这辈子别像老李似的碰见那些逆事。"

听吴越说完，乔勇也叹了口气，然后问："你现在工作怎么样？"

"混呗，机关里能怎么着？钱挣得不多，整天都能碰见让你特撮火心里特不平衡的事。好多事也看不惯。"吴越边说边扭头看了一眼身后的医院大楼。

"你得学会随遇而安。"

"我是想，但你说我们管的企业当什么屁'总'的，凭什么就开奥迪，还在二环边上买商品房？"吴越声音不大的抱怨着。

"你看不惯这个？说不定那是人祖上留下的呢。"乔勇说。

"祖上？他们家几代农民，土里刨食儿的，能留下个屁！"吴越口气中明显带着不屑。

"你可真累。"

"这体制内的事，更累，还没法说，纪检的也不查查。这样让我们怎么安心当奉公守法的人民公仆？"吴越也不知是在对乔勇说，还是在自言自语。

"你心不定。踏实最重要。"乔勇笑着说。

吴越马上反驳："站着说话不腰疼。怎么踏实，国家这就要取消福利分房了，我得凑钱买房呀！但你说北京这房价，怎么这么贵呀，我他妈的干两辈子也买不了

100平方米。"

"你丫攒钱买房还去夜总会？"

吴越愣了一下，马上说："是朋友请的，有时是陪我们领导去。"

"你现在的领导对你还成？能带你去夜总会？你就不怕纪检查他？"

"8小时之外，放松一下呗，你下班没事怎么放松？"

"健身房跑步机上。"

"那是你，谁都像你似的？你干的完全不是老百姓喜闻乐见的事。"吴越提高了点声调冲乔勇说。

"你说现在干吗有事没事都往歌厅夜总会跑？我们公司的销售也让我批钱，想请客户去歌厅，让我给否了。"

"联络感情呀，你可真老土。"

"别了，黑灯瞎火的。"乔勇答道。

吴越说着从兜里掏出香烟，半开玩笑半严肃地问乔勇："我说，你这些年在美国那边是不是都是在乡下农村待着呀？这都不明白？"说着，他从烟盒里抽出一支香烟，刚要点上，突然像是想起什么似的，回头看了一下医院大门，然后问乔勇："你说离医院大门多少米以内不能抽烟？"

乔勇笑了："咱们这儿好像还没那规矩，您抽您的，您由着性儿抽。"

乔勇跟吴越正聊着，看见翟小松的那辆夏利车开了过来，车在他跟吴越跟前停下后，魏军先下了车，翟小松接着开车去找停车位。魏军看见吴越，就说："这才几天不见，吴处您怎么气色看着不怎么好啊？"

听魏军这么一说，乔勇马上冲吴越说："听见没有，魏子也看出来了。"

"营养不足，营养不足。"吴越笑着答道。

"吴处营养不足？您甭逗了，您要营养不足，我们不得饿死了。"魏军大声说道。

乔勇看着魏军，问："怎么，堵车？"

魏军点点头，说："车多，开车的还不守规矩，差点跟一强行并线的打起来。"

"什么情况？"旁边的吴越赶忙问了一句。

魏军深吸了一口气，说："我们直行，不知哪儿冒出一孙子，强行并线，小松反应还真快，打轮及时，要不就碰着了。"说完，眼睛看着吴越，继续说："我看北京堵车一半是人为造成的，道路设计不合理加上开车的素质不高，您说呢，吴处？"

见魏军看自己，吴越赶紧说道："莫谈国事，莫谈国事。"

"这也算国是呀？这不是我们老百姓平时老能碰见的吗？"魏军压低声音，装出一副特认真的样子对吴越说。

"是哈？"吴越答道，然后也压低声音假装特认真地对魏军说，"那你得找你们管片的人民代表说去。"

"那他妈还不如不买车了，买辆自行车，省得每天开车生气。"魏军提高声调没好气地说。

吴越脸上没什么表情，抽了口烟，答道："我看成。"然后接着问魏军："正经的，魏子，你让你老婆问了周霞的病了吗？"

魏军点点头："问了，估计希望不大。"

吴越扭头冲乔勇说："子宫颈癌，还晚期，周霞就是爱瞎折腾。"

乔勇问魏军："你跟周霞父母说好了？"

"她爸同意咱们过来看看，但可能进不了屋。"魏军答道。

吴越不解，问："什么叫进不了屋？"

"周霞在加护病房，不让人进。"魏军答道。

乔勇"哦"了一声，然后说："魏子，你说咱们是不是得给她家凑点钱？"

"来的路上小松也是这么说，你看凑多少合适？"

"我刚回来没概念，你们说呢？"乔勇说完看着吴越和魏军。

"6000块吧。"吴越建议。

"不少点吗？"乔勇问吴越。

"我看就6000吧，是个心意。"魏军说。

乔勇拿出钱包，看看里面没多少现金，抬头看看周围，发现不远处有一家自助银行，就说："我去取点儿钱，我出3000吧，剩下的你们哥儿几个补上。"

"合适吗？"魏军说。

乔勇马上说："合适。"说着就向银行走去。

这时，翟小松停完车气喘吁吁地跑了过来，呼哧带喘地说："这边停车怎么这么麻烦？停个车得两里地以外……"

魏军把给周霞家凑钱的事跟翟小松说了，翟小松说："同意，只是让乔勇多摊不合适吧。"

"乔勇坚持。"吴越对翟小松说。

一会儿工夫，乔勇取钱回来，把他那份3000块给了魏军。魏军接过钱，连同其他人的钱一起放进裤兜里。

乔勇见了，就冲魏军说："魏子，能把钱包一下吗？就这么给人家不太好吧？"

"我车上有一大信封，在后座上。魏子，这是车钥匙。"说完，翟小松把夏利车的钥匙递给魏军。

"你去拿一下不成呀？"魏军不情愿地对翟小松说。

翟小松边把车钥匙塞给魏军边说："我这不是刚当了半天车夫，找了半天车位吗？让我歇会儿。"

魏军看了一眼手里的钥匙，问翟小松："车停哪儿了？"

翟小松抬手向东边指了指，说："东边第一个路口右拐100米。"

魏军一听，说了句"我操"，然后从兜里把钱拿出来，交给翟小松，说："那你先拿着。"

翟小松接过钱。一边的吴越看着他们，说："就你们一手交钱一手交钥匙的，外人看了还不定怎么想你们呢。"

听吴越这么一说，翟小松下意识地先往周围看了一眼，然后又看了一眼吴越，说："我们有吴处在这儿给我们做主，我们怕谁？"

看着去取信封的魏军跑远了，乔勇扭头冲翟小松说："上次你话没说完，你没事吧，跟那女的？"

吴越看着翟小松，问："怎么了？"

翟小松一听乔勇问他和张丹的事，立即没了情绪，叹了口气，说："我也不知道这些日子是怎么了，但总觉得有事，其实前些时候挺好的。"

"出什么事了吗？"乔勇问。

翟小松摇头："说不清楚。"

听翟小松说"说不清楚",旁边的吴越马上说:"你多大了还说不清楚,是她外头有人了?"

听了吴越的话,乔勇看着翟小松,问:"是吗?"

"不知道,只是好些事儿让我特撮火。"翟小松没好气地说道。

"小松,我觉得你比国民机灵多了,当初你跟我们说你离了,我就特吃惊,估计这事跟你现在的这个女的有关系,但你既然已经离了,我也不好说什么。但有些事,你得想明白了,别跟国民似的。"吴越开始数落起翟小松来。

翟小松点头:"这我知道。"

"没什么事吧?"乔勇问。

"她让我借她钱,说是给她父母在东北买房。"

"你给了?"旁边的吴越一听,马上问翟小松。

翟小松摇摇头:"我没答应,30多万呢,不是小数,再说,我现在也在攒钱买房。"

吴越用没有拿烟的手搭住翟小松的肩膀,特别严肃地对翟小松说:"小松,我告诉你,但凡结婚前手心向上管男的要钱的女的都不能要。"说完,从兜里掏出香烟,抽出一支一边递给翟小松,一边说:"乔老板说了,在这儿可以抽。"说着把自己正抽着的烟递给翟小松,让他给烟点火。

"你还想跟她结婚吗?"乔勇等翟小松把烟点上后问。

翟小松把吴越的烟还给他,把嘴里的烟吐出去,说:"过去想过,现在……操,甭说我的事了,这些日子烦着呢。"翟小松说完,狠狠地吸了口烟。

在医院加护病房外面的过道里,乔勇看到一对老年人坐在加护病房外面靠墙的椅子上。魏军小声向乔勇他们介绍,这两位就是周霞的父母。乔勇过去没见过周霞的父母,但一直听说周霞母亲特别势利、不讲理。乔勇也知道,对周霞跟李国民谈朋友,周霞母亲是极力反对的。魏军曾跟乔勇提起,李国民跟他说过,周霞每次都从李国民给她的钱中拿出一部分给她母亲,她母亲也收了,但她母亲就是嫌李国民家"没钱没势没地位",说李国民高中都没毕业,就是不同意周霞跟李国民好。但魏军不知道的是,等到周霞碰上她后来嫁的比她大30多岁,连初中都没毕业那个做生意的男的时候,也是周霞母亲,明知那个做生意的当时刚离婚也有女朋友,还是极力撺着周霞跟那个人好，直至跟那个人同居、结婚。为此周霞父亲曾多次跟周霞母亲吵架，还几次为这事提出跟周霞母亲离婚。周霞结婚时，周霞母亲背着周霞父亲让周霞向男方要了10万块。几年后周霞前夫做生意破产了，周霞提出离婚时，还是她母亲找到周霞的前夫，要求他赔偿周霞，并且为财产问题，让周霞去法院把她前夫告了。

看到魏军他们几个人走过来，周霞父亲站了起来，周霞母亲却没动。魏军认识周霞父母，叫了一声："叔叔，阿姨。"

周霞母亲抬起头，看见前面站着4个年轻人。周霞母亲见过魏军，但也只是简单地说句："你来了？这几位就是你说的同学？"

魏军点点头，答道："是，阿姨。"然后指着几个人，介绍着说："这是乔勇、吴越和翟小松，都是周霞的小学和中学同学。"

周霞父亲看了一下乔勇几个人，说："谢谢你们能来。"

"周霞怎么样了？"魏军问周霞父亲。

周霞父亲叹口气，摇摇头，说："医生说很不好，能不能扛过这个月都难说。"

魏军拿出装钱的信封，递给周霞父亲，说："叔叔，这是我们几个人凑的，一点心意。"

没等周霞父亲接过信封，周霞母亲抢先把信封接了过去，连声"谢谢"都不说，就将信封装进放在椅子上的购物袋里。

周霞父亲看到他爱人把钱接了过去，赶紧跟魏军握了握手，说："谢谢，谢谢。"

魏军指着旁边加护病房的门，问周霞父亲："周霞是住这屋吗？"

周霞父亲点点头，说："医生不让进。"

魏军几个人来到病房门口，从门上的玻璃窗往里看。只见房内只有一张床，上面躺着的人盖着医院的被子，头上插满各式各样的管子，有几根管子从被子下面伸出来，连着旁边的仪器。床上的人一动不动地躺着。

乔勇已经十几年没有见过周霞了，看到眼前床上躺着的人，他无论如何不能想象这个人就是自己印象中长相漂亮、身材特好、说话特冲的周霞。乔勇看着床上的周霞，心里不是滋味，十几年没见，没想到再见是在医院的加护病房里，心想，真是人生短暂，生命脆弱。但怎么会这样呢？周霞才30多岁呀！这都是为什么呢？乔勇不知道这些年周霞是怎么过的。她伤害过李国民，但从魏军他们说的来看，她的生活也并不顺利。乔勇心想：如果周霞这十几年不折腾，即使不跟李国民，踏踏实实找一个本分的好好生活，还会像现在这样吗？

就在乔勇几个人轮流着从门上的玻璃窗看屋里床上躺着的周霞的时候，周霞父亲悄悄地将魏军拉到一边，从兜里拿出一封封了口的信交给魏军，说："昨天周霞清醒时，我跟她说了你们今天要过来看她，她就让我晚上回家从她用的字典里把这封信拿出来，让我今天交给你，让你交给国民。国民现在怎么样了？"

魏军接过信，说："我也不太清楚。"

周霞父亲又叹了口气，说："当初是周霞不是，是我们对不起人家国民。"

"叔叔，过去的事了，都过去了。您跟阿姨多保重吧。"魏军劝道。

周霞父亲点了点头，跟魏军握了握手，又连声说"谢谢"。

魏军从他钱包里拿出一张他的名片，递给周霞父亲，说："叔叔，这是我的名片，上面有我的联系方式，您要有什么事需要我们办，您随时给我打电话。"说完，魏军本想也跟一直坐在椅子上纹丝不动的周霞母亲说句道别的话，但一看老太太根本没看自己也没有任何表示的神态，就转身对另外几个人说："哥儿几个，差不多了，今天先就到这儿吧……"

等几个人出了医院大门，吴越回头看了看医院住院部的大楼，冲魏军说："周霞她妈怎么那样呀，连屁股都不抬一下，抓钱抓得倒挺快的。"

翟小松马上附和着："就是，一句话都懒得跟咱们说，好像咱们欠丫多少吊似的，咱们是好心好意过来看周霞。"

"她妈一直这样，就认钱认势力，像是所有人都欠她似的，她肯定觉得咱们跟老李是一伙的，所以懒得搭理咱们。吴越，我要跟她说：'阿姨，这是吴处长来看周霞'，她肯定不会这样。"魏军说。

吴越鼻子里"哼"了一声，说："我看她妈是为自己发愁哪，周霞这样，没摇钱树了，不能再找个有钱的给她钱了……"

乔勇赶忙拦住吴越："嘴下留情。"

吴越还是不依不饶："我就是看见周霞她妈那德行不舒服，突然想起过去好多事儿，我觉得周霞过去那样，完全是受她妈的坏影响，以前就听国民说过，没往心里去。今天见了，觉得国民说的一点儿没错。所以周霞得这病她妈也有责任。"顿了一下，吴越接着说："我要刚才给她妈100万，几十个信封装着，你看老丫挺的是不是还对我那样，屁股不动窝？全是他妈钱闹的。"

"是比较操蛋。"乔勇像是冲吴越说又像是自言自语。

"也不知道周霞躺在那儿想什么呢，魏子，你觉得她能想国民吗？她能觉得后悔吗？"翟小松扭脸问魏军。

魏军摇摇头："不知道。听她爸说，她已经经常没有意识了，有时有了意识，就老拔管子。我爱人说，晚期癌症病人到最后都特痛苦，用的药都让人生不如死，到这份儿上，可能她现在已没有生的意愿了。"

乔勇叹了口气，说："可她太年轻了，我刚才看见床上躺着的那个人，怎么也不能把她跟周霞联系到一起，过去周霞什么样呀。"停了一下，乔勇问魏军："魏子，再跟老李说说，让他过来看看吧。"

"我再试试吧，不一定管用。"魏军说。

"老李这辈子是让周霞毁喽。"吴越说着摇头叹了口气。

魏军回头也看了一眼医院住院部的大楼，说："说实话，我也不知道我看见周霞躺在那儿是什么感觉，就觉得特没劲。我这些年有时特想见周霞一面，骂她一顿，甚至抽她一嘴巴，她过去为了钱做了那么多伤害别人的事，凭什么？你们可能不知道，为给国民凑钱，让他早点儿从拘留所里出来，我跟周霞在电话里吵过，还互相骂过。但当听她爸说，她在医院老拔管子，不想活了的时候，我心里特难过。刚才我看见她躺在床上，觉得她特别可怜。但为什么会这样呢？"

几个人全都默然。

过了一会儿，还是吴越对大家说："别老在这儿站着了，中午哥儿几个去哪一块吃个饭吧，又有些日子没见了。让乔勇请客。"

乔勇看着吴越，假装生气地说："凭什么呀，我刚才把钱都捐给周霞她妈了。"

"您捐的现金，我刚才看您钱包里花花绿绿好多信用卡，您用信用卡请不就结了？"吴越说。

乔勇笑了，说："就你丫眼尖，明察秋毫？我钱包里一分的钢镚你丫也看见了吧？"

吴越马上摇头，说："我对钢镚基本没兴趣，看见也当没看见。"

"操，吴越你丫离人民对立面已经不远了。"乔勇跟着说了一句。

这时就听魏军对吴越说："我就不去了，下午还得送孩子去学钢琴哪。"

"让你爱人送不就成了？"旁边的翟小松马上说。

魏军苦笑了一下，答道："她昨天值夜班，早上才回来。现在当医生真是太辛苦了，她们医院前些时候还有一个医生死在手术台上了，累的。"

"啊，不会吧？"吴越吃惊地问。

魏军看了一眼吴越说："千真万确，现在医生猝死在班上不是个例。"

"我操！"吴越骂了一句。

"现在医院、科室为创收跟疯了似的往过了那么使唤医生，主刀医生每天几个连台手术早成了家常便饭，但就那么几个手术室，所以有的手术是晚上10点才能开始，你说这手术质量能保证吗？还督着医生开大检查、大药方，为了创收过度医疗，要我看医患矛盾早晚得爆发。"魏军越说越气。

听魏军说完，旁边的乔勇说："早年间法国有个医生说对疾病，治愈是暂时的，因为人永远会因病而亡；医生要经常地想办法去帮助病人减轻疾病引起的痛苦并且要永远去想方设法安慰得病的人①。包含的意思就是：'不要过度医疗'。"

"咱跟人家比差距大了去了，咱这儿各行各业都正在积累资本，都在忙着创收、挣钱，医院也不例外，没人想法国人怎么说。"魏军冲乔勇说道。

"那让爷爷奶奶送一次吧，你们不是跟老人住一块儿吗？"翟小松向魏军建议着。

"得在学琴的地方等一小时呢，我爸妈也救死扶伤一辈子了，奔80了，成吗？"魏军白了一眼翟小松。

---

① 原文是To Cure Sometimes；To Relieve Often；To Comfort Always。这句话源自16世纪法国外科医生巴雷对医疗救治服务的定义。

"魏子，你孩子几点学琴？"乔勇问。

"三点半。"魏军答道。

乔勇拿出手机看了一下，说："现在十一点半，咱们就随便找个地方吃点儿，一点半就散了，不会耽误你带孩子学琴，哥儿几个聚一次也挺不容易的。"

听乔勇这么一说，吴越马上对魏军说："赶紧的，给你家里打电话。"

魏军于是拿出自己的手机给家里打电话，接电话的是他当了一辈子医生的父亲。魏军跟他父亲说，他在外面跟同学聚聚，下午两点前一定回去带孩子学琴。

半个小时后，乔勇他们几个人来到长虹桥附近的一家餐厅，一进门，看到已经有两拨人在等位。翟小松过去从服务员手里拿了一个等位号，几个人刚在等位区坐下，乔勇就看见斯考特跟一个年纪也就二十二三岁的女孩，手拉手特亲热地走了进来。

下了班，除了公司有事，斯考特基本不跟乔勇有任何联系。乔勇曾想，像斯考特这样年纪、正在办离婚手续的中年美国人，在任何地方大多都不会闲着。今天突然在这儿看见他跟一个女孩儿手拉着手，乔勇就知道斯考特可能已经在北京找到"伴儿"了。

斯考特看见乔勇，先是愣了一下，然后拉着旁边的女孩儿走到乔勇跟前，对乔勇说了声："Hi，Qiao."（你好，乔。）

乔勇站起来，答道："Hi，Scott."（你好，斯考特。）

斯考特环顾了一下等位的几拨人，问："Are you guys waiting for a table?"（你们几个在等位吗？）

"Yes."乔勇回答，然后看着斯考特身边的女孩子。

斯考特看乔勇看他旁边的女孩，赶紧介绍："Oh, this is Lisa, my girl friend."（这是Lisa，我的女朋友。）然后扭头跟那个叫Lisa的女孩说："Lisa, this is Qiao Yong, our deputy general manager."（Lisa，这是乔勇，我们的副总经理。）

乔勇看着面前这个女孩儿，心想，这个女孩可能就是斯考特搬家的真实原因。正想跟她打个招呼，那个叫Lisa的女孩抢先用英语冲乔勇说道："Nice to meet you, Mr. Qiao."（见到你很高兴，乔先生。）

乔勇冲Lisa点了一下头，只是简单地回了一句："Hi Lisa."（你好，Lisa。）然后向斯考特介绍了旁边的魏军、吴越和翟小松。之后，乔勇问斯考特："How did you guys find each other？"（你们怎么认识的？）

斯考特耸耸肩，答道："Friend's friend. Lisa works for another MNC."（朋友的朋友，Lisa在另外一家跨国企业上班。）

"I see."（哦。）乔勇像是自言自语地轻声说了一句。

乔勇相信斯考特因为旁边这个Lisa的缘故，不会愿意跟他和他的朋友一起用餐，但出于礼貌，还是冲斯考特说："You are welcome to join us."（欢迎你跟我们一起用餐。）

果然，斯考特没有直接回答乔勇的邀请，而是看了一下等位的人，然后问乔勇："What is your number？"（你是几号？）

乔勇从翟小松手里拿过等位的号，看了一下，说："We are No.3."（我们是第3号。）

斯考特皱皱眉，对乔勇说："We have to wait long time. Better go somewhere else."（我们得等些时候吧，不如换个地方。）说完，转身跟Lisa说："Shall we go somewhere else？ I am kinda of hungry."（我们换个地方吧？我有点饿了。）

"Yes，let's go."（好。）Lisa马上点头同意。

斯考特转过身对乔勇说："We are going somewhere else."（我们去别的地方。）然后又冲吴越他们说："You guys have fun."（祝你们在这儿尽兴。）

在吴越冲斯考特微笑点头的同时，乔勇对斯考特说："OK，You guys have fun, too. I will see you in office on Monday？"（好，你们也玩得尽兴。咱们周一见？）

斯考特笑了一笑，答道："OK."（好。）

看着斯考特和Lisa走出餐厅，翟小松问乔勇："这是你老板？"

乔勇点点头。

"旁边那个是他小情儿吧？"翟小松接着问。

"说是女朋友。"乔勇答道。

"你这老板还没结婚?"吴越用怀疑的口吻问乔勇。

"说是正在日本办离婚手续呢。"乔勇回答。

"怎么在日本办离婚手续?"魏军不解地问。

"来北京前,他在日本待过几年。"乔勇解释着。

翟小松嘴里说了句"哟西",然后接着说:"肯定在那边娶了一房日本媳妇儿,要来北京了,一想中国花姑娘大大地好,大大地漂亮,就把日本媳妇儿休了,想再娶一中国媳妇儿。"说完翟小松扭脸看着吴越笑着说:"吴处,这老鬼子跟你爹当初是一路子。"

"我爹妈那叫自由恋爱,是政府支持的。"吴越正色道。

"是,政府是支持,但东北的你哥、你姐不支持。正经的,吴处,要是政府反对,也不能有你了。"魏军在一旁接着吴越的话说。

"你们别老拿我爹妈打嚓成吗?"吴越面有愠色地说。

"我们错了,我们错了,吴处。"翟小松看吴越要生气,马上赔着笑脸说。说完,看着乔勇,问:"我刚才猜的准吧?"

"不知道。"乔勇说。

"瞧刚才那女的那操行,还跟你说鸟语,都是中国人,犯得上吗?"旁边的吴越愤愤地对乔勇说。

"刚才说您爹妈自由恋爱您生气,您怎么听人家小姑娘说洋文也生气?人是说给那大(音de)老美听的。"魏军说。

翟小松接过魏军的话,对吴越说:"吴处您这就不懂了,现在在外企干的,说话嘴里都得带点儿外语,显得跟一般人不一样。但有什么说什么,刚才那女的长得还成。"

吴越看了一眼翟小松,说:"妖了点。我顶看不上那些拉着外国人满大街晃悠的中国女孩儿了。中国男的都死绝啦?"

"没有没有,咱们几个不都在这儿呢。可吴处您还甭不服,现在不是美女才嫁咱们。要不您帮着给呼吁一下,让咱们人民政府过问一下这事,老这么下去不成,美女都肥水流了外人田了,咱们中国大爷怎么办?"翟小松说道。

"全是冲钱去的。"吴越没好气地说道。

翟小松扭脸看着乔勇:"怎么着,乔先生,您不在北京也整一房?"

"我结婚了,成吗?"乔勇看了一眼翟小松,说道。

"那就整一偏房呗,你也有这实力。"翟小松继续说。

"别了,我没有,我没事也不想找事。"说完,乔勇看着翟小松,说,"不是,小松,你非想找一垫背的,让我最后也跟你似的?"

"我说你们真累,踏踏实实的不成呀。"坐在旁边的魏军说了一句。

正说着,乔勇的手机短信提示音响了,乔勇拿出手机,看到斯考特给他发了一条短信:"Not decided yet. Don't tell anyone."(还没定呢,先别跟别人说。)

乔勇看着斯考特的短信,皱了皱眉头,然后简单地回复道:"Your little secret is locked in the vault."(你的这个小秘密已被锁在保险柜里了。)

乔勇刚回完给斯考特的短信,就见一个服务员走过来对翟小松说:"先生,到您的号了……"

24

冯军从龚书林那儿拿到于倩倩手机号码的第二天,就给于倩倩打了电话。听于倩倩接起电话,冯军说了自己是谁后,马上说是张丹把她的手机号给了他舅舅龚书林,由后者转给他的,并说明天星期天想约于倩倩中午出来一起吃个饭。于倩倩对冯军没有太多好感,知道上次在龚书林请吃饭的时候,冯军一直在偷眼看自己,并且冯军看自己的那种眼神让人感觉很不舒服。于倩倩觉得冯军不像是一个磊落的人,不想跟他多交往。但于倩倩知道龚书林在追表姐张丹,出于对翟小松的感激,她一直在想怎么才能让龚书林知道张丹已经有男朋友了,可是一直没有机会。于倩倩天真地觉得,如果龚书林知道张丹已有男朋友,也许就不会再纠缠张丹了,这样也是间接地帮翟小松做了点什么以感激他对自己来北京后的帮助。现在听冯军在电话里说想约自己出去吃饭，于倩倩打算借跟冯军出去的机会，通过冯军间接地告诉龚书林张丹已经有男朋友了，于是就答应了冯军，这让冯军很是喜出望外。两人约好周日中午12点在位于东二环朝阳门外的一家港式茶餐厅见面。

第二天上午，冯军11点30分就到了茶餐厅。他选了角落里的一个"火车座"座位，刚坐下，他的手机就响了。冯军拿出手机，一看是他工作的莫拉公司主管中国区销售的副总经理尚北祥打给他的，于是赶紧接起电话，恭恭敬敬地对着电话说了句："尚总您早。"

电话里的尚北祥没有任何客套，直接问："冯经理，我刚才看了你下半年的PO（订单）预测报告，至盛和洪阳下半年的单到底有多大把握？"

冯军犹豫了一下，马上说："在跟，目前还没有确切消息。洪阳葛志鹏那边昨天说他们公司一直在考虑分散订单，但怎么分散他一直不愿说。我昨天晚上已经就洪阳的情况给您又发了一个电子邮件，不知道您是否看到了？"

电话里的尚北祥显得很不耐烦，说："我看了，你只是说他们可能要分散PO，这个我们一直都知道，问题是你做sales（销售）的要努力搞清楚他们分散订单的数量情况并力争将分出来的单拿过来。你如果需要公司资源支持，我们会尽量满足你，问题是，我要看见你下半年订单有一个显著的增长。现在的pipeline（订单预测）里，你下半年的单甚至不能保证你能完成今年分配给你的销售任务。我把洪阳和至盛两个大客户分给你，让你跟，是希望你能完成指标，是在帮你，你明白吗？"

冯军听着尚北祥咄咄逼人的话，心里发慌，等尚北祥说完，马上小声应着："知道，谢谢尚总，我会努力。但上次提的，如果洪阳把给PCT的单子转过来，公司会按给至盛回扣的方式也给他返点的事，您是否同意现在就跟洪阳的葛志鹏说……"

没等冯军说完，尚北祥马上打断冯军的话并且语气严厉地在电话那头说："冯先生，你怎么能在电话中谈这个？我没有跟你说过任何这方面的事。请你先好好想想怎么快点把洪阳的想法搞过来，把他们的订单拿过来。"

尚北祥说完就把电话挂了。冯军听那边尚北祥突然挂了电话，愣了几秒，心里想，尚北祥真是只老狐狸，给至盛管进货的赵海波回扣，他在莫拉香港公司做销售经理的时候就是尚北祥操办的。用回扣拉拢洪阳的葛志鹏也是他提的，他刚才居然说没跟我说过这事，王八蛋！

冯军跟尚北祥共事已经两个多月，知道他是20世纪80年代初期从内地去香港，在香港待了十几年，5年前在香港加入莫拉，一直做莫拉对国内的销售。莫拉今年初在北京成立中国区代表处时，尚北祥被派来担任主管国内销售的中国区副总经理。首代和总经理由常住香港的莫拉公司亚洲销售总经理兼着。但这个亚洲销售总经理不常来北京，所以，莫拉国内业务目前基本上是尚北祥一个人在管。两个多月下来，冯军明显地感觉到他的这个顶头上司是一个非常阴鸷的人，为了拿单，可以不择手段。冯军心想，自己碰到这样的老板，是福是祸真是很难说。

冯军上大学时，因为家里困难，是靠着贷款读完大学的。他在大学里学习成绩不错，毕了业，经过招聘进入一家外企做销售，从地区销售代表逐渐做到地区销售经理，中间换过两次工作。莫拉是冯军大学毕业后的第四个东家。冯军来莫拉的主要原因就是这里给的薪水要比前一家公司多近三分之一，另外，莫拉是一个规模很大的跨国企业，冯军一直希望能在大的跨国公司工作并且做到经理的职位，以此向老家的人证明自己在北京的成功。

冯军拿着手机愣了一会儿后，把手机装进裤兜。但他马上又想到洪阳，心想，不知洪阳的葛志鹏到底怎么想的。上周他又请葛志鹏在一家高档餐厅吃了次饭，这已经是冯军第三次在高档餐厅招待葛志鹏了，每次冯军都想了解一下洪阳对下半年的订单态度以及是否能从PCT分出一部分订单给莫拉，但葛志鹏每次都不直接回答，反倒一直问莫拉在国内销售有什么"促销"政策。冯军知道葛志鹏的"促销"指的是订单回扣，但因为拿不定葛志鹏的用意且没有尚北祥的授权，冯军没敢具体往下谈，只是说只要洪阳确认下半年的分单意愿，具体的"促销"问题可以随时谈。

冯军正想着洪阳订单和葛志鹏，一抬头，看见于倩倩从外面进来，就赶紧站起来，迎了上去，说："路上堵吗？我来半天了，一直在等你哪。"

于倩倩边在"火车座"上坐下，边回答："不太堵，我没晚吧？"

"不晚不晚。"冯军忙说，说完从桌子上拿起菜单，递给于倩倩，"你随便点。"然后冲服务员招招手："服务员，我们点菜。"

于倩倩没有接菜单,说:"我不饿,不太想吃。"

"来了哪能不吃呀?"冯军没有把递出去的菜单收回来。

"那先来杯水吧。"于倩倩说。

冯军看于倩倩还是没有要自己点菜的意思,就把菜单打开,然后放在自己面前的桌子上,说:"那我就先帮你点几个菜,再给你叫壶茶。"说着,跟服务员点了几个菜后,对服务员说:"给我们上壶茶。"

"先生,我们这里茶是收费的,您要哪种?"服务员对冯军说。

听见这里的茶要收费,冯军"哦"了一声,然后看了一眼于倩倩。于倩倩看冯军看自己,就对服务员说:"那就先来两杯水吧。"

等服务员走后,冯军看着于倩倩问:"你在外企上班累吗?"

"还成。"于倩倩简单地回答。

冯军显得很羡慕的样子,说:"你可以呀,能进外企工作。"

"是朋友帮忙,要不我自己根本不成。"于倩倩答道。

"是哪国的外企,做什么的?"冯军问。

"美国的,做化工的。"于倩倩如实答道。

冯军一听是美国企业并且是做化工的,心里就是一动,心想,美国化工企业目前在国内设分支机构的就几家,于倩倩别不是去了自己公司的竞争公司了吧,我得问问她。这时服务员送上两杯水,冯军把其中一杯推到于倩倩面前,假装想起什么似的说:"哦,对了,我记起来了,你表姐提过那家外企,是……"

其实张丹根本没有跟冯军和龚书林提过于倩倩在哪家外企上班,冯军只是在听到于倩倩刚才说是在一家美国化工企业上班后,想从于倩倩嘴里套出她现在工作的这家美国外企的名字,才故意假装这么不经意地问的。为避免于倩倩产生戒心,冯军故意把张丹带出来,以此给于倩倩张丹已经把她在PCT工作的事情告诉冯军或龚书林的错觉。

果然,于倩倩听了冯军的话后,真的以为张丹已把她在PCT工作的事跟冯军或龚书林说了,于是问:"我姐都跟你们说了?"

冯军没有正面回答于倩倩的话,假装心不在焉的样子点点头,然后含糊地"啊"了一声后,马上问:"你那家公司叫什么来着?"

"PCT。"于倩倩没再多想,就说了出来。

一听"PCT"三个字母,冯军的心一下提了上来,但脸上的表情并没有多大变化,继续假装不经意地说:"不会是做销售吧,你这么漂亮……"说完,马上拿起面前的白水喝了一口,以便缓解一下听到PCT后自己加速跳动的心脏。

"是前台。"于倩倩回答。

听于倩倩说她在PCT是做前台的,冯军"哦"了一声,然后马上接着说:"也是文员的一种,你姐没说错。"

于倩倩端起水杯,喝了一口。停了一会儿,她决定直接跟冯军说张丹和他舅舅的事,于是就对坐在对面的冯军说:"冯先生……"

一听于倩倩称呼自己"冯先生",冯军脸上显得挺不自然,说:"干吗这么叫呀?"

于倩倩没有理会冯军的话,继续说:"是这样的,我过来就是想跟你说说我姐的事。"

冯军一听于倩倩这么说,放下杯子,看着于倩倩问:"你姐?张丹吗?"

于倩倩点头,说:"是。"

"她怎么了?"冯军问。

"我不知道你舅是否想跟我姐好,如果是,你得跟他说一下,我姐有男朋友,人挺好的,也挺长时间了。"

冯军听了于倩倩的话,心里很不高兴,说:"你姐有没有男朋友跟你我有关系吗?"

于倩倩马上回答:"关系倒没有,只是觉得你舅可能不知道。"

"这是他们的事,跟你我没有关系吧。"说完,冯军低头又喝了一口水。

听了冯军的回答,看见冯军的举动,于倩倩显得有些着急:"我觉得你舅可能不知道,知道了可能就不会再影响人家关系了……"

没等于倩倩说完,冯军放下水杯,说:"你这是什么话?张丹不是还没结婚呢吗?"

于倩倩一听冯军这么说,立刻觉得他人品有问题,于是看着冯军说:"你舅如果真想跟我姐好,你舅妈如果知道了,你觉得对她公平吗?"

冯军一晃脑袋，说："那是他们家的事。"

"冯先生，本来我想在电话里跟你说的，但想了想还是跟你见面说。我姐的男朋友也是我的朋友，我不想让他受到伤害。"于倩倩看着冯军，生气地说。

冯军翻了一下白眼，小声说："这事跟我没关系。"

两个人相对坐着，气氛有些尴尬。过了一会儿，还是于倩倩先打破沉默，问冯军："听说你在外企做销售，是哪家外企？具体做什么的？"

听见于倩倩这么问，冯军犹豫了一下，脑子里马上掠过刚才尚北祥让他弄清洪阳订单意图的电话，心想，不能让于倩倩知道自己是PCT竞争对手莫拉的销售经理，想到这儿，随口说："是家香港公司，做机械进出口的。"

看到冯军回答他在哪儿工作时犹豫的表情，加上刚才听到张丹已经有男朋友后他的反应，于倩倩就不想跟他再耽误时间，于是她看了一眼冯军，然后站起来，说："冯先生，我今天来，就想跟你说说我姐的事。我等会儿还有点事，得先走了。"

看见于倩倩起身要走，冯军马上站起来伸出手想拦于倩倩："咱们不一起吃饭了？"

于倩倩勉强地冲冯军笑了一下，说："不了，谢谢。"说完，转身就往餐厅门口走。

看着离开的于倩倩，冯军冲着于倩倩的背影问了一句："那以后还能约你吗？"

于倩倩没有回答，径直走出了餐厅大门。

冯军心中懊恼，心里本来想得挺好，没想到是这种结果，估计跟于倩倩是没戏了，但又想到这次也算没白来，起码知道于倩倩在PCT工作，这可能是了解PCT销售情况的一个渠道。又想到张丹，冯军觉得应该给舅舅打一个电话，把刚才于倩倩跟自己说的告诉舅舅，免得他上张丹的当。想着，冯军拿出手机，调出了龚书林的号码。

那边铃响了半天，龚书林才把电话接起来，有气无力地"喂"了一声。

"舅，您还没起哪？"听龚书林接起电话，冯军赶紧问了一句。

龚书林的确还没起，知道是冯军的电话，没精打采地问了句："有事？"

"我刚才见于倩倩了。"

龚书林"哦"了一声,没说话。

冯军继续说:"我觉得没戏,但她跟我说……"

"说什么?"龚书林不耐烦地问。

"说张丹已经有男朋友了。"说完,冯军又补了一句,"舅,您得防着点。"

虽然龚书林早已跟他爱人分居,不在一起住了,但当他听到冯军提起张丹的名字,还是下意识地看看卧室门外,说:"这个我知道。还有别的事吗?"

"没有了。"冯军回答。

电话里的龚书林停了一下,问冯军:"你为什么觉得跟于倩倩没戏?"

"我也不知道,她过来就说张丹有男朋友,说完就走了。"冯军沮丧地答道。

等了几秒钟,就听电话那头的龚书林说:"小军,我跟你说,你得舍得花钱,得给她买东西,这事不能着急……"

"知道,不过,舅,张丹你得小心点……"

"这事你别管了。"龚书林不想跟冯军讨论他跟张丹的事情。

冯军犹豫了一下,说:"还有件事,舅,如果张丹问您我在哪儿工作,您先别告诉她。"

龚书林皱皱眉头,说:"我记不住你那外国公司的名字,你要不想让她们知道,她们如果问了,我就让她们直接问你。"

"谢谢舅舅。"冯军赶忙谢了电话里的龚书林。

挂了冯军的电话,龚书林把手机放在床头柜上,心想:虽然张丹自己没有说她有男朋友,只是说有个做销售的在追她,但龚书林早料到了像张丹这样的女孩子,肯定会有男朋友。但张丹收了自己给她的钱,这说明她对那边的心还没定,自己最好先不提她是否有男朋友的事,继续用钱勾着她,看看她今后怎么做,反正每月4000块现在对自己来说根本不算什么,关键是得赶快把婚离了。想到这儿,他给他雇的离婚律师发了一条短信,让他想点办法在他的离婚案子上加快点速度。

刚发完短信,龚书林的秘书刘燕的电话就打了进来。龚书林接起电话,听见电话那边刘燕说:"老板,上海立鑫集团的人下周二上午到北京,酒店他们自己已经安排了,他们昨天晚上打电话说希望下周二下午4点来公司跟您谈合作的事,我怕晚上打扰您,就没给您打电话,您看您下周二下午可以吗?"

听刘燕说公司最大客户立鑫集团的人要来,龚书林一下从床上坐起来,问电话里的刘燕:"谁给你打的电话?"

"立鑫采购部陈经理。"刘燕回答。

"他说什么没有,有什么要求?"龚书林马上接着问。

"陈经理说他们的康副总这次跟他们一块来,晚上想大家一起吃个饭……"

"你怎么不早说!"龚书林冲着电话喊道。

听见龚书林在电话里冲自己喊,刘燕立刻战战兢兢地小声说:"刚才就想着跟您说来着……"

"以后这种事你先报告来的领导是谁,听见没有?"龚书林的声音依旧很高。

"听见了。"刘燕小心地应着。

"你没问他们想吃点什么?"龚书林口气缓和了一点,问道。

"问了,他说他们康副总喜欢江浙风味。"刘燕马上回答。

"你马上让下经理给我打个电话,另外让会计部王经理也给我马上打个电话。"说完,不等刘燕回答,龚书林就挂断了电话又在床上躺下。

不一会儿,龚书林公司会计部经理王红玲的电话就打了过来。龚书林接起电话,没有任何寒暄,直接说:"王经理,下周二给我准备10万块钱。"

王红玲犹豫地问:"您准备支付什么?"

听王红玲这么问自己,龚书林立刻又从床上坐起来,提高声音说:"不该你问的你别问。"

电话里的王红玲赶紧说:"是,龚总。"然后在电话里犹豫了一下,继续说:"龚总,上次跟您说的税务上的事怎么处理?"

"税务上的什么事?"龚书林很不耐烦地问。

"我向您报告过,税务那边可能发现我们账上有问题,我觉得他们可能会来查账。"王红玲小心翼翼地答道。

"你不是说你账做得很干净吗?"龚书林又提高了声调。

王红玲在电话里又犹豫了一下,说:"是,但您忘了,我们这几年好多收入没有入账,您给我的好多发票也都是假的,现在工商、税务查假发票查得特别厉害……"

没等王红玲说完，龚书林马上打断了她的话，冲着电话喊道："我不管这些，这是你的事，你的责任就是给我管好账，围好税务局的人。这几年你用在税务公关上的钱也不少了，你不能花了那么多钱，现在跟我说我税上还有问题。"

"可龚总……"王红玲还想说什么。

"别说了，我就要结果，怎么办你自己决定，需要多少钱你跟我说。"龚书林说完，就挂断了电话。

刚挂断王红玲的电话，销售经理卞小江的电话就进来了。龚书林接起电话，冲着电话那头的卞小江说："小江，下周二下午立鑫集团的康总和陈经理过来，咱们争取下周把那300万的单拿下来，晚上你安排一下，先去吃个饭，要江浙口味的，吃完再带他们去老郭的歌厅，老套路。"

"您放心吧。"卞小江马上答道。

龚书林想了一下，接着说："等吃饭的时候，你把那个姓陈的带到门外一会儿，五六分钟就成，到时候你看我的眼神。"

卞小江立刻明白了龚书林要干什么，马上答道："知道了。您还有什么别的最高指示？"

"如果他们同意去歌厅，到了包间，等小姐上来十多分钟后，你把那姓陈的带出去，爽一下，15分钟左右吧，我会提前让老郭安排。完了你再把他带回包间。"龚书林吩咐道。

"明白。"

"小子不错，这次干好了，年底我多给你一成奖金。"龚书林说完，挂了电话，把手机攥在手里想了一下，然后拨了他经营歌厅的老乡郭炳俊的手机。

电话响了六七声后，就听电话那头一个懒洋洋的声音，说："刚睡着，你就来电话，有事快点说，我昨天忙了一夜。"

龚书林说："老郭，下周二晚上我让小江带两个人去你那，你给他们上一个全套。你那针眼摄像还能用吧？"

郭炳俊一下明白了龚书林想干什么，赶忙说："能用，但老板，老这么干，保险吗？"

"保险，你放心，就是以后我用那些录像，他们也不会找到你那儿。谁要问，你就说不知道，小姐干的。"

"这我知道，但这次能不能在价钱上再加点？"郭炳俊马上问。

"成，再给你加一成，但你得让小姐在他们唱歌时，把他们其中一个给扒了，过程也得针眼。"

"让她们扒哪个？"

"扒老的，中间小江会把年轻的带出去。你先安排一个小姐，到时候找个房间让他爽一下，别忘了也得针眼，15分钟左右，别让他看见老的被扒。等年轻的一出去，你就让小姐们扒老的。你得告诉妈咪，让小姐逗着老的也扒她们，搞成混战最好，扒得好我这多给小费。"

"有老的在包间被扒的还不成？"

"双保险，要那老的唱完了，不去炮房，就是他在包间被小姐扒了也够他喝一壶的。你跟你那儿的妈咪说一下，找几个好看的。"

"小江几点过来？"

"八九点吧，你别露面。"

"谢谢老板，到时候，我让小粉蛋儿在门口等着他们。"

挂了电话，龚书林又想了一遍他对下周二晚上的设计，觉得很周全后，嘴角不由得露出一丝笑意。他把手机往床上一扔，又躺了下去。

25

经过几轮招聘，PCT北京代表处员工人数已经达8人，各职能部门已经基本建立，各个部门的经理也已经全部到位。每周一早上9点，PCT北京代表处都会按照美国总部的习惯由斯考特主持，开本周销售早会，会议内容主要是将这周的销售和市场工作过一下,负责销售和市场的员工如果在各自的工作环节上有什么问题,在周一早会上可以提出来以便及时解决。

斯考特已经两周没有参加周一的销售早会了,但他前两次不来参加早会,都会在周日晚上或周一早上9点前给乔勇打电话,告诉乔勇他临时"有事"不能参加这周的销售早会,请乔勇代替他主持。他从不告诉乔勇不来参加早会的原因,乔勇也不问。这周的周一销售早会前,乔勇没有接到斯考特的电话,他以为斯考特在连续缺席两次周一销售早会后会参加这周的早会。但当乔勇周一上午9点走进PCT北京代表处会议室时,发现斯考特不在。乔勇和参加早会的Peter、李莉等了5分钟,斯考特还没来。于是乔勇就让李莉去斯考特办公室叫一下。几分钟后,李莉回来说,斯考特还没进办公室。

乔勇皱皱眉头,站起来回到自己的办公室,拿起桌上的手机,站着拨了斯考特的手机号。手机响了五六声后,斯考特才接起电话。从斯考特口齿不清的声音中,乔勇明显感到他还没起床。

"Hi, Qiao."(你好,乔。)斯考特懒洋洋地问候了一声。

"Hi Scott. Are you going to attend sales meeting this morning?"(你好,斯考特。你今天参加销售早会吗?)

"What time is it?"(几点了?)

乔勇看了一下手机上的时间,说:"It's 9:15."(9点15分。)

"I am sorry. I was working... late last night. I've... overslept. Qiao, please go ahead... having the meeting and let me know if you need any... help."(对不起,我昨晚工作到很晚……今天……睡过了。乔,你们开吧……有什么需要我帮助的,你就告诉我。)

乔勇听着电话里斯考特口齿不清断断续续地说着,心想,这大概是昨晚喝多了,对电话那头的斯考特说:"OK, I will get a pipeline report over to you this afternoon."(我下午会把销售预测报告给你发过去。)

挂了斯考特的电话,乔勇把手机放在桌子上,没有急着回会议室,而是在自己的转椅上坐了下来。斯考特加上前两次,已经连续3个星期没参加周一销售早会了。乔勇想,如果在美国总部,斯考特的这种行为肯定会给他带来很大的麻烦,他的主管经理或人事都会找他，问他不参加公司例会的原因。但在这里他最大，现在这些员工除前台于倩倩，都是他雇的，对他感恩戴德，巴结他还唯恐不及，绝不会把他经常不来公司的事告诉美国总部。

乔勇在美国工作期间，经常听到有些跨国公司的本国经理级员工积极申请海外新兴市场经营初期的总经理或首代职位的四个目的：第一，想在简历上有一段能吸引眼球的海外管理经历，时间最好超过两年，为今后再找一份薪水比现在高的工作创造条件；第二，海外新兴市场经营初期首代或总经理的日常工作一般以公关为主，这段时间一般叫"市场培养期"，公司在这段时间内，给首代或总经理的销售业绩压力，要比本国国内市场或其他成熟市场上经理的压力小得多；第三，职位最高，海外新兴市场经营初期的首代、总经理们，在他们主管的国家内，基本上是他们说了算，在他们担任首代或总经理期间，他们对于属下的本地员工来说，基本上就是"海外天子"；第四，因为公司有海外新兴市场生活补助，有些公司还给予他们的海外新兴市场经理双份工资待遇，加上新兴市场低廉的物价，使这些新兴市场上的首代、总经理们的生活舒适程度，要远远超过他们在本国的舒适程度。所以，只要有可能，他们都会争取在海外新兴市场的首代或总经理的职位上多待几年并且"乐不思蜀"。乔勇想，从斯考特这些日子的情况来看，他很可能也是奔着到北京享受来的。

乔勇知道，虽然美国国内白领职场因为公司经营业绩和职位竞争的压力，一直流行着"We are all temps"（"我们都是临时工"，意思是：我们都随时可能被炒）的说法，但因为更换公司海外新兴市场经营初期主管要比更换国内经理麻烦得多，所以如果初期海外主管在工作上没有重大失误，一般跨国企业不会在这些海外主管的雇用合同到期前更换这些主管。这样，就使公司海外主管们既躲开了总公司激烈的职位竞争，有了主管工作经历，同时，又可过着自由自在舒适的生活，然后几年后，找机会申请更高的职位，或是当哪家公司看上了他们超过两年的海外首代、总经理经历，想以更好的条件雇他们，这些首代、总经理也可以跳槽换家公司。乔勇知道，这种在跨国企业海外公司或代表处"混"几年的职业规划模式，在一些跨国企业海外主管中很流行。

同时，跨国公司的海外主管，特别是在新兴市场上的主管们，知道当地员工为保住相对较高的工资，都会努力工作，特别是做销售的，更是如此。只要他们管理的新兴市场的销售业绩不出现大规模滑坡现象，他们的职位稳定性是不会受到影响的，因为公司总部对海外新兴市场的不好业绩容忍程度相对较高，特别是对刚在新兴市场建立起来的代表处或分公司，都会给一两年或更长的时间，让海外分公司去培养市场，建立品牌认知，完善销售渠道。乔勇心想，斯考特已经靠科特在日本打下的基础，在日本待了四五年了，如果能利用公司对北京代表处建立后一两年内业绩的"容忍"态度，再在北京待个两三年，他完全有可能申请纽约或洛杉矶总监一级的职位。比如说，如果约翰真的退休了，斯考特很可能申请他的职位。得到总监职位后，除非公司破产、被兼并或他本人想跳槽到薪水更高的公司去，斯考特这辈子工作和收入基本上就可以得到保证了。这对斯考特本人，是个挺不错的职业规划。乔勇想着，摇了摇头，心里说：如果斯考特真是这么想的并把销售和市场这个中国代表处目前最主要的工作都推给自己，而他自己什么也不干，在北京"带薪休假"一年半载，谁也没辙，但自己与销售和市场部，还是要在这种情况下，按照年初计划，努力完成今年的销售指标。乔勇心想，如果自己的团队年内完成了销售任务，斯考特年底可以坐享销售成果，但一旦销售出现什么情况，使今年的销售业绩不理想，乔勇希望斯考特不要在纽约那边透过于人。想着，乔勇起身回到了会议室。

　　销售早会开了两个多小时，乔勇介绍了本月、本季及下半年订单情况。到目前为止，洪阳和至盛还没有订单变化方面的消息，从中国区下半年销售计划表上看，如果洪阳不从公司转出任何订单，或洪阳转出的订单量被其他转入订单抵消，公司当年在中国市场的销售任务应该可以完成。但如果洪阳转走一部分订单，同时又没有足够量的订单转入，公司今年在中国市场的销售任务可能就不能完成。因为洪阳和至盛是决定代表处能否完成今年销售指标的两大决定性因素，乔勇这些天一直在思考如何防止洪阳转出订单以及让至盛转入一些订单的办法。

　　乔勇已经给斯考特、洛杉矶的约翰以及纽约总部财务主管威廉姆斯发过多封电子邮件，讨论适当降低国内客户现金首付比例的可能，但至今没有任何结果。威廉姆斯坚持，现金首付比例是公司决定的，要改也要杰夫先同意。但杰夫只是同意考虑，迟迟没有一个说法。所以，在开完销售早会后，乔勇马上又给斯考特和约翰发了如下电子邮件：

Gentlemen,

We are entering the second half of this year. HQ needs to make a decision on a) if cash down payment can be reduced and b) if a discount will be provided for a sizable PO from ZS. We in China need decisions on both a) and b) ASAP to keep HY and figure out ways to persuade ZS to place more PO with us.

Qiao Yong

（先生们，我们马上就进入下半年了。总部需要尽快做出如下决定：一、现金首付比例是否可以降低一些？二、如果至盛订单达到一定规模，我们是否可以降些价？我们需要总部尽快做出这两个决定，以便我们想出拉住洪阳和说服至盛多放订单的方法。乔勇）

5分钟后，约翰给乔勇和斯考特回了如下电邮：

Qiao and Scott,

On a) Jeff is hesitating in reducing the size for the cash down. But he has indicated he would be re-considering it. I will let you know when I hear from him.

On b) we need to know size of ZS's PO before considering a possible discount.

John

（乔和斯考特：一、杰夫对降低现金首付比例比较犹豫。但他表示会再考虑一下。有消息我会告诉你们。二、在考虑可能的降价前，我们需要知道至盛的订单有多大。约翰）

看完约翰的回复，乔勇心想，又是先有鸡还是先有蛋的困境。国内买方需要卖方先降价或降低现金首付比例，然后再谈订单。美国人的要求却正好相反。另外，约翰和杰夫真是不了解国内竞争激烈的程度，以为PCT是处在卖方市场的地位，买方会像过去一样，接受PCT所有合同和结算条件。他们不知道，现在国内市场买方的选择比几年前多得多，买方完全可以在两家甚至更多的卖家中间进行选择。但这个斯考特应该知道呀，他难道没有向杰夫汇报过这种情况？

一想到斯考特，乔勇就生气。斯考特一直没有积极参与争取洪阳和至盛订单的工作。虽然乔勇把给Peter和约翰的所有关于这两个客户的电子邮件都抄送给了他，但斯考特至今没有发表过他对国内市场销售工作的想法，至少没跟乔勇说过他的想法。他只是不停地问乔勇下半年订单能有多少，明年订单能有多少，明年订单能不能增加，有多少把握增加。按说斯考特是中国区主管，他最起码应该对中国区的销售工作提出自己的意见，即使这种意见只是原则性的、方向性的。但斯考特没有。乔勇几次向他汇报国内销售工作上的问题，斯考特的回复都停留在"Let me know if you need any help"（如果你需要什么帮助，就告诉我）上，从来没有对销售和市场工作提出过任何具体的建议。

正因为如此，乔勇最近开始隐约有些担心：斯考特是不是在美国管理层那儿制造自己"垄断"PCT中国市场销售的印象？如果是，那么什么时候中国区销售工作出现问题，斯考特会不会说"中国区的销售都是乔在主导"，将他自己摘得一干二净？如果出现这种情况，自己在管理层那儿就会很被动。也正是因为有这种担心，乔勇每周都通过电子邮件，向斯考特提交书面销售报告并抄送给约翰，分析中国市场可能出现的问题以及提出应对方式，并在每个报告结尾都要问斯考特是否有什么意见，但乔勇从来没有收到含有斯考特任何意见的回复邮件。

眼看就要进入下半年了，虽然洪阳和至盛情况还不明朗，但洪阳已经将按季下单改成按月下单。洪阳5月初下的6月份月订单量跟往年的月平均订单量没有太大差别，现金首付比例也没有改变，但洪阳将用于支付6月份订单的信用证覆盖时间从过去的三个月改成一个月，这可能意味着洪阳会调整7月份的订单规模，甚至7月不从PCT进货。乔勇这些天一直在考虑这两个公司的订单，时间对他很重要。乔勇想了很久，决定在纽约没有任何明确答复前，再次接触一下洪阳和至盛。

乔勇正在自己的办公室想着下半年订单的事，他的手机响了，乔勇看了看手机，见是魏军打来的，就马上接了起来，就听电话里魏军的声音："周霞昨晚走了。"

乔勇没有说话。电话那头的魏军没有听见乔勇的反应，连"喂"了好几声，才听见乔勇叹了口气，说："可惜。"

"跟你说件事，周霞走前给老李写了封信，咱们去医院的时候，周霞她爸把信交给我让我转给老李。我去老李那儿把信给他了，老李不看，把信撕成两半，扔地上了,是我捡起来,拼好,再交给老李。信上就写了一行字:'国民,对不起,如果有来世,我会好好待你。周霞。'"

听魏军说完,乔勇说:"你去找老李也不跟我说一下。"

"不是,我问老李了,是老李不想见人,他让我给大家带个好。"魏军马上说。

乔勇又叹了口气,说:"人之将死,其言也善。老李去医院了吗?"

"没有。我跟他说周霞快不行了,让他去看看,他说'不去'。"

乔勇又重重地叹了口气。

魏军停了一下,接着说:"你有空给翟小松打个电话,我觉得他最近情绪不对。前几天半夜给我打电话,好像是喝醉了,问他怎么了,他也不说,没说几句就挂了。我觉得他有事,并且肯定是跟那女的事。"

"我看小松也是瞎折腾,我会给他打电话,打完了我告诉你。周霞的事你跟吴越和小松说了吗?"

"等会儿我会给他们打电话。"

"周霞家里需要帮忙吗?"

"我问她爸了,他说不用。"

停了一下,乔勇说:"过些天再凑点儿钱给她家送去吧,数量你定。"

"好吧,我等会儿跟吴越和小松商量一下。"魏军答道。

"你们商量好了告诉一声就成。"

"好。"

乔勇挂了电话,来到窗户前面,心想:周霞走了。前天去医院之后,他就知道这会是很快的事,癌症晚期还是全身扩散,神仙也救不了。但不知怎的,乔勇从医院回来后,经常会想起过去的和在医院ICU里躺着的周霞,总觉得她这么年轻就要走了,很难接受。刚才听了魏军说的周霞给李国民的信的内容和李国民收到周霞临终信时的反应,让乔勇相信当初周霞的确把李国民伤得不轻。李国民到死可能也不会原谅周霞。这一切难道真是像魏军他们说的都是为了钱吗?如果是,那代价就太大了,太不值了。乔勇又想起刚才魏军说的有关翟小松的事,上周五自己在健身房时,翟小松也给自己打过电话,但电话里他什么也没说。但现在想起来,当时翟小松情绪好像不是太好。是跟前台于倩倩的表姐真出了什么问题了？想到这儿，乔勇突然有一种莫名的烦躁，转身出了自己的办公室，向代表处门口走去，想去楼下的咖啡店坐坐。

看见乔勇走过来，前台的于倩倩马上站了起来，说了句："乔总好。"

乔勇看看周围没人，就问于倩倩："最近见到翟小松和你表姐了吗？"

于倩倩摇摇头："没有，我从他们那儿搬出来了，我只跟我表姐通了几次电话。怎么了？"

"他们没事吧？"乔勇问。

于倩倩犹豫了一下，说："应该没事吧，我不太清楚。"

看到于倩倩的表情，乔勇就知道翟小松跟张丹之间出了问题，心想，但愿小松不是另一个李国民，于倩倩的表姐不是另一个周霞。想着，对于倩倩说："如果他们有什么要帮忙的，你尽管跟我说。"

于倩倩点点头。

26

出了代表处，乔勇径直来到楼下的咖啡店，买了杯美式咖啡后，找了个靠窗的位子坐了下来，边喝咖啡边看着窗外来往的行人。

乔勇回来这几个月，一有机会就会留心观察周围的人和事，希望国内的情况跟齐晖在加州拉古纳海滩说的不一样。虽然乔勇不相信国内真是像齐晖说的那样，但他这几个月听到的事情足以让他对国内社会中存在的问题感到吃惊，特别是婚姻和两性关系。人们现在对两性关系不道德的容忍程度，大大超出乔勇的想象。乔勇记得自己到美国的第二年，曾有中国留学生问他到美国后的感受。乔勇当时回答：有些过去认为对的，到美国全不对了；有些过去认为不对的，在美国这边都是对的。

回来几个月，乔勇对国内的一些现象，同样有"有些过去认为对的，现在都不对了；有些过去认为不对的，现在都是对的"的感觉。女的为了钱，什么亲情友情道德全可以不要；男的为了钱，可以不择手段，反正先把钱赚进自己口袋里再说，其他的一概不管不顾。乔勇想，这可能是资本积累初级阶段社会必须付出的代价吧。

乔勇正想着，听见旁边有人叫他，一扭头，看见在健身房工作的黎晓站在他面前。乔勇赶紧站起来，说："这么巧？"

黎晓边上下打量着乔勇边说："你跟在健身房不太一样。"

乔勇笑了一下："是这身行头吗？"

"是吧，你在这儿工作？"

乔勇点点头，说："楼里的一家公司。"

"给张名片吧？"

乔勇从兜里掏出名片夹，从里面拿出一张名片边双手递给黎晓边说了句："请您多关照。"

黎晓接过来看了一眼，然后看着乔勇说："你留学回来的吧？"

"是。"

"你哪儿留的学？"

"美国。"

黎晓用审视的眼光看着乔勇，问："是正经学校吗？我可听说，现在好些留学生都是从'野鸡大学'买文凭。"

"咱不能。是正经学校，鼓励上的那种。"

黎晓"哦"了一声，说："那你英文一定挺棒的吧？"

"大概能听得懂。"乔勇答道，说完问黎晓，"你怎么在这儿？"

"我是中班，从12点开始上，到这儿来买杯咖啡。你们公司是做什么的？"

"化工。"

"你回来多长时间了？"

"刚回来，几个月。"

"觉得怎么样？"

"还成吧。"乔勇想把话从他工作上引开，就说，"你们在健身房工作挺好，每天的工作就是锻炼身体。"顿了一下，乔勇接着说："还有教别人锻炼身体。"

"我们健身只能下班以后，可下了班那么累，谁还健身？"

"你们上班累吗？我觉得你们上班挺轻松的。"

"隔行如隔山，我还觉得你们干外企的工作轻松呢。这不，西服穿着，咖啡喝着，在有空调的写字楼里装几个小时大尾巴狼，就拿那么些钱，你们也好意思？"

乔勇一直觉得直截了当是北京女孩的一个特别可爱的特点，黎晓的话听起来像是数落乔勇，但实际上更多的是在开玩笑。所以等黎晓说完，乔勇假装正经地回答："好意思吧，其实也不全是你想的那样。不是，那要依你，应该怎么着？"

"挣那么多钱，做做善事吧。"

"一直想，前些时候还给人捐钱来着。对了，善事不嫌少，我今天再做一次吧，我请你喝杯咖啡。你想喝什么？"

黎晓没回答咖啡的问题，看着乔勇继续问："你在美国多少年了？"

乔勇笑了："您居委会大妈审犯人哪？好些年了，李铁梅她奶奶说：8年啦，甭提它了。"

"我觉得你说话不像从美国回来的……"黎晓说话的语气里带着明显的怀疑成分。

"没事，哪儿回来的关系不大，回来就成，不是一直讲爱国不分先后吗？你到底想喝什么？"

黎晓又看了一眼乔勇的名片，抬起头，眼睛直视着乔勇："你肯定你是从美国回来的留学生吗？"

乔勇看着黎晓："我说了什么不该说的让你起疑了？"

"你说话的方式。"

乔勇笑了："是不是觉得离乡数十载，我北京乡音依旧？"

"你这么说话放到哪个居委会大妈那儿，一准会被认为是监督改造的对象。"黎晓肯定地说。

"不至于吧？"乔勇答道，然后继续说，"我这才到哪儿呀。我跟你说，有一年我在纽约中国城，看见一卖糖葫芦的老头，看着七八十了，一聊，北京的，国民党老兵的干活，原来家住崇文，说是在美国20多年了。老头知道我是北京来的后，特热情，就是还管咱们这儿叫'北平'，问了好些咱们这儿的事，最后非要便宜卖我几串糖葫芦。不是，你喝什么呀到底？"

"我自己买。"黎晓说。

"那你慢慢买慢慢喝吧，我得回去干革命工作了。"乔勇说着从桌上拿起自己的咖啡。

"什么革命工作，是反革命工作吧？"黎晓在旁边说了一句。

乔勇一听就笑了，说："成，既不是革命工作也不是反革命工作，我得挣钱养家糊口。再说我也不能在外面待太长，上着班呢，我们当领导的不能带头破坏劳动纪律不是？"

"养家糊口？你结婚了？"

"结了。"

"你老婆也是留学生？"

乔勇觉得黎晓的表情突然有了变化，就边给自己的咖啡盖上盖边说："'你老婆'？啊，是留学生。"

黎晓看着乔勇："那你怎么叫你老婆？对了，是叫'媳妇儿'吧？也可能是'太太'吧。"说着似笑非笑地看着乔勇。

乔勇觉得黎晓的话带有明显的攻击性，就眼睛直视着黎晓，说："'爱人'现在没人叫了？"

黎晓嘴里"啧"了一声，说："别老土了，现在谁还叫爱人。"

"你呢，你结婚了吗？"乔勇问。

黎晓笑了一下，看着乔勇说："我结什么婚，再说跟谁结呀，现在男的有几个是靠谱的？"

"别呀，哪都像你说的那样。好人满大街都是，好好看看，兴许能找到一特物美价廉的。有拿不准的，告诉我一声，我给你把把关……"

"就你这说话方式，居委会大妈和广大人民群众绝不会相信你是留美回来的。"

"无所谓。那您先待着，咱们什么时候健身房见。"

看见乔勇转身要走，黎晓马上说："我刚才说让你做点善事，不是让你给我买杯咖啡。"

乔勇停下脚步,问:"那是去哪儿当义工?"

黎晓摇摇头,说:"不是。我们发起了一个助学基金会,是帮助贫困地区上不起学的孩子上学的。我们也会自己去贫困地区,教个几天、十几天的。我们都是志愿者,有钱的出钱,有力的出力。希望你能参加,嗯,就是捐点善款。"

"成啊。但你们有手续和审计什么的吗?"

"都有。"

"那成,我捐。"

"那我先谢谢了。"

在回办公室的路上,乔勇一会儿想着刚才跟黎晓的对话,一会儿想起周霞。乔勇觉得黎晓的直截了当有点像当年的周霞。其实北京女孩大多都是这样,她们那种直来直去的方式,可以马上拉近你跟她们的距离。但这种方式有时也挺危险的,这就是为什么乔勇需要跟黎晓说他已经结婚了的原因,以免今后引起误伤。

乔勇又想到刚才跟黎晓关于"革命工作"的对话,突然想起小学时曾经学过的一段话,大意好像是革命的、不革命的或是反革命的衡量标准,就是看他愿不愿意并且实行不实行跟工农群众相结合,愿意并且实行跟工农群众相结合的,就是革命的,否则就是不革命的或是反革命的。乔勇心里想,自己在PCT工作,到底是革命的、不革命的、还是反革命的?乔勇一时给不出答案,心想:甭管是什么的了,反正是养家糊口的。

这天下午两点多,斯考特来到乔勇的办公室,进屋后像往常一样直接在乔勇对面的椅子上一屁股坐了下来。

乔勇看见斯考特进来后坐下,马上说:"Scott, we need a decision and we need it now."(斯考特,我们需要决定,并且现在就要。)

"I know I know, but I can't force NY to make one in our favor. We need to give them more time."(我知道我知道,但我没法逼纽约做对我们有利的决定。我们需要给他们更多的时间。)斯考特像是心不在焉地答道。

"Not in our favor, Scott. That will be for the company. The problem is that we might not have a luxury of more time. Finance must know we have been waiting for their decision and folks back in New York don't have a courtesy to tell us when they will make the decision. I have a feeling that if no decision is forthcoming, we will lose HY."（不是对我们有利的决定，是为公司。我们的问题，是我们可能没有"更多的时间"了。财务知道我们一直在等他们的决定，他们最起码也应该让我们知道一下他们何时才能有决定呀？我有感觉，如果我们不能尽快有个决定，我们会失掉洪阳的订单。）乔勇看着斯考特平静地说。

"How about ZS?"（那至盛呢？）斯考特问。

"I don't know, but if we can't keep HY, a negative message will be sent to ZS and other folks on the market. Would that trigger a chain of reactions? I don't know. But I do know one thing: Mola will benefit one way or another if we lose either of those customers."（我不知道，但如果我们不能拉住洪阳，我们会给至盛和市场上的其他客户发出一个不好的信息。我不知道这是否会引起连锁反应，但我知道一件事，如果我们丢了甭管是洪阳还是至盛的订单，莫拉都会受益。）

听完乔勇的话，斯考特在椅子里挪了一下身子，想了一下，问："How can we know what is on their minds? Can you schedule another meeting with ZS people to find out?"（我们怎么能知道他们在想什么？你能再约至盛的人谈谈，了解一下吗？）

乔勇正要回答，看见Peter在门口探了一下头，看见里面在谈话，就没进来。见Peter没进来，乔勇继续平静地对斯考特说："Yes, I can have another meeting with ZS people, hobnobbing, but I need a decision from you guys before I can figure out how to do the hobnobbing, and more important, produce something. I would like to come out of meeting with something. Without a decision, I don't even know how to talk to them."（可以，我可以再约至盛的人聊聊，但我需要你们的决定，以便我可以想出一个跟他们聊的方式。同时，更重要的是，我希望能聊出结果。但没有你们的决定，我都不知道怎么跟他们聊。）

"I know I know. Again, Qiao, I can not force them to make a quick decision. We need to be patient..."（我知道我知道。但是，乔，我不能逼着他们

迅速做出决定。我们需要耐心。）斯考特还是一副心不在焉的样子。

"I am patient, but the market won't be."（我很有耐心，但是市场没有。）乔勇依旧平静地说。

"I know. I know."（我知道，我知道。）斯考特边点头边说。

话谈到这里，乔勇虽然不知道斯考特脑子里现在在想什么，但他相信，跟斯考特的这次谈话，肯定又是"务虚"了，斯考特没有任何要帮助自己解决实际问题的表示。想到这儿，乔勇说："Hope the patience won't cause us to lose any PO. Let's also hope what have happened in Europe won't happen in China."（希望耐心不会导致我们失去订单。也希望发生在欧洲的事，不要在中国发生。）

"It won't, Qiao, We will see…"（不会的，乔。我们再等等。）斯考特边说边站起来，离开了乔勇的办公室。

看着斯考特走出自己的办公室，乔勇叹了口气，心想：还是没能让他催一下纽约那边。如果纽约近期不能在结算安排上有所决定，还是不做任何调整和让步，洪阳一旦转走订单，并且至盛增加的单子不够大，要完成今年国内的销售任务就会够呛。想到这儿，乔勇起身出了办公室，来到Peter的工作区，想问一下Peter刚才是否有事，同时想问一下约至盛赵海波的情况。

到了Peter的工作区，看见Peter正在整理桌子上的一些文件。乔勇敲了敲隔板，Peter回头看是乔勇，站起来，说："乔总，有个事想跟您汇报。"

乔勇看了一眼Peter桌上堆着的文件，说："那等你整理完了到我办公室来一下。"

Peter放下手上的东西，说了声："完了。"然后跟乔勇来到乔勇的办公室。

两人进了乔勇的办公室，坐下后，乔勇问："刚才有事？"

"刚才来您办公室，看您正跟斯考特谈话，所以没向您报告。按您说的，跟至盛赵海波约的是下周三晚上，暂定在永安里那边的一家北京风味餐馆，我等至盛确认后再给您写请款单。"

"这几天他们那边有消息吗？"乔勇问。

"还没有，我给他打了两次电话，他说有些事得等见面说。"

乔勇"哦"了一声，想了一下，问："Peter，赵跟你聊过至盛今后的发展吗？

你知道他们今后有什么中远期的发展计划吗？"

Peter摇摇头，答道："没怎么聊，我也没问过。哦，对了，赵海波曾经提过至盛想上市，但一直没摸着路子。"

乔勇又想了一下，对Peter说："我跟你一起去，但你先别跟他说，等见面前一天再说。"

一听乔勇要跟自己去见赵海波，Peter很高兴："那太好了，不过费用能加点吗？多了一个人呀。"

"李莉这次别去了，把我的额度加上。"乔勇说。

"晚上还是不去歌厅？"Peter问。

"不去，我去只是希望让至盛知道我们重视他们。"

等Peter离开后，乔勇给斯考特和约翰发了如下电邮：

Scott and John,

I am planning a meet-up with ZS's Zhao Haibo next week. Mr.Zhao has indicated a willingness to place more PO with us, not a shoo-in situation, though. We need to provide something to help them quicken their decision-making process. Can we also provide a cascading discounting starting from 1.5%, with 5% the highest to ZS, like the one we are currently providing to our European customers? Of course, ZS needs to give us one million dollar PO to have a 5% discount. On HY, please let me know if a decision will be made soon.

Qiao Yong

（斯考特，约翰，我计划下周见一次至盛的赵海波。他说过希望给我们更多的订单，但我们现在还不能确定这是否是真的。我们需要向他提供一些优惠条件来帮他做决定。我们能否也向至盛提供一个1.5%~5%的折扣，类似我们向欧洲的客户提供的？当然，至盛想要使用5%的折扣，他们订单规模就需要达到100万美金。关于洪阳，请告知能否尽快有个决定。乔勇）

27

　　翟小松这些天比较烦，女儿天天生病发烧好几天了，在医院打了两次点滴后，虽然烧退了，但还是咳嗽得很厉害。上周六，翟小松回他前妻那儿看了一次女儿，他前妻背着女儿，小声告诉他，按照他们事先的约定，为不影响孩子的情绪，她一直没告诉天天他们已经离婚了，只是说爸爸被调到外地工作去了，要3年，想着等孩子大点儿再说。

　　这天翟小松下班刚坐进他的夏利车里，他的手机就响了。翟小松拿出手机，一看是他前妻家的座机号，马上接起来，就听见电话里他女儿天天的声音："爸爸，您下班了吗？"

　　"刚下。怎么，宝贝儿，病好了吗？"

　　"我觉得好了，但妈妈说还没好。"

　　"那你得听妈妈的。"

　　天天"哦"了一声，然后小声问："爸爸，你这周末回北京看我吗？"

　　"怎么，想爸爸啦？"

　　天天没有说话。

　　听不见天天说话，翟小松冲电话"喂"了一声，问："天天你还在吗？"

　　等了一会儿，就听天天依旧小声在电话里说："刚才我看见妈妈哭了。"

　　"天天，妈妈为什么哭呀？你气妈妈了？"

　　天天马上说："不是我，不知道。"

　　"那天天有没有哄哄妈妈？"

　　"哄了。"

　　"妈妈在吗？"

　　"在厨房那。"

　　"天天是大孩子了，要听妈妈的话，知道吗？"

　　天天"嗯"了一声，马上接着问："爸爸，你周末还回北京看我吗？"

翟小松不假思索地马上回答:"回。天天你还要好好休息,多喝点水和橙汁。"

"知道了。"天天高兴地大声说。

"天天还有别的事吗?"翟小松问。

"没有了。"天天回答。

"那爸爸这边还有点工作,拜拜,天天。爸爸爱天天。"

"天天也爱爸爸,拜拜,爸爸。"

挂了天天的电话,翟小松坐在车里,手里拿着手机看着前面发呆。女儿刚才的话让他心里堵得慌。最近翟小松更加觉得当初为跟张丹在一起把婚离了可能就是个错误。虽然张丹当初信誓旦旦地保证会对天天好,但这些天因为去前妻家看天天时间长了,张丹已经跟翟小松吵了好几次架了。

为什么要跟张丹在一起?因为她年轻、漂亮,比天天妈妈有活力,更会来事儿?翟小松曾经暗地里问过自己好多次。但一想到跟天天妈妈已经离了婚并且自己已经跟张丹住到了一起,翟小松就觉得泄气。不管怎么说,事已至此了,是走不回去了,只能往前走,走哪儿算哪儿吧,翟小松想着,发动了汽车,将车开上了马路。

翟小松没有直接回亚运村的出租屋,而是来到一家超市,因为早上跟张丹说好,晚上回来一起吃饭,想买点东西带回去。当来到儿童食品专柜前,翟小松看到天天过去经常让他买的小孩儿零食,他犹豫了一下,然后从货架上拿了几袋放到推车上,想周末把天天喜欢的这些零食带给天天。

等到了亚运村出租屋楼下,为了不再引起跟张丹的矛盾,翟小松把给天天买的东西从购物袋里拿出来,放到车的后座上,然后关了车门,进了他住的单元楼门。

张丹还没回来,翟小松把买的东西拿出来,放到厨房的桌子上,一边开始准备晚饭一边想着刚才女儿天天的话。

与此同时,张丹正在出租车上接龚书林的电话。龚书林上午给张丹发短信,约她晚上一起吃饭,但张丹说晚上约了人,得改天。刚下班,龚书林的电话就打过来了:"丹丹,晚上你约的人是谈私事还是公事?"

张丹不假思索地说:"公事。"

"那什么时候能完?"龚书林马上问。

"可能得10点了，下次成吗？"张丹有点不耐烦。

"我这有一张5000元的购物卡，购物地点比上次那张还多，想晚上给你，我留着也没用。"龚书林马上说。

"给你老婆吧。"张丹口气生硬地说。

"我们已经开始办离婚手续了。丹丹，我跟你说过呀，办完了我就给你买房，然后娶你，然后你就可以舒舒服服在家待着享福了。"

一听龚书林说给自己买房，让自己舒舒服服在家待着享福，张丹心里一动，但马上又想到自己现在还跟翟小松在一起，如果现在答应了龚书林，有些不地道。可张丹马上又想到，自己跟翟小松真不知道今后能怎么样，如果跟翟小松走不下去，凭龚书林的实力，虽然有不尽如人意的地方，但他也可以勉强成为自己的一个下家。

张丹拿着电话想这些事的时候，电话里又传出龚书林的声音："丹丹，律师说了，他那边快了，3个月就能搞定。"

张丹的思路让电话里龚书林的话打断了。张丹想了一下，假装不太好意思地小声对电话那头的龚书林说："太快了吧，你得给我点时间。"

龚书林一听张丹这么说，觉得有门了，马上答道："那没问题，你需要多长时间？"

张丹这时心绪有些乱，就说："咱们以后见面再说成吗？"

"那好吧。晚上你要结束早，给我电话，咱们找地方坐坐。"

"今天晚上就算了，你别等了，可能会挺晚的。"张丹马上说。

"12点前都不算晚。"龚书林在电话里笑着说。

"那我先挂了。"张丹说。

"那我等你电话。"龚书林是喊着说最后这句话的。

张丹挂了电话，往后靠到后座椅背上，想着这些天发生的事。翟小松女儿病了，翟小松上周六去他前妻那看他女儿，说是看看就回来，但一去就几个小时，谁知道他前妻又跟他说什么了。张丹母亲这些日子又打了几次电话，催问借钱买房的事，说是过几天住的房子就要被拆了，到那时还没钱买房，就连住的地方都没有了，还说养了她20多年，到头来一点儿用都没有。张丹为这事又跟翟小松商量借钱，但翟小松还是不借，说是北京房价翻着个地往上涨，他手上就这点儿钱，刚够付首付，借出去，就没钱买房了。

龚书林倒是有钱，也表示愿意借给她，但张丹知道，一旦她拿了龚书林的钱，她就得跟龚书林。同翟小松比，龚书林除了有钱，其他的确没有什么值得炫耀的。张丹也想过，如果自己跟了龚书林，她周围朋友在背后会怎么说她。想到这儿，张丹心里就特别烦躁，她索性闭上眼睛。

10分钟后，张丹觉得出租车停了，就听出租车司机在前面问："小姐，是这个小区吗？"张丹听到司机称呼她"小姐"，立刻本能地说："我不是小姐。"司机回头看了看张丹，指着外面说："您看看，您是要到这儿吗？"

张丹看看车外，确认已经到了她和翟小松一起住的小区外面。

张丹付了车费，下了出租车，走进住的小区。在走过停在他们住的单元门洞外翟小松的那辆夏利车旁边时，张丹不经意地往车里看了看。当一眼看到翟小松放在车后座上给天天买的小孩儿零食时，张丹一下站住了，抬头看了看楼上，心想：这是还想去那边呀，没完了，看来翟小松根本忘不了那边。

张丹在楼下待了几分钟才上楼。刚进门，翟小松正把最后一道菜从锅里盛出来。看见张丹进来，就说："你怎么回来得这么是时候，我刚把菜弄好你就进来了。饿了吧？赶紧洗手上桌吃饭。"

张丹没说话，换了鞋，刚想进洗手间，听见包里手机响了，拿出手机，一看是东北家里的座机电话，就马上接起来，听见电话里她妈的声音："刚才你电话一直占线，打不通。买房的钱凑得怎么样了？"

张丹为了让翟小松听见，故意大声叫了声："妈。"然后走进洗手间，说："正想办法凑呢，您别急。"

电话那头张丹母亲说："你还跟那个北京离了婚、有孩子的在一块吗？"

张丹没有说话。

就听张丹母亲接着说："你去北京也挺长时间了，怎么还这么不懂事？你跟他能得什么好？要房没房，要钱没钱，现在都讲去国外住，他能带你去国外住去吗？什么都没有还有一孩子，不知道你是怎么想的。我们养你这么大，容易吗？临到老了，还指望不上你，你对得起我们吗？"

"翟小松是为我离的婚，他除了有个孩子，其他都挺好的，也不是没钱，他正攒钱在北京买房呢。"张丹小声反驳着。

"他能跟那孩子一刀两断吗？"电话里张丹母亲厉声问。没听见张丹回答，张丹母亲接着说："我看你早点跟他断了，省得你以后后悔。"

这话让张丹本来已经烦躁的心情更加烦躁，她冲着电话大声说了句："您别说了。"

但电话里的张丹母亲依旧不依不饶："我可告诉你，张丹，你妈可是过来人，你要不趁现在年轻找个有能力养你的，你以后肯定后悔，到时你别怪我没提前跟你说过。"

"知道了。"张丹不耐烦地答道。

就听张丹母亲在电话里继续说："买房钱的事你得快点，再晚了我们真得到大街上住去了。那姓翟的不是说攒钱吗，能不能先管他借点？如果30万困难，先20万、15万也成，成不成？"

"可能困难。"

张丹母亲一听，又大声在电话里说道："15万都拿不出来还想娶我闺女，我没管他要100万就不错了。他以为他是谁，离婚还有孩子。张丹，你听好了，你后半辈子的事你得想明白了，我死了可没人管你！"说完不等张丹说话就立刻挂了电话。

听她妈挂断了电话，张丹没好气地把手机关了机出了洗手间。她把手机放回包里，回头看见翟小松还在厨房忙着，就又走进洗手间。站在洗手盆上面的镜子前，张丹看着镜子里自己的脸，想起刚才她母亲说的话，心想：就凭我这长相，怎么就不能过上比现在更好更舒服的日子？！正想着，听翟小松在外面喊："电话打完了吗？快点呀。"

听翟小松在外面喊自己，张丹慢腾腾地从洗手间出来，坐到桌子旁的椅子上。翟小松给张丹盛了一碗米饭，放到她面前后也给自己盛了一碗，然后坐到张丹旁边。张丹拿起桌上的筷子，看了看桌子上翟小松炒的4个菜，想了想，对翟小松说："我妈那边又催了，要凑不够钱，他们就得住街上去，咱们能不能帮帮他们？"

听张丹又提借钱的事，翟小松放下手上的碗筷，看着张丹，说："我不是说了，我就这么几个钱，是准备买房付首付的，借给你妈，咱们以后住哪儿？"

"咱们先在这儿住着呗。"张丹答道。

"这是人家的房,什么时候说让你搬你就得搬。"

知道翟小松还是不想借钱,张丹不耐烦地说:"北京我不认识别人,就认识你了,你到底借不借?我妈说了,30万不行,20万、15万也行。"

"那不是一样吗?"翟小松大声说。

见翟小松这么说,张丹生气地把手里的筷子拍在桌上。

翟小松看了一眼张丹,缓和一下语气,说:"咱们先吃饭成吗?你父母怎么就住街上了,不是还有周转房吗?再说了,他们不是也能租房住呢吗?"

张丹没理会翟小松,也没去碰面前的碗筷。过了一会儿,张丹突然冲翟小松说:"你有事瞒着我。"

"我什么事瞒你了?"

张丹"哼"了一声。

翟小松又问了一遍:"我什么事瞒你了?"

张丹还是没说话。

"甭没事找事啊。"翟小松边说边拿起桌上的筷子。

张丹看了一眼翟小松,没好气地说:"你又想去你前妻家看你女儿了吧?太勤了吧!"

一听张丹以这种口气提看女儿的事,翟小松立刻放下刚拿起的筷子大声说:"不应该吗?你别忘了,父子天性这句话,我闺女生病了你又不是不知道。"

"你每天去100次,她的病就能好了吗?"张丹没好气地说道。

听张丹这么说,翟小松眼前立即浮现出上次去看还在发烧的女儿时,天天用虚弱的小手拉着他不让他走的样子。他感到一阵心疼,低声冲张丹说:"你别哪儿疼往哪儿扎,成吗?!"

"扎得还不狠。"张丹立即回了一句。

翟小松不相信张丹居然会说出这种话。他瞪大了眼睛看着张丹大声嚷道:"你真这么想?!"

张丹嘴角露出一丝冷笑,把头扭向一边,说:"还买了东西,不敢拿上来,藏你那辆破夏利车里。是不是给你前妻也买了东西,也藏车里哪儿了呀?"

"我没给她买任何东西,张丹你善良一点儿成吗?为我看天天,你跟我闹多少次了?她生病,我不该去看看吗?你别忘了你当初是怎么答应我的。"

没等翟小松说完,张丹扭过头不耐烦地说道:"我处理不好跟你女儿的关系。"说完又将头扭向一边不看翟小松。

"没人让你处理,她会长大的,会有自己的生活。"翟小松大声说。

张丹依然不看翟小松,没好气地说:"那得等多久?"

翟小松深吸一口气,尽可能和缓地说:"时间会过得很快。"

张丹鼻子里"哼"了一声,用像是自言自语,但足以让翟小松听见的声音说:"是,到那时我指不定老成什么样了!"

翟小松听张丹这么说,一下从椅子里站起来,提高了声调冲张丹说:"张丹,我好心好意给你做了一桌子饭,你是不是又想为这事跟我来劲?!"说完,走到客厅里的沙发边,一屁股坐了下去。

28

周五晚上,乔勇在他父母家吃完晚饭回到他的公寓,坐在沙发上看约翰·密尔写的《功利主义》。刚看一会儿,听见手机铃声响,乔勇拿起手机,看是翟小松打的,马上接起来,听见电话里声音嘈杂。乔勇就问电话那头的翟小松:"你在哪儿呢?旁边怎么这么吵?"

"外头。"

"吗事儿?"乔勇问。

"张丹又跟我来劲,没法过了。"翟小松显然喝了不少酒。

"怎么了,你们吵架了?"

"不吵待着干吗?"翟小松没好气儿地说。

乔勇听翟小松这么说，把手里的书放在沙发上，对电话里的翟小松说："我说，你别老跟她吵，有什么事摊开了，摆事实，讲道理。你们都住一块儿了，老瞎他妈吵什么呀，有话好好说。"

"她不让我看我闺女天天，还老是让我借给她钱，好让她妈在老家买房，最少也得借她15万，不借就撂脸子。"翟小松口齿不清地说。

乔勇一听，"哦"了一声，问电话里的翟小松："小松，你到底想跟她怎么着？"

"本来是想结婚来着，要不我干吗离婚？可……"

"你得想明白了，小松。"

"我最近心里老不踏实，也怕她今后对天天不好。"

"她干吗对天天不好呀，孩子又没招她？"

"不知道。"

"那你们当初干吗要在一起？她特有姿色，跟周霞似的？"

"操，当时确实跟天天她妈过烦了，每天唠里唠叨没完没了。"

"那你丫真够操蛋的，至于吗？"

"现在说什么都晚了，只能往前走，走哪儿算哪儿吧。说正经的，要是你，你借吗？"

"我碰不见这事。"

"我是说要碰见了，你借吗？"翟小松坚持着继续问。

"我要有200万就可能，但前提是她的确值得我这样。"乔勇答道。

"我没200万。"翟小松的声音只有他自己能听见。

"你就问我这事？"乔勇问。

翟小松"啊"了一声。

"你小心别当李国民。"乔勇对电话那边的翟小松说。

"我……我加着小心呢，先回见吧……"

听翟小松那边挂了电话，乔勇放下手机，摇了摇头，重新拿起沙发上的书，正想接着看，手机铃声又响了。乔勇看了一眼号码，知道是美国来的电话，于是马上接了起来。

电话是肖迪打过来的。没等乔勇说话，电话里的肖迪就先抱怨起来："不知为什么，这些天老是睡不好，过些日子就回北京了，归心似箭的感觉特别强烈，刚才一直给你打电话，打不通……"

"刚才是翟小松的电话。你回来前别忘了把银行的事，信用卡的事办妥当了。"乔勇说着又把书放在沙发上。

"你上次让我把账号都关了，一个都不留吗？我这几天想了一下，觉得我也留一个checking（活期）吧，也留点钱在里面，说不定你今后到美国出差，要用你这边银行的信用卡支付，用这边银行的信用卡，最好还是用这边的银行还款好点儿吧。你留的那个活期，万一出什么状况，我这个活期还可以应一下急，你说呢？"

乔勇想了一下，说："那好吧，钱别留太多了。"

"知道啦。你最近工作累吗？"

"还成吧。"顿了一下，乔勇接着说，"还记得我跟你说过我有一个同学叫周霞的吗？"

肖迪想了想，说："记得，她怎么啦？"

"前几天没了。"

肖迪"啊"了一声，马上问："什么病，这么年轻？"

"癌症，走之前我去医院看过她，躺在床上，认不出来了。"

"她过去的男朋友也去了？"肖迪问。

"你说李国民？"

"我忘了叫什么了，就是你说中学跟她在一块儿的那个。"

"没去，他们早分了，现在都成仇人了。"

肖迪"哦"了一声。

乔勇叹了口气，说："全是瞎折腾，我担心周霞和李国民的事说不定会在翟小松身上重演。"

"怎么了？"肖迪问。

"电话里说不清，等你回来再细说吧。"

"你真不用我给你带点儿什么回去？"

"真不用。"

"我是说用的、穿的。"

"不用，你东西肯定特多，不用再给我买东西，占地方。还有，你那边没用的就卖了吧，别舍不得。"

"知道，我带回去的都是有用的。你在北京这么长时间了，习惯了吗？"

"我一北京土著，无所谓，但你得小心culture shock（文化冲击）。"乔勇对电话里的肖迪说。

"别逗了，我也是北京土著，不是gringo（外国佬）。"

"我也不是呀。"乔勇笑着说。

"怎么，你有culture shock了？"肖迪问。

乔勇想了一下，答道："说文化冲击有点过，但好多事说不清楚，不能理解。又是过去觉得不对的，现在全对了的情况。"

"我回去后你跟我说说。我现在在看跨国企业在北京的招聘信息，但还没看到合适的，实在找不到，就回去再说了。北京工作好找吗？"

"机会应该比较多，但现在在国内公司当白领，你真得有个思想准备。"

"还是culture shock？"

"有这方面的。"

肖迪在电话那边顿了一下，说："我知道，不成我就辞职，现在又不是过去。"

乔勇听肖迪这么一说，马上赞成着说道："就是，我们家肖迪是谁呀，甭看平时特淑女……"

"你是在夸我吗？"

"是呀，听不出来？"

"那成吧。"

"没事儿，反正有我呢。I am 'by the people and for the people'（我接受人民的监督，为人民服务[①]）。"说完，乔勇又补了一句："您就是我的'people'（人民），我得为您服务。"

"这还差不多。不早了，你该睡了吧。"肖迪说。

[①] 这是引用了美国总统林肯匹兹堡讲演中的一句话，原话是"…and that government of the people, by the people, for the people, shall not perish from the earth"——民有民治民享的政府不会从地球上消失。

乔勇看看手机上的时间，已经10点多了，就说："我再看几页书，等会儿就洗漱。你那边开车小心。"

"知道了，Bye。"

等肖迪挂了电话后，乔勇重新拿起《功利主义》，但刚看了几行，思路就转到洪阳和至盛的订单上。乔勇放下书，扭头看着窗外北京的夜景，想着下午Peter跟自己说的，洪阳的葛志鹏坚持降低现金首付比例，同时，要求增加一个货到付款方式，以便将减少了的现金首付挪到货到付款这种方式上，以保持通过用信用证结算的金额不变，并说，如果PCT不改变目前的结算方式，洪阳今年后半段的订单量肯定会减少。乔勇听完马上将这个信息反馈给了斯考特和约翰。乔勇想，洪阳肯定是担心增加信用证结算比例会帮助PCT从美国的银行借更多的钱，才提出增加一个货到付款方式以支付减少了的现金首付。这样看来，自己用出口信贷作为理由去说服洪阳不要降低现金首付比例没成功。但PCT过去对新兴市场客户从来没有使用过货到付款的结算方式，乔勇相信这种情况今后也不会改变。

不管怎样，洪阳提出的新的结算要求还是属于技术层面，乔勇知道PCT在纽约的财务部门完全可以通过信用证和其他结算衍生工具的一些操作，既满足洪阳对结算的新要求又可以保证自己的货款结算，说不定自己还可以通过谈判结算条件为公司增加一些订单呢。现在重要的是，纽约必须尽快提出应对洪阳结算要求的B计划。时间非常关键，如果纽约不尽快提出B计划，失去洪阳下半年订单的可能就会成为现实，真要那样，完成今年的销售计划或不使今年销售量大规模减少恐怕只能寄希望于至盛了。想到至盛，乔勇就想起至盛主管采购的副总赵海波。赵海波至今都没有确认增加订单的消息。乔勇已经两次让Peter联系赵海波，问问情况，但每次问，后者总是说：还在研究。乔勇想，如果赵海波真的是在等PCT的回扣决定，那至盛增加订单的希望也不大。要争取至盛，约翰权限内能做的恐怕只能是给至盛很小的订单折扣，这还不能让莫拉知道。但很小的订单折扣能打动赵海波吗？特别是在他指着通过派放订单为自己牟利的情况下。

乔勇想了半天，觉得如果赵海波真的是想拿回扣，在PCT不可能同意的前提下，解决办法可能只有想办法去做做跟自己有过一面之缘的至盛董事长秦立钧的工作了。但通过什么方式去做秦立钧的工作，让他指示赵海波增加跟PCT的订单呢？

乔勇想着，从沙发上站起身，正要去厨房给自己倒杯水，冷不丁想起Peter曾跟自己提起至盛希望上市的事。一想到这个信息，乔勇没再往厨房走而是站在原地，心想，这会不会是让秦立钧增加PCT订单的一个机会？因为乔勇过去住在塔斯汀市的一个邻居史蒂文·詹宁斯就是做投行的，他所在的投行Y&N有60多年的历史。史蒂文一毕业就进了Y&N，现在已经做到副总裁的职位。史蒂文毕业于加州大学尔湾分校，也是跑步爱好者，也跑过洛杉矶马拉松，并且跟乔勇做邻居的时候两个人在尔湾市的同一个健身房健身。共同的爱好又是邻居加上史蒂文会说中文，使史蒂文一有时间就拉着乔勇聊中国历史和中国文化。虽然乔勇在塔斯汀市住了一年多就搬到了洛杉矶，史蒂文因工作调动在乔勇搬走半年后也从加州搬到了纽约，但这些年两个人一直没断了联系，还计划一起跑一次波士顿马拉松。

乔勇想，如果自己把史蒂文介绍给秦立钧并帮助至盛成功上市，让秦立钧通过上市获得丰厚的上市红利，他就有可能"碍于情面"在购买条件相似的前提下，增加一些甚至大量增加跟自己的订单。甚至，如果秦立钧觉得自己介绍的投行帮助至盛上市前景光明，在操作上市的过程中他就有可能让赵海波开始增加从自己这儿的订货量。但问题是乔勇不知道目前至盛上市进行到哪一步了，是否已经跟什么投行签了约。乔勇拿起手机看了看时间，现在是晚上10点30分了，乔勇觉得虽然时间已经晚了，但还没有晚到绝对不能打电话的地步。事不宜迟，乔勇决定马上联系一下秦立钧，乔勇记得上次回北京出差时秦立钧跟自己交换过名片，自己也把他的手机号码存入了自己的手机。想到这儿，乔勇回身从沙发上拿起手机，从手机里调出了秦立钧的手机号码。

手机铃声响了4声后，乔勇听到一个老者的声音："哪位？"

"请问是秦总吗？"乔勇问。

"你是哪位？"电话里的老者没有直接回答。

"我是PCT公司的乔勇。"乔勇答道。

听到乔勇的名字，电话里老者的口气立刻变得非常热情："啊，是乔先生啊，您好，您好。对，我是秦立钧。"

知道电话里的老者是秦立钧，乔勇心里庆幸秦立钧的手机号码没有变，嘴上赶忙说道："秦总，抱歉，这么晚了给您打电话，希望没有影响您休息。"

"没有，没有，我睡得很晚，没关系的。乔先生给我打电话有什么事吗？"

"是这样，我听说您希望通过上市以便把至盛进一步做大……"说完这句话，乔勇故意停了下来，他想先听听秦立钧的反应。

听到电话里乔勇问至盛上市的事，秦立钧犹豫了一下，但他还是直接回答了乔勇的问题："是的，我们是有这个打算，乔先生的意思是……"

听到秦立钧确认了至盛想上市的信息，乔勇立刻说道："秦总，我知道上市是个专业操作，我在纽约有一位朋友叫史蒂文·詹宁斯，他是已经有60多年历史的投行Y&N的副总裁。史蒂文本人能说中文，那家投行也很专业，上市成功率比较高，好多知名企业都是通过他们成功上市。如果您现在需要操作上市方面的专业服务并对他们有兴趣，我可以把他介绍给您。"

"哦，是吗？那太好了。"电话里的秦立钧显得很高兴，但旋即又问，"乔先生，您给我们介绍您的投行朋友，您打算收多少费用？"

一听秦立钧这么问，乔勇笑着回答："您这边我一分钱不收，您就当我是做好事，无偿帮个忙吧，史蒂文那边虽然有介绍费，但为减少您这边的费用和避免利益冲突嫌疑，我也不会要。"乔勇说这句话时故意在"减少您这边的费用"和"避免利益冲突嫌疑"上稍稍提高了些音调和放慢了些语速。

"那怎么好意思，乔先生。"

"没什么，秦总，我希望能有更多的中国公司通过专业服务成功上市来扩大经营规模。"

"那……好吧。不瞒你说，我们已经谈了几家投行，其中也包括一些投行中介公司，但他们听着看着都不太靠谱。"电话里的秦立钧显得有些无奈。

"决定权在您手上，我只是把我的投行关系介绍过来。您觉得他们专业、靠谱，您就用，感觉不好不想用也没关系。"

"非常感谢，非常感谢。"

"如果您同意，我等会儿就把您的情况发给史蒂文，如果他有兴趣，我就把他的信息发到您名片上的电子信箱里，同时把您的联系方式转给他，之后就是你们直接联系，我就不掺和了。您名片上的电子信箱您还在用吗？"

"在用，在用，那就麻烦您帮我联系一下吧。"

"好的，那秦总，就不耽误您的时间了……"乔勇说着想结束电话。

听着乔勇要收线，秦立钧马上说："那就再次谢谢乔先生了，明天我会跟赵海波说一下，让他看看能否匀一些订单给您，以表示一下我们对您的谢意。"

"啊，那这次轮到我感谢您了，如果至盛能扩大跟我们的合作，我们会非常重视这个扩大合作的机会，同时保证继续向至盛提供我们PCT的优质产品和服务。"

"好，谢谢。"秦立钧在电话里答道。

挂了秦立钧的电话，乔勇立刻打开电脑用自己的私人邮箱给史蒂文发邮件介绍至盛的情况。发完后，乔勇看看手机，现在是纽约上午11点，乔勇决定等会儿，看看待会能否收到史蒂文的回复。乔勇没有关电脑，他从椅子上站起来回到沙发上坐下，重新拿起了那本《功利主义》。

半个小时后史蒂文回信了，他对乔勇已经回北京工作很吃惊，感谢乔勇给他所在的投行介绍业务，对向至盛提供投行服务很有兴趣并希望能跟秦立钧尽快接触。看到史蒂文的回复，乔勇立刻把史蒂文及其投行的信息发至秦立钧名片上的电子信箱，之后，又将秦立钧的联系方式发给了史蒂文。乔勇在邮件中告诉史蒂文他决定放弃对至盛的介绍费以避免"利益冲突嫌疑"，并叮嘱史蒂文直接跟秦立钧接洽即可，不用告诉他跟至盛业务的进展情况，除非谈得不成功。等乔勇发完邮件，已经过了午夜12点，乔勇关上电脑站起身准备去洗手间洗漱，心想不知道斯考特现在在干吗，可能正在哪个酒吧里跟那个叫Lisa的女孩儿打情骂俏呢。要真是那样，那才叫忙的忙死，闲的闲死。

29

在乔勇考虑如何让至盛和洪阳这两个PCT国内市场上的主要客户增加订单的同时，在北京城的另一边，莫拉中国区销售副总经理尚北祥也在就至盛订单的事跟冯军通着电话。跟乔勇不同，尚北祥经常晚上打电话给他的下属，有时会在晚上11点或12点打。为保证他能马上得到某个数据或对工作做出指示，尚北祥要求他的下属必须24小时开机并随时接听他的电话。

尚北祥这几天心情很差，原因是洪阳同意转过来的订单比预期的要少得多，而老客户至盛的赵海波到现在也没告诉冯军至盛第三、第四季度的订单量，特别是第四季度订单到底有多少，因为按照往年的规律，至盛第四季度的订单量是全年最大的。

这两个月，尚北祥已经陪赵海波去了几次歌厅，他想在歌厅的那种环境中摸摸至盛第三、第四季度订单的底。但赵海波在歌厅只专注跟歌厅小姐唱歌，不肯跟他具体谈订单的事，最多只是简单地说：不会差得太大。尚北祥上周陪赵海波去歌厅的时候，还假装喝多了，在赵海波搂着一个歌厅小姐唱歌的时候，对赵海波说："赵……总，咱……们这么多年的朋……友，你……不会扔下我们莫……拉再找别……人吧？"当时赵海波正在专注于搂着歌厅小姐唱歌，只是简单地说了一句："不会，尚总。"尚北祥还不放心，又问了一句："赵……总，你第三、第四季度的订……单不会分……给PCT吧？"赵海波连头都不回，还是简单地说了句："不会。"

这之后，尚北祥几次让冯军联系赵海波，询问第三、第四季度订单的事，赵海波都是推说还没有定。这让尚北祥越发地着急起来，心想赵海波迟迟不确认订单，是不是想多要点儿返点呀？但莫拉给赵海波的返点已经达到极限，不可能再高了。今天晚上，那位兼着代表处首代和中国区总经理的莫拉亚洲销售总经理跟尚北祥通了次电话，对他说，同亚洲其他市场相比，莫拉中国市场今年的订单增加不多，对此他很不满意。

放下电话，尚北祥心情烦闷，独自喝起闷酒，想起自己跟莫拉公司签的3年雇用合同，明年3月就要到期，到现在人事也没跟他提续签合同的事情。如果今年后几个月订单情况不好，他跟公司续签合同就可能出现问题，特别是在自己的顶头上司对自己主管的中国区销售业绩不满意的情况下。

尚北祥喝了几瓶啤酒后，觉得他在顶头上司那儿这么被动，完全是冯军工作不力造成的，必须让冯军尽快通过各种渠道了解至盛的想法，搞清楚他们是否跟PCT

接触了，如果接触了，是否给PCT转了订单。想着，尚北祥拿起桌上的手机，拨了冯军的手机号。

电话接通后，尚北祥听见电话那头人声嘈杂，就听冯军说："尚总，您有事？"

"你在外面？"尚北祥语气生硬地问。

冯军正跟一个新认识的女孩儿在海淀的一个小饭馆约会，听见尚北祥问他，立即编了一个瞎话，说："是，跟几个朋友。"

"PCT那边有消息吗？至盛有没有增加那边订单的意思？"

冯军听尚北祥问至盛订单的事，马上站起来，走到饭馆外面，对电话里的尚北祥说："目前还没了解到。"

尚北祥一听就火了，大声质问："你这几天去了解了没有？"

虽然冯军这几天一直在处理其他客户上个月和这个月的订单，忙得焦头烂额，根本没顾上去了解至盛下几个月订单的事，也没想出如何了解至盛订单情况的办法，但听电话里尚北祥语气不对，冯军立即不假思索地回答："了解了。"

"你怎么了解的？"尚北祥马上追问。

冯军没想到尚北祥会这么刨根问底，一时不知道怎么回答，过了几秒钟，才说："跟几个朋友了解的。"

尚北祥一听就知道冯军在撒谎，于是在电话里严厉地说："冯经理，刚才我跟总部通了电话，他们对国内今年的销售情况很不满意，你知道销售没业绩，对负责销售的经理意味着什么吗？是走人！所以，请你尽快了解至盛下半年的订单情况，特别是他们今年下半年是否会增加从PCT进货的情况，因为他们如果减少我们的，肯定会增加PCT的。再有，冯经理，我希望你以后在有关公司销售的问题上不要跟我说假话。"说完，尚北祥没等冯军说话，就挂断了电话。

冯军听见尚北祥挂了电话，先是愣了一下，然后冲着电话恶狠狠地骂了一句："操你妈！"然后把手机放回裤兜，走回饭馆。那个跟他一起吃饭的女孩儿看冯军回来后脸色不对，就问："冯总，你女朋友电话？"

冯军拿起筷子，说："不是，刚才说到哪儿了？哦，对了，你说你从前交过几个男朋友？"

30

经过长时间的等待，PCT总部终于做出了向中国市场客户提供订单折扣的决定，并由约翰将决定内容通过电子邮件通知了斯考特和乔勇：

Scott and Qiao,

We would agree to allow ZS 2%–5% discount if they increase their PO for this year. Discount schedules are as follows：

2%——PO over $150K（included）

2.5%——PO over $300K（included）

3%——PO over $500K（included）

3.5%——PO over $750K（included）

4%——PO over $850K（included）

4.5%——PO over $900K（included）

5%——PO over $1 million（included）

The above discount can be applied to HY as well.

Please Note：All discounts need final approvals from International Dept.

Please keep me updated on the situation in China.

Please keep this confidential.

Hope this helps.

John

［斯考特，乔，如果至盛今年增加订单，我们同意向他们提供下面的价格折扣：

订单在15万美金以上（含）：降价2%

订单在30万美金以上（含）：降价2.5%

订单在50万美金以上（含）：降价3%

订单在75万美金以上（含）：降价3.5%

订单在85万美金以上（含）：降价4%

订单在90万美金以上（含）：降价4.5%

订单在100万美金以上（含）：降价5%

以上折扣也适用于洪阳。

请注意：所有折扣使用前均须国际部最后批准。

请随时向我通报中国市场情况。

请对以上订单折扣保密。

希望这能对你们有所帮助。

约翰］

斯考特在看到约翰的邮件后，马上回复了约翰并抄送乔勇：

John,

This is wonderful and I believe with this help, Qiao and his China sales team will deliver. We will keep you closely informed.

Scott

（约翰，这太好了。我相信有了折扣政策的帮助，乔和他的中国区销售团队可以完成年度销售任务。我们会随时向你通报进展。斯考特）

看到约翰的邮件，乔勇的确很高兴。他知道约翰已经在他的权限内尽了最大的努力。PCT很少对100万美金的订单提供5%的价格折扣，即使对欧洲客户也是如此。在乔勇的印象里，在100万美金的订单规模上，约翰只同意过三四次5%的价格折扣，而且给的全是加拿大客户。按过去的经验，至盛订单在每年第四季度下得最多。但今年至盛第四季度的订单能有多大，乔勇心里没数。但不管怎么说，约翰的这封电子邮件对自己跟至盛的赵海波见面，再次讨论下半年订单肯定有帮助。

当乔勇打开斯考特的回复邮件，看到斯考特的"Qiao and his China sales team"（乔和他的中国区销售团队）的用法时，皱了皱眉，心想，斯考特这是想把对中国市场销售业绩的注意力引到自己身上，如果今年可以完成销售指标，"We will keep you closely informed"会让约翰及PCT觉得斯考特直接参与了中国市场的销售工作，但如果完不成指标，可能的情形就是"Qiao and his China sales team"不能善用促销手段，"Qiao"这个负责中国市场销售的就会难辞其咎。斯考特是在通过细微用词上的变化，为今后可能出现的两种相反的销售情况做准备。

"鸡贼。"乔勇暗自想着。

乔勇又将约翰的邮件看了一遍，考虑了一会儿，给约翰发了以下回复并抄送给斯考特：

John,

This definitely helps.

Suggestion: can we allow ZS 5% discount if they can place a PO for $1 million spreading for 6 months. This $1 million PO shall be reflected in an irrevocable LC with a term that partial shipments allowed. That way, I feel our offer might be sounding more attractive to ZS. And we will be assured for a $1 million PO for 6 months.

Any decisions from Finance re. HY's request on smaller down payment? Time is of essence.

Thanks.

Qiao Yong

（约翰，这的确很有帮助。建议：我们是否可以允许至盛放6个月、总价为100万美金的订单并且使用5%的折扣？至盛应为这6个月、总价为100万美元的订单开立一个不可撤销的信用证，并在信用证中规定允许分次装船运输。我觉得这样能使我们的条件更有吸引力，也可以保证我们6个月内都有他们的订单。纽约财务部门是否对洪阳降低现金首付金额有什么决定？现在时间非常关键。谢谢。乔勇）

10分钟后，乔勇就收到了约翰的回复：

Qiao,

Agree with you on ZS.

No decision from Finance yet.

Good luck.

John

（乔，同意你对至盛订单折扣的建议。财务那边还没有决定。祝你好运。约翰）

31

周二晚上6点，龚书林带着立鑫集团的副总经理康伟和采购部陈经理来到位于海淀区中关村的一家江浙风味餐馆。进了餐馆，由领位带着，他们走进卞小江预订的包间。卞小江已经提前到了，正在包间里等他们，见他们进来，马上把正抽着的烟按在桌上的烟灰缸里，笑着站起来，给龚书林和康伟让座。等大家都坐下，龚书林从桌上拿起菜单，递给康伟，脸上赔着笑说：“康总看看想点点什么？”

康伟没接菜单，也笑着对龚书林说：“你们看着点，我就不点了。”

龚书林又把菜单递给陈经理，继续笑着说：“那陈总点吧，随便点。”

陈经理赶忙推辞：“龚总，还是您来，我们客随主便，康总喜欢清淡点的。”

旁边的康伟加了一句：“也别太贵了。”

"那可不成，接待康总，必须隆重。"龚书林说着把菜单交给卞小江，说，"问问服务员，什么是他们这里拿手的特色菜，先点六个热的四个冷的加一个好点的汤。"说完扭头问康伟："康总喝点什么？"

"龚总定。"康伟笑着说。

"那先上一坛酒鬼酒、四瓶啤酒。"龚书林冲卞小江说。

康伟没有说话。

卞小江把服务员叫进来，点完菜让服务员又报了一遍，征得康伟和龚书林的同意后，让服务员把冷盘和酒先拿上来。

一会儿的工夫，服务员将酒和冷盘全摆上了桌子，给桌边所有人都倒上一杯白酒和一杯啤酒后退出了包间。

龚书林从桌上端起盛白酒的小玻璃杯，对康伟说：“这是康总第一次到我们这里视察工作，我们特别高兴、欢迎。知道康总海量，我先敬康总一杯，欢迎康总。”说完，一仰脖，将一杯白酒喝了。

看到龚书林将白酒一饮而尽，康伟也端起白酒杯，说：“我听说龚总您能喝，我相信跟龚总的合作会一直非常愉快。”说完抿了一下杯里的酒。

旁边陈经理和卞小江在龚书林端起白酒杯时，也都将面前的白酒杯端起。等康伟抿完酒，陈经理向龚书林、卞小江向康伟分别敬了酒。

见康伟将没喝多少酒的酒杯放到桌上，龚书林马上拿起酒鬼酒坛给自己倒满了一杯，说："康总，您今天能来北京跟我们见面，我特别高兴，这说明立鑫看得起我们这样的小公司，我们不会辜负您的希望，一定按质保量地认真跟立鑫合作。为表达我的决心，康总，您看着，我把这杯酒喝了，您随意。"说着，龚书林端起白酒杯，又将里面的白酒一饮而尽。

康伟看着，点点头，拿起筷子，夹了块五香牛肉，放在嘴里，边嚼边端起面前的白酒杯，轻轻抿了一小口。这时服务员进来把一盘热菜放在桌上，然后将龚书林、卞小江和陈经理的白酒杯加满酒，退了出去。

看服务员出了包间，龚书林拿起桌上的筷子，一边给康伟夹菜，一边对康伟说："康总，我们一直跟立鑫合作不错，立鑫也很支持我们，刚才您视察了我们的公司，您觉得满意吗？"

康伟点点头，没有说话。

"那康总，今年10月份的订单，您看什么时候能签？早签完我们早准备。"龚书林恭敬地问康伟。

康伟没有马上回答，又从面前的盘子里夹了一块黄瓜放进嘴里，嚼了几下，然后说："龚总，这次订单量比过去的都大，想要我们生意的还有南方一些公司，有些公司比你们的价格要更有竞争性……"

龚书林马上说："康总，这个我们也了解，但我们是长期合作关系……"

康伟笑了一下，说："龚总，我们合作了三年多吧，你知道你的一些竞争对手跟我们合作已经六七年了。"

龚书林一听康伟这么说，不知道康伟对给自己公司放单是个什么态度，就试探地问："康总，您看我们公司还有什么需要改进的地方？"

康伟没有直接回答龚书林的问题，只是说："整体感觉还不错，跟我们已经看过的另外几家供货商没太大区别。龚总您知道我们公司对大幅度增加某一供货商的供货量非常小心，这也是我要出来去几个公司实地看看的原因。"

龚书林听了康伟的话，迅速地在心里盘算着：看来康伟没有要排除自己公司的意思，但不能直说，可能是担心边上有陈经理和卞小江。想到这儿，龚书林冲卞小江使了个眼色。看见龚书林的眼色，卞小江立即从裤兜里拿出已经静了音的手机，假装看了一下手机屏幕，让人觉得他有电话进来，然后站起来，走出包间，关上门，在包间门口站了十几秒，把手机放回裤兜，回身又推开包间的门，走到陈经理旁边，跟陈经理小声说："陈经理，麻烦您来一下。"

陈经理不知道什么事，站起来跟卞小江走出包间。卞小江走出包间后，随手把包间门关上，然后将陈经理带到离包间门有三四米远的地方，说："陈经理，听说康总喜欢唱歌，晚饭后，我们招待您和康总去歌厅待会儿，放松一下，特基层的那种。"

"你们消息还挺灵通的，不过，是不是太麻烦了？"陈经理客气着。

"不麻烦，都安排好了。不远，开车15分钟就到了。"卞小江赶忙说。

与此同时，在包厢内，龚书林从西服口袋里拿出一张他上午存了10万元的银行卡，拿起康伟放在屁股后面的手包，拉开拉链，放了进去，然后把拉链拉上。看见龚书林往自己手包里塞银行卡，康伟只当没看见，低头喝了一口白酒杯里的白酒。

龚书林看康伟没做任何表示，心里高兴。把康伟的包小心翼翼地放回原处，拿起桌上的酒杯，说："康总，业内能最大限度地满足客户一站式采购不同五金建材的商家不太多，我们是其中的一家。您也看了，我们有几千平方米的仓库屯放现货，可以随时满足客户各种不同的五金建材需要，我们跟各地五金建材的生产厂商关系也很好，多年跟他们的合作关系完全可以保证您今天下单，我们明天就能发货，我们有诚意有能力成为您最好的供应商。同时，以后您北京如果有什么事，请您随时打我手机，这些年我在北京做生意，各方面有些关系，只要是您的事，我一定办到。卡的密码是6个6，祝康总永远六六大顺。"

康伟从桌上端起盛白酒的杯子，对龚书林说："那我就先谢谢龚总了，订单的事我会尽快通知您的。"说完一仰脖把杯里的白酒全喝了。

正说着，卞小江和陈经理从外面推门进来。看到他们进来，龚书林马上冲卞小江说："小江，你带陈经理去哪儿了，这么半天？过来再敬康总一杯。"

"我刚才跟陈经理商量等会儿晚上的活动。"说着，卞小江从桌上端起自己的白酒杯，绕着桌子走到康伟面前，毕恭毕敬地举起酒杯，说："康总，我再敬您一杯。"

康伟没有端面前的白酒杯，扭头问陈经理："小陈，怎么晚上还有别的安排？"

没等陈经理答话，卞小江马上把酒杯里的白酒喝完然后对康伟说："是这样，康总，听说您歌唱得好，我刚才跟陈经理商量了，想吃完了请您去北京城特有名的一家KTV，您工作这么辛苦，也得放松一下。您放心，那边的小姐不说是倾国倾城，也都是百里挑一，全国各地的都有。"

康伟一听，马上摇手，说："这次算了，下次吧。"

卞小江知道康伟刚开始准会这么说，他见多了这种情况。听康伟说完，卞小江不慌不忙地说："康总，您好不容易来次北京，下次还不一定什么时候呢。那家KTV全国都知名，也正好在您回酒店的路上，您就当视察一下，您要不满意，可以马上走。"

旁边的龚书林这时在一边也说："康总，这也是下面的好意，您就去看看，满意就放松一下，不满意，马上走。"说完又问卞小江："你们请康总，我能不能也参加呀？"

"欢迎欢迎。但您等会儿不是约了刘局吗？"卞小江按照龚书林的要求，跟龚书林演着双簧。

听见卞小江这么一说，龚书林假装想起什么，马上笑着说："我知道，我知道，这次你带康总去，康总满意，下次我陪康总再去一次。"

其实哪有什么刘局，这是龚书林一贯的伎俩。每次他都让卞小江这么说，一方面躲了去歌厅，另一方面也让他的客人觉得他龚书林在北京关系硬。

康伟本身就是歌厅的常客，但还没去过北京的歌厅，心里非常想去，但他又不希望龚书林跟着，觉得不方便。他只要龚书林最后结账就成。听龚书林说晚上不能陪自己，康伟心里高兴，但脸上没有任何表情，扭头看着陈经理，说："不会太麻烦吧？"

还是卞小江马上接过康伟的话："一点都不麻烦，我们也是尽一些地主之谊。"

陈经理也对康伟说："康总，龚总和卞经理人很热情的。您也应该劳逸结合，放松一下。"

听完陈经理的话，康伟假装想了一下，然后扭头笑着对龚书林说："那我就客随主便了。"说完又冲卞小江说："别太晚了。"

"听您的。"卞小江马上回答。

见康伟收了钱并且同意晚上去歌厅，龚书林脸上露出一丝旁人察觉不到的笑意。

这天夜里两点，龚书林收到卞小江给他发的一条短信："老板，搞定。小江。"

第二天中午，龚书林接到郭炳俊的电话。郭炳俊在电话里告诉龚书林，他"圆满"地完成了任务，两部分的录像效果都很好，下午就可以转刻到光盘上，然后交货结账……

32

按照Peter的协调安排，周三晚上，乔勇跟Peter来到长安街边上的一家餐厅，准备跟至盛主管采购的副总经理赵海波见面。Peter跟赵海波约的是6点，乔勇提前5分钟跟Peter先到了餐厅。6点过15分的时候，赵海波来到餐厅。看见赵海波，乔勇站起来，跟赵海波握手。

"赵总，李莉今天有点事，不能过来，我替她，您看成吗？"乔勇笑着冲赵海波说。

"下午Peter电话告诉我了，成，成，求之不得。"赵海波赶忙说。

乔勇过去跟赵海波见过几次面，但因为乔勇现在的职位跟过去不一样了，所以在跟赵海波握手后，乔勇把放在桌子上准备给赵海波的新名片拿起来，双手递给赵海波："赵总，这是我的新名片。"

赵海波仔细看了一下乔勇的新名片，说："乔总，您这是又进步了，中国区副总经理。您还这么年轻，年轻有为，以后肯定前途无量。"

乔勇连忙摆手："赵总您可别这么说，什么年轻有为，人到中年了。"

"您比我年轻多了，我都快六十了。"赵海波边说边将乔勇的名片放进西服口袋。

乔勇仔细看了一下赵海波，说："不像，您看上去也就五十出头。"

"乔总开玩笑。"

等赵海波坐下，乔勇拿起桌上的菜单递给赵海波："赵总您来吧。"

赵海波忙说："还是乔总点。"

"我也不太会点。"说着，乔勇把菜单递给Peter，"Peter，还是你来吧。"

Peter接过乔勇递过来的菜单，叫来负责点菜的服务员，点了四个热菜三个凉菜一个汤。

等Peter点完了，乔勇问赵海波："赵总您看可以吗？"

赵海波赶忙点点头，说："可以，可以。"

乔勇接着问："那赵总想喝点什么饮料？"

"还是乔总定。"赵海波赶忙说。

"我喝白水就成，赵总您呢？"乔勇问赵海波。

赵海波听乔勇说喝白水，也马上回答："白水。"

乔勇扭头问Peter："Peter，你想点点儿什么饮料？"

"我也白水。"Peter答道。

等点菜的服务员走了之后，乔勇看着赵海波，说："赵总，很高兴今天能跟您再见面，我们很希望能扩大跟至盛的合作，也希望扩大合作今年就能开始，不知赵总对PCT还有什么要求？"

赵海波笑着看看Peter说："Peter，你们乔总真是直截了当，我喜欢。"

Peter笑了一下，没接话。

赵海波扭回头，看着乔勇，说："乔总，其实我们对扩大跟PCT合作一直很有兴趣。到现在为止，我们对过去跟您的合同执行情况是比较满意的。对扩大彼此间的合作，我们有兴趣也一直在考虑，我们秦总也是这么指示的，特别是在您帮我们介绍投行关系后。目前，我们想知道的是PCT能否在价格上再有些竞争性，如果PCT的价格能更加有竞争性，我觉得扩大合作应该问题不大。"

听赵海波提到投行的事，乔勇知道他已经知道了自己为至盛介绍纽约投行关系的事。但乔勇不愿意当着Peter的面跟赵海波讨论投行的事，于是就端起面前的茶壶边给赵海波的茶杯里加水边说："赵总，PCT也很重视跟至盛的合作，我们会根据市场情况在供货、服务和价格上，给予我们的客户最有竞争性的条件。价格只是其中的一个组成部分，我们希望我们的客户不但能从供货价格上受益，同时也可以从我们服务的其他方面受益，这包括供货质量、售后服务、结算等。"

旁边的Peter马上说："赵总，我们总部在北京建立代表处的一个原因，就是更好地为我们的国内客户服务。"

赵海波"哦"了一声，没有接Peter的话。

这时服务员进来开始将点的菜逐盘摆上桌子。乔勇示意："赵总，您动筷子吧。"

赵海波拿起筷子，又放下，扭头看着乔勇说："其实买卖不光是简单的生意，这中间还有别的。"

乔勇也放下刚拿起的筷子，看着赵海波，刚要说话，就见Peter站了起来，对乔勇和赵海波说："我去趟洗手间。"然后快步走了出去。

乔勇心里暗笑：Peter肯定以为赵海波要说回扣的事，所以躲了。心里想着，他看着赵海波说："我同意您的说法，我们当然可以通过彼此的生意建立更加广泛的业务联系。"说到这儿，乔勇觉得Peter已经走远，就问正要夹菜的赵海波："赵总在至盛也有股份吧？"

听乔勇问自己是否有至盛的股份，赵海波下意识地扭头看着乔勇，他不知道秦立钧是否已将自己持有至盛股份的情况告诉了乔勇，所以没有回答。见赵海波看着自己没有接茬，乔勇点点头继续说："赵总，您别误会，我不知道您是否持有至盛的股份，您有也正常，但您知道我为至盛介绍了一个纽约有经验的投行，看看是否能帮助你们成功在纽约或香港上市。现在国内很多企业都想去国外上市，如果能成功上市，那对增加公司高管们的收益，特别是持有公司股权高管的收益，都有巨大的推动作用。"

赵海波一听乔勇这么说，立即显出很有兴趣的样子，问："去美国上市很困难吧？"

"也是，也不是，每个行业和行业内公司情况不一样，但有一点我知道：很多企业高管甚至是企业员工都是通过他们公司的上市股票获得了巨大收益。"乔勇平静地说。

"是吗？"赵海波问了一句。

乔勇点点头，继续说："特别是企业高管，如果公司有相关原始股规定，他们的收益就更大，并且是合理合法的收入。"

"我们倒是希望能在国外上市，特别是在美国上市，到时还得请乔总帮忙。"赵海波说话时，显得很诚恳。

"我认识的那位朋友所在的公司对上市操作很有经验，那些经他们帮助成功上市的公司里的、像您一样的高管全都得到了丰厚的回报。"乔勇依旧平静地说道。

听乔勇这么说，赵海波脸上露出一丝旁人不易察觉的喜色："如果真能成功上市，那就得好好谢谢乔总您了。"

乔勇笑了一下，说："不用谢，举手之劳，就是帮个忙。赵总，您看咱们第三、第四季度订单能不能定一下？"

听乔勇又把话题转到订单上，赵海波放下手里的筷子端起面前的茶杯，喝了一口茶，然后把茶杯放下，对乔勇说："乔总，我跟您说实话吧，第三季度我们的订单本来已经基本安排了，第四季度的也正在安排，但秦总这几天指示我看看能否转一部分订单给你们，对此我没有问题。如果PCT能把价格降点儿，比如降5%，我们可以考虑将第四季度的订单给你们转过来一些。"

"赵总，您说的'能转一些'，您能转多少？"乔勇的语气没有任何变化。

"如果你们能降5%，我们可以考虑给你们增加50万美金订单。"赵海波边说边观察着乔勇的表情。

乔勇脑子里想着约翰给的折扣数字，50万美金只能给3%的折扣，于是对赵海波继续平静地说："赵总，50万美金的单降价5%太多了，会把我们供货利润吃得剩下不了多少，如果至盛能再多增加些订单，我可以跟我们总部争取一下。"

"增加到多少？"赵海波马上问。他发现乔勇说话时的表情没有任何变化。

乔勇故意想了一下，说："增加到100万美元。"

在赵海波来跟乔勇见面前，因为至盛跟乔勇介绍的纽约投行谈得比较好，秦立钧告诉他，如果PCT提供的条件跟莫拉的相同，他决定第四季度给乔勇增加70万美元的订单以感谢乔勇给至盛介绍投行关系。转给乔勇70万美元订单会让赵海波损失很大一块回扣收益，但这是公司老板的决定，赵海波也只能执行。虽然刚才乔勇关于公司高管可以通过公司上市获得巨大的利益的话，让赵海波开始非常期待，但他在跟乔勇谈的时候还是把秦立钧说的70万美元订单减到50万美元，赵海波心想在没有真正实现自己今后的上市所得前，不能让眼前的回扣所得损失得太多了。现在一听乔勇说让自己把订单加到100万美元，赵海波立刻在心里算出了自己从这100万美元订单中能够拿到的返点数，马上说："太多了，这等于将第四季度大部分订单从其他供货商那儿转给了你们。"

乔勇想了一下，说："赵总，您看这样成不成：我去总部为您争取5%折扣，如果总部同意，您也别把第四季度的单全给我们，咱们签一个100万美元的合同，覆盖6个月，结算信用证也开100万美元，6个月有效期，不能撤销，规定允许分批供货，分批装船，在这100万美元的范围内，您自己决定每次的订单数量和时间，6个月内可以随时订货，但每次供货，请给我们至少两周的准备时间。如果至盛同意，我就跟我们公司争取一下5%的折扣，我觉得这是一个双赢的安排，您看呢？"

赵海波心里一边迅速盘算着这100万美元订单在6个月中的分配和如果6个月内把100万美元订单给了PCT自己的回扣损失，一边问乔勇："这样你们能让到5%？"

"我来争取，您知道5%对市场上任何一个供货商都是一个不小的折扣。"

5%的折扣已经使PCT的价格在100万美元的货量上跟市场上最好的价格差不多了，赵海波心里想秦立钧如果知道了，大概率会接受乔勇的提议以感激乔勇在投行上的帮助，自己如果反对，肯定会使自己在老板面前不好过，再说，100万美元是6个月订单的总数，自己完全可以今年只给PCT 20万美元、30万美元或50万美元，剩下的明年再说，这样既能大致满足了秦立钧的要求，跟莫拉那头也说得过去，终究这是自己公司老板的决定，而今年订单大头还是在莫拉。想着，赵海波点点头，说："我知道了，好，这样，只要你们能让5%，我原则上可以考虑乔总的建议，但我还得回去跟公司汇报后定。上市的事，到时候还得请乔总一定帮忙。"

"好，但是，请赵总和至盛为我们之间的合作保密。"乔勇叮嘱赵海波。

赵海波笑着回答："一定。"

乔勇和赵海波正说着，看见Peter回来。乔勇心里想：Peter时间观念还真强，就冲Peter说："Peter，刚才跟赵总商量了，我们可能跟至盛签一个6个月100万美元的供货合同，从第四季度开始，合同执行期内至盛可随时下单，但每次下单和发货时间之间需要两周时间，允许分批运货，信用证也是6个月的。你回去把相关协议和信用证条款按这些要求准备一下。"

Peter显得有些吃惊，说："太好了。"

赵海波看着Peter，说："Peter，你们乔总很会做销售呀。"又扭头冲乔勇说："乔总，咱们喝杯酒庆祝一下？我今天没开车，本来就是奔跟您喝几杯来的。"

乔勇点点头，说："赵总，我很少喝酒，但今天除外。Peter，要瓶啤酒吧。"

这顿饭吃了一个多小时，等吃完了，乔勇和Peter把赵海波送上了出租车。等车开走了，Peter问乔勇："乔总，您怎么把至盛拿下的？"

乔勇看着载着赵海波渐渐远去的出租车，说："授之以义，诱之以利。但现在说拿下还太早，等他最后的确认吧。"

Peter没听懂乔勇说的前半段，就问："您说什么'义''利'？"

"没事。"乔勇只是简单地答道，"Peter，我们还没有最后拿下至盛，但我想下周可能会有结果。谢谢你为工作耽误你自己的休息时间，明天上班尽快把协议和信用证条款准备好，有问题你随时来问我，等赵一确认，就争取尽快把协议签了。下一辆出租车你先走。"

Peter忙说："还是您先走。"

"不争了，Peter，你先走，我想走走。"

看乔勇坚持，Peter只好说："好的。"

几分钟后，Peter上了出租车走了。乔勇拿出手机看了看时间，还不到7点30分，就沿着长安街开始慢慢地往公寓的方向走。晚上7点多的长安街，依旧车水马龙。乔勇边走边想着刚才跟赵海波的谈话，看来自己把史蒂文介绍给秦立钧对增加至盛的订单是起了点儿作用。如果史蒂文能帮助至盛成功上市，今后至盛的订单就可以进一步得到保证。

乔勇正一边走一边想至盛的订单，突然看到不远处，吴越跟一个高挑女孩儿从路边的一家西餐厅出来。两个人显得很亲热，关系一看就不一般。乔勇本来想叫吴越，但又一想，改变了主意，他拿出手机，借着路灯拨打了吴越的电话。那边吴越听见手机响，从裤兜里拿出手机看了一下，马上接了起来："喂？"

乔勇远远地看着吴越，问电话那头的吴越："吴处干吗哪？"

吴越顿了一下："啊，陪领导呢。你干吗哪？"

"是女领导吧？"

"我领导都是男的。"吴越编了句瞎话，然后马上接着说，"对了，我还正想找你呢，我前几天下午看见你那外国领导了。"

"那怎么了？"

"你也不问问我在哪儿看见他的？"吴越假装神秘地说。

"在哪儿？"乔勇问。

"一洗澡的地方。"

"你别逗了，他住的地方能洗澡，你认错人了吧？"

"绝对没认错，刚见了丫几天，我能认错吗？我说的洗澡地方不光洗澡，还有这个那个的，全套的那种。"

"是吗？"

"你没跟着去？"

"没有。"

吴越"哦"了一声，接着说："我还说呢，大下午的，他也不上班，跑这种地方来，你们那儿还有没有劳动纪律了？本来想给你打个电话，后来出来一忙，忘了。"

"'出来一忙'？得，不是，你下午不上班，也上那儿干吗去？"

就听电话那头的吴越咳了一声，说："我人在江湖，身不由己，朋友死乞白赖拉着去，赶巧了碰上了。不是，你找我有事？"

"没事，突然想起你了，给你打个电话，要不你先陪领导吧。"

"真没事？有事就说，我领导特民主，可以等，快点。"

"真没事。不过，你说小松跟那女的能好吗？"

"就为这事？"电话里的吴越显得有些失望，"我告诉你，他们好不了，就是现在好了今后也好不了，小松丫不知中了什么邪了，非得离。头些时候，我街上见过小松和那女的一次，模样长得还成，但描眉勾眼，肯定是一特有想法的主。"

"那咱得劝劝小松呀。"

"要我说，劝也没用。他喜欢，想找小的、弄第二春什么的也挺好，别活着那么累，想干，有机会有条件愿意就成，咱们别挡着人家愿意。"

"你丫这哪像一处长说的话。"

"我这就是跟你说说。你没别的事，我得忙别的了，我这儿事多了去了，没看见大晚上的还得公仆着，为你们人民服务。"

"成，那您就先继续公仆着。"

挂了吴越的电话，乔勇绕了一个道儿继续往公寓的方向走，边走心里边想着刚才吴越说的在洗浴中心看见斯考特的事。乔勇相信斯考特肯定在北京的外国人圈儿里打听出那种"洗浴"的地方了，怪不得他经常不来办公室，真把北京当没人管的"天堂"了。我们在那儿努力工作，他可倒好，在一边努力享受。乔勇又想起吴越，看他刚才跟那女的的举止，不知他今后能成什么样。

乔勇回到公寓已经快10点了。进了屋，打开电脑，乔勇想把跟赵海波谈的结果通过电子邮件汇报给斯考特和约翰，但坐在电脑前，又想起刚才吴越说的在洗浴中心看见斯考特的事，顿生腻味。但这个汇报邮件是必须发的，乔勇在电脑前坐了一会儿后，忍着腻味，给斯考特发了以下电子邮件并抄送给约翰：

Scott,

Dinner meeting with Zhao Haibo went well. He has agreed in principle that he would consider giving us a $1 mil PO spreading over 6 months to take 5% discount. He will let us know soon. Although more efforts will be required, I personally feel ZS will place more PO with us for the balance of this year. Peter will be drafting that $1 mil PO contract which will be sent to you for the review in the next couple of days.

Any comments?

Qiao Yong

（斯考特，跟赵海波的晚餐会议进行得很好。他原则同意会在5%的折扣条件下,给我们一个覆盖6个月的100万美元订单。他会很快告诉我们他的决定。虽然我们还需要继续做至盛的工作,但我觉得至盛会在今年剩下的时间里多给我们些订单。Peter今后两天会起草那个100万美元的销售协议,他起草完成后,我们会将合同草案发给你,请你过目。有什么建议?乔勇)

发完这封邮件,乔勇去厨房给自己倒了杯水,然后回来坐在电脑前,又想起吴越说的斯考特上班时间去洗浴中心的事,乔勇相信吴越不会认错人。乔勇不在乎如果中国地区销售达到或超过业绩指标,斯考特会"窃取胜利果实",首先受到公司表扬,但这些日子斯考特在北京做"甩手掌柜"的行为,确实让乔勇有了另一个担心:斯考特是不是真的在谁那儿建立"乔勇在排斥上司,垄断中国区销售和市场工作"的印象,一旦中国区的销售任务没有完成,自己在纽约就会成为唯一被指责的对象?

10分钟后,乔勇看到了约翰的回复邮件:

Qiao,

Good work. Thanks.

John

(乔,干得好。谢谢。约翰)

看完约翰的回复,乔勇关了电脑,又想起刚才在街上看见吴越的事,于是拿起手机,拨了魏军的号码。电话响了两声,魏军接起来,在电话那边问:"怎么,乔总还没睡?"

"刚才我在街上看见吴越了,跟一女的,老远看也就20多岁,你说丫不会也跟小松似的吧?"乔勇直奔主题。

电话里的魏军显然愣了一下,然后马上说:"老吴不会,他就是犯生活作风错误,也就是想把过去失去的时间补回来点儿,逢场作戏。他要真包二奶、小蜜什么的,他前程就没了。再说,他家里还有一监管着他的太后老佛爷哪,那主儿可比组织严厉多了,他不敢。"

"你说他就不怕在街上让人撞见,同事什么的?"

"也是,你在哪儿看见他的?"

"建国门那边一西餐厅外头,估计刚吃完,出来打车准备去哪儿吧。"

"老吴估计是觉得从餐厅出来到上出租这会儿工夫不会撞见什么人吧。"

"但让我撞见了。你说那女的冲什么去的?"

"冲什么去的?要真跟老吴这个那个了,肯定冲老吴是一副处长,说不定是哪个公司上的'密'呢,咳,也许不是咱们想的那样。"

"甭跟老吴说我晚上看见他了,我当时给丫打电话,他接电话说是跟一领导在一起。"

"正常,这事现在多了去了,你回来这么长时间,还不适应?"

"得适应哈。"乔勇说完,自己暗自笑了一下。

"其实我也不适应。"魏军在电话里说。

"魏子,我觉得咱们几个就你活得最踏实。"

"我没权没钱没势没房没车没胆,人家女的不喜欢我这样的,只能老老实实地相妻教子。你现在看不惯,别你在国内待长了,也这个那个的。你先甭说别人,我觉得你最有腐败条件。"

乔勇端起桌上的水杯,喝了一口水,笑着问:"是吗?"

"难说。"

33

第二天,乔勇刚走进自己的办公室,Peter就跟了进来,对乔勇说:"乔总,跟至盛的合同昨晚我已经拟好,电子版早上我发给您了,您看看。"

乔勇把装着自己跑步装备的双肩包放在窗户下面的地上,转过身对Peter说:"这么快,成,我马上看。发给斯考特了吗?"

"发了。"Peter答道。

乔勇点点头,说:"谢谢。如果咱们这儿没什么问题,等赵海波确认后,你再核一下条款，然后再把合同给我和斯考特发一次。"

"好。"Peter答应了一句。

看见Peter还站在自己桌子前，像有事的样子，乔勇就问："还有别的事吗？"

"洪阳的事怎么样了？您知道纽约那边有什么决定吗？"Peter问。

乔勇摇摇头，答道："除了我告诉你的可以使用跟至盛相同的折扣，结算方面还没有。我还会催他们，有了消息我会马上告诉你。"

"好的。"Peter说完转身出了乔勇的办公室。

等Peter离开后，乔勇打开电脑，仔细看了Peter起草的跟至盛的合同及信用证草案，做了几处改动，觉得没什么问题了，就给Peter、斯考特发了封电邮，并抄送给约翰：

Peter and Scott,

I have made some changes (in red). Please review. Any comments?

QY

（Peter和斯考特，我对合同草案做了点修改，红颜色的字是修改内容。请过目。是否有什么意见？乔勇）

一个小时后，乔勇收到了斯考特通过手机给他发的一条短信：Qiao, draft looks good. Scott. （乔，草案可以。斯考特。）

乔勇看完斯考特的手机短信，看看时间，已经10点多了，心想，斯考特可能早上又不会来办公室了。乔勇把手机放在桌上，一抬头，见于倩倩在他办公室门口，犹犹豫豫的样子。

乔勇将电脑上的所有文件最小化后，问了一句："有事吗？"于倩倩走进乔勇的办公室，说："乔总，我也不知道是不是应该跟您说……"

"什么事呀？"

"是我姐跟翟哥的事。"

"怎么了？坐下说。"乔勇示意于倩倩在对面的椅子上坐下。

于倩倩没有在椅子上坐下，犹豫了一下，说："我姐可能外面有别人了。"

乔勇听于倩倩这么说，立即想起前几天晚上翟小松的电话，就说："没出什么事吧？"

于倩倩摇了摇头，说："可是有些事我也不知道应不应该让翟哥知道。"

乔勇没有说话，看着于倩倩，等她继续往下说。

"有一私企老板一直在追我姐，但我觉得他已经结婚了，那么大岁数了，还那样。"

"那你姐是什么态度？"乔勇问。

"我也不知道，好像在犹豫吧。我问她，她也不跟我说。"

"那你跟我说是想让我干点什么？"

"我也不知道。"于倩倩小声答道。

"我跟你说，倩倩，这种事咱们谁都帮不了忙，完全得由他们两人决定。"

于倩倩点了一下头，依旧小声说道："我觉得翟哥挺好的，我就想让您有机会提醒他一下。"

"好吧。"乔勇想了一下，答道。

下午快下班的时候，斯考特带着Peter来到乔勇的办公室。斯考特像往常一样，进来后，一屁股坐在乔勇对面的椅子上。乔勇看Peter还是站着，就指着桌子前面另外一把椅子对Peter说："Peter，你也坐。"但Peter笑着摇摇手没坐，依然站在斯考特后面。

斯考特坐在椅子里想了一下，对乔勇说："Qiao, I think it's time and critical that I meet HY and ZS people. I just asked Peter to make appointments with both Mr.Ge and Mr.Zhao. You are welcome to come along. But it would be fine if you can't."（乔，我觉得现在是我该见见至盛和洪阳管理人员的时候了，这事现在很关键。我刚刚让Peter分别约了葛先生和赵先生。你可以跟我们一起见他们，但如果你不能来，也可以。）

乔勇看着斯考特，心想自己早就想到他会提出见主要客户以掌握甚至控制这些对PCT国内销售至关重要的渠道。乔勇根本不在乎这个。正因为不在乎，乔勇才会在每次见洪阳和至盛的人前，都通过电子邮件询问他是否想参加。也许斯考特前几个月在北京是玩高兴了，根本没时间管代表处销售和市场的事，所以总以"正好有其他事情"为借口，不参加任何跟客户的会议。现在他突然提出要见洪阳和至盛的管理人员，可能是他感觉这两家会下大单了，所以想认识这两家的主管，以控制客户并给美国总部他深度介入中国区销售工作的印象。乔勇相信，斯考特最后一句话显然带有希望乔勇不要跟着去见洪阳和至盛的管理人员的意思。这么想着，乔勇回答："That would be great."（那真挺好。）接着略带幽默地说："They are still PO suspects. Hope your meeting can propel them from suspect category to prospect category. I will be following other leads, so you guys go and have fun with them."（现在还不确定他们是否真能给我们下单。希望你跟他们见面后，能让他们这么做。我最近还要跟其他客户，你们去跟他们见面吧，我就不去了，希望你们聊得愉快。）

"OK. I will let you know after the meet-ups."（好，我会让你知道见面情况的。）斯考特马上说。

但实际上，在斯考特带Peter分别见了洪阳和至盛的管理人员之后，他根本没有向乔勇介绍见面情况，Peter也没有。对此，乔勇也不愿意问，终归斯考特是首代、总经理，是自己的顶头上司，见客户和掌握客户是他权限之内的事。Peter不向自己汇报见面情况，肯定是斯考特不让他这么做。乔勇也不想为这事去为难Peter。

34

在首都机场出关口等了一个多小时后，乔勇终于看到肖迪推着行李车快步从里面向闸口走来。看见肖迪，乔勇使劲地朝她招手。肖迪看见乔勇，马上加快了脚步，来到乔勇面前。

乔勇接过肖迪推着的行李车，扭头端详着肖迪，假装严肃地说："肖迪同志又瘦了！"

肖迪没回答乔勇的话，停在乔勇面前看着乔勇，眼里的泪水清晰可见。

乔勇赶紧搂住肖迪，打了个"洋招呼"，说："怎么了，这不是又在一起了吗？"然后放开肖迪，倒退了半步，规规矩矩地伸出右手，说："欢迎肖迪同志回到北京，全国人民和世界人民向往的地方。"见肖迪眼泪顺脸颊流了下来，乔勇马上小声说："宝贝儿，这是公共场所，不能哭哈。"

肖迪用手把眼泪擦干，仔细看了看乔勇，然后说："你没太大变化。"

乔勇笑了一下，说："我变不了。"说着又亲了肖迪一下，然后推着行李车，跟肖迪慢慢向候机大厅门口走去。乔勇边走边从兜里拿出手机，递给肖迪，说："你爸妈本来特想来接你，但我觉得他们住海淀，离机场太远了，北京交通快赶上洛杉矶了，还是踏踏实实在家等好。你赶紧给他们打个电话，说一个半小时到。"

肖迪接过手机，问："先去我爸妈家？"

"当然了。"乔勇马上回答，说完又加了一句，"我仁义吧？"

肖迪"哦"了一声，开始边跟乔勇往机场外面走边给她父母打电话。

等肖迪打完电话，乔勇和肖迪在机场候机楼外面上了一辆出租车。车开出机场，上了机场高速。肖迪的手从上车后就一直紧扣着乔勇的手，乔勇侧身拍了拍肖迪的手，说："北京变化挺大的，你可能都不认识了。"

肖迪看了看车窗外面，说："没事，长安街没变就成。我只要认识长安街，其他的地方就不在话下了。"

乔勇笑了，说："您还真别这么自信，长安街是变不了多少，可别的地方你还真不一定能认识。我回来几个月了，哪儿是哪儿还不十分清楚。"

这时出租车开出了机场高速收费站。肖迪看着两边，轻声说："是不太一样了，我走的时候，两边没什么建筑。"

"越往城里走变化越大，慢慢适应吧，我的肖妹妹……"

肖迪又"哦"了一声，没再说别的，眼睛继续看着车窗外面。

"哪儿不认识就问啊。"乔勇在边上笑着说。刚说完，像是想起什么马上接着说："哦，对了，上次没帮你那同学的忙，你没怪我吧？"

肖迪转过脸，说："你说的是马晓彤？"

乔勇点点头。

"没事儿，她现在又不想找工作了，她又结婚了。"

乔勇"哦"了一声，停了一下，问："这次找的是好人家吗？"

"看你说的，好不好只有人家自己知道。"肖迪笑着答道。

"对对。"乔勇附和着。

"她电邮上说嫁的好像是个什么局长。"肖迪说。

"局长？"乔勇一听，马上问了一句，然后接着说，"现在局长怎么说也得五六十岁了吧？"

"是比晓彤大点儿。"肖迪小声说了句。

"那大得可不是一点儿半点儿。"乔勇趴在肖迪的耳朵上小声说。

"只要人家有感情就成，咱别管。"

"倒也是。"乔勇点头。停了一下，乔勇接着说："我说你这同学也真成哈，上次嫁了个有钱的，这次嫁了个当官儿的。"

龚书林时隔两个星期终于又将张丹约了出来。这次他带张丹去了他上次请立鑫集团康伟的那家江浙餐馆。

今天张丹打扮得更加艳丽，因为龚书林曾经说过，他喜欢张丹涂口红的样子，所以，今天张丹特意涂了重重的口红。

龚书林让张丹点了几个她爱吃的菜，然后端起桌上的茶壶给张丹倒了一杯茶后，自己点上一支烟，吸了一口，扭头问坐在旁边的张丹："丹丹，知道为什么我建议来这里吗？"

张丹摇了摇头。

龚书林得意地说："前些时候我在这里搞定了一个大单，够吃几年的。"

张丹好奇地问："是吗，多大？"

龚书林又抽了口烟，说："几千万吧。"

龚书林是吹牛，虽然凭着他给康伟的10万块，成功让立鑫增加了订单量，但总额是320万元。

听了龚书林"几千万"的数字，张丹马上端起桌上盛茶水的杯子，说："祝贺龚总。"

龚书林看着张丹，说："那咱们来点酒，喝点？"

张丹放下水杯，点点头。

龚书林把服务员叫进来，要了两瓶啤酒、一瓶五粮液。等服务员把酒端上来后，龚书林让她把瓶子盖全开了，然后把手里的烟放在烟灰缸上，拿起一瓶啤酒，给张丹倒满一杯后，又拿起五粮液，给自己杯子里倒满。刚端起酒杯，龚书林像突然想起什么，又把酒杯放下，从放在背后的手包里拿出一沓钱，把张丹身后的包拿过来，把钱塞了进去，一边塞一边说："差点忘了，丹丹的生活费。"放完了，又从桌子上拿起酒杯，说："丹丹，今天晚上不着急回去了吧？"

这已经是张丹第三次接受龚书林的"生活费"了。看着龚书林把一沓百元大钞放进自己包里，张丹心里高兴，又听见龚书林问自己晚上是否可以多待会儿的话，就低下头，小声说道："别太晚了。"

龚书林第一次听到张丹这么回答，心想，张丹肯定已经动心了。想着，龚书林对张丹说："丹丹，我律师说了，离婚手续马上就能办成。我一拿到离婚证，咱们就结婚，我在北京给你买一套房子，你喜欢什么车，我也给你买一辆，你马上在北京就成了有产阶级了。你看成吗？"

张丹依旧低着头，没有说话。

看张丹不说话，龚书林又加了一句："丹丹，买房、买车都用你的名字。"

听龚书林说用自己的名字买房买车，张丹心里更加高兴，心跳有些加快，脸也红了，但她还是低着头，没说话。

看着张丹的表情，龚书林知道张丹接受自己给她买房买车应该不成问题了，就继续说："丹丹，我真挺喜欢你的……"

没等龚书林说完，张丹突然抬起头说："你能借我点钱吗？"

龚书林愣了一下，问："借多少？"

张丹犹豫了一下，说："30万。"

龚书林从烟灰缸上拿起那支没抽完的烟，抽了一口后，问："还是为你父母在老家买房？"

张丹点点头。

龚书林又抽了几口烟，想了一下，说："成，我拿给你。"

"算我管你借的，我给你写个借条。"张丹马上说。

龚书林想了想，说："可以，丹丹，那咱们的事……"

听龚书林又把话题拉回到他们两人的事上，张丹又低下头，小声地说："给我点时间，等你把婚离了，咱们再说，成吗？"

龚书林把嘴里抽着的烟拿出来，边在面前的烟灰缸里将它按灭边说："这又不矛盾。"然后接着说："丹丹，我在海淀还有一套房子，要不咱们吃完了去那儿吧？那里好像正好还有40万。"

张丹抬起头，好奇地问："现金？"

龚书林点了点头。

"你怎么不存银行？放家里安全吗？"

龚书林笑了一下："放银行才不安全呢。咱们吃完了就去那里，成不？"

张丹犹豫地小声说："还是改天吧。"然后又接着说："钱能打到我卡上吗？拿这么多现金，我害怕。"

"那我明天就去银行，给你打钱。今天晚上你就当参观一下你今后的住处，那套房什么都有。你要喜欢，在我给你买房前，你可以先住那里。你等会儿就是去看看喜欢不喜欢……"龚书林说着，又从烟盒里抽出一支烟，拿起桌上的打火机把烟点上，边抽烟边看着张丹。

张丹低头想了一会儿，声音又低了一些，说："那就过去看看，不多待成吗？"

龚书林一听，把刚抽了一口的烟在烟灰缸里按灭，拿起桌上的白酒杯，说："好，来，干一杯。"说完，一仰脖把杯里的白酒全喝了。

35

在张丹跟龚书林喝酒的同时，翟小松正在他和张丹在亚运村的住处不停地给张丹打电话，开始是通了没人接，9点后，手机关机了。翟小松没办法，给张丹发了一条"速回电"的短信后，拨了于倩倩的手机号。

"翟哥。"于倩倩接起电话，叫了一声。

"倩倩，你姐跟你在一起吗？"

"没呀。"

"我给她打电话，开始还能通，但没人接，后来手机关机了，这都9点多快10点了，她还没回来。"

"可能手机没电了吧。"于倩倩犹豫着说。

"没可能，昨天晚上她手机充了一夜电。"

"翟哥，你最近跟我姐怎么样了？"

"什么怎么样了？挺好的呀。"翟小松顿了一下，言不由衷地答道。

"那就成，等会儿我也给我姐打打看，通了我跟她说你给她打过电话。"

"你能联系上她，说明她开了手机。她开了手机，就能看见我给她发过的短信。"翟小松说。

"也是，那……"于倩倩像是自言自语小声地说道。

停了一下，翟小松说："没事。你最近在乔老板那儿干得怎么样，他对你怎么样？"

"还成，只是他整天老绷着脸。我很少见他笑，我是前台，没什么机会跟他说话。"

"那你早点歇着吧，明天早起还得上班。"

"翟哥你别着急，也早点睡吧。"

挂了于倩倩的电话，翟小松又给张丹手机打了很多次电话，但张丹的手机都是处于关机状态。翟小松一气之下，把手机朝墙上摔去，然后仰头横躺在沙发上，想着这些天跟张丹之间的事。

前几天张丹又向翟小松借过几次钱，但钱翟小松还是没借。这之后，张丹好些天对翟小松不理不睬，晚上回来得也越来越晚，下班后又是经常不接手机。为这，翟小松跟张丹又吵了几次，张丹的说辞永远是晚上在招待客户，没听见手机响。对此翟小松早就不相信了："你招待完了，看见我的电话、短信，你也没回过来呀。"但张丹的回答是："等会儿就回来了，想省点钱。""发条短信才一毛钱，总成了吧，也没见你发过呀。"每次说到这里，翟小松就觉得特别没劲，心想：当初真不应该那么仓促草率地把婚离了。他越这么想，心越烦，结果是只要晚上张丹不接电话，他就喝很多酒。今天是星期六，张丹说晚上要约客户吃饭，可能9点左右回来，但现在都快10点了，张丹还没回来，并且手机也关了。翟小松越想越气，从沙发上站起来，走到橱柜前，拿出一瓶二锅头，打开瓶盖，大口大口地喝了起来。

二锅头酒劲很大，翟小松因为是空腹，没多会儿，就醉了。他昏昏沉沉地将没有喝完的二锅头放在地上，又躺到沙发上，迷迷糊糊地睡着了。

也不知睡了多长时间，翟小松模模糊糊地听见水响，睁开眼睛，侧身看看墙上的时钟，已经夜里1点多了。水声是从洗手间传出来的，翟小松晃晃悠悠地从沙发上站起来，跟跄着来到洗手间门口，推开门，看见张丹刚洗完澡，正对着镜子往脸上抹护肤霜。听见翟小松进来，张丹扭头看了他一眼，没有任何表示。

翟小松酒还没醒，看见张丹，结结巴巴地大声问："你……你怎么不接电话？"

张丹继续边往脸上抹护肤霜边说："没不接，没听见。"

"你……你为什么把手机关了？"

"不为什么。"张丹不耐烦地回答。

"什么叫不……不为什么，你知道我……我给你打过好……多次电话。"

张丹根本不看翟小松，简单地说了句："不想接。"

"张丹你……你别太过了。"翟小松提高声调嚷道。

张丹没反应，继续往脸上抹着护肤霜。

"你晚上是……是陪客户吗？"翟小松见张丹不理自己，继续大声问。

"是。"张丹不假思索地答道。

翟小松又提高声调，大声说："是……是吗？陪客户也用不着关机……你是陪客户吗？"

"是。"

"张……张丹，你敢……敢用你妈的命发……发誓你晚上是……是陪客户吗？"

张丹冷笑一声，没说话。

翟小松一看张丹不说话冷漠的表情，又提高了声调，冲张丹大声喊道："你晚上到底跟谁……谁在一起？"

张丹还是不回答，抹完脸霜，转身挤开翟小松，径直走到客厅在沙发上坐下，用手不停地按着脸的各个部位。

翟小松晃晃悠悠地跟张丹走进客厅，站在张丹面前，又大声地问了一句："你晚上到……到底跟谁在一块？！"

张丹突然停住按脸的手，抬起头看着翟小松，平静地说："咱们分了吧。"

翟小松听张丹说分手，下意识地往后退了一步，大声喊道："你……你说什么？"

张丹平静地又说了一遍："咱们分吧，我决定了。"

"你说……说什么？你外面有……有人了？"

"随你怎么想。"张丹说完，不看翟小松，继续用手按脸。

"你他妈的混蛋！"翟小松大声骂道。

张丹听到翟小松骂自己，也提高了声调，冲翟小松喊道："你神经病！"

听见张丹骂自己"神经病"，翟小松又下意识地往后倒退了半步，然后立即冲张丹喊道："我神经病也是让你气……气出来的！"

张丹没说话，想站起来往卧室走。

翟小松一把将张丹推回到沙发上，大声骂道："操你妈，张……张丹，你说清楚再……再走。"

因为翟小松用力过猛，张丹的头碰到了沙发后背上。听见翟小松骂自己，张丹一下从沙发上站起来，大声说道："说什么清楚？就是不想跟你过了。"

翟小松听张丹这么说，又大声骂道："张……张丹，我操你妈，你干吗早……早不跟我说？"

张丹也提高声调："翟小松，我告诉你，你别以为你怎么样，什么都没有，还有一孩子，觉得自己怪不错的。我告诉你，外面比你强的多的是！"

"那……那你当初是……是怎么说的？"

张丹"哼"了一声，说："什么当初，我告诉你，离婚有孩子的在我这儿一文不值，有人养没人教的东西。"

天天是翟小松的命，翟小松曾经多次跟张丹说：你今后可以对我不好，但绝不能对天天不好，更不能打她骂她。翟小松不知道张丹今天为什么突然这么说天天。

没等张丹说完，翟小松像疯了一样，扑上去抽了张丹一个嘴巴。

张丹被打了一个嘴巴，身子向旁边歪了一下，愣了一会儿，马上扑上来，跟翟小松厮打到一起。翟小松用力将张丹推到沙发上，大声冲张丹说道："张丹，算我瞎……瞎了眼，王八蛋。"说完一巴掌把茶几上的台灯打到地上，摇晃着换了鞋，用力把门打开，踉踉跄跄地走了出去。

张丹斜靠在沙发上，用手摸着刚才被翟小松打了一巴掌、火辣辣疼的脸。张丹没想到事情会发生得这么快。晚上跟龚书林吃完饭，龚书林带她去了他那套在海淀的房子。房子有120多平方米，三室一厅的结构，家具齐全。龚书林带张丹参观了各个房间，最后来到卧室，龚书林走到床边的一个保险柜前，打开保险柜的门，张丹看见里面全是成捆的百元大钞。龚书林从里面拿出一沓，塞给张丹，说："这是你买化妆品的钱。多买点口红，我喜欢看你涂口红的样子。明天我就把30万打到你卡上，你先把你银行卡号发到我手机上。"

张丹没有经受住金钱的诱惑，在龚书林那儿待到晚上12点多。快1点了，龚书林才开车送张丹回到她住的小区门口。"要不要我送你上去？"龚书林问。

"不用，你也快点回去吧。"张丹边摇头边说。

"没事。"龚书林还想送张丹上楼。

"你想要的不都得到了吗？以后的时间还长哪。"张丹小声地说。

龚书林想上去亲张丹，被张丹推开了。张丹开了车门，走下车，听见龚书林在车里说："明天别忘了给我短信，告诉我你卡号。"

张丹答应了一声，径直走进小区。

走进小区后，张丹没有向住的楼走，而是在小区里的一张石凳上坐了下来。看着这个小区，张丹想起刚才龚书林的那个小区，差别很大：她住的这个小区是80年代建的老式居民小区，龚书林买房子的那个小区，是刚建的商品楼小区，有花园和多个形式各异的亭子。张丹又想起她母亲的话：人不为己，天诛地灭。如果自己不趁年轻时把后半生的钱整出来，等老了，真得后悔。跟龚书林，起码后半辈子钱不用发愁，同时老家买房子的钱也能马上解决。龚书林没读过什么书，没上过几天学，能娶自己肯定会对自己特别好。翟小松人是好，但要真在一起，可能要背几十年的房贷债，管他借钱为父母在老家买房子，想都别想。想到这儿，张丹做了决定，反正今天晚上已经对不起翟小松了，干脆就赌一把，跟翟小松分了，跟龚书林好得了。这么想着，张丹心情反倒轻松了。她站起来，看看小区外面远处的高楼大厦，心里想着：翟小松，这不能怪我。然后慢慢地向她和翟小松住的楼门走去。

第二天一大早，张丹就把自己的东西打了包，然后拿着打好的包，去小区外面叫了辆出租车，离开了跟翟小松一起住的小区。等出租车开上环路，张丹拨了龚书林的手机号。

龚书林还没起床，接着张丹的电话，冲电话里的张丹说："宝贝，这么早？"

"我能现在就搬到昨晚那个房子里吗？"张丹直截了当地问龚书林。

龚书林愣了一下，马上说："出什么事了？"

张丹不耐烦地问："成不成？"

龚书林马上从床上坐起来，说："成，成。你现在哪儿？"

"出租车里，往那边开呢，你也快点过去。"

"马上，马上。"龚书林边下地穿鞋边高兴地说。

张丹挂了龚书林的电话，马上拨了她母亲的手机号。

"喂？"张丹母亲接起电话。

"妈，我过几天就把钱给你打过去。"张丹冲电话里说。

张丹母亲一听张丹过几天就给自己汇钱，立刻说："好、好，管翟小松借的？"

"我们分了。"张丹没好气地答道。

电话里张丹母亲明显地顿了一下，马上说："分了好。那你管谁借的钱？"

"一个朋友。我现在车里，我过几天再给你打电话。"张丹说道。

"翟小松没为难你吧？"张丹母亲在电话里问。

"能不为难吗？他打我了。"张丹边说边哭了起来，惹得前面的出租车司机从后视镜里直往后面看。

"这王八蛋，你报警没？"张丹母亲在电话那头骂道。

"不用。"张丹边哭边说。

"那用不用我跟你爸找几个人去北京？"

"不用。"

"伤着哪儿没有？"张丹母亲在电话里问。

"没有。"

"甭搭理他了，咱再找一好的，气死他。"

"我先挂了，过几天我再给你打。"张丹收住哭声说。

在张丹住进龚书林家的当天下午，翟小松回到跟张丹住的地方，一进屋，就看见张丹已经把她的东西全搬走了。因为自己的手机已经在前一天晚上被自己摔坏，翟小松于是拿起桌子上的座机，拨了张丹的手机号。但拨了几次，张丹都不接。再拨，张丹的手机就关机了。

翟小松在屋里呆坐了一个多小时，又拿起座机，再次拨了张丹的手机号，还是关机。他想给于倩倩打电话，但一想不妥。翟小松站起来，走到书桌前，打开抽屉，从里面拿出一个小本，打开本子找到张丹东北老家的电话。

接电话的是张丹的母亲。

"阿姨您好，我是翟小松。"翟小松冲电话里的张丹母亲说。

张丹母亲"哦"了一声，马上质问翟小松："你打我们家张丹了？"

"阿姨，我没……"

张丹母亲不等翟小松说完，立即大声说："翟小松你凭什么打张丹？"

"阿姨，您知道张丹去哪儿了吗？"翟小松不想跟张丹母亲说他和张丹昨天晚上的事。

"不知道，知道也不会告诉你，你算个什么东西！"张丹母亲在电话里骂道。

听张丹母亲在电话里骂自己，翟小松马上说："阿姨，我知道我做得不对，但当时的情况……"

张丹母亲提高声调，打断翟小松的话："什么情况你也不能打人，张丹做了什么你打她？告诉你，翟小松，就凭你这事，我们家张丹做什么都不过分！"

"阿姨，我们已经住一起了，是打算结婚的。"翟小松说。

"谁说要跟你结婚了？就是结了婚不也还有离婚的吗？告诉你姓翟的，你以后不要再纠缠我们张丹，也不要再往我们家打电话！再打我就报警！"张丹母亲喊完这几句话，不等翟小松说话，一下把电话挂了。

翟小松拿着电话听筒，听着里面的忙音，半天才将听筒放下，两眼无神地看着窗外……

36

经过一个星期的等待，至盛同意了乔勇的提议。在洛杉矶的约翰以及纽约的财务部认可了对至盛的销售合同及信用证条款后，乔勇就让Peter把这两个文件马上发给了至盛的赵海波。

这天早上一上班，乔勇就直接来到Peter的工位，他想了解一下至盛合同的进展。

"早，Peter。"

Peter看见乔勇过来，站起来，答道："早，乔总。"

"至盛那边有消息吗？"乔勇问。

"还没有。把咱们签过字的合同快递给赵海波后，上周我又追了一个电话，他说没问题，但原件还没签回来。"停了一下，Peter接着说，"乔总，洪阳情况可能不好，我周末几次给葛志鹏打电话，都联系不上他。"

"你打他手机？"乔勇问。

"是。"Peter答道。

"他是否在休假？"

Peter摇摇头，说："我问他公司里的人了，他人在北京，没休假。我觉得他像在躲我。"

乔勇想了一下，说："好吧，知道了。至盛合同这周四如果还没回来，就再追一下，这两天先别给赵打电话了。洪阳的事我会再跟斯考特和约翰说说，有消息我会告诉你。"乔勇刚转身要走，发现Peter的桌子上摊放着已获公司批准的同至盛的销售合同及信用证条款复印件，就对Peter说："Peter，跟至盛的合同和信用证条款要保管好，不用时要锁起来。"

"我这儿安全。"Peter看了一眼摊在桌上的合同和信用证条款复印件答道。

"小心点好。"乔勇嘱咐道。

Peter点头答道："好的。"

乔勇回到自己的办公室，打开电脑，马上给斯考特发了一封电子邮件并抄送给约翰：

Scott,

We haven't heard anything back from HY. Follow-up calls to Mr. Ge went unanswered this week. I feel he has already gone to our competitor（s）as it would be too risky for HY if he hasn't done so at this time of the year.

Please, will you ask Finance again if there will be a decision forthcoming? I have seen the red flag…

Qiao

（斯考特，我们没收到任何洪阳的订单信息，这周葛先生一直不接我们的电话。我觉得他一定是在跟我们的竞争对手谈订单了，因为如果他这时候不这么做，对洪阳很危险。能否再次问问财务，他们近期是否能有决定。我觉得洪阳的订单不太妙……乔勇）

在乔勇跟Peter谈论有关至盛和洪阳合同和订单的同时，尚北祥也在他的办公室里向冯军询问着至盛和洪阳的订单情况。上周，赵海波下面的一个采购经理已经向尚北祥暗示，至盛下半年可能会减少，甚至是大量减少从莫拉采购的数量。这几天，尚北祥一直为至盛可能减少订单的事烦躁不安。今天早上一上班，他就把冯军叫到自己的办公室，想问问这些天冯军是否从至盛那边了解到了什么消息。

"了解到至盛那边到底因为什么减少订单了吗？据我所知，他们成品销售额并没有下降，相反，比去年同期还增加了。"看着站在自己桌子前面的冯军，尚北祥皱着眉头问。

"尚总，至盛那边嘴都非常紧，下边的人只跟我说，订单放给谁是上边的决定，上边还没有具体指示，他们也在等。"冯军小心地答道。

尚北祥大声说:"他们内部的人已经暗示我了,他们下半年会减少跟我们的订单。往年这时候,第三、第四季度订单合同早签了。"

看着尚北祥说话的样子,冯军心里又开始发毛,没敢说话。

看冯军不说话,尚北祥火更大,继续大声说:"冯经理,我希望你这几天想办法把至盛的事了解清楚。我提醒过你,他们如果将订单转给别的公司,市场上能满足他们那么大货量的公司只有PCT。你要尽快了解清楚,至盛是我们的大客户,订单量占我们订单总额很大一部分。今年中国区销售很困难,如果在至盛的订单上有什么闪失,我们年底谁都不会好过,你明白吗?"

"明白。"冯军小声答道。

"真的明白?"尚北祥盯着冯军,反问一句。

冯军点点头,问:"尚总,洪阳那边有消息吗?"

尚北祥不耐烦地摆摆手,说:"洪阳的事你暂时放放,我来办,你这几天只要把至盛的事弄清楚就成了。我要你尽快告诉我至盛那边的消息。知道吗?!如果至盛的单在你手上跑了,我想你知道会有什么后果!"

从尚北祥的办公室出来,冯军直接回到自己的工位上。尚北祥已经不止一次地向他明确表示今年订单任务完不成的后果。冯军知道,后果就是自己被当"替罪羊",让尚北祥炒了。

冯军非常担心自己失去这份高薪工作。他一直计划在北京买房,这份工作要是没了,别说买房,就是现在自己开的马自达的车贷说不定都会还不上。冯军知道,今年销售任务是否能完成,关键在至盛和洪阳,如果至盛保持去年的订单水平,再加上洪阳能增加些订单,中国区的销售指标就可以完成甚至超额完成。但现在的问题是,自己按照尚北祥的意思,已经暗示洪阳的葛志鹏公司愿意给他返点,葛志鹏也在这之后几次表示已倾向增加莫拉的订单量,但洪阳的订单至今是要下不下。冯军又想到尚北祥,这个老滑头,暗示回扣的脏活他自己不去做,几次三番都是让自己跟葛志鹏说;洪阳的单子一有眉目,他就马上抢过去,不让自己管了。这是个滑头加混蛋。

但冯军同意尚北祥对至盛的分析:市场对至盛产品的需求一直在增长,至盛的销售也一直在增长,他们不可能减少原料进口;如果至盛减少了跟莫拉的订单,很可能他们会从其他公司补上，而这个"其他公司"最可能的就是PCT。想到PCT，冯军马上想到于倩倩。

自从上次在朝外餐厅见面后，冯军多次给于倩倩打电话和发短信，都没能再把于倩倩约出来。冯军觉得他追于倩倩基本没指望了。加上这些天他又跟另外几个女孩子开始约会，渐渐地也就把于倩倩淡忘了。刚才尚北祥带有威胁的话，使冯军突然又想起了于倩倩。于倩倩在PCT工作，为什么不能利用这个关系？但是刚这么一想，于倩倩冷淡的表情就又浮现在他眼前。冯军总觉得自己在于倩倩面前很自卑，是因为自己的长相，还是自己的家庭背景？冯军不知道。但即使不能追到于倩倩，在公司订单这么紧的情况下，也要想办法利用一下于倩倩，因为于倩倩是自己在PCT内部唯一认识的人，虽然这个人对自己非常冷淡。冯军心里发着狠想着。

但怎样通过于倩倩了解PCT的销售信息，特别是至盛是否把原来给莫拉的订单转给了PCT的信息呢？冯军苦思冥想。突然一个想法闯进了冯军的脑海，但冯军马上对自己说：这么做是不是有点儿缺德？但转念一想，自己真这么干了，于倩倩未必敢向别人说，反正先通过她拿到PCT的销售信息再说。想到这儿，冯军拿起桌上的手机，开始拨于倩倩的电话。电话通了，于倩倩没有接。冯军又拨了几次，于倩倩还是没接，冯军顿时感到一股莫名的愤怒，心想：你有什么了不起，我一定让你为你对我的态度付出代价。想着，冯军拿着手机，走出公司，来到外面，拨了一个号码。等了一会儿，电话那边才出现一个懒洋洋的声音："喂？"

"梁哥，是我，冯军。"冯军对电话里的梁哥说道。

那个被称为梁哥的人"哦"了一声，问："有事？"

"那种'蒙汗药'我还能再买点吗？"冯军压低声音问。

"你上星期不是刚买了吗？用完了？"电话里的梁哥不耐烦地问。

"是。"冯军依旧小声答道。

"这东西现在涨价了，800块一份。"

"成。"冯军没犹豫，立即答道。

"你就不能你自己搞定，非得靠这个？跟你舅似的。"

听电话里的梁哥这么说，冯军马上用央告的口吻小声说："这是最后一次。"冯军看看左右，接着说："梁哥，跟前几次一样，您别告诉我舅。"

电话里的梁哥有些不屑:"最后一次?都这么说,成,我不跟他说了。你什么时候要?"

"今天下午能过来拿吗?"冯军急不可待地问。

"还挺急。成,你下午4点过来吧。这批劲儿大,你少用点。"

"知道,谢谢梁哥。"冯军连忙向电话里的梁哥谢道。

挂了电话,冯军马上给于倩倩发了一条短信:晚上能否一见?告诉你有关我舅跟你姐的事。

发完短信,冯军没有马上回办公室,而是从裤兜里掏出香烟,抽出一支,点上后边抽边在写字楼外面等于倩倩的回复。冯军知道,龚书林现在已经跟张丹在一起了,于倩倩对龚书林追张丹极其反对。他相信,于倩倩看到自己的短信,出于想了解张丹和舅舅情况的原因,肯定会马上回复,说不定会同意跟自己见面。只要于倩倩出来,其他的事就都好办了。

果然,几分钟后,于倩倩的电话就来了。

看到是于倩倩的电话,冯军把没抽完的烟扔在地上,用脚踩灭,接起电话,假装不经意地"喂"了一声。

"我姐怎么了?"于倩倩没有任何其他的话,直接问冯军。

冯军假装顿了一下,说:"于倩倩呀,咳,我也没想到会这样。"

于倩倩这几天都没能联系上张丹,后者的手机一直关机。给张丹公司打电话,公司的人说张丹已经辞职了。给翟小松打电话,翟小松什么也不说,只是让于倩倩甭再管他跟张丹的事了。这让于倩倩非常着急,几次想问问乔勇,又觉得不合适。刚才看到冯军的短信,于倩倩意识到冯军可能知道些情况,于是马上给冯军回拨了电话。

"你快说,他们到底怎么了?"于倩倩在电话里着急地问。

"一两句话说不清楚,电话里说也不合适,晚上见面说,成吗?"

于倩倩不耐烦:"你还是在电话里说吧。"

冯军假装生气:"于倩倩,你别以为别人非你不成。我有女朋友了,但我知道你关心你姐,我觉得我舅有些事做得不对,是怕以后你姐吃亏,所以想把我知道的跟你说说。但这种事不能在电话里说,只能见面说,你如果不愿意就算了。"说完冯军主动挂了电话。

　　因为急于了解张丹的情况，在冯军挂断电话后，于倩倩马上又给冯军打了过来。

　　冯军看见于倩倩又把电话打回来，故意等电话响了4声之后，才接起电话，继续假装生气地对电话里的于倩倩说："于倩倩，你用不着跟我这样，整个上午我都在给你打电话、发短信想约你出来，把知道的事全告诉你。我知道咱们俩没戏，我也不想跟你怎么着，但我知道你关心你姐，所以才给你打电话、发短信……"

　　听电话里冯军这么说，于倩倩倒觉得有些不好意思了，说："对不起，冯军。我姐她没啥事吧？"

　　"现在不好说。"冯军故弄玄虚答道。

　　"那你说晚上去哪儿说？"于倩倩着急地问……

　　晚上，冯军提前半个小时来到跟于倩倩约定的餐厅。来之前，他订了一个带卫生间的包间。等进到包间，他点了5个菜和5瓶啤酒。看着服务员走出包间，他拿出事前买的一瓶饮料，开了饮料瓶盖，看看门外没人，从裤兜里拿出一个小纸包，这是他下午从那个叫梁哥的那里花高价买的"蒙汗药"。冯军将纸包里面的粉剂物全都倒进饮料里，重新拧上瓶盖，摇了摇，然后将饮料放回到桌上后，拿出手机给于倩倩发了条短信，告诉她包间名字。

　　不一会儿，服务员把啤酒拿了上来，冯军开了一瓶，慢慢地喝了起来。冯军知道今天晚上他要做的事会有很大风险，于倩倩以后如果知道了，反应肯定会非常激烈。但冯军相信，于倩倩即使知道自己对她干了这种事，她也绝不会对外人说，因为说了对于倩倩不会有任何好处。冯军的目的就是想通过于倩倩了解至盛是否向PCT转了订单。他已经对跟于倩倩发展朋友关系不抱任何希望。在他的潜意识里，他今天晚上的做法也包含了对于倩倩拒绝他的报复。况且，于倩倩也未必能发现自己对她干了这种事。想着，冯军又喝干了一杯啤酒。

　　7点多，于倩倩快步走进包间。冯军站起来，边让着于倩倩边说："于小姐真难请呀。"

　　于倩倩看着已经摆上桌子的酒菜，说："我不想吃，怎么你都点了？"

　　冯军看了一眼桌上的饭菜，说："你晚上不吃饭？再说，你不吃我还得吃呢。"

看着于倩倩在自己对面坐下，冯军赶快从桌上拿起那瓶带药的饮料，假装使劲扭开瓶盖，以便让于倩倩觉得那是一瓶没开过瓶盖的新饮料，然后将饮料递给于倩倩，说："先喝一口吧，看把你急的。"

于倩倩没接冯军递过来的饮料，而是说："你赶紧说，我姐怎么了？"

冯军没有把饮料放回桌上，而是把拿着饮料的手停在于倩倩面前，两眼看着于倩倩。

为让冯军赶快说张丹的事，于倩倩只好接过饮料，喝了一口。

看着于倩倩接过饮料并且喝了一口，冯军心里窃喜，坐回到自己的椅子上，拿出烟，点上，假装叹了口气。

看冯军这样，于倩倩有些着急："你快点说呀，到底出啥事了？"

冯军看着于倩倩："你先喝几口，稳稳心神，我马上告诉你。"

于倩倩也是真渴了，于是又喝了几口带"蒙汗药"的饮料。

看着于倩倩连喝了几口带"蒙汗药"的饮料，冯军拿起桌上的筷子，说："我先吃点，等你半天，我真饿了。等我吃两口，马上告诉你。"

说完，冯军端起面前的酒杯，喝了一大口酒，放下酒杯，端起面前的米饭，开始吃饭。

于倩倩只想问完表姐的事后立刻离开，不想跟冯军吃饭，看着冯军又喝又吃，就又喝了几口手里的饮料。冯军偷眼看着于倩倩又喝了几口饮料，就放下筷子，又拿起酒瓶，给自己倒满了一杯酒，然后又喝了一大口，说："本来我也不想跟你说，但我觉得张丹是你姐，不告诉你不合适。"

"你能快点吗？"于倩倩着急地说。

"张丹跟我舅好了，已经住一块了。"

于倩倩放下饮料，瞪大了眼睛看着冯军。

冯军见于倩倩这样看着自己，马上说："你这么看我干吗？又不是我跟张丹住一块了。"

于倩倩大声说："我跟你说过，我姐她有男朋友，你舅干吗还要找我姐？"

"那也是你姐自己愿意呀。"冯军看到面前着急的于倩倩，心里不由得觉得很满足。

"你舅不是有老婆吗？"于倩倩大声质问。

"哦，他们在办离婚手续呢。"冯军轻飘飘地回答。

于倩倩这时觉得头有点晕，想从椅子上站起来，但一站起来，就又坐下了，并且不知不觉低头趴在了桌子上。

冯军知道是"蒙汗药"开始起作用了，但他还想等会儿，就继续对趴在桌上的于倩倩说："你要说也得说张丹，明知我舅有家室，还要跟人家，这事怪不了别人。"他一边说一边拿起桌上的啤酒，给于倩倩面前的玻璃杯倒满了酒。又等了一会儿，冯军走到于倩倩身边，轻轻将于倩倩的头抬起后，用手扒开于倩倩的嘴，将一些酒倒进于倩倩的嘴里后，马上将于倩倩的头放下，再拿过一个碗，把从于倩倩嘴里流出的酒接住后，倒入包间内的卫生间的坐便器，立即冲掉。冯军反复这么做了几次，觉得于倩倩嘴里的酒味已经够大了，于是从包里拿出一个早就准备好的塑料袋，将于倩倩还没喝完的饮料拿了过来，将饮料连同桌上开了盖的啤酒一起放了进去，走进包间内的卫生间，将没喝的啤酒和饮料一起也倒入坐便器里，连着冲了几次，直到闻不到任何酒味了，才又回到包间将空酒瓶从塑料袋内拿出来放到桌上，再将饮料瓶裹在塑料袋里，一起重新塞进自己的书包。做完这一切，冯军将桌子上自己杯子里的剩酒一饮而尽，抬眼看了看对面的于倩倩。

因为药的作用，于倩倩现在已经迷迷糊糊了。冯军慢慢吃完饭，去前台结了账，回来拿起书包，走过来扶起于倩倩，走出包间。当餐厅服务员问"喝多了？"的时候，冯军只简单地答了一句："是。"

冯军出了餐厅，来到自己的车前，将神志不清的于倩倩放进后座，将她带到了他的出租屋。

半个小时后，冯军将依旧神志不清的于倩倩扶出他住的出租屋，还是把于倩倩放在车的后座上，然后把车开到位于东二环的一家咖啡店。等进了咖啡店，冯军找了一个僻静的沙发座，扶着于倩倩坐到沙发座上，然后要了两杯咖啡。等服务员端上咖啡，冯军付了钱，将其中一杯咖啡放在于倩倩面前，自己慢慢喝完了另一杯咖啡，看着于倩倩逐渐有些知觉了，冯军就悄悄地离开了咖啡店。

冯军离开几分钟后，于倩倩慢慢清醒过来，睁眼一看，自己坐在一家咖啡店的沙发座上，眼前桌子上放着一杯咖啡。于倩倩抬头看看周围，依稀记得晚上是在一家餐厅跟冯军见的面，怎么现在自己在咖啡店里了，周围也没了冯军的影子？于倩倩想站起来，但一站起来，觉得头发晕，马上又坐回到沙发座上。慢慢地，于倩倩从背包里找出手机，拨了冯军的手机号。

"喂？"冯军接起电话。

"冯军，我怎么在咖啡店里？"于倩倩有气无力地问电话里的冯军。

"哦，你刚才喝多了，所以就扶你去了附近的一个咖啡店，本来想陪你多待会儿，但我这边正好有点急事，看你没什么事，就先走了。你好点了？累了吧？桌上的咖啡是我给你点的，我已经付过钱了……"

于倩倩打断冯军的话："冯军，我没喝酒，怎么喝多了？怎么什么都不知道了？你没干什么吧？"

"你听了你姐和我舅在一起的事，就喝了。不信你让咖啡店的人闻闻你嘴里的酒气。"

于倩倩张开嘴，用手扇了扇，似乎闻到了一些酒气，心里正奇怪着，就听电话里冯军接着说："天地良心，我要干什么，你现在就应该在我家了。我这正有事，你要没事就赶紧回家吧。"

于倩倩听冯军这么说，觉得除了头有点儿晕，也没觉得身上有什么不对，就冲电话里说："冯军，我觉得咱们今后不要再联系了。"

"可以。"电话里冯军平静地说道。

听到于倩倩挂断了电话，冯军恶狠狠地冲着手机说了一句："废物利用，你自找的！"

37

7月的第一个周六，尚北祥来到洪阳公司葛志鹏的办公室。在此之前，尚北祥为让洪阳增加下半年的订单，已经跟葛志鹏通过电话，也用电子邮件沟通了近两个月。在同葛志鹏通话的过程中，尚北祥多次明确指出，莫拉向洪阳提供的下半年的销售条件，包括折扣价、现金首付金额及信用证结算条件，都是国内市场上最具竞争优势的，特别是对洪阳的折扣价，是莫拉在中国市场上前所未有的。的确，那些销售条件对葛志鹏确实有很大吸引力。但葛志鹏的考虑是PCT早在80年代就已进入国内市场，跟洪阳合作也已十几年了，其产品和服务一直被洪阳和葛志鹏本人所认可，虽然洪阳每年也会放些小单给莫拉，但这些年，洪阳的大多数订单还是一直放给PCT，所以，虽然莫拉的条件对葛志鹏很有吸引力，但考虑到跟PCT长期稳定的合作关系，葛志鹏一直在犹豫，至今也没有答应尚北祥增加订单的要求。

洪阳和国内其他化工企业一样，还没有实行购入产品的招投标制度，对外采购完全由采购部经理及其主管副总葛志鹏决定。葛志鹏这几个月迟迟没有跟乔勇确认集中在8—12月的下半年订单，一个主要原因就是莫拉的尚北祥为了拿到洪阳下半年的大部分订单，向他提出的销售条件越来越好，并且已经远远好过PCT提供的销售条件。但即使这样，葛志鹏还是觉得将集中在8—12月的下半年大部分订单转给莫拉，对PCT和乔勇不太"仗义"，终归是合作多年的商业伙伴，而PCT的产品售后服务相较莫拉还是要好一些。

在考虑了很长一段时间后，葛志鹏上周决定以50%的分配比例分别向PCT及莫拉派放8—12月的订单。虽然他还没有告诉乔勇下半年洪阳可能会减少从PCT的进货量，但在昨天下午下班前，尚北祥来电话询问订单情况的时候，葛志鹏已先将他的这个按两家各50%的比例分配8—12月订单的想法告诉了尚北祥。

尚北祥听了葛志鹏说要把洪阳8—12月的订单在PCT和莫拉之间平均分配后，就在电话里对葛志鹏说："葛总，我们莫拉总部对跟您的合作很重视，所以才以目前国内甚至是国际市场上最好的销售条件向您提供下半年产品。上次您不是说因为条件很有吸引力，您会考虑将您绝大部分订单放给我们吗？怎么现在又变了？"

葛志鹏想了一下，答道："是，我也这么考虑过，因为你们这次的条件的确很有吸引力，但PCT跟我们合作多年了，那边也是朋友，我这边的确也是为难。"

听葛志鹏在电话里这么说，尚北祥在电话那头愣了几秒钟，说："葛总，我们可以在现有的优惠价格上，再增加一些优惠条件。我知道明天是周六，但我希望能过来跟您介绍一下。"

"还有什么优惠条件？现在能说吗？"葛志鹏问。

"这是我们在其他市场上的'促销'条件。我已经向我们国际部主管申请了，他已经原则上同意了，我想当面向您介绍一下。"尚北祥答道。

葛志鹏心里一动，想了一下，说："那好吧，我明天就加次班，明天上午11点成吗？"

"好，明天上午我11点准时过来。"尚北祥答道。

第二天，尚北祥准时来到了葛志鹏的办公室里。葛志鹏看尚北祥坐下，从桌上烟盒里拿出两支香烟，递给尚北祥一支，帮他点上，然后自己点上另一支，抽了一口，对尚北祥说："尚总，请您介绍一下您的条件。"

尚北祥在进门时就注意到葛志鹏进来后就把办公室的门关上了，葛志鹏在椅子里调整了一下姿势，说："是这样，葛总，我们莫拉还可以在现有结算基础上，再减少5个百分点现金首付的同时，增加5个百分点货到付款的比例，信用证结算规模不变。这又可以减少洪阳的一些财务压力。"尚北祥说完，小心观察着葛志鹏脸上的反应。

当看到葛志鹏脸上出现了些许失望的表情后，尚北祥马上接着说："这是其一。其二，为感谢您对莫拉的产品支持，我们也会跟您分享一些销售成果。"

葛志鹏明白"分享销售成果"是暗示莫拉可以提供销售返点，这种表示方式，其他中小供应商也对葛志鹏用过。但葛志鹏一直觉得从PCT以外的公司进货量不大，即使对方可以给回扣，量也不会大，为仨瓜俩枣担风险不值。但处在目前回扣盛行的市场环境下，加上在北京买房的压力和最近半年多经常不断地被老婆灌输权力不用过期作废、后悔都来不及的说法，已经不再年轻的葛志鹏逐渐产生了通过派放订单索取回扣的想法。这也是为什么葛志鹏最近不断通过间接的方式询问洪阳目前最大的供货商PCT的Peter赵PCT是否能提供采购返点的原因，但PCT至今都没有任何反应。让葛志鹏没有想到的是，跟PCT公司规模相似的莫拉公司的副总尚北祥今天主动提出可以给他回扣的事。听到尚北祥愿意跟自己"分享销售成果"，葛志鹏心里高兴，但表面上却装出心不在焉的样子，把嘴里的烟慢慢地吐出后，淡淡地问了一句："怎么算？"

尚北祥听对面的葛志鹏这么问，心里窃喜，马上回答："我们在其他市场上最高给到出厂价的2%，但对您葛总，我们下半年可以按2.5%走。"

葛志鹏在心里迅速地算了一下，如果下半年的单全放给莫拉，年底就会有好几万美元的进账。虽然葛志鹏心里非常高兴，但他脸上依然假装平静地对尚北祥说："谢谢尚总，我考虑一下，您能把您刚才说的增加5%的货到付款条件，写到你们的正式报价里，再给我们报一次吗？"

"好，我今天就会把新的报价通过电子邮件给您发过来，也希望葛总能尽快给我们一个确定的答复。"尚北祥不动声色地答道。

葛志鹏点点头，简单地说了句："好的。"

通过跟葛志鹏的对话和观察葛志鹏说话时的表情，尚北祥相信葛志鹏已经接受了回扣比例，就是说起码洪阳下半年大部分订单已经拿下。尚北祥心里高兴，但脸上还是保持着很平静的样子，对葛志鹏说："谢谢葛总，请葛总中午一起吃个便饭，可以吗？"

葛志鹏又抽了一口烟，说："今天就算了，改天吧。"

知道葛志鹏没有跟自己一起吃饭的意思，尚北祥从座椅上站起来，一边把只抽了几口的香烟按灭在前面桌子上的烟灰缸里，一边说："对不起，葛总，我忘了今天是周六。那好，我们改天。祝我们合作愉快。"说着，伸出手跟葛志鹏握了一下。

葛志鹏边跟尚北祥握手边说："合作愉快。"

尚北祥从葛志鹏的握手力度及他说"合作愉快"的表情中，再次确认自己已将面前这个主管洪阳进货的副总葛志鹏拿下了。

从洪阳出来，尚北祥钻进自己的奥迪汽车，想着现在洪阳下半年订单已经到手了，如果至盛的订单不出纰漏，今年的任务就可以大大超额完成，自己的年度奖金和今后几年的雇用合同有了保证不说，作为莫拉在中国市场主管销售的副总经理的地位也会大大提高，说不定公司会让自己担任中国代表处的首代和中国区的总经理。想到至盛，尚北祥马上拿出手机拨了冯军的电话号。

听见电话那头冯军接起电话，说了声"尚总好"后，尚北祥没有任何多余的话，直接问冯军："至盛那边有没有消息？现在已经7月份了，你到底还要让我和公司等多久，你才能给我们确切的答复？"

"尚总，是这样，我了解的情况已全向您汇报过了，好像至盛倾向从我们这儿转走一部分订单给PCT……"冯军小心翼翼地答道。

尚北祥马上打断冯军的话："冯先生，我不要听什么'好像'，我要听准确的信息，如果他们想转单给PCT，要转多少，在什么条件下转的，你应该了解清楚。"尚北祥知道如果至盛把哪怕20%的单转走，洪阳即使把他们8—12月订单的70%放给莫拉，今年的任务指标也只是勉强完成。想到这儿，尚北祥加重了语气，冲电话那头的冯军说："冯经理，我减少你的工作强度，让你只管至盛，我不希望你只告诉我'也许''好像'什么的。如果至盛的单真的转走了，我和公司会非常怀疑你的工作能力，我们付你薪水不是让你帮助我们失掉订单的，你明白吗？"

冯军每当听到尚北祥说出这样威胁的话，心里就感到自己马上会被炒掉，就会格外紧张，他马上说："尚总，不是，我的意思是，至盛应该是在考虑转单给PCT。我已经在安排核实了，这几天弄清楚后就立刻向您汇报。"

"冯先生，你应该知道，现在已经7月了，我们需要马上知道，你的时间不多了。"尚北祥在电话里严厉地说。

"我知道，我会尽全力。"

没等冯军说完，尚北祥那边就挂断了电话，留下电话这边的冯军拿着电话呆呆地发愣，同时，感觉着后背沁出的冷汗。

38

肖迪回北京已经一个多月了，这一个多月，除了去自己父母和乔勇父母家，其他大部分时间都用来跟朋友聚会和寻找在北京工作的机会。回来前，肖迪已经通过电子邮件将自己的简历发给国内十几家公司的人事部，这十几家公司都对肖迪的教育背景感兴趣，希望她回来后过去面试。肖迪回到北京后的第三天，就跟这些公司电话联系，并从她回来的第二个星期开始，去了其中的5家公司进行了面试。经过3周的面试，在这5家公司中，肖迪最后决定去一家叫速佳乐的生产和销售食品的港资企业的市场部工作，她觉得食品行业现在和将来在国内都会是一个重要的发展领域。

今天是肖迪回国后第一天上班，人事部王经理带着肖迪去各个部门做完新人介绍后，把肖迪带到公司主管市场和销售的副总经理武卫东的办公室。

肖迪跟王经理走进武卫东的办公室，看见销售和市场部经理周伟也在那里。肖迪已经在面试过程中见过周伟及武卫东。看见王经理和肖迪敲门进来，武卫东和周伟马上起来，跟肖迪握手。

"欢迎肖小姐来我们这里工作。"武卫东边跟肖迪握手边笑着说。

旁边的周伟也跟着说："欢迎、欢迎，请坐。"

人事部王经理把肖迪交给武卫东和周伟后，对肖迪说："肖小姐，等会儿您谈完了，请过来一下，还有些人事手续麻烦您签下字。"

"好。"肖迪边说边冲王经理点点头。

肖迪等王经理出去，武卫东和周伟分别坐下后，在椅子上坐了下来。就听武卫东说："上次忘了问了，肖小姐在美国读书，也没起个洋名字？"

肖迪笑了笑，答道："没有，在学校用不上。"

"现在国内女孩子好多都给自己起了洋名字，好像挺流行的。"周伟在一旁说。

肖迪"哦"了一声。

武卫东把坐的椅子挪得离他的大办公桌近些，说："肖小姐，面试的时候，人事和我们都跟你介绍了速佳乐的情况，我们是香港和内地合资企业，去年才在北京建了北方分公司，我们产品在南方有很大市场，但北方不行，我们在北京建分公司就是要快速拓展北方市场业务。"

肖迪点点头。

武卫东继续说："我们知道你是学市场的，希望你能帮助我们快速打开北方市场。但国内市场是一个不太成熟的市场，行销方式也跟你在国外学的不太一样。简单地说，除了必要的文字介绍，我们一直更注意培养和维护跟客户群，特别是重点客户的直接关系，我想肖小姐可以理解吧？"

肖迪点头答道："我同意，通过文字、影像介绍产品的目的就是为建立和巩固客户关系，为实现销售创造条件。"

武卫东点点头，说："对，我们把市场部门按照地区和行业分成几个组，其中一个组是负责北京和天津地区平面媒体市场宣传的。周经理想请你带这个组，我也同意，你看可以吗？"

"能具体介绍一下人员组成和我们目前使用的目标平面媒体的情况吗？"肖迪问。

"这个组有方小芳和易晨，都是毕业一两年的大学生，也都是学市场的，在公司已经工作一年多了。平面媒体的情况介绍我已让方小芳给你准备了，等会儿她会转给你。"一旁的周伟做着介绍。

武卫东接着周伟的话说："我还想跟你说的是，速佳乐市场和销售部门的员工为围住重要客户，经常需要互相支持。你虽然是市场部门的，但如果销售那边需要，我们会经常借你过去帮忙，这我已跟周经理商量过了，周经理已同意，你不会有意见吧？"

"具体怎么帮忙？"肖迪问。

"也就是面对面直接向客户介绍产品情况什么的。"周伟答道。

"展台宣传介绍吗？"肖迪问。

"算是吧。"周伟回答得比较勉强。

"没问题。"肖迪答道。

"你是我们请的第一个海外留学生，而且人又漂亮，我们相信你能为公司带进很多客户。"武卫东说。

"我会努力。"肖迪答道。

跟武卫东和周伟的谈话持续了半个多小时，谈完了，肖迪去人事部在几份雇用文件上签完字后，回到自己的工位上。刚坐下，她带的团队里的方小芳从别的部门办事回来，看见肖迪，马上跑到自己的工位上，抄起一个文件夹，快步走了过来，说："组长姐姐，这是周经理让我给您准备的平面媒体情况介绍，给您，易晨刚才让人借走了，可能得下午才能回来。"说着，她将手里的文件夹递给肖迪。

肖迪已经在早上人事部王经理带她在各部门进行的介绍新员工的过程中，见过自己要带的方小芳和易晨,知道方小芳也是北京人,这时见方小芳过来,赶忙站起来边接过文件夹边说:"谢谢。小芳,易晨让谁借哪儿去了?"

"是销售郑副理借的,去见一个客户,完了要请客户吃中午饭,估计得下午才能回来。"方小芳答道。

肖迪"哦"了一声,想起刚才武卫东说的,就问方小芳:"小芳,销售经常过来借人吗?"

"是,都是借漂亮的。易晨长得漂亮,所以经常被借。"方小芳答道。

"去了干吗?"肖迪打开文件夹,边看里面的介绍边问。

"陪吃饭,陪喝酒,有时也陪卡拉OK。武总说这是最直接和最有效的市场和销售方式。"方小芳答道。

肖迪从文件夹上抬起头,看着方小芳,问:"是吗?你喜欢去吗?"

方小芳摇摇头:"我长得不如易晨,也不喜欢。肖迪姐,你长得这么漂亮,又是留学生,我想他们今后也会经常借你的。"

肖迪笑了一下,说:"小芳,咱们还是先做好市场部的事……我先看看你准备的东西,有问题我找你。"

方小芳说了声"好的",转身回到自己的工位。

晚上,肖迪正跟乔勇一边吃饭一边聊着自己回国后的第一份工作,乔勇的手机响了。乔勇看了看显示屏,看到是会计经理Tina打来的,就马上接了起来。Tina在电话那头用特恭敬的语气问乔勇现在是否有空,她有些事想请教一下。得到乔勇肯定的答复后,Tina说:"斯考特又要换公寓。他刚换过,并且签的是一年的约,现在又换,保证金损失太大了。Tracy刚才说已经帮他找好了另外一个公寓,需要付定金,又是像上次那样,还没签合同,就要付钱。您说我怎么办呀?"

电话里的Tina显然很着急。

乔勇听了皱了皱眉头,觉得不可思议。但斯考特是自己的顶头上司,自己无权干涉他搬家这种事。

"他没说为什么又要换?"乔勇问。

"没有,就是让我赶快安排付钱,您说我怎么办呀?"Tina声音带着明显的焦虑。

乔勇想了一下，说："Tina，我觉得除了上次的办法，我想不出其他的。"

"他这个人怎么这样，Tracy也是，难道不知道这样做是违反会计制度的吗？"说到这儿，Tina停了一下，然后接着说，"还有，乔总，昨天斯考特又让我给他报两万多块的招待费，这几个月他每月都要报两三万招待费。乔总，我真不知道该怎么办了，他每月报那么多招待费，很多都是歌厅、夜总会和洗浴中心的发票，有些发票还是假的。上次报的，他后来补了杰夫的同意邮件，但这次他又让我先给他报，然后再补杰夫的同意邮件。"

乔勇静静地听着。等Tina说完，乔勇对电话里的Tina说："Tina，我没有会计方面的经验，你要为难，觉得保证金损失不好入账，就把事情告诉Tracy。招待费我觉得你还是得给斯考特发个电子邮件，提醒他提供杰夫的同意邮件，不然以后内审，你真的会有麻烦。还有假发票，我虽然不是会计，但我知道假的会计凭证是不能入账的，入了你就会有麻烦。"

"我知道。那我试试先管斯考特要杰夫的批准报销的邮件吧。谢谢乔总，这么晚打扰您了。"Tina语带感激地在电话里说。

"不用谢。"乔勇说完，挂了电话，同时叹了口气。

看乔勇叹气，旁边的肖迪问："怎么了？"

乔勇摇摇头："斯考特又要换公寓。"

肖迪也觉得好奇，问："他不是刚从这儿搬到新公寓里吗？"

乔勇苦笑了一下，说："是呀，不知道因为什么又要换。这个月又报了两万多块的招待费，PCT在国内哪有那么多客户需要招待？还没有杰夫的同意邮件，会计部那个Tina挺为难的，但又不敢直接向杰夫要。Tina刚才跟我说，他这几个月每月招待费基本上都是这个数。"

肖迪"哦"了一声，说："那你们会计部得小心点儿，没有主管同意的报销，肯定会在内审那儿有麻烦。"

乔勇刚要说什么，突然想起吴越跟自己说的在什么洗浴中心看见斯考特的事，就接着对肖迪说："有些跨国公司海外新兴市场上的首代，就是把海外新兴市场的工作当成带薪休假。利用经营初期，公司高层因为重视那些市场，同意花费更多的招待费以开展业务的政策，由着性子花钱，花天酒地。"

"这个我也听说过，有些首代把海外新兴市场当作海外乐园。"肖迪说。

乔勇摇摇头说："刚才说到哪儿了？你说你带的人被销售借去陪酒？"

"是呀，陪吃，陪喝，陪唱。"

"陪吃，陪喝，陪唱，'三陪'呀。"

"国内销售这么做呀？"

"也有正规的，比如我们。"

肖迪撇了一下嘴："我不喜欢。"

"那你就得自己开买卖。这不，我几个朋友马上要合着在上海开一买卖，他们一直想让我参加，我刚回来的时候，他们就开始规划，前些日子把商业计划书发给我了。"

"还是贸易结算和信贷什么的？"

乔勇点头。

"在上海做这个应该有戏，听说国家正准备进世贸组织，如果进了，外贸和外贸结算以及跟结算有关的产品和服务就会跟着快速发展起来。上海有这方面的基础，国家也肯定会大力发展上海。"

"上海肯定会成为中国甚至是亚洲的经济和金融中心，你看它那个位置，Head of Dragon（龙头），龙头位置谁也替代不了。我也一直想自己创业，给别人打工早晚会遇到发展瓶颈、天花板，特别是在外企。"

"在美国你就老说要创业……"

"商业计划书我等会儿电邮给你，你没事也看看，提提建议，但别发给别人哈。"

"好。"肖迪答应着，然后马上说，"咱们快吃吧，饭都凉了。"

两人吃完饭，乔勇帮肖迪收拾完桌子、洗完碗后，坐到电脑前，把商业计划书通过电子邮件转给肖迪后，看到一封标题为"老方走了"的邮件发进自己的邮件收件箱。乔勇点开这封邮件，看到下面一句话：

老方的朋友，老方上周在纽约皇后区送外卖的时候，不幸遭遇车祸身亡。

陈伟红。

乔勇把这句话看了好几遍，叫来肖迪。肖迪看后，问："陈伟红是那个小陈吗？"

"我不知道她叫什么，也没有问过老方，可能是吧。老方去纽约前，我把我的电子邮件地址给他了，可能老方走后，小陈收拾他东西时看到了吧。哎，人生短暂，生命脆弱。"乔勇叹息。

"可惜，老方如果当初回来，就不会走得这么早了。"肖迪看着邮件，惋惜地说。

"老方比我大10多岁，他们那代上山下乡，在农村待了特长的时间，上大学特不容易。"

"不知道那个小陈今后会怎样？"肖迪自言自语地说。

"她这种人心眼儿活泛，纽约又有那么多机会。"乔勇马上说。

"也许吧。"肖迪边说边摇了摇头。

这一夜，乔勇和肖迪两人谁都没有睡好。

39

周二中午吃完午饭后，于倩倩回到前台，打开自己的私人电子信箱，发现从一个不认识的邮件地址，以"于倩倩，请查收你的照片"为标题给她连发了三次邮件。因为标题中有自己的名字，于倩倩以为是过去的同学或朋友换了电子邮件地址后，给她发的过去的照片，所以没多想，就点开了其中日期最近的一封。

但点开邮件之后，于倩倩差点叫出声来，邮件内容是两张她闭着眼躺在不知道是什么地方的床上的裸照。于倩倩顿觉眼前发黑，脑子里一片空白。足足有几分钟的时间，她才逐渐清醒过来，好在这时正是中午吃饭的时间，公司里就她自己。于倩倩立即把从那个不认识的电子邮件地址发过来的所有邮件全部删除，并立即将那个地址拉黑。

中午之后的几个小时内，于倩倩一直感到心跳得很厉害，是谁在哪儿拍的这些照片？于倩倩想，会是在老家吗？但在老家，自己一直住在父母家……忽然，她想起冯军，那天冯军说要告诉自己表姐张丹跟龚书林的事，自己跟他去餐厅见了一面之后，她好像睡着了，醒来之后，她发现自己是在一家咖啡店里，给冯军电话，他说自己喝醉了，自己后来也闻到自己嘴里的酒味儿，但自己那么烦冯军那种人，怎么可能在餐厅跟他喝酒？除了冯军，还会是谁呢？他们要干什么？

下了班，于倩倩马上回到住的地方，进了门，就马上躺到床上。她想闭眼平静地躺会儿，但心里七上八下的，怎么也平静不了。过了很长时间，她从床上坐起来，下意识地来到电脑前，打开电脑，联上网，又登录了自己的私人电子信箱。

进入信箱后，她发现又有一封从另外一个不认识的邮件地址发过来的邮件，标题是"你的照片会被上传到互联网上"。于倩倩犹豫了一下，轻轻地点开邮件，只见里面有几行文字："如果你不想让你的艳照被更多的人看见，请帮我们一个忙。如果你不答应，我们就把你的艳照寄给你父母、同学、同事、朋友，再把它们传到网上，让全世界的人都看到它们。"

于倩倩盯着这几行字看了足足十几分钟，然后点了"回复"键，并在键盘上敲了"你是谁"3个字。

让于倩倩没想到的是，对方的回复邮件马上来了："没谁，我们只是想请你帮个忙。"

于倩倩盯着这句话足足有两分钟，然后敲了回复："什么忙？"

"你答应了？"对方的回复邮件又马上就来了。

"你们是谁？要干什么？"于倩倩在回复邮件里问道，心里乱作一团。

"你必须答应，我们有很多你那种姿势的照片。我们只给你发了几张，你帮我们这次忙，你的那些照片将会被销毁，否则……"对方在回复邮件里威胁道。

于倩倩看着对方不加掩饰的威胁，顿感恐惧，等了一会儿，轻轻地在回复邮件里敲下"你们让我干什么"的回复。

"我们需要知道至盛给PCT的订单情况。"对方在回复邮件里写道。

于倩倩一下明白了，对方是商业间谍，想了解PCT的销售信息。她脑海里立即又想到了冯军，但她又马上否定了这种想法，因为她记得冯军说他的公司是做机械进出口的，不是化工这一行。但转念一想，会不会是冯军认识的人？但冯军认识的人怎么知道自己在PCT？

正在于倩倩胡思乱想的时候，电脑屏幕上对方又有邮件到了。于倩倩点开邮件，邮件内容仅是一个大大的问号。

于倩倩镇静了一下，回复道："我不是销售，我没有办法知道。"

"你可以去乔勇和Peter赵那里找。"对方回复道。

"我不能，那样违法。"于倩倩回复道。

"违什么法！你不去才违法！"对方回复道。

"为什么？"于倩倩在回复邮件里问对方。

"违你父母的法，你父母看见你这么不要脸，会怎么想？"对方把回复的字体写得很大。

见对方提到自己父母，于倩倩的心一下就凉了。于倩倩父母都是下岗职工，在老家靠做些小生意供于倩倩念完大学，就指望她能在北京找个好工作，找个好对象，慢慢稳定下来。如果父母知道自己出了这种事，肯定会受不了。要是父母再有个好歹，自己肯定没法活了。想到这儿，于倩倩用颤抖的手回复对方："好吧，我试试。你们用什么保证你们说话算数？"

等了一会儿，对方回复道："我们肯定说话算数。但你只有两天时间。了解清楚了，通过这个邮件地址告诉我们。"

"你们到底是什么人？"于倩倩在回复邮件里问对方。

对方不再回复。

这一夜于倩倩基本没睡。她不知道为什么有人会盯上她，让她窃取PCT的商业信息。自己才来北京几个月，就是一个前台，为什么会碰到这种事？这些人到底是谁？自己要不要报警？要不要跟表姐张丹说？她反复问着自己这些问题，但她没有答案。天快亮的时候，她决定不报警，也不让任何人知道，那些威胁自己的人说得出做得出。他们就是想要一句话和一个数字，自己找到给他们就是了，祈求老天爷让他们能遵守承诺，不要让自己周围的人，特别是自己父母，知道这一切。

40

早上乔勇刚进办公室，他的手机就响了。乔勇拿出手机，看到是至盛的赵海波的电话，接起来后，就听赵海波说："乔总早。"

"您早，赵总。"乔勇答道。

电话里的赵海波显得很高兴，说："您介绍的投行跟我们谈得很好，我们决定继续往下进行，近期我们就会签合作意向。我们秦老板很高兴，但他最近太忙了，所以让我代他再次谢谢您。"

乔勇马上说："赵总，在您公司向他们提供任何公司信息前，别忘了先跟他们签个保密协议。"

赵海波"啊"了一声，问："非要签这个？"

"我建议你们签，以便保护你们。"乔勇说道。

赵海波马上说："那好，我提醒我们领导一下。另外，我们基本决定从莫拉那边转一些订单给你们PCT，但我们财务说信用证条款上需要做些调整，汇票要分成3张，以便能更好地应对可能的市场及进货变化。"

乔勇想了一下，说："我觉得问题不大，等我跟我们纽约财务部确认后，马上通知您，就这两天。其他条款您还有什么意见吗？"

"没有了。"赵海波答道。

"那我就跟我们公司说您的下半年订单基本确认了，同时也让美国工厂做相应的生产计划。"

"可以吧。"赵海波说。

"那谢谢赵总对我们的信任。"

赵海波赶忙说："哪里，得谢谢您，乔总。"

挂了电话，乔勇来到Peter的工位，让他把信用证跟单汇票改成3张，并仔细看看这种改变是否会对其他合同和结算条款有影响。

半个小时后，Peter来到乔勇的办公室，对乔勇说："乔总，我仔细看了一下，增加汇票数量应该对整个合同执行没有影响。"

乔勇点点头，说："好，谢谢。"

得到Peter的确认后，乔勇给斯考特、约翰、杰夫和PCT财务总监比尔·威廉姆斯发了如下电子邮件：

Gentlemen,

ZS's Zhao Haibo told me this morning that ZS would like to accept draft agreement. But he has asked for three drafts for the LOC instead of two. Peter has checked terms in the draft agreement and confirmed the change has no negative impacts on the deal.

I'd be appreciated if Finance and Commercial in NY can advise ASAP if the change would be OK. Other terms in the draft agreement and LOC remain the same.

Also, are we expecting any decisions on HY soon?

Qiao Yong

（先生们，

至盛的赵海波今天早上告诉我，至盛愿意接受合同草案，但他要求将信用证的跟单汇票从2张改成3张。Peter查了合同草案，确认汇票数量的改变不会对合同产生负面影响。

如果纽约财务和合同管理部门能尽快告诉我们这种改变是否可以，我将很感谢。合同草案和结算信用证中其他条款不变。

同时，我们近期能收到有关洪阳的决定吗？

乔勇）

乔勇已经忘了这是第几次催问有关洪阳现金首付的事了，因为没人回复他上次发给斯考特并抄送给约翰的关于这个问题的邮件，所以乔勇这次又不厌其烦地再次在这封邮件里提出这个问题。没有PCT财务的回复以及一直联系不到葛志鹏的现实，已经让乔勇越来越感到洪阳年底前的大单凶多吉少。

邮件刚发出去几分钟，约翰的回复就到了：

On ZS: I don't think that can be an issue. Jeff, Bill, please confirm.

On HY: Jeff, Bill, please, will you advise if there will be a counter-offer from Finance?

Thanks. John

（关于至盛的提议：我不觉得这会是问题。杰夫，比尔，请确认。关于洪阳：杰夫，比尔，能否告知关于洪阳提出的有关结算问题，我们的财务部门是否有什么建议？谢谢。约翰）

约翰将这封邮件抄送给了纽约的杰夫和比尔。

乔勇刚看完约翰的这封邮件，就见约翰又给他发了另一封邮件。乔勇把邮件点开，看到以下文字：

Qiao,

Please keep Scott informed about your daily sales and marketing efforts...

John

（乔，请让斯考特了解你每天的销售和市场工作情况……约翰）

看着约翰的这封邮件，乔勇觉得莫名其妙，但马上意识到这可能是斯考特真的向美国——很可能是杰夫，说了自己什么，否则，以约翰的严谨，不会无的放矢地给自己发这么个邮件。因为自己一直把所有工作计划和进度报告发给斯考特，并按照虚线汇报路径抄送给约翰，每次见客户也总是问斯考特是否要参加。这些都有邮件可以佐证。对此，约翰肯定也很清楚。乔勇想，是不是约翰在美国听到了什么不利于自己的议论，比如斯考特可能说自己"垄断"PCT中国区销售和市场工作什么的，想借着不会引起任何恶意诠释的一句话邮件提醒自己？想到这儿，乔勇马上回了如下文字：

John,

I have kept Scott closely informed about sales and marketing operation in China. I have never missed sending him weekly pipeline and PO reports for his review. In addition, I have always invited him to join me in all customer calls and have often asked him if he would have any instructions/comments/observations related to our sales and marketing efforts in China. I will continue to do so.

Thank you.

Qiao

（约翰，我一直在让斯考特清楚地了解中国区的销售和市场工作。我从来没耽误过每周向他提交订单预测和订单报告以供他浏览。同时，只要我去拜访客户，我都会邀请他一起去，并经常请他告诉我他对我们中国区销售和市场工作有什么指示、评论或观察。我会继续这么做。谢谢。乔）

第二天一早，约翰转来纽约财务不同意改变跟洪阳结算结构的决定。看到约翰的电邮，乔勇马上去斯考特的办公室，发现他还没来。乔勇马上打斯考特的手机，发现他的手机关机了。乔勇叹了口气，来到Peter的工位，看见Peter正在看与至盛的合同。

"早，Peter。"

Peter抬起头，看见是乔勇，马上站起来，答道："您早，乔总。"

乔勇想了一下，对Peter说："纽约不同意改变跟洪阳的结算结构，你上午通过电子邮件马上告诉一下葛志鹏，口气客气些。"

"乔总，我觉得葛这么多天一直躲着我，可能是他找莫拉去了，而那边可能已经答应了他们和他本人的要求了，要不然，他们应该快没原料了，他们不会让生产停下来吧。"

"我们只能做我们能做的，现在财务已经有了决定，我们就第一时间把这个决定转给洪阳。我们尽人事，听天命。"

"明白。"Peter答应着。

41

于倩倩知道PCT中国区销售合同全由Peter管理，而Peter会在上午10点左右出去休息10分钟。所以从9点30分开始，于倩倩就一直注意Peter的工位，盼望他能快点出去休息，以便自己能去他的工位，看看能不能在他桌子上找到有关至盛订单的信息。

10点刚过，Peter像往常一样，站起来向门口走去。看到Peter出了代表处，进了电梯，于倩倩马上也来到电梯间，看着Peter乘坐的电梯到了1层后她马上快步来到Peter的工位，装作是在找Peter。站在Peter的办公桌边，她眼睛一边看着周围，一边搜寻着办公桌上的文件。

早上Peter用完至盛的合同草案后，并没有按照乔勇曾经要求过的马上将它放入柜子并锁起来。现在那份合同草案还在Peter的桌子上。当于倩倩一眼看到合同首页上的"销售合同——至盛"后，心一阵乱跳。她又在Peter的办公桌边站了几秒，然后鼓足勇气，伸手将合同翻开，看见至盛的名字赫然写在购买方的后面。再往下看，就是数量和金额，于倩倩看了一眼金额后面的数字，马上把合同合上。正在这时，李莉从外面见客户回来，看见于倩倩在Peter的工位，就问："倩倩，找Peter？"

于倩倩吓了一跳，回身看见是李莉，马上说："啊，是……"

"Peter在楼下抽烟呢，他出去你没看见？"李莉问道。

"没，没有。"因为紧张，于倩倩回答得有些吞吞吐吐。

"有事？"李莉又问了一句。

于倩倩脸上显出不自然的样子，答道："啊，没大事……我电脑出了点儿问题，想问问Peter。"

"估计他得等会儿才能上来，要不你打他手机吧。"李莉说。

于倩倩"哦"了一声，马上说："不是急事，那他回来我在前台问他吧。"说完，快步走回前台。

看着于倩倩的背影，李莉嘴角掠过一丝笑意，心想：现在的女孩子真是越来越笨了，连个瞎话都不会说。

李莉正要转身回自己的工位，看见乔勇手里拿着咖啡杯从办公室出来，像是要去休息室倒咖啡。李莉扭头看着于倩倩已经回到前台，看看周围没什么人，就跟着乔勇来到休息室。

乔勇在休息室倒了一杯咖啡，一转身，看见李莉站在身后，吓了一跳，说："你怎么一点声都不出，鬼鬼祟祟的？上午谈得怎么样？他们明年广告价钱能不能降10%？"

李莉回答得很干脆："他们已原则同意了，等会儿我会把Call Report（访问报告）写出来，发给您。"说完，转身看了看。

乔勇看见李莉这样，说："你干吗？刚才鬼鬼祟祟，现在又跟特务似的往后看。"

李莉犹豫了一下，说："乔总，我不知道是不是应该跟您说……"

乔勇喝了一口咖啡，问："什么事？私事公事？好事坏事？"

"公事，但不知道是不是坏事。"她说完，停了一下。

乔勇没说话，又喝了一口咖啡，然后看着李莉，等她接着往下说。

李莉见乔勇看着自己，又往后看了一眼，说："是这样，Peter带斯考特已经跟洪阳和至盛的人见好几面了。"

"我知道，斯考特是这儿的首代，他见谁，见几面都成。"乔勇说完又喝了一口咖啡。

李莉有些着急："乔总，我在外企也干了几年了，外国老板跟下面员工抢功，最后吃亏的肯定是下面的员工噻。"

乔勇"咳"了一声，答道："这在哪儿都一样。我没事，I am cool（我很好）。"

李莉"哦"了一声，说："那您别说我跟您提过这事哈。"

乔勇笑了一下，说："不会，放心。谢谢你哈。"

说完，乔勇跟李莉分别前后走回各自的办公室和工位。

回到前台的于倩倩心里一直很紧张，她低着头，大脑一片空白，就连Peter进来，她都没看见。几分钟后，于倩倩突然听见有人在旁边叫她，一抬头，看见是Peter，就听Peter说："倩倩，李莉说你找我？"

于倩倩还没从刚才的紧张中缓过来，听见Peter说话，抬起头，呆呆地看着面前的Peter。

Peter见于倩倩看着自己不说话的样子，就说："李莉说你电脑出了什么问题？"

于倩倩这才反应过来，赶紧说："哦，没……已经解决了。"

Peter看着于倩倩的表情，觉得哪儿有些不对，就问："倩倩你没事吧？"

"啊，没事，刚才我电脑死机了，吓了一跳。重启后，现在好了。"

"哦，那以后你再有这事，随时打我手机。"

于倩倩点点头,说:"谢谢Peter。"

看着Peter走回他的工位,于倩倩长出了一口气。又过了十几分钟,她才逐渐平稳下来,心想:我要是知道是谁对我干的这事,非杀了他不可!

晚上回到住处,于倩倩马上打开电脑,刚登录进入自己的私人电子邮件信箱,就发现一封从昨天那个电子邮件地址发给自己的一封邮件。于倩倩深吸了口气,轻轻点开那封邮件,只见里面只有一句话:"我们在等你消息。"

于倩倩身子往后一仰靠在椅子背上,想了半天,突然想起什么,马上给对方写了以下回复:"能否见面告诉你?"

没想到对方马上回复了邮件:"不能。你找到了没有?"

于倩倩不死心,在回复邮件里问:"那电话吧?"

"你少废话,你找到我们要的信息了没有?"对方的邮件透着不耐烦。

于倩倩眼睛呆呆地盯着电脑显示屏。不一会儿,对方又发了一封邮件。于倩倩点开后看到:"我们的耐心有限"。

于倩倩盯着这封邮件,过了几分钟,回复道:"你们真的说话算数?会销毁我那些照片?不骗人?"

"我们说话算数。"对方马上在回复的邮件里答道。

于倩倩又深吸了一口气,然后回复道:"我们会接至盛的订单。"

"多大金额?"对方在回复邮件里马上问。

于倩倩等了一会儿,在键盘上敲了"100万美元"几个字,但马上就把写的删了,然后坐在电脑前发呆。

不一会儿,对方又发了一封邮件,问:"多大金额?"

于倩倩看后,没有回复,依旧呆坐着。

对方等了一会儿,又发来一封邮件:"你别心存侥幸,我们知道你和你父母的所有情况。"

看到这封邮件,于倩倩慢慢抬起手,颤抖地敲了"100万美元"。

邮件发送不一会儿,对方的回复邮件又到了:"合同签了没有?"

于倩倩有些晕眩,等了一会儿,继续用颤抖的手在回复邮件里写道:"没看到盖章的,我就看到合同第1页,不知道。"

这次对方没有马上再回复邮件。等了几分钟，对方在新的邮件里问道："你确定没骗我们？"

于倩倩马上回复道："没有骗你们。请销毁那些照片。"

对方没有回复。于倩倩在电脑前呆坐了10多分钟，对方一直没有回复。看着没有任何变化的"收件箱"，于倩倩的眼泪夺眶而出。

与此同时，在城市的另一侧，冯军在一个离他住的小区不远的网吧里，正打算关机结账。这两天冯军每天一下班，在路边小摊上随便吃点东西后，就会马上来到这个网吧，然后边打游戏边等于倩倩的邮件。今天在收到于倩倩的第一封回复邮件前，他已经在这里等了一个多小时了。当看到于倩倩关于至盛可能把100万美元的订单放给PCT的信息时，冯军很吃惊。100万美元意味着至盛可能会将今年最后一个季度和明年第一季度大部分订单转给PCT。真要那样，尚北祥肯定会大怒，骂自己无能。丢了重要订单，他明年是否还能在莫拉干就很难说了。

看完于倩倩发过来的最后一封邮件，冯军退出自己上星期临时新建的、专门用来给于倩倩发勒索邮件的信箱，在前台结了账，走出网吧，拿出手机，拨了尚北祥的手机号。

尚北祥接起电话，不耐烦地"喂"了一声。

听见电话通了，冯军小心翼翼地说："尚总，我了解清楚了，至盛的单是准备给PCT了。"

"多少？"尚北祥大声问。

"总量100万美金。"冯军答道。

"你肯定吗？"尚北祥语气严厉地问。

"他们协议已经有了，签没签还不知道。"冯军小心地说。

听冯军说完，尚北祥在电话里马上大声说："不能允许至盛转这么多的订单过去。"

"尚总，我们该怎么办？"冯军依旧小心翼翼地问电话里的尚北祥。

"你听我通知。"尚北祥大声说完，就立即挂了电话。

冯军把手机放进裤兜，开始慢慢地朝自己住的小区走。冯军边走边想：不知道尚北祥会有什么样的决定。正想着，听见裤兜里的手机响。冯军拿出手机，看见是尚北祥的电话，就马上接了起来，毕恭毕敬地说了句："尚总。"

电话里的尚北祥没搭理冯军的问候，直接说："冯经理，你马上给至盛赵海波打电话，直接问他是不是把100万美元的订单给了PCT。他可能不会告诉你。但你必须暗示他，这些年他已经从我们这里拿走几十万美元的回扣了，如果把单转走，我们对公司没法交代，为了不出现不愉快的事情，希望下半年给我们留70万美元。他们要转给PCT这么大的订单，等明年，你跟他说他们明年要转多大的单，我们都不会干涉。"

"他会觉得我们是在威胁他吧，这样好吗？"冯军小声地问电话那头的尚北祥。

"就这么说。"尚北祥提高嗓门大声在电话里喊道。

"您为什么允许他们明年转单？"

听冯军这么问，尚北祥在电话里明显地犹豫了一下，然后说："我想先稳住赵海波。"

"尚总，我觉得我跟他说回扣的事，不太合适吧。他是副总，要不……"冯军希望自己不要被更深地卷进回扣的事里，小声地问着电话里的尚北祥。

尚北祥马上打断冯军的话："就你跟他说，并且今天晚上就说。"然后挂了电话。

听着电话被尚北祥挂断，冯军立刻破口大骂：尚北祥，你个老狐狸，王八蛋，操你妈，你们全家都不得好死。等骂完了，冯军马上看了看周围，发现没人理他刚才的怒骂。他平静了一会儿，想了半天怎么跟赵海波说那些威胁的话后，从手机里调出赵海波的手机号，开始给赵海波打电话。

尚北祥没有跟冯军说实话，他要尽一切可能保住今年至盛第四季度这70万美元的订单的原因，是如果他丢了这70万美元的订单，今年他的中国区销售指标很可能就完不成了。他清楚，完不成销售任务，自己跟莫拉续签雇用合同的概率就会大大降低。"我想先稳住赵海波"只是他临时想出的蒙骗冯军的借口。

42

周三晚上6点，乔勇、魏军和翟小松走进城东的一家临街的咖啡店，他们约好一起吃晚饭。因为吴越说要晚点儿才能过来，加上几个人都还不饿，所以，他们3个人想先在这儿喝杯咖啡，等吴越到了，再商量去哪儿吃。

刚才在咖啡店外面，乔勇他们帮着劝了次架，起因是一个骑自行车的跟一个开奥迪的差点儿发生剐蹭，两人从对骂到要动手。周围虽然站着好多人，但全是站着看的，没一个出来劝的。乔勇他们走到咖啡店外面，看见围着好多人，不知发生了什么事，因为好奇就也挤进了人群。当了解到事情原委，看到人、车均无大碍，就一起把两个要打架的拉开，然后又好说歹说将两人劝走。看到两个要打架的被劝走，周围看热闹的虽说也开始散开，但乔勇注意到一些人脸上明显的失望表情，心想：真是看热闹的不怕事儿大。

等进到咖啡店里面，乔勇他们各自买了杯咖啡，找了张靠窗的桌子坐下。魏军看了看窗外，想起刚才劝架的事，对旁边的乔勇和翟小松说："你说咱们以前上学学历史的时候，我就觉得，过去是有钱有权的'不仁不义'，结果是没钱没势的'争强斗狠'，两极分化，谁也容不下谁，矛盾积累到了一定程度，最后就得武力解决。几千年老这样，大怪圈一个，他们就不能换个思维，变变？"

"您想怎么变？往哪儿变？"乔勇问。

"变成什么？"翟小松也插了一句。

"当然往仁义了变呗，还有，遇到什么事，人民内部矛盾的，你先摆事实、讲道理，甭他妈的动不动就老想诉诸暴力。至于怎么变成仁义，我一直也没琢磨出来。"魏军答道。

乔勇端起桌上自己的咖啡，喝了一口，说："变，都是逐步的，这得有个认识基础和认识过程，还得跟文明发展程度相适应。说实话，我们现在还处在人类文明发展的初级阶段，对自然界宇宙什么的认识太有限……"

"没错，我在大马路上还看见当街撒尿的呢。妈的，爱国卫生运动白搞了。"

魏军打断乔勇的话说。

"撒尿算什么呀，我在我们小区外面看见多少次拉屎的，可不是小孩儿哈，是大（音'dè'）老爷们儿。"翟小松说完，低头喝了口咖啡。

听翟小松这么说，乔勇放下手里的咖啡，扭头看着正喝咖啡的翟小松，一时不知道说什么了。

翟小松喝了口咖啡后，一抬头看见乔勇盯着自己，马上说："你别这么看我，真的，我亲眼所见。"

乔勇似乎意识到了什么，无奈地笑了一下，然后接着说："我前几天跟我们家肖迪去了次天文馆，出来我就对肖迪说：跟宇宙比，人真是太太太渺小了。咱们单个人跟地球比不算事儿吧，但地球也只是太阳系中的一个行星，银河系有几千亿个跟太阳系相似的星系，而宇宙又有几千几亿个银河系……"

"我操！"翟小松不自觉地喊出声来。

乔勇冲翟小松笑了一下，接着说："再说这太阳系多少亿年了？银河系多少亿年了？宇宙多少亿年了？人这个种群才几年？所以，再有个一万年的发展、进化，可能魏子说的'不仁不义'和'争强斗狠'会少点儿。"

"岁数大了，少去那种地方，小心看多了、想多了会抑郁。"翟小松在一边说。

"那我倒没觉得，但我接着魏子的话说，如果人真是由猴变的，从猴变到人靠的是进化，把人变成仁义的人我觉得也得靠进化，但这个进化得靠整个社会文明的发展、对人的教育和人对自然宇宙更多的认识和理解。"乔勇说。

"这发展、教育什么的我懂，但这跟多知道自然、宇宙又有什么关系？"翟小松问。

听完翟小松的问题，魏军把手里的咖啡杯放在桌上，冲翟小松说："我觉得对自然和宇宙了解多了，知道了敬畏和尊重，可能就会学着不去故意伤害别人，不违法、少缺德了吧。"

乔勇点着头说："其实人，甭管你是谁，从根上说，跟自然界的其他东西一样，都是'现象'，是自然和历史过程中非常非常短暂的现象，就这几十年。甭管你挣多少钱，当多大官儿，你也是自然界里的一个非常短暂的'现象'。更多地了解自然和宇宙，能知道我们过去所思所想的局限性，比如说，知道日心学说的人，会觉得建立在地心学说基础上的很多东西荒唐可笑，但当文明发展超越日心学说范畴的时候，人们也会觉得建立在日心学说基础上的很多东西同样荒唐可笑。这就是人对自然和宇宙的逐渐认识，或者说是文明的逐渐进步对我们的直接影响，我也没有往深了想。小松说话，往深了想，郁闷。"

翟小松摇头："我听着就够郁闷的，哪儿还敢往深了想？我觉得现在什么都能让我郁闷。"

"那你就甭想了，想多了，不但郁闷，还可能他妈的痛苦。"乔勇笑着对翟小松说。

魏军无奈地摇摇头，说："老说了，你是想做一痛苦的人，还是想当一快乐的猪？我觉得痛苦的人不好，咱最好什么都别想，就做丫一快乐的猪，不看书，不看报，不学习，把孩子养大，看着他结婚生子，把我的血脉和姓氏传下去，然后完成任务，到站下车，跟车上还活着继续往下走的人说声：拜拜了您呐，齐活。"

听了魏军的话，乔勇突然想起齐晖在美国加州的拉古纳海滩也曾说过类似的话。正想着，就听魏军问翟小松："小松，你搬回弟妹那儿了没有？"

翟小松叹了口气，答道："还没有，看来还得在外头忍几天。"

"你整个就是一瞎折腾，非弄这么一出。"魏军数落着翟小松。

乔勇端起咖啡喝了一口，冲翟小松说："给人家严肃认真地承认个错儿，痛哭流涕的那种，好让人家原谅了，早点搬回去，把婚复了，踏实着过日子，甭瞎折腾了，就这几十年。"

魏军接着乔勇的话对翟小松说："小松，天天她妈对你够仁义的，知道你想你闺女，你什么时候想见天天什么时候都可以见，这是你自己跟哥儿几个说的，没错吧。你要碰到一个恶的，人家就不让你见孩子，你信不信你还真就没咒儿念？跟你说，我有一哥们儿，他媳妇儿不愿一块过了，去法院编了一故事跟他离了。法院也是，居然把他那宝贝儿子判给了那女的了。但那女的可能外头有想法了吧，不愿让孩子在她边儿上，就把孩子放在她那不知在哪儿当过一什么小破官儿，但犯过错误被组织严厉训斥过已经退休的爹那儿，也不知道是组织没教育好还是退了休一离开组织恶习又犯了，她那爹就是仗着过去当过一小破官儿，不但经常不让我那哥们儿见他孩子，还经常在孩子面前诋毁他爸，我哥们儿特撮火，说：你们闺女铁了心不为孩子考虑,到法院那儿编故事,让我吃一哑巴亏,我认了,但你们不能就凭过去当过一什么小破官儿,就忒不讲理,不让我见孩子,还变着法儿折腾我。"

"怎么折腾?"翟小松好奇地问。

魏军看了一眼翟小松,说:"怎么折腾?那招多了,损透了。到法院规定的时间不让见孩子那就跟家常便饭似的;什么先让我哥们儿去幼儿园或学校接孩子,然后提前把孩子接走,让他跨着北京城白跑一趟,那也是经常的事。哦,我这哥们儿住北京城东边,孩子姥爷姥姥家住城西边,学校、幼儿园也在西边。就北京这交通,从东边到西边怎么说也得一个小时。这就都甭说了,最可气的是往过了那么缺德。"

"怎么讲?"乔勇问。

"怎么讲?比方说周五下午给孩子班主任打电话,让班主任跟孩子说今天放学他爸来接他,到时候他爸没出现——出现不了,法院规定的探视时间是周六,我哥们儿根本也不知道他们在背后使坏——其结果是学校放学了,孩子和他班主任等了半天没见我哥们儿去学校,老师得陪孩子等家长呀,家长不来老师也不能走呀不是?那可是星期五下午,老师能不抱怨我哥们儿吗?搁谁也得抱怨,不明真相嘛。孩子看别的同学全被接走了,又听见老师埋怨他爸,当然心里有想法了,孩子信老师的嘛。更损的是这个:那两老的估计让孩子怨他爸不接他的目的已经达到了,就去学校跟老师和孩子说,是孩子他爸不来接孩子了,只能他们放下其他事情过来替他爸接。这种情况,不明真相的老师会埋怨孩子他爸连电话通知一声都没有,孩子也会在怨他爸的同时跟那俩接他的老的亲,而我那哥们儿一直蒙在鼓里,根本不知道那两老的在背后使坏。"

"歹毒!"翟小松骂了一句。

"没完呢。"就听魏军接着说,"这之后,他们就是几个星期不让我哥们儿见孩子,不让孩子了解真相的同时也不给孩子他爸跟孩子解释的机会,在孩子的心里更深地埋下'仇恨'的种子。"

"这……这他妈忒缺德了吧。"乔勇鄙视地说。

"这才到哪儿呀,每次我哥们儿接孩子,他们少有不出幺蛾子的,经常是让他在接孩子的地方干等,少则一个小时,多则大半天,还不一定能让你接着孩子。那家知道你过去了,会把电话线拔了,手机关了,根本不让孩子知道他爸正在约定接他的地方等着接他。"

"操,有病吧。"翟小松骂了一句。

"病得不轻。"乔勇不屑。

"您还甭骂,小松,下周六到接孩子的时候,我哥们儿还得去那孩子他姥爷家,父子天性嘛。我哥们儿说:'万一这次他们良心发现了,不混蛋了呢?为了孩子嘛。'所以,这些年,每到探视孩子的时间,不管刮风下雨,我那哥们儿都按时跨着城去接孩子,这都多少年了,被涮多少次了。再有,不去,他们肯定又会在孩子面前说他爸的坏话,比如'你爸没来,肯定是不要你了'什么的。但你去了,就有可能得等特长的时间,还不一定接着。那家特阴,玩你几次吧,就让你接着一次,下次还得玩你呀。这么说吧,那哥们儿探视孩子的时间,就是可能被那家涮的时间,兹你一去,就有可能被涮。"魏军说完,扭头问乔勇,"乔老板,你说这是什么'现象'?"

"混蛋现象。"乔勇答道。

"跟丫打官司,去法院告丫挺的。"翟小松在旁边说了句。

"光探视官司就打了两次了,您还甭说,法院也有主持公道的,两次探视官司我哥们儿都赢了。但没用,人那家不听法的,就是不按法院裁定执行。我那哥们儿让法院强制执行过一次。但他觉得让孩子看见法院警察强制执行对孩子心理影响不好,投鼠忌器了,所以,只去法院要求执行过一次,这些年也就没再要求。但他一不要求,那家就又捣乱,没招儿。"魏军说。

"那家到底想干吗,这么缺德?"翟小松问。

"可能想表明一种态度吧:我们是当官儿的,就是我们闺女不对,怎么了?你法律判得对我们有利,我们就照着办。要是判得我们不乐意,那就玩蛋去。这是在我们'村儿',这儿'村主任''书记'我们全认识,在这儿我们说了算,不是法律。典型的小农经济加官本位下的权力的傲慢。你还甭不服,孩子姥姥说话:我们可以通过各种方式让你不舒服,你想看孩子,成,但不是什么法院裁定什么时候让你看你就能看,是我们什么时候想让你看你才能看。这是孩子姥姥红口白牙亲口对我那哥们儿说的。再有,可能因为什么混蛋原因,让孩子老看不见他爸,恨他爸吧。要不就是他妈闲的,都六七十岁的人了,不为自己积德也就罢了,也不为孩子今后想想。你说现在怎么还会有这种人。"魏军越说越气愤。

"你哥们儿为什么不找孩子妈联系见孩子？"乔勇问。

"联系，每次该他探视孩子的时候他都先跟孩子妈联系，但那女的'外头事儿多'，每次不是让他直接跟她父母联系，就是不接电话或是把电话关机，逼着你跟孩子姥姥姥爷联系，孩子在姥姥姥爷家嘛。"魏军答道。

"孩子姥姥姥爷原来干吗的？魏子你说什么，当官的？"乔勇问道。

魏军"哼"了一声，答道："孩子姥姥一辈子没正经上过几天班，不知道她是干吗的，姥爷曾经是哪儿的什么一小官，但犯过严重错误，被撤职查办过。我哥们儿说，孩子姥爷曾经跟他吹牛，说他搞了大半辈子人事，我相信肯定没少缺德、玩儿人。我哥们儿说，想了解无良小农意识加官本位的虚伪、狡黠、奸诈、势利、颠倒黑白、色厉内荏加外强中干别找别人，看他就成。"

乔勇唏嘘："就怕碰到这个，小农不可恶，但小农意识当中那些糟粕的东西很可恶，这小农意识当中的糟粕跟官本位一结合，可以衍生出好些畸形奇特的现象，谁碰着这种人谁倒霉。你哥们儿家里是干吗的？"

"搞科研的。"魏军答道。

乔勇"哦"了一声。

"你说姥爷是亲姥爷，姥姥是亲姥姥，爹也是亲爹，妈是亲妈？"翟小松在旁边问了一句。

"当然。"魏军点点头，答道。

"那真够操蛋的！"翟小松骂了一句。

魏军看着翟小松，说："我们都觉得是，但我哥们儿就是太在意他那宝贝儿子了，没辙。你这么在意，别人就利用你这个'在意'，折腾你。"

魏军叹了口气，接着说："还有，本来是孩子他妈非跟我哥们儿离，还在法院那儿编了好些故事，但离完了哈，那家居然让孩子去他爸家找女人的东西，'贼喊捉贼'，是特典型的那种。"

"那家就真不怕孩子长大了知道真相后，鄙视他们？"翟小松说。

魏军看了翟小松一眼，答道："这就是他们阴的地方。在孩子不懂事的时候，老跟孩子说他爸这不好那不好，同时，一年也不让孩子看到他爸几次，孩子会怎想？等孩子大了懂事了，他们也死了，留下个烂摊子让孩子和他爸收拾。他们只想在他们活着的时候，让孩子跟他们亲，不跟他爸亲。他们特害怕他们还活着的时候，孩子知道真相，鄙视他们。死了，即使孩子知道真相，鄙视他们，他们也无所谓了。"

"这不是咱们过去在课本上学的国民党干的事吗？由着性子干缺德事，然后给新中国留下一烂摊子。"翟小松说。

乔勇顿觉厌恶："有这种人！他们就喜欢躲在暗处，挑拨离间，逮着机会就咬你一口。他们那些损招，连大人在不明真相的时候都能上当，更别说是孩子了。"

"没错，我哥们儿说：那两老的特能装蒜，经常整点儿什么'摆拍'的动静迷惑周围的人，还特假，是自己刚往地上啐了口痰，扭头看见领导过来了，就会当着领导的面指责同事、下属上星期往地上扔纸屑的那种。"

"不讲卫生。像他们那岁数，应该也经历过爱国卫生运动吧。"乔勇说了一句。

"没错。"翟小松附和着。

"这种人根本就不能理！"乔勇像是自言自语地说了一句。

"我真不明白他们为什么老是无缘无故地使坏、缺德、故意去伤害别人。我也不知道为什么那家要反复干那么多缺德事，我就特奇怪，现在怎么还会有这种人。可能真是基因不好。"魏军愤愤地说。

乔勇摇摇头，说："可能还不全是，魏子，你听说过这么句话吗：在一种文化下是美德，在另外一种文化下可能就是罪恶。反过来也一样：在一种文化下是罪恶，在另一种文化下就可能是美德。这世界上由文化差异引起的矛盾和冲突到处都是。文化差异不光是国与国之间，同一个国家，不同阶层、不同成长背景、不同家庭背景和不同教育背景的人之间，也会有文化差异，也会因文化差异产生矛盾甚至冲突。但文化背景不同的人还有可能交流，最怕对方身上有改不掉的恶习，跟有恶习的人交流起来就比较困难了。你这哥们儿碰到的那些腻味，我觉得可能跟那家小农意识中的糟粕太多、自带恶习和信奉官本位文化有很大关系。"

"怎么讲？"魏军问。

"赶紧给我们分析分析。"翟小松也说。

"特简单，官本位思想操蛋吧？"乔勇问魏军和翟小松。

两人点头。

"但由官本位思想衍生出的官本位文化更操蛋。"乔勇顿了一下，接着说，"魏子，你说孩子姥爷当过一小官儿，这'官儿'在咱们这儿叫'人民公仆'，但在香港地区，还有新加坡那边叫'公务员'，意思是为公众，就是为人民服务的人员，甭管你当什么官，你就是一为人民服务的人员。但在官本位环境下，有些人一当了什么官儿，立刻就觉得跟别人不一样，跟长出一六指儿似的。如果他再满脑子李自成似的农民起义逻辑，信奉官本位并且小农意识当中那些糟粕的东西还没清扫干净，那他当了官儿后，就会老想着向别人显摆他的这个'官位'以及'官位'带给他的大、小特权，并且老以'官'的而不是以'仆'的方式去跟老百姓交流，叫老百姓都服从他，甭管他说的、做的对不对，因为在他那个官本位文化下，他觉得这是天经地义的事，他也是这么伺候比他官大的的嘛。这种交流方式，对下常常就是'暴力'交流，缺少对别人起码的尊重，对上则特虚伪。媚上欺下说瞎话就是他们那种交流方式的特点，这种交流方式很容易导致他跟别人之间出现问题或矛盾。一旦问题、矛盾解决结果令他不满意，在他认为报复是安全的时候，他肯定就会报复，甚至会用极其阴暗、缺德的方式进行报复。其实，他们官本位的文化背景决定了他们的报复方式就必须是缺德的，因为他们不会其他方式，他们肯定不会像有文化、有知识、懂道理、善良的人家那样，摆实事、讲道理、守法纪、不缺德。魏子，你说你不明白为什么他们老无缘无故地缺德，其实不为什么，那是建立在官本位文化上对待事物的必然的态度和方式。他们碰到别的事情也会这样，这是不以他们和我们的意志为转移的，在他们的官本位的意识和文化里，说不定他们会觉得他们干的那些缺德事没错。这可能就是不同文化背景的人，对同样的事情会得出'罪恶'和'美德'两种截然不同结论的原因。"

"有道理。"魏军听着，点点头说道。

"魏子说有道理那肯定就是有道理了。"翟小松在一边说。

乔勇冲魏军笑了一下，接着说："说到底，这种人特清楚他几斤几两，本来当官就是想投机一把，找找'官儿'的感觉，享受点儿'官儿'的特权，瞅冷子再搂点儿。他知道他真要为非作歹大发了，让他的组织在公众或人民心目中的形象自由落体似的下降了，组织上肯定饶不了他。所以如果他知道人家组织里有人或背后有比他更大的官戳着，甚至人家认识正管他的官，他也麻爪，肯定是另一副嘴脸。魏子，你说那哥们儿家是搞科研的？"

"研究生物的。"魏军答道。

"那不成。"说完，乔勇拿起桌上的咖啡，喝了一口，然后接着说，"如果你那哥们儿他们家是比他们更大的官儿，或认识大官儿或认识正管他的官儿，只要一个电话或派秘书给他打个电话，告诉他不许他干扰别人探视人家自己的孩子，他肯定再也不敢跟你哥们儿起腻了，因为信奉官本位的人虽说不怕法，但永远害怕比他官更大的官。同时，鸡贼的有官本位思想的官儿，会在混蛋的同时，假装干点什么'高雅'的事儿或者什么'好事儿'，让领导和不明真相的群众知道、看见，以迷惑他的组织和不了解他的人，这跟魏子刚才说的附庸风雅或刚才还自己随地吐痰，看见领导过来就指责别人扔碎纸的情况相似，以为他以后干坏事被逮着的时候，组织上念在他还干过点儿'好事'的份上，在'量刑'的时候能轻点儿。这是满脑子官本位思想的他们惯用的伎俩。"

"但不是谁都能认识当大官的，不认识怎么办？"魏军问。

"不认识就没法办了，因为那些人不相信别的，就信官儿，比他大的官儿。"看着摇着头的魏军，乔勇继续说，"要减少官本位给我们带来的腻味，最终还是要通过社会文明的进步和人类的进化。"说到这儿，看着认真听自己说的魏军和翟小松，乔勇停了一下，接着说："但如果他们是恶人、坏蛋，那就真没办法了。因为甭管社会文明发展到什么程度，都会有坏蛋和恶人。"

"是不是坏蛋我不知道，但他们一直在干坏蛋想干而不能干的有悖人伦天理的坏事。下一代要承担他们那么干的后果，甚至这个后果还会波及下下一代，这不公平吧。还有，等那孩子意识到问题在哪里的时候，一切都晚了，他们人生中最美好的父子亲情时间已经被剥夺，再也回不来了。"魏军说着，无奈地摇摇头。

"你道德水平高的跟道德水平低的玩，肯定吃亏，因为你不知道那些缺德的人会使用什么损招儿。所以，咱们都得吗呢？咱们都得：在战争中学习战争，让战争教育人民，让人民学会并赢得战争。魏子，把这句话带给你哥们儿。同时，真得特别提醒他，小心有人往过了挑拨他儿子跟他的关系，从那个时代过来的有些人就是喜欢'挑动群众斗群众'。但话说回来，虽然你哥们儿碰到的那些腻味确实操蛋，但没招儿，就得忍着点儿。"乔勇说道。

"可我那哥们儿就不服，他属于你刚才说的，你丫老对我干缺德事，我就必须跟你丫码逼的主儿，每次我风雨无阻地按时去探视我儿子，你要混蛋，成心让我等，或不让我见我儿子，我就得找你丫理论，你想让我咽下你们混蛋行径的这口恶气，没门儿。"

"可他要那么想，兹一去跟他们理论、码逼，肯定会让孩子姥爷姥姥觉得你哥们儿没把他那'官儿'放眼里，他们就有可能更缺德地报复他。可能那家就是想通过让他等几个小时，或者不让他见他孩子，再享受一下官本位给他们带来的折腾人的快感——被撸了，在家待着闲得没事儿了嘛。孩子姥爷又干过什么人事，他那岁数的人在官场混过的，那些挑拨离间加报复的损招，还甭说学，那么些年，看都看会了，所以魏子你刚才说的那些事，对要达到玩人和报复目的的他们来说，正常。"乔勇说。

"这都多少年了！"魏军说。

"确实操蛋。"乔勇说。

"就是，我哥们儿说话：凭什么你丫当过一小破官，就敢干过去我们在课本里学过的只有旧社会坏蛋才能干的事，难道他们就真忘了过去也在农村受过无道地主老财加农村二流子的气了？"魏军说。

乔勇想了一下，说："我觉得，过去和现在好多矛盾甚至冲突，包括魏子你那哥们儿碰到的那些腻味，都是过去旧的意识造成的。根源一直存在，没变，而小农意识糟粕加官本位思想是那种旧意识当中重要的组成部分。这其实也是导致历史宿命的一个原因。李自成那拨人为什么进了北京后那么快就败了？还不是进了城就胡作非为，那些人思想意识跟前朝没有任何变化，过去农民起义的目的就是想吃饱饭，就是想把地主碗里的肉抢过来，自己吃。当头儿的，就想着把现在的皇上赶跑，自己当皇上。等老皇上真被打跑了，就轮到他们当官享福和欺负老百姓了，也就开始另外一个朝廷的轮回和宿命。他们当中很多人根本想不到，也不想去建立一种新制度，即使这种制度不能根除前朝的不公和陋习，但能让不公和陋习的程度往下降降也成。但他们根本不想这些。"

"你说他们的思想就不能变变？"魏军说。

"不是说了，要变你得有条件，你让一个甭管是真是假相信地心学说的，并且在地心学说环境下有既得利益的信奉官本位的人改信并且支持日心学说？难点儿吧？除非你跟他说并且让他相信，信了日心学说，他能得到更大的实惠。"乔勇对魏军说。

魏军点头："也是，况且现在连日心学说都早过时了。"说完，马上又接着说："但我就不明白了，有些人干吗老去害人、伤害别人？被组织批评、帮助那么长的时间，被撸下来也这么些年了，不说在家好好闭门思过，反思一下过去那些年干的缺德事。"

"在法制不健全和官本位思想盛行的环境下，你要叫那些人守法都困难，更别说让他们别缺德了。那些满脑子小农意识糟粕、官本位思想，特别是人品德行再不好的人，好多都没有道德底线，世界观决定方法论，加上文化差异什么的。要我说，要把你那哥们儿在他们那儿碰到的那些腻味放到整个历史发展里看哈，还是那句话：正常。历史发展到现在，就会出现官本位和小农意识糟粕相结合的情况，就会出现因这种结合导致的各种腻味的情况。他们有些人干的跟咱们过去知道的旧时代当官的干的那些逆事，只有形式、程度的不同，没有本质的区别。忍了吧。"乔勇说着又喝了一口咖啡。

"那不是没救了？"翟小松在一旁说。

"也不是，不是说最重要的是得教育人民吗？"乔勇说。

"那得等到什么时候呀？解放都这么些年了。'一万年太久，得只争朝夕'嘛。"翟小松说。

"时间肯定短不了，小松这你还真得有点耐心。但你要让那些揣着明白装糊涂的学好也难，那些人对生命、对自然、对法律、对道德、对个人卫生和环境卫生的认识、理解、尊重和敬畏，跟现在的年轻人根本不一样，他们旧意识根深蒂固，不是说'修正主义'要改也难吗？"乔勇放下手里的咖啡杯，接着对翟小松说，"1949年到现在才多长时间？你觉得长呀？这跟整个自然界多少多少亿年的发展史相比，比眨眼的时间都短，简直就不能算个事儿。再说了，百年育人，教育是一特慢的过程，可能得几十年，所以，如果要有一个明显的改变，可能还得几代人。我觉得那孩子那代人之后的社会应该有戏，单从鄙视官本位、遵纪守法少缺德这点上讲。但教育的质量必须由社会稳定发展、进步来保证,而这个发展、进步是建立在人们对自然和宇宙不断认识的基础上的。"乔勇说完,拍拍翟小松的胳膊接着说:"小松你真应该去天文馆、科技馆看看。"

"不去,怕去完了神经。"翟小松边摇头边说。

"就希望那孩子长大后,小时候的阴影能少点儿。我哥们儿就特担心这个。"魏军说。

"那就得看他的造化了。但儿孙自有儿孙福,只要他爸妈其中有一个是正经人,孩子长大后,有了他自己的判断后,情况可能会不一样。"

乔勇说完,扭头看着翟小松说:"所以,小松,父母的品行对孩子有很大影响,那歌里怎么唱的?'你若想过好光阴,做人不能不正经。'解放前人家上海人就懂得这个道理了。"

"我这不是正反思着呢吗。"翟小松显得有些尴尬。

乔勇冲翟小松笑了一下,扭头对魏军接着说:"但话又说回来,都说个人的腻味多是跟时代的腻味连在一起的,谁让你那哥们儿生在这个时代里呀,碰上那些腻味事儿,只能算他倒霉,就得忍着点。等那个孩子长大了,我相信情况会好的。"

"可我那哥们儿就是不想忍,觉得不公平,那一家真是太缺德了。"说完,魏军扭头接着冲翟小松说,"所以呀,小松,你媳妇儿够可以了。你要不服,赶明儿给你发一恶的你试试。"

"您千万别。"翟小松赶忙摇着头说,说完又补了一句,"听你刚才说你那哥们儿的事,一比较,我媳妇儿的确仁义。"

"那就赶紧复了婚好好过,瞎折腾什么呀。"乔勇冲翟小松说。

翟小松叹口气,说:"我想,可人家不想,说是还要考虑考虑。"

"要我也是这话。你跟那叫什么张丹的还有联系吗?"魏军问。

"早他妈没了,人都找不着了,都不知道她搬哪儿去了,可能是搬到别的男的那儿去了吧。我现在那别扭劲儿也过了,但你们知道我特撮火的是什么?"

看乔勇和魏军两人都看着自己,等着自己往下说,翟小松就接着说:"最让我撮火的是,你张丹在外面有想法,甚至真有人了,不碍,顶天儿了,你告诉一声,是不是?咱们好说好散。但丫不是,跟你阴着,还骂我是神经病,这不是混了蛋了，找抽呢吗？"

"小松你没动手吧？"乔勇问情绪激动的翟小松。

"我替丫那不懂事的妈教育教育她。"说完，翟小松端起面前的咖啡喝了一大口。

"小松你也大学毕业，算半拉文化人，不兴动手哈。"魏军在一旁说。

翟小松放下咖啡杯，说："这叫吗？这叫不打不足以平民愤。但我现在也想通了，她爱找谁就找谁，去她的。"说完扭头问乔勇："于倩倩在你那干得还成吧？"

乔勇听翟小松说着，突然想起洛杉矶的小陈也骂过老方"神经病"，没有注意到翟小松问自己。翟小松见乔勇在他问于倩倩的事时没反应，一副若有所思的样子，就又问了一句："我说乔老板，于倩倩在你那儿干得怎么样？"

"挺好的，小丫头不错。"乔勇答道。

"要我说，小松，最好踏实活着，乔老板说话：就这么几十年，别瞎折腾。"魏军冲翟小松说。

翟小松边点头边说："要说咱们哥儿几个不算乔勇这帝国主义在华买办，就数你魏子活得踏实。"

魏军苦笑一下，说："数我活得累。"

"你在港企干着，钱也不少挣，爱人是医生，钱肯定也挣得不少，不是挺好吗？"翟小松说。

魏军摇头："我那公司对员工特抠，我挣得不多，我爱人在医院出次门诊才几块钱，她也不额外收其他的钱，觉得有违医生誓言。"

翟小松刚喝了一口咖啡，听魏军这么说，就问："医生还有誓言？"

魏军点点头："我也是听我爱人说的，好像是几百几千年前一外国人写的。"

"希波克拉底誓言。"乔勇脱口而出。

魏军看了一眼乔勇，点头说："好像是。"

翟小松扭头问乔勇："哪儿的？"

"希腊的，古希腊的。"乔勇答道。

"讲什么的？"翟小松继续问。

"不论贫富全都救死扶伤什么的吧。"魏军代乔勇回答，说完叹了口气，接着说，"但这年头，怎么还是拿手术刀挣的不如拿推头刀的挣得多？这么多年了，这个问题怎么就解决不了？医生工作实在太辛苦，我爱人这两个星期只在家睡了三个晚上，工资又太低，如果家里两个人都是医生，光靠俩人的工资，就现在这物价、房价，孩子的赞助费、学费，难点。"说完看着乔勇，问："你回北京有些日子了，觉得如何？跟你原来想的一样吗？"

"差距挺大的，肯定跟我原来在洛杉矶想的不一样。"乔勇答道。

"你这'不一样'，是好是坏呀？"翟小松问。

乔勇想了想，说："把好坏放一边儿，其实，我觉得我回来后碰到、听到的好些腻味，都是经济发展到这会儿的必然现象，'初级阶段'嘛，现在好些问题、矛盾和冲突都是延续到现在的过去的旧观念造成的。这咱们过去都知道，现在知道得更清楚了。要解决那些问题、矛盾和冲突，得是一个由量变到质变的过程，我相信我们这儿正在经历这个过程。虽然我知道在这个过程中腻味肯定不会少，我也不知道我忍受那些腻味的极限，但我希望这个发展和进化过程不要被再次中断，只要这个过程不被中断，我们就能在这个过程中做好些事情，要那样，我回来就值。"

"听你这么说，这个过程道儿可不近，听着像愚公移山似的，巨复杂一工程。"魏军笑着说。

乔勇也笑了，冲魏军说："绝对的，'移山'工程完了之后，咱们可能都老了。但我觉得会慢慢好起来吧。一代更比一代强嘛。"

"你没后悔回来吧？"魏军追问。

"到现在还没有。"乔勇坚定地回答。

"明年这时候我再问你。"魏军笑着，边说边看看手机上的时间，然后说，"吴越呢，这丫怎么还不来？"

翟小松伸头往窗外看了一眼，答道："别不是让谁绊住了吧。"

"干他这行也不易，到一定阶段就得讲究跟人、站队，整天阿庆嫂地干活：'智斗'，累，加没劲。"魏军对翟小松说。

"老吴别最后弄一个一荣俱荣，一损俱损。"乔勇冲魏军说。

正说着，翟小松的手机响了。翟小松从裤兜里拿出手机，一看电话是从他前妻家里的座机电话打过来的，马上接起来，"喂"了一声。

电话是他女儿天天打的。就听天天在电话里说："爸爸，妈妈说你这周六回北京，让我问爸爸回来想吃什么，她明天去买。"

翟小松一听电话那头是女儿天天，抬头冲乔勇和魏军说了句"我闺女"后，马上对电话那头的天天说："天天跟妈妈说，不用买，爸爸回来请天天跟妈妈出去吃大餐。"

翟小松刚说完，就听电话里天天喊："妈妈，爸爸说不用买，回来请咱们吃大餐。"

听天天这么喊，翟小松知道天天妈妈就在旁边，马上接着说："天天问问妈妈想吃什么？"

"妈妈，爸爸问你想吃什么。"就听天天在电话里大声问她妈妈。

等了一会儿，就听天天妈妈说："你跟你爸商量吧。"

"妈妈让我跟爸爸商量。"就听天天在电话里说。

"那天天定吧。"翟小松对电话里的天天说。

"那我得想想……"天天在电话里像是自言自语。

"成，那你就好好想想。想好了，咱们周六见面时你告诉我。"

"好，我该写作业了，拜拜爸爸，天天爱爸爸。"

翟小松听那边天天挂了电话，把手机放回裤兜，抬眼看见魏军正看他，咧嘴笑了一下，刚想说什么，就听魏军说："都听见了，你们还骗天天说你还在外地呢？"

翟小松点点头，说："幸亏当初是这么跟天天说的。"

"听天天在电话里那么说，我觉得天天妈那儿有戏。周末赶紧回去，好好表现，让人觉得你确有悔改之意。"乔勇说。

翟小松又点点头，叹了口气。

魏军刚想说什么，听见裤兜里的手机响，拿出一看，对乔勇和翟小松说："是吴越。"他边说边接起电话，就听电话里吴越的声音："抱歉，哥们儿，这边有点事儿，今儿过不去了。"

魏军抬头冲翟小松和乔勇说："老吴今天有事不过来了。"然后又冲电话说："成，那就改天。"

挂了吴越的电话，魏军看着乔勇和翟小松，说："我这儿饿了，晚上去哪儿吃？"说着，一扭头，看到不远处一个长相靓丽的女服务员正在麻利地收拾一张桌子，就接着冲乔勇说："北京女孩儿长得越来越漂亮了。"

乔勇顺着魏军的目光看去，见那个女服务员将上拨客人用完的几个咖啡杯放到一个托盘上，然后将桌子麻利地擦完后，拿起托盘，快步走向咖啡厅的操作间。虽然女孩身材长相确实不错，但乔勇觉得魏军认定那个女孩是北京的太过武断，就说："你怎么断定她是北京的？"

"我觉得应该是。"魏军不假思索地答道。

乔勇"哦"了一声，一边站起来一边说："漂亮女孩在咖啡店里当服务员，自食其力，牛！"

"那以后咱们没事就多在这儿聚聚。"翟小松说着也跟着乔勇站起来。

乔勇看了翟小松一眼，说："还是先想想晚上哪儿吃吧。"

冷不丁地，依旧坐着的魏军冲着乔勇问了一句："你说这公务员跟这儿的服务员是不是一个概念？"

43

龚书林公司的会计经理王红玲辞职了。

王红玲这几个月为公司账目和偷漏税问题找过龚书林好多次，她希望龚书林能同意按照国家会计规定，把公司的账调得规范一些，并主动补缴点儿税款。但每次龚书林的回答都一样："这是你的事，我付你钱，你就得把事情办好，办好了，明年我给你涨工资。工商、税务有事，你就得帮我铲平，又不是不给你公关费。"

但越积越大、越大越严重的账目和税务问题，使王红玲越来越害怕。上周二上午，在税务机关找王红玲核查了这几年公司的缴税情况之后，她又马上去了龚书林的办公室。等进了龚书林的办公室，王红玲着急地对龚书林说："龚总，刚才税务局又来了，我真的有点儿害怕。我是一女的，家里上有老，下有小，现在可能出问题的数太大，我处理不了。这些天我每天晚上都睡不着，您能不能同意调一下账，把一些没入账的收入录进去，下月补交一些税？要不税务、工商的人可能随时都会再过来。"

龚书林抽着烟听完王红玲的话，说："没事，他们过来也没事，出了事有我。"

"但龚总，账是我按您要求做的，出了事我也得担着跑不了。"王红玲着急地说。

龚书林抽了口烟，简单地答道："没事，我这还有事，你先去吧。"

虽然龚书林说出了事有他，但一想到近年来积累起来的大量不实会计数字和虚假发票，王红玲就紧张。在考虑了一个星期后，在家人的不断催促下，她决定向龚书林提出辞职。

听站在面前的王红玲提出辞职，龚书林开始没太在意。他相信钱的力量，想以提高薪水为诱饵，让王红玲继续留在公司。但发现王红玲根本没有要继续留下来的意思，执意要辞职后，龚书林马上恶狠狠地大声冲王红玲说："我给你这么多年工钱，换来的就是你对我这么忘恩负义吗？"

王红玲最烦龚书林动不动就说"我给你这么多年工钱"的话，本来她只想心平气和地按合同规定，提前3天通知龚书林把工作辞了，然后再干3天就马上离开这个是非之地。但听龚书林又这么说，并且看到龚书林恶狠狠的样子，王红玲非常气愤，也不知哪儿来的勇气，等龚书林一说完，立刻说："龚总，我是给您工作这么多年，您按合同支付我报酬，不存在您给我钱的事。"

龚书林这是头一次见王红玲顶撞自己，怒不可遏，立刻大喊："要滚赶快滚，你还在这干什么！"

"按照合同，我得提前3天通知您。"王红玲答道。

龚书林把正抽着的烟使劲扔在地上，冲王红玲喊："不用，赶快滚！"随后，抄起桌上的手机，拨了卞小江的电话。等卞小江接起电话，龚书林不等卞小江说话，马上问："小江，你在不在公司？"知道卞小江在公司，龚书林让卞小江立刻到他办公室来。

一会儿的工夫，卞小江冲进龚书林的办公室。龚书林看到卞小江，马上冲他喊道："赶快把王红玲给我轰走！"

王红玲见龚书林叫来卞小江,就对龚书林说:"龚总,我得收拾交接一下。"

"收拾交接个屁!"龚书林喊道。

"那我得把我自己的东西拿走。"王红玲说。

"你快点。"说完,龚书林又冲卞小江喊道,"看着她,完了再把她带回来。"

王红玲于是在卞小江的监视下,回到自己的办公室,收拾完自己的东西后,又被卞小江带回到龚书林的办公室。看见王红玲进来,龚书林一把拽下王红玲的双肩包,拉开拉链,翻着里面的东西。

王红玲看龚书林这么粗野地翻着自己的双肩包,愤怒地对龚书林说:"包里全是我自己的东西。"

龚书林根本不听王红玲在说什么,翻完了,把双肩包使劲摔在地上,大声喊了一声:"滚!"

王红玲看着面前这个面目扭曲了的龚书林,这个自己为他尽心尽力工作了5年的老板,眼泪在眼眶里打转。她从地上拿起自己的双肩包,说:"那希望公司能把这个月应给我的工资给我。"

"你休想!"龚书林用手指着王红玲大声喊道。

王红玲听见龚书林这么说,也大声嚷道:"你欺负人,你违法。"

龚书林冷笑了一声:"这是在我这里,我就违法了,你有本事去告。赶快滚。"说完对卞小江喊道:"马上把她轰出去!"

听见龚书林的命令,卞小江上前边往门口推王红玲,边说:"没听见老板说了吗?快走,快走。"

王红玲用力推开卞小江推自己的手,看了一眼龚书林,再没说一句话,转身哭着跑出了龚书林的办公室。

两个月后,当看到王红玲站在法庭的证人席上,指证自己大量税务欺诈的违法行径时,龚书林才知道为自己对王红玲的野蛮、粗暴态度后悔。

44

周二早上,肖迪正在自己的工位跟方小芳和易晨研究公司产品在一家杂志上的平面图,她桌子上的电话响了。肖迪拿起电话听筒,听见主管销售的武卫东副总经理在电话那头问:"是肖迪吗?"

肖迪听出是武卫东的声音,就说:"是。早,武总。"

就听武卫东在电话里说:"是这样,晚上我要跟一个重要客户见面,吃个饭,想请你一起过来,帮助公司巩固一下,我跟你们周经理已经说好了。"

听电话里武卫东要让自己出去陪吃,肖迪心里顿感腻味,就说:"武总,我刚来公司,能为公司巩固什么?"

电话那头的武卫东哈哈笑了两声,说:"当然是好的员工形象啦。你知道高素质员工加上好的员工形象,对公司产品销售有多重要吗?"

肖迪皱皱眉,对电话里的武卫东说:"可是晚上我跟我先生已经有安排了……"

没等肖迪说完,武卫东马上说:"这个客户非常重要,关系到我们下半年订单哪,你克服一下。"

"能不能换别人?我不擅长应酬。"肖迪还是不想去。

"就你了,下午五点半你在楼下门口等我。"说完武卫东挂断了电话。

肖迪放下电话,旁边方小芳和易晨围过来。方小芳说:"组长姐姐,武总让您去陪吃吧?"

肖迪点点头。

旁边的易晨马上问:"那你去吗?"

"我对这种事很排斥,我们是做市场的,销售要围客户关系,干吗非要找我们?再说,干吗什么事都要通过吃喝这个途径解决?"肖迪答道。

方小芳撇了一下嘴,说:"我要有钱,就开一饭馆,光招待公司请客,肯定就能发大财。"

"其实我对这事也挺排斥,但没办法。本来想港资企业会好点儿,但没想到也这样，上周我都跟他们出去应酬好几次了。"易晨话里带着无奈。

肖迪看着易晨问："就吃饭吗？"

易晨摇摇头，说："不是，有时还让你陪喝酒，吃完了喝完了还让你陪着去歌厅唱歌，好烦。"

"还陪喝酒唱歌呢？"肖迪像是问易晨，又像是自言自语。

易晨点点头："每次回家都得12点多了，要是碰上个撒酒疯的，就更烦。"

"武总也是，每次都用这种方式。"方小芳在旁边小声说。

"武总在这儿干了多长时间了？过去是干什么的？"肖迪问面前的两个小姑娘。

"他在这公司干了好多年了，具体多长我也不知道，在北京分公司成立前，一直在广州分公司干。听说武总在加入速佳乐前，是一家国营食品公司的副总，是速佳乐把他挖过来的。"易晨答道。

"那周经理是什么态度？"肖迪问易晨。

没等易晨说话，方小芳马上用不屑的口气说："周经理？那就是一棒槌，什么都不成，就知道全听武总的，武总说什么是什么。他好像跟武总还沾点儿什么亲，大专毕业就被武总招进来了，因为北京这个点儿是新成立的，不到一年他就升经理了。但周经理管销售也只管武总让他管的中小客户，大客户一直是武总自己管。"

"我觉得武总不像香港公司经理，倒像是哪个单位当官的，特有官架子，根本没办法沟通，而且控制欲还特别强，所有北方大客户别人都不能碰。组长姐姐，你待长了就知道了，武总连我们市场部使用哪家杂志登广告都得管，但他定的几家杂志的发行地区和发行量根本就不行。"等方小芳说完，易晨接着说。

肖迪边听着方小芳和易晨的议论，边拿出手机给乔勇发了一条短信：晚上公司有个应酬，买茶具得改天了。

不一会儿，乔勇的回复就到了：好，别喝酒。

看见乔勇的短信，肖迪回复道：不会。

发完短信，肖迪把手机放在桌上，对面前的两个女孩儿说："我就去今天晚上一次。来，咱们把下期杂志广告设计再过一遍。"

晚上6点，肖迪跟武卫东走进餐厅包间，看见一个满脸油脂麻花的矮胖男人从包间中间圆桌边的椅子上站起来，将手中的香烟按在桌上的烟灰缸里，伸出肥胖的小手，跟武卫东握手。

武卫东赶紧走上前去，边跟这个矮胖男人握手边笑着说："抱歉，何总，让您等了，北京路太堵了。"

那个叫何总的咧嘴笑了一下，露出被烟熏黑了的满嘴黑牙，说："没事，武总，我也刚到。"说着，拿眼看着肖迪，问武卫东："这位是……"

武卫东赶忙侧身向何总介绍："啊，这是肖迪，我们公司做市场的，美国名牌大学研究生毕业。"

何总边打量着肖迪边说："武总，跟我打埋伏，你们公司做市场、销售的，我都见过，从来没见过肖小姐，你藏得够深的。"

武卫东赶忙解释："不敢，肖小姐是刚到我们这儿的，还没几天。这不，为了表示对您的重视，今天就请肖小姐一起过来陪您吃个饭。"说完，武卫东对肖迪说："这位就是我在路上跟你说的何总，公司北方地区的大客户，咱们的财神。"

肖迪听着武卫东向面前这个矮胖何总介绍自己的用词，觉得浑身不舒服。她微微前倾，向眼前这个矮胖的"总"点了一下头，说了句："何总您好。"

何总眼笑得眯成一条缝，连连说："你好你好。你是从美国回来的留学生？"

肖迪点点头："是。"

这时就听武卫东在旁边说："何总，您坐，坐。"说着，自己先坐了下来。

何总还在盯着肖迪看，听武卫东让座，忙说："对、对，坐，肖小姐，您坐这儿。"说着，把自己左手边的椅子拉了出来。

肖迪在椅子上坐下后，就听武卫东说："何总，今天想吃点什么？这里甲鱼汤不错，要不要尝尝？"

何总点点头，说："可以，请肖小姐点吧。"

刚才何总眯着眼睛看自己的样子已让肖迪很不舒服，肖迪心想：这是什么人呀，这么看人，怎么一点礼貌都不懂？听见何总让自己点菜，肖迪马上摆手，说："我不会点这儿的菜，还是请您点吧。"

坐在何总右手边的武卫东立即附和道："对、对，何总是客，客人点……"

何总笑了笑，接过武卫东递过来的菜单，说："可以，那我就不客气了？"

武卫东赔着笑，说："何总别客气，您随便，别忘了要一瓶您喜欢的五粮液。"

等点完菜，武卫东掏出香烟，抽出一支给何总，并从烟盒里拿出打火机，帮他把烟点上，然后又抽出一支递给肖迪。肖迪对抽烟一向反感，马上摆手说："武总，我不会。"

听到肖迪说不会抽烟，武卫东不相信地说："啊，从美国回来的不抽烟？"

何总在旁边对肖迪说："抽一支吧。"

肖迪摇摇头，说："真不会，谢谢。"

看到肖迪坚持，武卫东把递出去的烟收回来，放到自己嘴里，然后点上，说："肖迪，今后你得学学，在国内做销售做市场，不会抽烟哪成呀？"

肖迪笑了一下，没有说话。

旁边何总看肖迪不说话，就对武卫东说："武总，肖小姐不会抽，也别勉强，从国外回来的讲究多，哪像国内做市场销售的，吃喝嫖赌抽样样都会。"说完似笑非笑地看着肖迪。

武卫东脸上显出不以为然的神情，说："国情不一样，入乡就得随俗。"

听武卫东说"入乡随俗"，肖迪对武卫东说："武总，我是北京人，这儿是北京，还要入乡随俗？"

武卫东把嘴里的烟吐出去，说："我指的是商业习俗，这你得学，就是外国人来了，要跟我们做生意，也得听我们的，让他喝他就得喝，让他抽他就得抽。现在的高家庄不是从前的高家庄了，您说是不是，何总？"

何总赶忙点头称是，说："没错，这不前几天外国一食品公司的金毛老外请我吃饭，吃完了非拉我去歌厅，我说晚上有事，去不了，还不依。武总您刚才说什么来着？对了，咱中国的商业习俗，人那金毛学得那叫一个好。"

"后来您去了吗？"武卫东问。

何总假装露出无奈的表情，答道："去了，能不去吗？老外求我去，都快给我跪下了，再不去就不好了，去应酬一下，去了对那老外也有好处呀。"说到这儿，他故意停了一下，冲武卫东挤挤眼，然后继续说："我给他放了一个大单。"

武卫东听完，扭头冲肖迪说："听见了吗？连老外都这么会公关。"然后又问何总："金毛不是我们的竞争对手吧，何总？"

何总把嘴里的烟慢慢地吐出来，说："不是，根本就不是同一种产品。"

武卫东如释重负，对何总说："那这顿完了，何总点地方，我和肖迪陪您唱几首。"

何总看了一眼肖迪，说："吃完再说。"

肖迪刚想对武卫东说自己去不了歌厅，这时服务员进来了，开始上凉菜，并把一瓶五粮液打开，开始给每人倒酒。等倒到肖迪这儿，肖迪用手捂着已经被她挪到一边的小白酒杯，说："我不会喝酒。"

听见肖迪说不喝酒，武卫东有些不高兴地冲肖迪说："这是五粮液，好酒。"

肖迪摇摇头，说道："不行，我不会喝，谢谢。"

旁边何总为武卫东解围说："要不肖小姐来点啤的？"

肖迪还是摇头："不行，我不喝酒，谢谢。"

见肖迪连啤酒都不喝，武卫东脸上马上露出不高兴的表情，对肖迪说："肖小姐，看来你要学的东西还挺多呀。"

肖迪只笑了一下，没有回答。

何总看到气氛有些尴尬，就想把话岔开，于是问肖迪："肖小姐家里父母是做什么工作的？"

"中科院做研究的。"肖迪答道。

"高知呀。"何总咂摸咂摸嘴，然后扭头看着武卫东说，"怪不得，哪像我们……"

正在这时，肖迪听见自己的手机短信提示响了。她从包里拿出手机，看到是武卫东在何总跟自己聊的时候，偷偷快速地给自己发了一条短信："你在工作！"

肖迪看到这条短信后，没抬头，直接删了，然后把手机放回包里。她没有看武卫东，伸手从桌上拿起面前的白水，站起身，对何总说："何总，我不会喝酒，以水代酒，敬您，祝我们跟您合作愉快。"说着，她喝了一口杯子里的白水。

看到肖迪以水代酒敬自己，何总马上用没夹烟的手从桌上端起盛白酒的小酒杯，眼睛又笑得眯成一条缝，说："谢谢，谢谢。"说着，一仰脖，把小酒杯里的酒全喝了。

肖迪看何总喝干了小酒杯里的白酒，就把自己面前的凉菜五福卷转到何总面前，然后坐下对何总说："何总，我对这家餐厅的菜不熟，但这道凉菜五福卷看着应该不错，您尝尝？"

何总在烟灰缸里把烟按灭，边拿起桌上的筷子，边笑着对肖迪说："好，好。"

旁边的武卫东这时冲肖迪说："肖小姐，给何总夹个五福卷呀。"

听武卫东让肖迪给自己夹菜，何总马上扭头对武卫东笑着说："自己来，自己来。"

肖迪看着何总夹起一个五福卷放在嘴里，腮帮子一鼓一鼓地嚼着，就问："何总，您觉得我们的产品怎样？"

何总边嚼边说："还成还成，我已经跟你们武总谈得差不离儿了。"说完看了看武卫东。

武卫东脸上还是带着不高兴的表情，对肖迪说："肖迪，咱们今天就是陪何总吃饭，别的事以后再说。"

在之后的时间里，肖迪尽可能地保持着对何总和武卫东的礼貌，但时间越长，她的心里越发地腻味和别扭。好不容易吃完了这顿饭。武卫东已经喝得有点高了，在服务员端上果盘的时候，对正在用牙签剔牙的何总说："何总，吃完了，您想去哪家歌厅放松一下？"

何总也有了几分醉意，听见武卫东问自己，就说："听武总安排。"

"那就去何总喜欢去的南国吧，那里人熟。"武卫东向何总建议。

何总点点头："可以。"

这时肖迪站起来，对何总说："何总，您跟武总去唱歌，我就不去了。"

这边何总还没说话，那边武卫东一听肖迪说她不去歌厅陪何总，马上站起来，说："肖迪你得去，你不去，谁陪何总二重唱？"

肖迪听了，心里的腻味、别扭和不耐烦马上发展到讨厌，于是语气坚定地说："何总，对不起，我家里还有事，我今天去不了。"

旁边的何总一看这情形，马上说："没事、没事，肖小姐家里有事，让她先走。武总，今天也晚了，咱们改天，改天。"

看到何总站起身，没有再商量的余地，武卫东把没有抽完的半截烟使劲地按在面前的烟灰缸里，站起身，脸上装出一副特别失望的表情，说："那就听何总的。"说着从椅子上的手袋里拿出一沓人民币，转身交给肖迪，说："你去结下账，要张发票，抬头写公司名字。"看着何总开始向门口走去，武卫东马上赶到门口给何总开门。

在送何总出来的餐厅走廊里，看着肖迪已快步去前台结账，武卫东小声问何总："何总，上次给您打的钱收到了吧？"何总点点头，没说话。武卫东马上接着说："这次我们又给您长了一个点，希望给我们的订单能早点下。"何总点点头，说："武总，今天人虽好，但事不圆呀。"

武卫东明白何总的意思，马上说："其实歌厅里有的是好的……"

何总鼻子里"哼"了一声，说："那些没文化的？"

武卫东一听，赶忙说："改天，何总，我一准让肖迪跟您二重唱一次，说不定还能给您一个其他的惊喜，您放心。"

送走何总，武卫东转身看见肖迪从餐厅出来。还隔着好几米，武卫东就立刻大声对肖迪说："肖迪你怎么回事？因为你，我下半年订单没准飞了。"

肖迪把找的钱和发票交给武卫东，平静地说："武总，您让我做的事，我做不了。"

听肖迪这么说，武卫东大声喊："什么做不了，你就是不想做。你是公司的员工，公司让你做什么，你必须不折不扣地去做。下次你必须跟何总去唱次歌。"

肖迪直视着武卫东的眼睛："武总，您搞错了吧？我在公司的工作是负责平面媒体的广告策划，不是陪吃陪喝陪唱。"

"我让你去陪你就必须陪，公司的决定。"武卫东又提高了嗓音。

看着武卫东在餐厅外面这么大声跟自己喊着那些不着调的话，肖迪立刻心生厌恶，但她还是平静地看着面前这个面目有些扭曲的武卫东，说："武总，您是不是喝多了？您别在大街上这么跟我吆五喝六地大声嚷嚷成吗？让人看见多不好。不早了，我可以走了吗？"

武卫东听见肖迪说要走，立刻大声说："你随便！"

肖迪到家已经是10点多了。乔勇正在沙发上看书，看见肖迪进来，马上起来，一看肖迪的脸色，就说："肖总怎么了，脸色这么难看？"

"王八蛋！"肖迪边换鞋边骂了一句。

乔勇一听，笑了："大学毕业，高知家庭文化人，不兴这么骂人。"

"就是王八蛋。"肖迪又骂了一句。

乔勇过去搂着肖迪，来到沙发边，让她坐下，然后去厨房给她倒了杯水，回来边把水递给肖迪边问："怎么了？"

肖迪把晚上的事跟乔勇说了一下，然后说："那个武卫东真不是个东西，居然觍着脸让我陪什么肥总去歌厅，就为他下半年的订单，把我当什么了？真够恶心的。"

乔勇轻轻叹了口气，说："就为这个生气？不值。国内的商场文化就是这样，你们公司的什么'总'可能不能在理论层次上了解投入产出和边际效益的概念，但你这种条件，人家给你投入了，就是雇你给你工资了，不拿你当花瓶产出点吗，他们肯定觉得亏了。"

肖迪本来是靠在沙发背上，一听乔勇这么说，立即在沙发上坐直了，看着乔勇，说："我说你这位仁兄乔同志还有没有立场？难道你在PCT也让你底下女员工陪酒陪唱？"

乔勇赶忙笑着说："没有，我们那儿有严格的报销制度，不能逾越。别说上歌厅，我请客吃饭多花了一分也报不了。"

听乔勇说完，肖迪又靠回到沙发背上，说："不知道我们这个公司财务是什么样的制度，武卫东晚上一顿饭的花销就小两千块，要是再去歌厅，还不得三四千？"

乔勇答道："有些企业就好这个，让个漂亮点的女孩儿出去陪吃饭陪唱歌什么的，哪儿有这方面需求，有求于他的企业就会迎合他这种需求进行供给，以快速达到目的，比如拿到订单什么的。你说这属于需求带出供给吧？"

肖迪"哼"了一声，说："也可能是供给引出需求呢。你没瞅见那个什么肥总看我的眼神，太受刺激了。你再看他一晚上抽了多少烟，我就在他边儿上，今天晚上我就是一个倒霉蛋，受刺激加肺部感染，还生气，得少活两年！"

乔勇"咳"了一声，看着肖迪说："可能那个什么'总'的觉得没什么，你忘了那句话——'在一种文化下是美德，在另一种文化下可能就是罪恶'，反过来也一样，'在一种文化下是罪恶，在另一种文化下可能就是美德'。好了，肖总不生气了，甭让别人的不是来惩罚你，快去洗洗吧，明天还要上班。"

肖迪拿起面前的水杯喝了一口水，然后把水杯放下，从沙发上站起身："我得跟我们人事说说，谁再叫我去陪吃陪喝陪唱，我肯定不去，我又没去应征'三陪'。"

乔勇笑了笑，说："我觉得没用，企业文化不同。我要知道他们这样，根本就不会赞成你去这家公司。"

肖迪走到洗手间门口，停下，转过身说："他们还就真甭跟我来劲，把我逼急了，我就辞职！到时候你得养我几个月，到我找到下家为止。"

"那是您对我客气，不是说养一辈子吗？"乔勇笑着答道。

45

第二天早上，乔勇刚进自己的办公室，Peter就跟进来了，急切地说："乔总，至盛赵海波刚才给我电话，说今年大单给咱们放不了了，他们还得从莫拉那边走，100万美元的合同要到年底再签，签了也是从明年开始执行，他让我跟您道个歉。"乔勇一听，先是一愣，然后马上问："出什么状况了？合同和信用证不是没问题吗？不就是在等他们那边的确认签字盖章了吗？"

"是呀，具体哪出了什么状况我也不知道，问赵海波，他说这是他公司的决定，还说，明年一定争取从咱们这儿多走点儿。"Peter一脸无奈地答道。

乔勇走到窗前，看着下面已经开始拥堵的长安街，若有所思地说："合同到这份儿上，不签总得给个理由吧。"

"乔总，要不您给赵海波打个电话问问，可能有些事他不愿意跟我说。"Peter建议道。

乔勇想了想，转过身对Peter说："Peter，斯考特来了吗？"Peter出去看了一下，回来说："还没有。"

乔勇点点头，对Peter说："你再把合同和信用证草案让我看看。"

"马上。"Peter答应着,立即走出乔勇的办公室,到自己的工位去取文件。

两分钟后,Peter把合同及信用证草案拿来,放在乔勇的桌子上。乔勇又仔细看了一遍这些文件,并没有发现什么问题,就抬起头,对站在对面的Peter说:"再看看斯考特来了没有。"

不一会儿,Peter回来说:"还没有。"

听到斯考特还没来公司,乔勇看看手机上的时间,已经快九点半了。乔勇想了想,觉得应该让斯考特马上知道这个信息,于是拿起桌上的手机,调出斯考特的号码,给斯考特打电话。但斯考特手机又关机了。没办法联系到斯考特,乔勇索性给他发了一条短信:Please call. Urgent.(请电,急。)

发完短信后,乔勇拿起桌上的公司电话,给至盛赵海波的手机打电话。

赵海波接起电话,"喂"了一声。

"早,赵总,我是PCT的乔勇。"乔勇平静地跟电话里的赵海波打了声招呼。

赵海波"啊"了一声,马上说:"乔总早。Peter跟您汇报了吗?"

"说了。赵总,是因为合同和信用证有什么问题吗?"乔勇依旧平静地说。

赵海波犹豫了一下,答道:"没有。真对不起,乔总,我们只是想从明年开始再增加你们的订货量。"

"赵总,没事儿,但这么大的改变肯定是有原因的。我们美国的工厂已经安排生产您订单的计划了,您如果还有什么要求就直说,不论是产品方面、服务方面或是结算方面的,您都可以直接说,千万别保留,这利于我们今后改进我们的服务。"乔勇继续平静地说。

电话里的赵海波显得有些吞吞吐吐:"乔总,我只能说'对不起',不是产品、结算和服务的事。明年,明年我保证加大跟您合作的力度。"

听到赵海波这么说,乔勇知道再问也不会有什么结果,就说:"那好吧,赵总,希望明年我们有机会可以扩大合作规模。您如果在产品或服务上对我们有什么要求,可以随时跟我或者Peter说。"

电话里的赵海波赶忙说:"一定。"然后赵海波顿了一下,接着说:"乔总,我觉得您是一实在人,也够仁义,以后一定好好跟您合作。"

"谢谢,再见。"乔勇说完就挂断了电话。

放下电话，乔勇默默地看了一会儿桌上的合同和信用证草案，然后抬起头对Peter说："事已至此，看来至盛那边有了其他考虑。'订单来，订单去'，这是我们控制不了的，只能尽人事，听天命，继续做好其他客户的工作。"

正说着，乔勇的手机响了。乔勇看了一眼，是斯考特打来的，就接起电话。

"Hi, Scott."（你好，斯考特。）乔勇接起电话。

"What's up?"（还成？）斯考特在电话里问。

乔勇皱皱眉头，答道："Not much. ZS has cancelled their one million dollar PO."（还成。至盛取消了100万美元的订单。）

"What happened?"（出什么事了？）

乔勇听斯考特电话中的语气，觉得他好像不太着急，就说："I don't know the reason. I have talked to Zhao Haibo. He has confirmed the cancellation. He did not give a reason."（我不知道原因。我已经跟赵海波通过电话了。他确认订单被取消了。但他没有给原因。）

斯考特说了句"I see"（知道了），然后问："Is there any way we can find out the reason?"（我们能通过什么方式了解到他们取消订单的原因吗？）

乔勇平静地答道："I doubt, but my gut feeling is Mola."（我怀疑，但我觉得可能是莫拉的原因。）

不知为什么，电话里的斯考特这时突然提高了声音，说："So you are telling me they will be staying with Mola. And we may not be able to meet our quota for this year and next. This is fucking great!"（你在告诉我，他们不会离开莫拉？！我们可能不能完成今年和明年的销售任务？！这他妈的真是太好了！）

乔勇觉得斯考特突然提高声音问的问题很奇怪，因为即使至盛没有转过来订单，只要其他客户，特别是洪阳的订单没有变化（对此，乔勇虽然没有十足的把握，但到现在为止，洪阳起码还没有明确不从PCT走单），今年的销售业绩会跟去年差不多。乔勇心想：斯考特为他自己的打算，本来也没想把今年的业绩搞得多好，现在他提高声音这问，是在故意成心指责自己工作不力以让自己感到压力，甚至制造条件，让自己在年终考评中出现麻烦吗？如果是，这就是典型的坐着的算计着干着的。乔勇想着，但他没有受到斯考特提高声音的影响，依旧平静地说："I will send you and John an email..."（我会就这件事给你和约翰发个邮件……）

不等乔勇说完，斯考特马上打断乔勇的话，说："Send it to me first."（先把邮件发给我。）

"Not copy John？"（不抄送约翰吗？）乔勇问电话里的斯考特。

"No, let me see it first and I will forward it to him."（不，我先看看，然后我会给他转发过去。）斯考特答道。

"OK."（好吧。）说完，乔勇挂断了电话。

见乔勇挂断了电话，Peter有些不知所措地说："乔总，您看我能做点什么？"

乔勇摇摇头，说："在至盛的订单上，我们现在什么也做不了。我们不了解这中间到底哪儿出了问题，我们能做的就是我给至盛的赵海波写一封邮件表示遗憾，并希望明年他们能从我们这里多走些单。"

Peter脸上露出沮丧的神情，说："那我们这些日子的工作算是白做了。至盛的人告诉我您还介绍了一家有经验的投行给他们，现在他们已经要跟那家投行签意向了，您中间还一分钱没要，您这么对他们，他们还撤单，太不地道了。"

乔勇笑了笑，说："我们的工作不会白做，为他们介绍投行是举手之劳，我正好有这个关系，能帮就帮一下。"

Peter没好气地说："您是帮了他们，可他们在背后玩这个，太缺德了。"

看到Peter沮丧的神情，乔勇劝道："没事，做销售，有得有失。你跟李莉今天把今年的订单预测报告调一下，下班前给我。"

Peter点点头，说："乔总，洪阳的数动吗？"

"他们那边还没消息，就先不动，再等等。这周他们要还没消息，你下周再问一下葛志鹏。"乔勇答道。

"好的。"Peter说完，转身走出乔勇的办公室。

等Peter离开后，乔勇站起来，走到窗户前，边看着长安街上拥堵的交通路况，边把这些日子同至盛的接触又回忆了一下。乔勇想，市场上能为至盛一次提供他们那么大货量的厂家，目前就是PCT和莫拉。PCT这次给至盛的条件应该非常好了，至盛突然撤单肯定是莫拉通过什么极端的方式又把至盛拉了回去。刚才赵海波说话的口气有一种让乔勇说不出的感觉，好像赵海波对撤单很无奈，这也可能是管赵海波的人，比如至盛老板秦立钧做的决定，赵海波无能为力。自己是否应该给秦立钧打个电话问问？乔勇回忆了一下这些天跟至盛谈合作的过程，觉得自己这边没有任何问题。乔勇想如果是秦立钧做出的决定，背后的原因肯定是自己不能控制和影响的，在这种情况下，给秦立钧打电话反倒效果不好，特别是在自己介绍的投行跟至盛合作顺利的时候，这容易让秦立钧觉得自己是把介绍投行和增加订单想成是因果关系，会对今后的合作产生负面影响。想到这儿，乔勇否定了给秦立钧打电话的想法，回到电脑前，给斯考特写了以下电子邮件：

Scott,

As you have already known, Zhao told us this morning that they had decided to cancel one million dollar PO. No reason has been given. But Zhao did say, though, their decision was not based on the product quality, services or LOC. We will amend pipeline report accordingly and send it to you today.

Qiao Yong

（斯考特，正像你已经知道的，至盛的赵今天早上告诉我们，至盛决定取消100万美元的订单。赵没有给任何原因。但他说了，他们取消订单的决定不是因为我们的产品质量、服务或信用证有什么问题。我们今天会对订单预期做相应的修改并会将修改后的预期报告发给你。乔勇）

写完之后，乔勇又把这封电子邮件看了一遍，然后填上斯考特的电子邮件地址，按下"发送"键，把它发给斯考特。

乔勇不知道，至盛终止跟PCT 100万美元的购买合同完全是冯军给赵海波的一通电话造成的。在那通电话里冯军明确表示如果赵海波下半年从莫拉转走大量订单给PCT，莫拉就会把他这些年从莫拉拿回扣的事捅给至盛，但如果至盛能把增加PCT的订单量推迟到明年，莫拉就不管了。

挂了冯军的电话，赵海波抱着脑袋想了很长时间，权衡利弊，最后决定下半年还是像往年一样把大部分订单放给莫拉。他相信只有这样，莫拉的人才不会把这些年他从莫拉拿回扣的事捅给公司。赵海波知道如果自己拿回扣的事让公司知道，自己不但饭碗要丢，可能还会有法律上的麻烦。既然冯军说了明年转单莫拉就不管了，自己就等明年再加大跟PCT的合作力度。他觉得乔勇不会因为自己没有信守一次口头承诺就难为自己，也不会因为自己这次失信于PCT就干扰纽约投行跟至盛的合作。但怎么去跟自己的老板秦立钧说这件事呢？赵海波想了半天，最后决定以明年产品可能会大幅度降价和人民币可能会升值做借口去试着说服秦立钧，毕竟业内一直都在预测明年产品价格会下浮，而人民币升值也是大家的共识，而秦立钧对进货成本又特别关注，因为这直接影响到公司的利润。

正像赵海波想的那样，秦立钧在听完上述两个理由后，马上对是否现在就跟PCT签这个100万美元的订单犹豫起来。加上赵海波说莫拉决定今年再给至盛0.5%的折扣和等明年价格下降公司就能用同样的钱给乔勇增加更多的订单，反正就还有几个月了，让秦立钧决定将跟PCT扩大合作的事推到明年。但秦立钧要求赵海波一定要把推迟长期合同的价格及汇率原因跟乔勇说清楚，并向乔勇保证至盛明年一定会从PCT购买更多的产品。

拿到了秦立钧的这个决定，赵海波如释重负，马上给冯军打了电话，告诉他今年给莫拉的订单还是比照往年，但今年的回扣就不要了。给冯军打完电话，赵海波犹豫一天才给Peter打电话告诉他至盛推迟签订购买合同的决定。

就在乔勇在PCT中国代表处给斯考特写邮件的同时，在莫拉中国代表处尚北祥的办公室里，尚北祥正在表扬站在他面前的冯军。

"干得不错，冯先生，至盛的单留住了，下一步如果能把洪阳的单从PCT拉过来，我们今年的任务就可以提前超额一大部分完成，我们今后几个月就可以放松一下。"尚北祥拍着冯军的肩膀高兴地说道。

看到尚北祥夸自己，冯军受宠若惊，马上说："这是您指挥有方。"

"但洪阳怎么到现在还没动静？"尚北祥像是在问冯军又像是在自言自语。

一听见尚北祥问洪阳的订单，冯军小心翼翼地答道："尚总，您不是不让我管洪阳了吗？"

尚北祥好像想起什么，笑着说："是，但现在洪阳的单变得对咱们更重要了。国内市场上，目前除了我们，就是PCT有这么大的供货能力，别不是洪阳骗了我们，根本就没有转单的意思。"

冯军依旧小心翼翼："有可能。您不是一直在跟这个单吗？"

尚北祥点点头，说："但现在的人哪儿有说实话的。冯经理，你还得帮公司一个忙，通过你的关系，去PCT了解一下。"

冯军一听，心里就是一紧，马上说："尚总，我认识的那位跟PCT有关系的朋友出国了，我现在也联系不到他。"

尚北祥从冯军说话的语气和表情，一眼就看出冯军又在撒谎，但他不想说破，假装特别惋惜地说："那真挺可惜的。"停了一下，尚北祥继续说："我一直没跟公司管理层说你已经不跟洪阳的单了，前几天他们听我说洪阳可能被你拉过来，非常高兴，已经内部决定，但人事还没有通知你，洪阳的单如果能进来，今年除了多给你一个月的奖金外，明年还让你的薪水上浮5%，比其他所有人的3%都高。"

听尚北祥说公司可以给自己加这么多的薪水，冯军心里高兴，马上说："尚总，要不我们再等几天，说不定这几天洪阳的单就进来了。"

"等？"尚北祥马上变得严肃起来，说，"商场如战场，一分钟也不能等。说不定这几天他们那边还只是合同草案，我们还能争取，等过几天成了签字盖章的合同，我们就一点辙也没有了。没有洪阳的单，今年超额完成销售指标就困难，真要那样，你的年终奖和明年涨薪全都会没戏。你再找一下你那位朋友，争取让他再帮次忙，如何？"

冯军目前需要钱。他在莫拉的工资虽然比绝大多数他这个年龄的人要高，但最近他的开销也很大。他在大学时就很羡慕在外企工作的人，他们挣得多，可以出入高档餐厅，去高档酒店喝咖啡，交漂亮的女朋友……现在他也在外企干了，他也想充分体验那种生活。但真的这么做了，他才发现他挣的还是不够花，特别是他最近又交了一个漂亮的女朋友，这个女孩儿天天嚷着要上高档饭馆，今天马克西姆，明天老莫，还经常暗示她衣服过时了，让冯军给她买高档时尚的，等等，加上冯军一直想在北京买房，这就使他时刻感到要在北京过上他所向往的生活，他挣的钱还远远不够，他还需要挣更多的钱。当听尚北祥说自己年底奖金和明年涨薪会因为洪阳订单不到位泡汤时，冯军赶紧说："尚总，您先别着急，我想想办法，看看能不能通过别的途径，搞到这个信息。"

听冯军这么一说，尚北祥面露喜色，冲站在面前的冯军说："感谢。你要能搞到洪阳的订单信息，公司也会感谢你并且会奖励你。"

等冯军出了办公室，尚北祥嘴上露出一丝轻蔑的冷笑。

回到自己的工位，冯军不知道应该干点什么。使用"蒙汗药"，偷拍于倩倩照片并且用那些照片威胁于倩倩，让她提供至盛跟PCT的订单信息已经使冯军提心吊胆两个多星期了。他也曾在内心深处觉得这么做对不起于倩倩，有点儿缺德，是在犯罪，心想，如果让警察抓到，他这辈子就完了。他下决心，今后不再干这种事了，并且打算再看几天他偷拍的于倩倩的照片，就把它们全给删了。但需要钱的现实和今天尚北祥的话，又使他逐渐有了再次利用于倩倩的想法。他知道这次会比上次困难，这不但因为自己已经答应于倩倩删照片，同时自己也答应她不会再用照片作要挟让她再在PCT窃取商业机密。冯军想，如果自己再这么做，会有什么后果？但转念一想，冯军又觉得，被人发现的可能和于倩倩告诉别人甚至报警的可能性都不存在，即使被发现了，自己也可以说是于倩倩自愿的，再说，还有她表姐和舅舅呢。他们已经住一起了并且打算明年就结婚了，只要他们一结婚，自己跟于倩倩不就是亲戚了吗？出了这事，于倩倩肯定觉得没法做人了，更没法嫁人了，大不了通过舅舅和她表姐张丹说服她私了，甚至说服她给自己当老婆，一举两得，反正也没第三个人看见过那些照片，干一次是干，干两次也是干。

这么想着，冯军反倒为再次通过威胁于倩倩获取PCT商业信息的行为心安理得起来。他默默地对自己说：于倩倩你别怪我，我得再逼你干一次，谁让你在PCT呢？

46

在陪武卫东跟何总吃饭后的第三天早上，肖迪刚进到自己的工位，放下双肩包，准备打开电脑，人事部王经理就打来电话，让她马上去武卫东的办公室。肖迪心想：肯定是为前天晚上没答应陪何总去歌厅的事。想着，她答应了一声，挂了电话，拿了桌上的记事本和圆珠笔，来到武卫东的办公室。

当肖迪敲门进到武卫东的办公室，看到武卫东、市场和销售部经理周伟和人事部的王经理已经在那儿了。肖迪进来，除了人事部王经理站起来，跟肖迪打了个招呼并从旁边搬了把椅子让肖迪坐下，武卫东和周伟身子连动都没动一下，脸上也没有任何表示。

肖迪看王经理为自己搬椅子，马上说了声："谢谢王经理。"等王经理坐下后，肖迪也在椅子上坐下，然后平静地看着武卫东，等他说话。武卫东见肖迪坐下，把手上的烟在烟灰缸里按灭，对肖迪说："肖迪，你前天晚上的表现很不好，我和公司管理层很失望。因为你的原因，我们需要再做多少补救工作才能拿到何总那边的订单，你知道吗？"

肖迪平静地看着武卫东，没有回答。

见肖迪不说话，武卫东提高了嗓音，冲肖迪说："公司的利益高于一切，每个员工都要为公司实现年度销售目标做贡献，都要严格按照领导的要求办事，不能讲条件。我们知道你是刚回国的留学生，对国内企业经营管理方式还不熟悉，所以这次对你没有按照公司领导的要求完成工作的情况，我们只是口头警告你一次，从你本月工资里扣100块。"

肖迪还是平静地看着武卫东。武卫东看见肖迪平静的样子，继续说："这要换了别的员工，起码得扣半个月工资。"

肖迪依旧静静地坐着，平静地看着对面的武卫东。

武卫东见肖迪不但没有任何慌张还平静地注视着自己，觉得有些不自然。他从烟盒里抽出一支烟，点上，狠狠地抽了一口，见肖迪还没反应，就对肖迪说："你怎么不说话，你有什么意见？"

旁边的人事部王经理轻声地对肖迪说："肖迪，你有什么要说的吗？"

听王经理问自己，肖迪转过身，问王经理："王经理，我签的雇用合同里面，有必须陪客户吃饭、喝酒、唱歌的条款吗？"

人事部王经理尴尬地笑笑。

肖迪接着问："我签的雇用合同里有我如果不陪客户干这些，就要被扣工资的条款吗？"

人事部王经理看了武卫东一眼，然后对肖迪说："肖小姐，武总的意思是提醒你，今后要多想想公司的利益。"

肖迪语气和缓地说："是吧，我好像记得没有。"然后肖迪转身看着武卫东，依旧平静地说："武总，我在速佳乐的工作是市场媒体策划，负责平面媒体和户外媒体的工作，只要是我职责范围内的工作，我可以晚上、周末加班，加到什么时候都成，直到把工作干好干完为止。但销售及公关方面我既没经验也没兴趣，也不是我工作职责以内的事，被找去陪客户吃饭喝酒，甚至去歌厅，我不行。再说，销售有十几个女员工，为什么非得找我一个做媒体策划的去招呼客人？"

"公司有需要，员工就必须去。"武卫东语气生硬地答道。

"那也得看公司的需要是什么，去的员工能不能胜任。比如，武总，前天晚上陪吃陪喝陪唱的事我就不能胜任。在此之前，我就跟您说了……"

"你不是胜不胜任的问题，你是想不想的问题。"武卫东打断肖迪的话，提高嗓音说。

"对，武总，我不胜任也不想，更不理解。"肖迪还是平静地答道。

"在我这儿你理解要执行，不理解也要执行。"说完武卫东猛抽了口烟，继续说，"你以为这是在你家呢，你拿公司的薪水，就要服从公司的领导。我已经答应何总了，下次你必须陪他吃饭唱歌，把因你前天晚上的行为给公司造成的损失补回来。"

听武卫东这么说，肖迪眼睛直视着对面的这个不讲理的领导，平静地答道："武总，我不去。"

武卫东一听肖迪这么说，立刻狠狠地拍了一下桌子，用手指着肖迪大声喊道："你不去下次就扣你半个月工资。"

肖迪看着武卫东，淡淡地说："哦，是吗？"

旁边人事部王经理一看武卫东这样，急忙拉肖迪的衣角。肖迪轻轻地将王经理的手拿开，然后看着武卫东，一字一句清楚地说："武先生，你对人怎么没有一点儿最起码的礼貌？你凭什么扣我的工资？就因为我没陪你的客户去歌厅？我告诉你，我前天不去，以后也不会去，因为我现在就辞职！"说完，肖迪转身对旁边的王经理说："王经理，麻烦您算算我这几天的薪水，然后扣了税打到我账上。请您注意，我不接受扣我100元。合同里虽然要求我在试用期间需要提前3天跟您说我要辞职，但因为武先生强迫我做我做不了也不是我工作职责以内的事情，所以我现在通知您，我马上辞职。"说完站起来，转身走出武卫东的办公室。

刚走出武卫东的办公室，肖迪就听人事部王经理在身后说："武总，我跟您说过用对别的员工的方法对她不行……"

从武卫东的办公室里出来，肖迪快步回到自己的工位开始收拾东西。方小芳和易晨围过来。易晨问："组长姐姐，中午又要出去陪吃？"

肖迪笑着说："这才几点，就中午出去陪吃？不是，我已经辞职了。"

方小芳和易晨听后大惊。方小芳问："为什么呀？"

"就是为了不当'三陪'，陪吃陪喝陪唱，不不亲装亲，不近假近！"肖迪答道。

方小芳一挑大拇指，说："牛！"

"那我以后可惨了……"易晨在旁边小声地说。

正说着，人事部王经理和周伟走过来。方小芳和易晨看见他们过来，马上回到自己的工位上坐下，但耳朵还是听着这边的谈话。

"肖小姐，您别生气，武总就是急脾气，您千万别当真，国内围客户、争订单就是这样，您时间长了就适应了，您先到我办公室消消气。"人事部王经理小声对肖迪说。

听人事部王经理说完，肖迪态度很坚决地说道："王经理，我真就当真了，您现在也觉得我不适合再在这儿干了吧？谢谢您给我这机会，能让我在这儿上几天班。但我不适合在这儿工作，我相信时间长了我也适应不了，谢谢。"

人事部王经理有些着急："别这样，别这样。"

肖迪边收拾着桌上的文件边对人事部王经理说："其实，工作也是双向选择。"等收拾完桌上的文件，肖迪拉开双肩包，冲王经理说："王经理，您看看，我包里装的都是我的东西，我会马上给您写一份辞职报告，辞职从今天开始有效，麻烦您把手续什么的寄给我。"

听肖迪这么说，人事部王经理脸上很尴尬。站在一边的周伟这时说："肖小姐，您听我说，武总也是为下半年的订单着急，何总那边的订单对公司又特别重要，所以可能态度不是特别好……"

肖迪看着周伟，说："我不想再讨论他的态度，对不起，我辞职了。"说着，肖迪看了一眼人事部王经理，把双肩包拉上拉链，背在身上，转身跟方小芳和易晨握了手，说声"再见"，便向公司门口走去，留下背后的人事部王经理和周伟看着她的背影呆呆地发愣。

出了速佳乐，肖迪给乔勇发了一条短信：辞了工，回家！

马上，乔勇打来电话："为陪吃陪喝陪唱的事？"

"是，更为那个武卫东的恶劣态度和德行。国内销售要都像他那么做，没个好。"

"我支持你，晚上我请求陪您吃陪您喝，您要有兴趣，还陪您唱，主要是给您压惊外加'逗你玩儿'。"乔勇马上说。

"不出去了，晚上我做点吧。"

"不能，你现在回家，换上特舒服的衣服，歇会儿，喝杯咖啡什么的，想想晚上去哪儿，我下班前给你电话。"

肖迪想了想，答道："也成。"

47

于倩倩这几天的心情已经逐渐地平稳了，她每天都在查自己的私人电子邮件信箱，自从上次那个威胁她的人拿到了至盛的订单信息后，再也没给她发过任何邮件。于倩倩虽然时不时还在思索对方到底是谁，通过什么方式拍了自己的那些照片，但她更多的时候还是祈求这件事能就这么过去，没人知道，没人再提。

这期间张丹跟于倩倩通过几次电话，告诉她自己已经跟翟小松分手，现在跟龚书林在一起，等龚书林办完离婚手续，明年就跟他结婚。对张丹跟龚书林在一起，于倩倩非常不认同，这其中不但有翟小松曾经帮助过自己的原因，也有不喜欢龚书林和冯军,不愿意跟他们做亲戚的原因。但看到张丹已经决定,于倩倩也就不好再说什么。

前几天,于倩倩也给张丹打过电话,问张丹知道不知道冯军在哪家外企工作。张丹说不知道。于倩倩让张丹问问龚书林,看他知道不知道,然后告诉自己。但张丹问了龚书林,后者说没记住冯军那个洋文公司的名字,让她们直接去问冯军。张丹于是给于倩倩打电话,问于倩倩想知道冯军公司名字干什么,是不是想跟他处朋友?要那样,她可以直接给冯军打电话问他。于倩倩不想再跟冯军有任何联系,就说:"不是,就是想问问。既然龚书林不知道,就算了。"

这天下班,于倩倩在外面买了外卖带回住处,她打开电脑登录到自己的私人电子邮件信箱,想边吃晚饭边看看是否有新的邮件。刚进入邮箱,就看到收件箱里有一封从自己非常厌恶、曾经勒索过自己的那个邮件地址发来的邮件。于倩倩瞬时停下筷子,呆了几秒,轻轻点开那封邮件,看到下面的邮件内容:

还得请你帮我们一次,了解一下洪阳是否跟PCT签了下半年订单合同。我们保证这是最后一次。

于倩倩呆呆地看着这封邮件,足有两分钟,突然站起来,转身趴在身后的床上放声大哭起来。

也不知哭了多长时间,于倩倩慢慢止住哭声,一股愤怒的情绪逐渐代替了恐惧。于倩倩坐起来,擦擦眼泪,想着对付邮件那头那些人的办法。于倩倩刚来北京没几个月,没有什么朋友,除了张丹也没有其他亲戚。于倩倩心想,不能跟张丹说,跟她说了,她如果嘴不严,不知什么时候自己的父母就会知道。但遇上这种恶事,一般人也帮不上忙,在想了很长时间后,于倩倩决定报警,然后从PCT辞职。

晚上9点多,乔勇跟肖迪吃完晚饭正往公寓走,乔勇裤兜里的手机响了。乔勇拿出手机接起电话,听见电话里于倩倩的声音:"乔总,您有时间吗?我想跟您说点儿事。"

乔勇一听,就问:"什么事?"

"我有点急事……"于倩倩在电话里有些吞吞吐吐。

听见于倩倩在电话里吞吞吐吐的,乔勇就问:"怎么了,倩倩,你现在在哪儿?"

"我刚从我们这边派出所出来,有件事想跟您说。"于倩倩小声地在电话里说。

"派出所?你去那儿干什么?暂住证出问题了?"听于倩倩说刚从派出所出来,乔勇马上问。

"不是……"于倩倩依旧小声地答道:

"好,告诉我你在哪儿,我马上过来。"乔勇对电话里的于倩倩说。

"这旁边有个咖啡店,我在那儿等您成吗?"

"成。"乔勇回答。

乔勇问了咖啡店的位置,挂了于倩倩的电话,对肖迪说:"我们公司前台的员工于倩倩,不知道出了什么事,说是刚从派出所出来,要跟我说点儿事,电话里她也不说是什么事。你跟我过去一下?有什么事你在也方便。"

"我去合适吗?"肖迪问。

"听我的吧。"乔勇边拦住一辆出租车边对肖迪说。

乔勇和肖迪来到咖啡店,看见于倩倩一个人坐在靠窗的一个咖啡座里,桌上只有一杯水。乔勇环视了一下这个咖啡店,虽然已经快10点了,但这个咖啡店里的客人还是很多。

乔勇跟肖迪来到于倩倩面前,看见于倩倩像是刚哭过,眼角还挂着泪痕。乔勇走上前,叫了一声:"倩倩。"

于倩倩抬起眼,看见乔勇后面的肖迪。乔勇赶快说:"倩倩,这是我爱人肖迪,没有不方便吧?"

于倩倩脸上放松了一些,站起来,说:"哦,没有。"

乔勇和肖迪在于倩倩对面坐下,听见于倩倩说:"乔总,您爱人真漂亮。"

乔勇为了活跃一下气氛,说:"是吗?我倒没太觉得。"然后马上问:"倩倩,这么晚,你去派出所干吗?"

于倩倩没有说话。

看到于倩倩这样,肖迪站起来,说:"可能倩倩想跟你单独说。"

看见肖迪站起来要走,于倩倩赶忙伸出手拦住肖迪,说:"肖姐您别走,没事。"

听见于倩倩这么说，又看见她脸上表情真诚，肖迪就又坐了下来。

乔勇看着对面的于倩倩，问："倩倩，你想喝点什么？"

于倩倩摇摇头。等了一会儿，于倩倩说："乔总，我对不起您和公司……"

"怎么了？"乔勇问。

于倩倩停了几秒钟，然后说："乔总，我跟您说件事，请您尽量为我保密成吗？"

乔勇纳闷，不知道于倩倩出了什么事，问道："什么事？"

这时，咖啡店服务员过来，问乔勇他们需要点点儿什么。乔勇要了3杯咖啡，然后，扭头看着于倩倩。

于倩倩明显地犹豫着，小声又问了一句："您能为我保密吗？"

乔勇看了一眼肖迪，说："倩倩，你得先告诉我你遇到什么事了。你要觉得不想说，千万别勉强。"

于倩倩点点头，等了一会儿，然后深吸了一口气，把照片以及受人敲诈将至盛的订单信息泄露出去的事情跟乔勇说了。说完了，于倩倩对乔勇说："乔总，我刚才已经报警了，警察已经立了案。本来我想马上辞职的，但警察说要抓住那些人，我现在还不能辞职，因为那些人可能打电话去公司，看看我还在不在。我知道我给公司造成了巨大损失，也犯罪了，等警察抓到那些人，我马上辞职，或者你们开除我，把我抓起来，反正怎么都成。"

听完于倩倩说的，乔勇非常吃惊。他想不到有人竟会使用这种下三烂的手段窃取商业机密。看着坐在对面的于倩倩，乔勇不知道这个小女孩儿这些天是怎么过的，怎么能承受这种压力。但到底是谁干的？乔勇想，如果至盛的订单又回莫拉那儿了，这事就肯定跟莫拉有关。但现在要赶快安慰一下眼前这个涉世不深的小姑娘。所以于倩倩刚说完，乔勇马上说："倩倩，逮坏人的事交给警察。你放心，我和肖迪不会跟任何人说。你也别想太多，公司那边你放心吧，不会有什么事。在这件事中，你是最大的受害者。"

听乔勇这么说，于倩倩的眼泪马上流了下来。肖迪见状，赶紧从桌上拿起一张纸巾，递给于倩倩。于倩倩接过纸巾，边擦眼泪边对乔勇和肖迪说："谢谢。等警察抓到他们，我会马上离开公司。"

10分钟后，乔勇和肖迪送于倩倩走出咖啡店。乔勇为于倩倩拦了一辆出租车。等于倩倩上了出租车，车开走后，肖迪看着远去的出租车，轻轻问旁边的乔勇："倩倩来北京多久了？"

"就几个月吧。"乔勇答道，然后又加了一句，"来北京几个月碰上这种事。"

"一个很勇敢的小姑娘。"肖迪小声对乔勇说。

乔勇点点头。

48

张丹自从跟了龚书林以后就把工作辞了，并且一直跟龚书林住在他海淀的那套房子里。龚书林对张丹也不错，不但帮张丹的父母在东北买了房，还多给了张丹5万块钱，让她给老家汇过去准备装修新房时用。同时，龚书林给张丹买了辆富康车，把每个月给张丹的"生活费"提到6000块。龚书林还答应，等明年结婚的时候，用张丹的名字给她买套房，这使张丹尤其感到心满意足。

但最近张丹发现龚书林老是愁眉苦脸的，好像心事特重的样子，还经常晚上喝酒，一喝还就喝得大醉。张丹问是不是公司出了什么事，龚书林也不说。有一次张丹下午做完面膜、美完甲去公司找龚书林，发现他公司的员工少了不少，办公区通往仓库的门也锁上了。问龚书林怎么回事，龚书林只是简单地说员工出去办事了，锁门是防备员工偷小件五金产品。可张丹觉得龚书林没说实话，因为好多工位全清空了，没有任何办公用的东西。

这天张丹像往常一样，早上10点多还懒洋洋地躺在床上看时装杂志，正看到一款她过去没见过的新款时装想仔细看看时，突然听到外面有人按门铃。本来张丹不想起来开门，心想可能是查水表的，但外面的人一直不停地按。没办法，张丹下床穿上拖鞋，来到门口。从门镜里，张丹看到是龚书林，马上把门打开。但张丹没想到，她刚把门打开，就从外面进来几个警察。走在最前面的警察向她出示了搜查证后问张丹："你叫张丹？"看到警察，张丹一下就傻在了原地，下意识地点点头，抬眼看着龚书林，像是问："出了什么事？"

就听那个出示搜查证的警察说："我们是公安局的，现在要对这里进行搜查，请你配合。"张丹听完，看着龚书林。龚书林一句话也不说，只是在两个警察的陪同下，走到放在卧室里的保险柜前面，打开保险柜，然后闪到旁边。这时，从外面又进来两个戴着手套，手里拿着塑料袋的警察。他们来到保险柜前，其中一个年纪大点儿的警察蹲下去开始从保险柜里往外拿东西，另外一个从制服兜里拿出一个笔记本记录。那个年纪大点儿的警察从保险柜中拿出几张光盘后，先是翻着看了看，发现没有任何标记，于是站起来，来到龚书林面前，将光盘举到龚书林眼前，问："这里面是什么？"

"没什么。"龚书林看了一眼歌厅郭老板给他的通过针眼摄像机偷拍的，已经刻在这几张光盘上的他的几个客户在歌厅里的录像，简单地答了一句。

"什么叫'没什么'？我在问你这些光盘里面是什么？"警察追问。

龚书林低下头，没有说话。

警察又把手上的光盘翻看了一下，转过身来到张丹面前，问："张丹，你知道这些光盘里面都是什么吗？"

张丹茫然地摇摇头。

警察没有再问什么，走到保险柜前，示意做记录的警察把光盘做了记录并照了相后，将那几张光盘放进一个塑料袋，然后继续从保险柜里往外拿东西。

张丹看着眼前这一切，心里非常害怕。她想去洗手间把穿着的睡衣换了，但刚往洗手间方向走了两步，就被一位警察制止了。这位警察要求张丹坐在桌子旁边的一张椅子上，不能走动，也不能接、打电话。

搜查持续了一个多小时。等搜查完，其他警察把龚书林带走后，那个向张丹出示搜查证的警察过来，问张丹："你跟龚书林什么关系？"张丹站起来，吞吞吐吐地说："朋友，男女朋友。"

"他可还没离婚呢。"警察话里带着明显的讽刺。

"他在办离婚手续。"张丹小声答道。停了一下，张丹鼓起勇气问道："龚书林出什么事了？"

警察环顾着这间装修豪华但略显土气的客厅，说："涉嫌经济犯罪并且金额很大。"

张丹一听"涉嫌经济犯罪并且金额很大"，一下又坐回到椅子上。那位警察接着说："张丹，请你在这段时间不要离开北京，我们可能随时需要向你询问问题。你如果有事需要离开，必须提前跟我们联系，我们同意后，你才能离开。"说着递给张丹一张印有他姓名和电话号码的名片。

张丹用颤抖的双手接过名片，小声说："我跟他刚处朋友，他的事情我什么也不知道，真的。"

"希望你说的是事实。"警察说着向门口走去。

"是事实。"张丹在警察身后喊道。

等警察走了，张丹关上门，慢慢地走回到卧室里，恐惧加后悔一下占据了她。张丹心想，自己怎么这么倒霉，刚跟龚书林住在一起没几天，他就摊上了事。昨天张丹母亲还打电话夸张丹找对了对象，让张丹催龚书林赶快把婚离了，还说房子已经定下了，装修公司也找好了，等拿到钥匙就开始装修，可今天就出这种事。但龚书林到底出什么事了，事有多大，自己总得找人问问。想到这儿，张丹找到手机，拨通了龚书林秘书刘燕的电话。

电话响了很长时间，刘燕才接起电话："张姐。"刘燕在电话那头叫了一声。

"刘秘书，老龚出什么事了？"张丹马上问。

刘燕没直接回答张丹的问题，而是在电话里小声说："张姐，我已经辞职了。"

张丹听刘燕辞职了，先是一愣，但马上对电话里的刘燕说："刚才警察来了，说是老龚犯了法，你知道他犯了什么法吗？"

刘燕在电话那头没有说话。

张丹有些着急，对电话里的刘燕说："我求你了，能告诉我他出什么事了吗？"

等了一会儿，就听刘燕在电话里说："张姐，具体事情我也不太清楚，但听说好像挺严重的……我这边还有事，不能打了。"

没等张丹说话，刘燕就把电话挂了。张丹在刘燕挂了电话后，又冲着手机大声

"喂"了好几声,电话里没人理她。她突然有了一种绝望的感觉,把手机使劲摔在床上,然后一下趴在床上号啕大哭起来。

49

乔勇最近因为事情多,好几天没有去健身房了,已经开始感到浑身不自在。这天一下班,乔勇马上抄起装着他健身用的鞋和衣服的双肩包直接来到健身房。早上乔勇上班前已经跟肖迪说过,下午下班后自己必须得先去健身房跑步机上跑3000米然后再回去吃饭,让肖迪别等他自己先吃。

刚进健身房,乔勇就看见黎晓从里面向门口走来。

"这是下班了?"乔勇问。

黎晓见乔勇进来"啊"一声,然后马上说:"有日子没见您了。"

乔勇注意到黎晓把称呼自己的"你"改成了"您"。可能是自己告诉她已经结婚了之后,黎晓想通过称呼的改变,表明一种态度并且拉开跟自己的距离。这在北京女孩儿中很常见,意思是:你不是我的菜了。

"您别老'您''您'的成吗?您都把我'您'老了。"

"您不是也'您'了吗?"黎晓笑着答道。

"咱都甭'您'了成吗?"乔勇建议。

"成。"黎晓回答得干脆,接着又说,"上次跟你说的那件事,你考虑得怎么样了?"

"是那慈善扶贫的事?"乔勇问。

"是教育扶贫,向想上学但没钱的孩子提供帮助,也去贫困地区志愿短期教书。我下月一休年假就去广西支教。"黎晓话中带着兴奋。

"你去广西教书?"乔勇有点不相信。

听出乔勇不太相信自己去广西当志愿者，黎晓的表情立刻变得严肃起来："怎么了，不行啊？"

乔勇忙说："没说不行，没说不行，就是担心您这身子骨，能顶着住吗？"

"你忘了我是练体育的？800米是我过去的专项。"黎晓语气中带着自豪。

乔勇摇摇头，说："不一样，我是说生活条件，吃、住什么的，你一个女孩儿，我是说你一个北京女孩儿不远万里……"

"北京女孩儿怎么了？"黎晓打断乔勇的话，"那些都不在话下，先说你能不能让我们在你这儿'打次土豪，分次浮财'，帮助一下没钱失学的小孩儿。"

乔勇面露委屈地说："我一劳动人民……但是，为了支持您的善举，您打，您由着性儿打，给我们留一口就成。"

黎晓笑了："教育慈善，你这是积德的事，不吃亏。"

乔勇连忙点头："我这不是了然着呢吗，我跟我爱人每人1000，您看成吗？"

"你别问我，只要你们觉得合适就成。"黎晓的语气又带着攻击性。

"那每人2000吧，什么时候？我把钱往哪儿送？"乔勇说。

"明天我们去你那儿吧，4000元能定吗？"黎晓一副公事公办的表情。

"定了，先就是它了，不够以后再添。"乔勇答道。

"那收据抬头开谁？"黎晓问。

乔勇笑了："真挺正规的哈，还有收据，我赞成。"

"当然，我们账目也是公开的，你可以随时审计。"黎晓说。

"那写我爱人吧，肖迪。"说着，乔勇从前台拿过一支圆珠笔和一张小纸片，把"肖迪"两字写在上面，然后递给黎晓。

黎晓看了一眼小纸片上的名字，说："名字还挺好听的，人也不赖吧？"

"感情，正经不赖。"乔勇自豪地说。

黎晓把小纸片折了一下，放进双肩包里，说："乔总，现在外企像你这样说话的高管不多吧。"

乔勇假装严肃："又来了，我这不是碰见北京人民了吗？要你一外国人，我花旗语、英吉利语什么的，也能白话（音'huó'）几句，也成，也有。"

黎晓笑了，说："那你明天想着准备钱，我们去前会先电话通知你。你赶紧进去吧，晚了没跑步机了。"

乔勇点头："成，那你明天多受累……"说着，乔勇走进了健身房。

乔勇在跑步机上刚跑了1000米，就听见手机响，拿起一看，是翟小松的电话。乔勇按下跑步机的"暂停"键，接起电话，就听电话里的翟小松说："哥们儿，你说这人还要不要脸了？"

"小松你这是跟谁？"听翟小松一上来就没头没脑地说了这么一句，乔勇就问。

"张丹！"翟小松的语气里带着明显的不屑。

乔勇一听翟小松说的是张丹，就说："怎么了，你不是不理她了，跟她没联系了吗？"

就听电话里翟小松说："是呀，我这儿正跟我媳妇儿和着好，亚运村这边也准备退房了，说话就要搬回去我们全家团圆了，可张丹刚才不知从哪儿突然又冒出来了，给我打了个电话，说她跟的那个男的犯了事，上礼拜家被警察抄了，人也被抓走了，说不定过几天检察院法院什么的就得去查封那男的的房子。她说她害怕，不想再在那男的家里住了，问我亚运村的房退了没有，要没退她想搬回来住，说得特可怜似的。"

"那男的犯了什么事了被抓？"乔勇问。

"开始张丹还不想说，看我不想管要挂电话，就说律师跟她说是偷税和假发票什么的，说数挺大，还说那男的在歌厅偷着录了他客户胡搞的录像，想今后用那些录像要挟人家，让人家从丫那儿进货，张丹也没细说。操，我还当丫找了一什么鸟哪。"

"张丹什么意思，还想回来跟你好？"乔勇问。

"别逗了，怎么可能！"翟小松回答得干脆。

"那你什么意思？"乔勇问。

"我觉得特他妈没意思，你说人怎么能这样？我敢保证当初张丹还跟我在一块的时候，就是跟那男的不清不楚并且还这个那个了，要不怎么老关机不接我电话，从我这儿一搬走立马就他妈找不着人了？现在那男的出事了，坏了菜了，褶子了，她又冒出来回头过来找我！"翟小松在电话里边说边骂。

"那她干吗不回老家？"乔勇问。

"说是警察不让走。"翟小松答道。

"小松，你要能帮想想你就伸把手，你要不愿让她搬回亚运村，你就帮她找个住的地方，怎么说也在一起过过。"乔勇对电话那边的翟小松说。

电话里的翟小松等了一会儿，然后说："我跟她说得想想，给你打电话，想听听你的建议。操，想起当初她做的那些混蛋事，我就一肚子气。"

"要我说，能帮就帮一下。"乔勇说。

"本来我还想她干吗不去找于倩倩，她们可是亲戚呀，后来我明白了，估计是嫌寒碜，操！"

"现在甭聊这个了，你赶紧想想是否帮她一下。"

翟小松在电话里愣了一下，然后说："那我帮她在别处找一住的地方吧，甭回这儿来，想着就腻味。"说完接着问了一句："你干吗呢，旁边乱七八糟的？"

"健身房。"乔勇答道。

"您真行。"

晚上，乔勇正在吃饭，Peter打来电话，说洪阳的葛志鹏刚给他打过电话，告诉他今年下半年不从PCT走货了。听到这个消息，乔勇马上问电话里的Peter："他说什么原因了吗？是因为结算问题吗？"

"没具体说，只说这是洪阳管理层的决定。"Peter答道。

"他不就是管理层的一员吗？"乔勇像是跟自己说又像是问Peter。

"是呀，我心里也是这么想的，但没说。"Peter答道。

"他们是不是已经定了？"乔勇问。

"是。"Peter答道。

乔勇想了一下，对电话里的Peter说："知道了，Peter，明天早上又得麻烦你再调一下下半年的销售预测，洪阳一走，我们下半年销售预测表内剩的东西不多了。"

"好的。"Peter应着。

挂了Peter的电话，乔勇慢慢地重新拿起筷子，但他没有去夹菜。肖迪在一边看见乔勇这样，起来替他倒了一杯水，放在他前面，说："公司有事？"

乔勇点点头，说："主要客户撤了单。"

"严重吗？"肖迪关切地问。

乔勇苦笑一下，答道："今年销售指标不但完不成，还会比去年大幅度地下降，美国人肯定觉得在北京的这个代表处不但一点用没有，还帮了倒忙。"

肖迪轻轻叹了口气，说："国内现在竞争这么激烈，商家彼此都杀红了眼，什么阴损招儿都用，而且犯罪成本又这么低，想通过正常竞争取得订单，难点儿。我们那儿不就是这样，订单全得在饭桌和歌厅里搞定，可能现在人就喜欢这种方式，可咱们又接受不了那些不三不四的东西，所以呀，在争取客户方面，我们这种人开始就输在了起跑线上。"

乔勇点头，说："没辙，发展到这个阶段可能就得是这样，现代经济是建立在信用和信誉基础上的，这咱们都知道，但咱们这儿要达到这个水平还有很长一段路。不说公司的事了，我得给约翰和斯考特发个电子邮件。"

在给约翰和斯考特发邮件之前，乔勇想最好先跟斯考特说一下洪阳撤单的事，于是拿出手机，拨了斯考特的手机号码。斯考特接起电话后，乔勇听见背景非常嘈杂，像是摇滚音乐会。

"Hi, Qiao."（你好，乔。）斯考特几乎是喊着说的这句话。

因为背景太嘈杂，乔勇几乎听不见斯考特的声音，于是大声冲电话问："Scott, can you hear me OK？"（斯考特，你能听见我说话吗？）

斯考特也提高了嗓音："No, I am in a rock and roll restaurant, eating my dinner. What's up？"（听不清，我在摇滚餐厅吃晚饭。什么事？）

乔勇勉强能听清斯考特说的，于是又提高了声调，对电话里的斯考特说："Scott, HY will not place PO with us for the reminder of this year. Can you hear me？"（斯考特，洪阳今年剩下的时间不会给我们订单了。能听见吗？）

"HY what？I can barely hear you."（洪阳什么？我听不见你说的。）斯考特在电话那头大声说。

乔勇不想这么跟斯考特喊着说话，就说："I will text you and send you an email later."（我等会儿给你发短信和邮件吧。）说完就挂断了电话。等给斯考特发了一条"HY won't place PO with us"（洪阳不会给我们订单）的短信后，乔勇打开电脑，给斯考特写了如下一封电子邮件并抄送给约翰：

Scott,

HY's Ge has told Peter they will not place PO with us for the reminder of this year. He said that the decision had been made by HY management and did not elaborate. I feel they have gone to Mola. We will amend China pipeline report accordingly tomorrow.

Qiao Yong

（斯考特，洪阳的葛已经告诉Peter，他们今年余下的时间里不再给我们下订单了。他说这是他们管理层的决定，除此之外他没再细说。我觉得他们是被莫拉抢走了。明天我们会对中国市场销售预测做相应的修改。乔勇）

邮件发走后几分钟，约翰的回复就到了，但只一句话：

Scott and Qiao,

There will be literally nothing left in the China pipeline.

John

（斯考特，乔，那在今年剩下的时间里，中国市场销售预测报告上的数字基本上是零了。约翰）

看到约翰的回复，乔勇看了看手机上的时间，知道现在洛杉矶还不到早上6点。这时肖迪走过来，说："饭都凉了，我给你热了一下，快吃吧，太晚吃晚饭不好。"

"我刚给约翰发了个电邮，他就回复了，现在洛杉矶那边还不到6点。但给在北京的斯考特发的短信，他到现在还没回。"乔勇对肖迪说。

"别想了，快吃饭吧。"肖迪催促着陪乔勇来到饭桌边坐下，乔勇边吃边对肖迪说："咱们得准备搬家，PCT中国代表处业务不好，人员上恐怕会有变动，说不定就会变到我这儿，真要那样，这儿就不能住了。我不想再回洛杉矶，我也回不去了，我那边的职位已经被别人占了。"

肖迪点头，说："成，要不就搬到我爸妈那儿吧，他们就老两口，简单。"

乔勇摇摇头，说："老人都希望安静，咱们不能打扰他们。我爸妈那儿还有一套一室一厅的补差房，咱们可以先搬到那儿去，里面家具什么的虽然旧点儿，但都全。"

肖迪点头同意。

乔勇接着说："还有，我上海的那几个朋友一直想让我去上海参与他们那个项目，这事我们讨论有小半年了。我也一直想自己创业，做点什么，国外好多大公司经理不都是在大公司干几年后，就出来自己创业吗？我也想试试。"

"那个贸易结算和信贷的项目？"肖迪问。

乔勇点头说："是。"

"我看成，那资金呢？"

"开始时不需要太多，已经有几家机构看了商业计划书后特有兴趣，打算先期融600万。"乔勇答道。

"你决定去了？"肖迪问。

乔勇摇摇头："我还没有，还得想想，也想跟你商量一下。"

"也许你们公司不至于马上调整你吧？"肖迪说。

"我知道他们的行为模式，咱们做最坏的打算吧。"乔勇说道。

肖迪点头，说："那我听你的。快吃吧，都快凉了。"

第二天乔勇提前半个小时就到了代表处，刚进代表处，就看见于倩倩在用抹布擦拭前台桌子。"早，倩倩。"乔勇向于倩倩问了声好。

于倩倩抬起头，见是乔勇，就说："早，乔总，我正等您，有件事想跟您说。"

乔勇停下来，看着于倩倩，等她继续往下说。

于倩倩看看乔勇后边没有人，压低了声音说："警察前天晚上抓到那个人了。昨天晚上警察告诉我说，他们已经确认就是他干的，昨天因为太晚了，所以没有给您打电话。"

乔勇高兴地说："真快呀，在哪儿抓到的？"

"在一个网吧，您猜是谁？"

乔勇摇摇头，问："谁？"

"是冯军。"于倩倩恨恨地说。

乔勇不认识冯军，就问："谁是冯军？"

"他就是跟我表姐在一起的那个男的的外甥。"于倩倩答道。

乔勇一听，就说："那个男的不是出事了吗？"

"出什么事了？"于倩倩忙问。

"怎么，你还不知道？前几天警察就把他带走了。"乔勇说完，问于倩倩："怎么你表姐没跟你说？"

"我跟我表姐已经好长时间没联系了，她嫌我不喜欢那个人，还老替翟哥说话。"于倩倩答道。

乔勇没有说话。

于倩倩接着说："还有呢，我昨天才知道，那个冯军是给莫拉公司打工的，是那儿的销售经理……"

乔勇一听，也是一愣，赶忙问："你说什么，莫拉？"

于倩倩点点头。

乔勇立即全明白了，原来莫拉的人通过下三烂的方式，要挟了于倩倩，窃取了至盛要将订单转给PCT的信息，然后不知道又通过什么方式使至盛改变了主意。想着，他看着于倩倩，说："倩倩，这些日子你受委屈了，没想到那个姓冯的能干这种事，简直混了蛋了。"

于倩倩点点头："前几天，警察一直让我通过电子邮件跟他保持联系，跟他说，我正在想办法弄洪阳的订单信息。警察不让我辞职是对的，我确实接了几个找我的电话，但等我刚说'是我'，对方就马上把电话挂了。"

乔勇摇摇头，说："难为你了，倩倩。我爱人说你是一个很勇敢的女孩儿。"

于倩倩不好意思，脸有些红，说："没有，我特别害怕。警察到他家，在他的电脑里搜出好多他拍的我的照片。"

乔勇不解："但他怎么……"但话刚说了一半，乔勇没往下说，觉得这是于倩倩的隐私，自己不该问。

于倩倩见乔勇只说了半句话就不说了，马上说道："是他有一天骗我说要告诉我一些关于我姐的事，把我约到了一个餐厅然后在我饮料里下了药，等我迷糊了干的，警察现在正审他呢。"

乔勇轻轻地叹了口气，说："他是把他自己给毁了。"

"活该！"于倩倩气愤地说，然后问，"哦，对了，您刚才说我姐跟的那男的出事了，那我姐呢？"

"我也不太清楚，你问问小松吧。那男的出事后，你表姐找过小松，他可能知道得多些。"乔勇答道。

"我姐干吗还找人家翟哥？她为了钱，那么对不起翟哥……"

"倩倩，为了钱做对不起别人的事的人，从古至今就没断过，咱们烧高香，就指望这辈子这种人别让咱们碰着……"

听了乔勇的话，于倩倩低头小声自言自语地说："可是让我碰见了。"然后抬起头，对乔勇说："乔总，今天是我最后一天，我昨天晚上已经跟Tracy说家里出了点儿急事，我必须得回去一趟。但我走后，就不想回来了，请您给我保密。这半个月的薪水我也不要了，就当是我对公司的一点愧疚表示吧。"

乔勇看着眼前这个20多岁的女孩儿，觉得她不但很勇敢，还很仗义，就说："倩倩，公司这边的事你不用担心，我会帮你争取的。下一步你有什么打算？"

"我想先回老家待段时间再说，在北京的这段时间让我觉得特累。"于倩倩答道。

乔勇点点头，说："好吧，家是我们永远避风的港湾。倩倩，如果你愿意，你有我的联系方式，我们保持联系。"

于倩倩点点头。

看于倩倩又开始擦桌子，乔勇就说："别擦了，保洁阿姨马上就到了。"

"我想自己擦干净，给接替我的人留一个干净的环境。"于倩倩答道。

乔勇听完于倩倩的话，愣了一下，没再说话，转身走向自己的办公室。

50

在乔勇的印象里，10月底，应该是秋高气爽，天空很蓝的季节。乔勇回来6个多月的时间里,很少见到蓝天。这几天,北京的天空更是一直被一种不知是什么的东西罩着,灰蒙蒙的。

同窗外灰蒙蒙的天气相比,PCT中国代表处的气氛更加压抑。经过半年多的经营,PCT中国国内的销售业绩不但没有像公司预计的那样保持稳定,反而因失掉洪阳这个主要客户大幅度下降。同时,根据美国PCT总部的信息,中国市场进口PCT和莫拉产品的规模,比上一年增长了10%,也就是说,PCT在中国市场上的市场份额也出现了大幅度的下降。纽约高层已经明确表示不能接受PCT在中国市场销售地位如此下降的情况,他们需要有人对此做出解释并负责。

斯考特在来北京前,已经细致地向杰夫了解了中国市场的全面情况。杰夫跟他说,PCT管理层估计今、明两年公司在中国市场销售业绩不会出现太大的起伏,PCT管理层这两年也不会给新成立的中国代表处首代太多的业绩压力,能增加销售量最好,如不能,维持住原有的销售水平就可以。因为PCT中国市场的客户,特别是洪阳,都是十几年的长期客户,不会轻易被其他厂家拉走。杰夫是想让斯考特申请北京的首代职位以离开竞争激烈的日本市场。杰夫告诉斯考特,约翰可能明年退休,只要斯考特在北京待到明年6月,最晚后年6月,他就可以在约翰退休后,申请约翰空出来的国际部主任的职位。

斯考特来北京前就计划通过招聘过程,控制PCT中国代表处的人员。他也在来到北京后基本实现了这个计划。对乔勇,这个通过PCT内部招聘程序获得中国区副总经理职位的自己的副手,斯考特本来是打算通过雇用于倩倩,给乔勇一个人情,让乔勇感激自己,美国人讲:"You scratch my back, I scratch yours."(你给我挠背,我也给你挠背。引申为"相互帮忙"。)斯考特相信乔勇在美国待了那么多年,应该懂得这个道理。这样,乔勇在努力为自己维持住PCT中国市场的销售业绩的同时,还可以完全听命于自己。他相信乔勇的教育背景和对中国市场的销售经验,完全可以保证他胜任中国区销售和市场副总经理的工作。这样,自己就可以在北京清闲地享受一年半载,然后看看PCT美国那边或其他什么跨国企业有没有薪水更高的职位。但在乔勇拒绝在雇用Peter、Tracy和Tina的文件上签字后,斯考特觉得乔勇恐怕不是自己在中国的"Yes Man"(听命于自己的人)。但斯考特又想,自己来中国的目的,其实就是在简历上积累首代的时间,为自己的下一份薪水更高的工作创造条件。如果乔勇不能任何事都听命于自己，只要他能在这两年，特别是今年维持住PCT中国市场的销售量并使明年销售量增长一点儿，自己也不用太在意他是否对自己"感恩"以及事事听命于自己。重要的是，自己需要利用这个难得的在北京的时间，好好放松一下。同时，看看乔勇在工作中有什么是自己今后可以利用的失误，以防一旦业绩出现什么不利情况时，好对纽约有一个可以说得过去的借口。

但斯考特没想到，PCT这几个月在中国的营业额会出现这么大的滑坡。为顺利通过年度考核，以保证明年能继续待在首代位置上等待机会，他需要马上找到一个借口，一个合理的借口，来让纽约相信，他不应为销售业绩不佳负责。

从认为乔勇不是他的Yes Man后，斯考特就开始经常有一搭无一搭地向杰夫暗示乔勇"垄断"PCT中国市场销售工作，他想以后一旦销售不尽如人意预留一个伏笔。洪阳的撤单，也让斯考特猝不及防。年终考核将至，他马上意识到他需要立即使用那个"伏笔"来为自己开脱责任。所以这段时间，斯考特在跟杰夫和纽约其他PCT的同事的通话中，开始直接抱怨乔勇经常不向他汇报销售和市场情况。他向他们谎称，虽然他自己曾经多次询问，但乔勇总是不把全部中国市场的销售信息汇报给他，也经常不让他参加跟销售有关的活动。所以，虽然他是首代、总经理，对今年中国市场上出现的销售下滑应负责任，但最应负责的是乔勇。他觉得经过反复多次的抱怨，杰夫以及纽约总部的其他一些经理级主管似乎正在逐渐认可他的这种说法。

有了这种感觉之后，从知道洪阳年底前不再从PCT进货后的第二天开始，斯考特就故意改变了对乔勇的态度。过去见面时的寒暄没有了，代之以简短和面无表情的"Hi"（嗨），有时甚至连这个"Hi"都没有。斯考特希望通过这种方式，告诉乔勇："销售下滑，你要负责，我对你的表现不满意。"以此给乔勇施加压力，希望乔勇能感受到自己已不被上级经理认可的情况，主动提出辞职。斯考特的计划是，如果乔勇自己辞职，他将把今年中国市场烂业绩的责任全部推给乔勇，并通过招聘接替乔勇的替代人的过程，找一个自己信得过的人，比如，再争取把自己的那个已经下岗的同学招进来，以期今后完全控制PCT中国区的经营。

另外，斯考特已经从Peter那儿了解到，至盛的赵海波已经多次表示，今年取消对PCT订货已经使他觉得非常对不起PCT和乔勇，明年初一定会通过增加全年从PCT的订货量，来表示对PCT和乔勇的歉意。斯考特听了这个消息非常高兴，心想，如果能逼乔勇离开和明年至盛增加订单，他就能在纽约那边坐实他对乔勇工作不力的指控，同时他明年甚至后年的首代和总经理职位就安全了。

这些天，斯考特也从杰夫那里了解到，约翰正在认真考虑明年年中退休。如果真是那样，斯考特心想，只要纽约认定乔勇应为PCT中国销售业绩下滑负责，解雇乔勇，或乔勇自愿离开，自己就能顺利通过今年的年终考核，明年继续留在首代位子上，再加上至盛明年上半年增加的订单，他就能向纽约证明原来业绩下滑全是因为乔勇工作不力，现在乔勇离开了，在他的直接带领下，中国区的业绩马上就有了起色，以此向纽约一方面证明他向纽约汇报的关于乔勇的情况是真实的，解雇乔勇是应该的，同时另一方面，也证明他是一个高效的经理人员，这样他就可以在约翰退休后，在向纽约人事部门提出申请约翰空出的职位时更有优势。斯考特相信，如果事情真像他计划的那样，只要约翰退休，凭自己在海外市场的经历，有杰夫的支持，加上至盛明年的订单，他肯定能获得约翰空出的职位。

但乔勇至今也没有要辞职的意思。斯考特觉得自己明年的前景再好，如果今年年终考核因中国区销售业绩不佳得了低分，也是白搭。要通过年终考核，就必须让远在万里之外的纽约相信他对乔勇的指控并在年底的年终考核开始前，尽快通过什么方式让乔勇离开PCT。但怎么才能让乔勇离开呢？斯考特一直想不出好的办法。斯考特知道，如果乔勇不主动辞职，光凭"乔勇不让他参与PCT中国区销售工作"这一条，还不足以让纽约解雇乔勇，他需要一个更有力的理由去说服纽约。斯考特正在冥思苦想的时候，警察来到PCT中国代表处，向他通报了冯军的案情并了解于倩倩的情况。

警察来PCT中国代表处后，分别跟斯考特、乔勇和Tracy都谈了话。斯考特和Tracy也因此知道了有关于倩倩的情况。但乔勇不知道Tracy已将于倩倩突然辞职后，自己极力为她申请她这个月已工作了的两个星期工资的情况告诉了斯考特。乔勇更不知道这些天斯考特在向纽约汇报于倩倩情况的时候，已经把于倩倩说成是公司失掉至盛和洪阳订单的内部奸细。为推卸责任，在给纽约的电子邮件中，斯考特着重指出，于倩倩是乔勇介绍给PCT中国代表处的，乔勇没有让他面试于倩倩，并暗示乔勇可能也是竞争对手安插在PCT中国代表处的Mole（内奸）。

有了于倩倩窃取PCT商业机密这件事，斯考特相信他已经找到了让乔勇为PCT中国代表处的不佳业绩负责和挤走乔勇的最佳理由。虽然乔勇在警察走后，在跟斯考特谈及于倩倩，请他基于于倩倩是整个案件受害者的实际情况，不要再追究于倩倩相关责任的时候，斯考特满口答应，但他一直没有回复乔勇让他确认同意不追究于倩倩责任的邮件。更有甚者，斯考特故意在乔勇把根据他口头同意的、不追究于倩倩责任的决定通知警察后，才将于倩倩的情况告诉纽约的杰夫及洛杉矶的约翰，并且再次着重指出：乔勇是介绍于倩倩来PCT中国代表处工作的人，同时乔勇是在没有经过他本人同意的情况下，通知中国警察，"谎称"PCT决定不追究于倩倩的责任了。

杰夫和约翰收到斯考特关于于倩倩的报告后，立刻请人事总监朱安通过人事途径，跟北京的Tracy核实情况。两天后，在收到朱安转来的，跟斯考特汇报的情况相同的Tracy的报告后，杰夫和约翰对斯考特所说的有关乔勇和于倩倩的情况便深信不疑了。他们已经原则同意，乔勇应为PCT中国市场年内销售业绩大幅下滑负责，已经不适合在PCT中国代表处继续工作了。杰夫也已经把这个意思告诉了斯考特，让他开始物色乔勇的替代者。

但斯考特希望把相关文件手续办得天衣无缝。

为达到目的，斯考特让人事的Tracy这两天找乔勇谈一谈。他已经让Tracy了解了纽约已经认为乔勇不适合再继续担任PCT中国区副总经理的情况，让Tracy把乔勇这几个月"违反"公司规定的行为写出来，特别是雇用于倩倩和让中国警察不追究于倩倩责任的事情写出来并跟乔勇过一下，过完了，争取让乔勇在核实文件上签字。斯考特这么做的目的，是想让纽约人事了解，PCT中国代表处已经按照PCT的人事规定，找乔勇谈了话。斯考特相信，不管乔勇在核实文件上签不签字，只要Tracy把跟乔勇谈话的内容发给纽约，他对乔勇的指控的可信程度就会再次提高。同时也是告诉乔勇，他有严重违反公司规定的行为，这种行为会导致公司将他开除，他要聪明最好自己辞职，离开PCT。

Tracy听了斯考特的要求，开始也很犹豫，但在她确信斯考特——这个PCT中国区的首代、总经理，希望让乔勇走路，并且斯考特的这个决定已经得到美国那边的同意后，就知道乔勇肯定得走人了，心想自己还要继续在这边做，绝对不能得罪斯考特，所以就同意配合斯考特。在把所有要跟乔勇过的文件准备好后的第二天早上，一上班，她就给乔勇打电话，在了解到乔勇上午没有外出的安排后，让乔勇10点来她办公室一趟，说要跟乔勇过一下今年的人事考核。

10点整，乔勇来到Tracy的办公室。看到乔勇敲敲开的门，Tracy站起来，说："早，乔总，请进。"

"早，Tracy。"乔勇边说边走进Tracy的办公室。

待乔勇坐下，Tracy随即也跟着坐下，然后说："乔总，今天请您过来，就是想把今年您人事考核的内容先简单地跟您过一下，我们要在11月底或12月初把纽约人事要求的所有中国代表处员工的年度考核信息发给他们。"

乔勇点头，说："好。"

Tracy接着说："乔总，您的考核其实应该由纽约人事做，但他们需要我们向他们提供一下您的一些信息，我们准备了一些，现在跟您核一下。"

乔勇点点头。

Tracy低头看了一下放在桌上的材料，然后抬头问乔勇："乔总，PCT今年中国区销售下滑37%，这个数字对吗？"

"对。"乔勇答道。

"您是具体负责PCT中国市场销售的，对吗？"Tracy问。

"我是，但斯考特是我的主管经理，我一直随时向他汇报中国区的市场及销售情况。"乔勇答道。

"您负责对洪阳和至盛的销售，对吗？"

乔勇点点头，答道："Peter赵具体负责对这两家的销售工作，Peter汇报给我。"

"于倩倩是窃取公司机密的人，是吧？"Tracy问完这个问题，没敢看乔勇，而是继续低着头，假装看面前的材料。

乔勇听着Tracy的用词，觉得不舒服，就说："Tracy，于倩倩的事你不是都知道了吗？她是受害者，不是不追究了吗？"

听见乔勇问自己，Tracy抬起头，躲开乔勇的眼光，答道："乔总，是，我只是想核一下信息，您别急。"

乔勇没有说话，就听Tracy接着问："于倩倩是您介绍的吧？"

乔勇平静地答道:"是,但我只是把她的简历交给了你,并让你转给斯考特。"

"但是只有我们两个面试了她,斯考特没有,对吗?"

"我记得我当时让你请斯考特面试她。"乔勇冲着又低头假装看材料的Tracy说。

"乔总,于倩倩跟您是什么关系?"Tracy继续低着头问乔勇。

"你知道的,没有任何关系,是我的一个朋友介绍的。"

"那您为什么跟警察说公司决定不追究她的责任了?您知道于倩倩给公司造成那么大的损失。"Tracy问完这个问题,抬起头,眼睛正好碰到乔勇的眼睛,马上又低下头,又继续假装看桌上的材料。

乔勇看着对面低着头的Tracy,有几秒没说话。等了一会儿,乔勇平静地说:"Tracy,于倩倩的事从头到尾你都知道,我不想重复。至于为什么我跟警察说不希望他们追究她的责任,这是我跟斯考特商量后,他同意了,我才跟警察那么说的。于倩倩在这个事情当中是最大的受害者,这你难道不知道?"

Tracy没抬头,眼睛依旧看着面前的材料,说:"我知道,但乔总,您有斯考特的同意文件吗?"

"我在他办公室里谈的这事,之后也给他发过电子邮件。"乔勇答道。

"斯考特回复确认了吗?"Tracy依旧低着头问。

"没有,我因为这些天跟客户,事多,没来得及催他。"乔勇答道。

"您知道没有斯考特的回复确认,您就通知警察不追究于倩倩,是违反公司规定的吗?"Tracy继续低着头说。

"斯考特同意了,你可以去向他核实。"乔勇依旧平静地答道。

Tracy没有说话,只是低头在桌上的材料上写着什么。等写完了,Tracy把材料拿起来,对乔勇说:"乔总,麻烦您看看我刚才记录的您回答的内容是否准确,没问题,请您签个字。"

乔勇看了一眼Tracy递过来的问答记录,说:"你这是审犯人呢,Tracy?"

Tracy显得很尴尬,说:"不是,您别误会,这是人事的程序。"

乔勇把问答记录放在面前的桌子上,说:"我怎么觉得这是炒人的程序呀。"

乔勇又看了一下他刚刚放在桌子上Tracy递过来的问答记录,发现上面只是Tracy的问题及自己的回答,解释部分全都没有。乔勇看完后,对Tracy说:"Tracy,

请麻烦你把你刚才的问题给我电邮一份，我通过电邮回复你。还有其他事吗？"

"没有了。"Tracy答道。

听到Tracy说"没有了"，乔勇马上从座位上站起来，没再说话，转身离开了Tracy的办公室。

回到自己的办公室，乔勇把门关上，在椅子上坐下，把刚才跟Tracy的谈话又仔细想了一遍。乔勇知道，人事以这种方式跟他谈话，是解雇或者不续雇用合同的前兆。但乔勇不怕，他已想好了，如果出现这种情况，自己要么在北京重找其他机会，要么索性自己创业。PCT今年国内业务做得不好，的确需要有一个总结和分析结论以及明年的市场和销售计划，这个乔勇也在考虑，打算等考虑成熟后，写出来发给斯考特和约翰。但Tracy刚才的谈话方式和谈话内容，让乔勇有一种被设计和被当"替罪羊"的感觉，如果Tracy把刚才跟他谈话的内容发给纽约，纽约人事肯定会要求自己要么辞职，要么告知自己明年将不被续约，或更严重点，把自己开了。但Tracy为什么会这样做？正常情况下，作为PCT中国代表处人事经理的Tracy，是不会也不敢用这种方式跟自己这个中国区副总经理这么谈话的，除非她认定自己在公司已经时日无多了——还有一种可能就是受人指使。想到可能指使Tracy的人，乔勇马上想到了斯考特。

斯考特最近对自己的态度的确反常，但乔勇并没有把它同其他事情联系在一起。乔勇想：斯考特可能是因为销售不好，受到了来自总部的压力，所以情绪不好，以致迁怒于他这样的下属。但现在乔勇觉得事情可能不会那么简单，Tracy今天上午跟自己的谈话内容，斯考特肯定事先知道并同意了。如果那样，是斯考特想让自己离开PCT了？联想到约翰在洛杉矶曾经对自己说过，斯考特想用他介绍的人做自己现在的这个职位的话，到他从一开始就不让自己参与预算的编制和员工雇用，再到他对所有有关公司销售和市场工作都不热心的态度，以及他一直使用的，能让人感觉到的他没能直接参与中国区销售工作简单的电子邮件语言，乔勇终于确信了自己过去有的斯考特从一开始就在为今年中国区可能出现的几种经营情况做准备的感觉。

乔勇又想到刚才Tracy有关自己通知警察，不追究于倩倩责任的谈话。自己在通知警察之前，在斯考特办公室跟他讨论过这事，是斯考特亲口同意不追究于倩倩并让自己通知警察后，自己才给警察打的电话。自己在跟斯考特谈话后，也给他发了封电子邮件，让他确认已经同意不追究于倩倩的决定。但斯考特至今都没有确认。自己当时是不愿于倩倩有麻烦，所以在斯考特口头同意后，马上跟警察讲了斯考特的意见。也因为最近事情比较多，自己没有催要斯考特的确认。但现在想起，当时斯考特确实没有任何书面文件授权自己这么做。难道斯考特当时不回复确认，就想到今后什么时候如有需要用这个作为理由，逼自己辞职？要真那样，这个斯考特可真有心计，太缺德了。想到这儿，乔勇打开公司邮件系统，找到了自己给斯考特发的那封邮件，然后连同以下文字又给斯考特发了一次：

Scott,

Please confirm that you and I had discussed Yu's case and you had asked me to tell the police that PCT would drop the charge against her before I went to the police bureau.

Thank you.

Qiao Yong

（斯考特，请确认在我去警察局前，你我讨论过于倩倩的案子，并且是你让我告诉警察公司不再追究于倩倩了。谢谢。乔勇）

乔勇心想：如果斯考特真的想设套把自己挤走，那他肯定不会承认。如果那样，事情就明朗了。

乔勇正想着，桌上的电话响了，他拿起电话，"喂"了一声。

电话那边一开始没人答应。乔勇又"喂"了一声，就听电话那头有一个女人的声音说："请问是乔勇乔总吗？"

乔勇没听出电话里的声音是谁，愣了一下，答道："是我，您是哪位？"

对方："先别管我是谁了，我就想提醒你一声，你得注意点儿斯考特，他一直想找机会炒了你。"

乔勇一听，马上问："为什么？"

对方："他的一个什么美国同学过去是一家什么企业在中国的销售总经理，前年被炒了。斯考特从一开始就想把他弄进你们公司，做你现在的职位，但职位被你占了，他特生气，可能觉得在他同学面前失了面子，加上他觉得他do you a favor

（帮了你个忙），雇了你那位朋友做前台，而你却没按照他的意思签什么字，觉得你不回报他，是不可信任的，一直就想找你的错，然后借机换掉你，换成他自己的人。他不参与销售，并不是他不想，而是他根本不想在今年做出什么业绩。他看的是明年，如果明年销售能好点儿，他就又能在北京多待个一年。明年你们有一个叫约翰的要退休，他想回美国接替他，说纽约那边已经这么定了。他经常不去办公室吧？他这几个月几乎每天晚上都换着地方寻欢作乐，喝酒，一喝就非得喝醉，喝醉了就乱搞。还有，我经常听见他在跟一个叫杰夫的通电话时，抱怨你不让他参与销售，他什么都不知道，如果出了问题他不应该负任何责任什么的……"

乔勇突然意识到电话那头可能是那个他在餐馆见到的叫Lisa的斯考特的女朋友，但为了谨慎起见，只是简单地说句："不至于吧。"

对方："反正信不信由你，他可能早就找到替代你的人了。"

乔勇："那你干吗告诉我这个？"

对方："就因为斯考特太不是东西了。"说完对方就把电话挂了。

乔勇听到对方挂断电话，把电话听筒放回到电话机座上后从椅子上站起来走到窗前，看着长安街拥堵的交通，心想：如果刚才电话里那个女的说的是真的，那从自己没有按斯考特的意思在雇用Peter他们的文件上签字时起，他就开始不相信自己了，并且计划着用什么方法让自己离开PCT。联想到李莉告诉他的，这几个月斯考特让Peter带他见了国内所有PCT重要客户的事，乔勇心想，这可能是斯考特为自己离开PCT后，马上接手对这些客户的销售业务做准备。如果斯考特真像刚才电话里那个女的说的，在自己背后准备和等待了这么长时间，那他可太有心计，也太阴险，良心大大的坏了。

下午下班前，斯考特给PCT纽约人事总监朱安发了一封电子邮件，通知她PCT中国代表处会重新对于倩倩提起告诉，并且斯考特把这封邮件抄送给了杰夫、约翰及PCT中国代表处的所有员工。

这天晚上跟肖迪吃完晚饭后，乔勇把白天Tracy跟自己的谈话内容告诉了肖迪。肖迪听了，淡淡地说："正常。"

乔勇看肖迪这么淡然，就问："正常？"

肖迪帮乔勇分析说："你看，咱们都知道有些跨国公司外派人员都是在

'混'，要想继续'混'，就必须不被炒，而不被炒的一个前提，是业绩增长或者在业绩不理想时，给出一个能让总部接受的理由。你知道，那些外国公司总部很多都会相信他们派出人员向他们提供的外国市场和人员信息。Local hire（当地员工），包括乔总您这样的提供的信息，一般只会作为参考。所以在这种情况下，那些想'混'的首代们，就会首先通过雇用程序安插他可以信任的人，再有，就是有选择地向总部提供信息，然后是准备借口，找替罪羊，以防一旦业绩不好时用。其实，大多数首代自己也知道，他们在海外新兴市场的时间一般也就两三年，只要在这段时间里不被公司炒了，那他不论是跳槽或是在本公司寻找其他更高的职位，都会更方便。斯考特在日本已经待了几年，如果他能在北京再待个两三年，他的简历对其他跨国公司是会非常有吸引力的。"

乔勇点头："我也有这种感觉，也知道他使用猎头其实有两个目的：一是给他自己的猎头生意，为他今后用这家猎头为他找个好下家创造条件；二是他可以在一开始就主导招聘，不让外人参与，让那些被招的人对他感恩戴德，以达到控制员工的目的。这几个月，我时不时感到奇怪，在美国像他这样负责一个市场的主管，每天都要过问销售和市场情况，约翰每天都是早早去办公室，经常晚上加班。但他不是，经常不来办公室，不参加周一销售早会，很少过问销售情况，就是每周每月我把销售情况报给他，他也总是用'let me know if you need any helps'（如果你需要什么帮助就告诉我）回复我。"

乔勇突然停了一会儿，好像想起了什么，然后继续对肖迪说："现在，我好像知道前些时候约翰突然给我发了一封邮件，让我什么事情都得让斯考特知道的原因了。我当时就感到奇怪：我一直就是这么做的呀。是那个打匿名电话的女的说的让我明白了，可能是斯考特在我背后一直在跟杰夫说我的坏话，他可能就是要让纽约相信我什么事情都不跟他说的瞎话，如果销售业绩不好，他可以把责任全推给我，纽约肯定是相信他了。"

"要真那样，你们美国总部的人是会相信他的，甚至约翰也会相信他。"肖迪说道。

听肖迪这么一说，乔勇抬头盯着天花板看了几秒，然后对肖迪说："肖迪，我突然感觉很不好，他可能一直在为挤走我做准备，我还他妈没一点儿察觉。本来我觉得可能他就是想在北京带薪休假，舒舒服服地待个两三年，但现在看来他早就为今后可能会出现的几种不同的业绩情况做准备了。一边是在这儿整天花天酒地，一边是静静地蹲在我后面，时不时给我下个套，搜集点儿我的黑材料，同时，有一搭没一搭地在美国高管那里给我扎个针儿，为以后可能的销售下滑找'替罪羊'。如果我这边销售业绩好，纽约肯定认为是他的功劳，而他还能继续在这儿花天酒地。如果做得不好，他就会对纽约说我'封锁'他，让我当'替罪羊'，骗取纽约的认可后，再花天酒地一阵子。他下午突然要重新告于倩倩也是一个借口，目的就是让人觉得我在北京做了对公司不利的事，因为于倩倩是我介绍给人事的，然后，他再说点瞎话，把销售不好的责任全推给我，我就是那'替罪羊'，要真那样，那他要求纽约炒我的理由就都有了。把我挤走后，他再找一个他信任的替代我，又可以在这儿多待一年，多做一年海外天子，然后用他在国外市场上的首代经历，找个薪水更高的下家。肖总，您看我分析得正确吗？"

肖迪笑了笑："现在看，应该是这样。这在跨国公司新兴市场主管里头不是什么新鲜事，如果真要是那样，他不是第一个，也不会是最后一个。"

"为在北京多待一两年，就这么干，太凶险了，所以咱们真得准备搬家了，说不定哪天我就会被他们辞了。回来这几个月，忒背了。"

"这不是你的错，你就是再走背字咱也不怕，我们还有积蓄，积蓄不就是为了一旦出现意外时用的吗？没事。"

乔勇拍拍肖迪的手，说："仗义。"然后又问肖迪："你说上午那个给我打电话的女的是斯考特的女朋友吗？"

"恐怕是前女友吧。"肖迪答道。

乔勇点头："可能，我下班后跟斯考特基本没交集，他好像也不想让别人知道他在干什么。"

"北京有expat community（外国人社区）。"肖迪说。

"现在想来，在我不在斯考特报给纽约人事关于他雇的员工情况报告上签字的时候，'仇恨'的种子就种下了。但他难道不知道我肯定是不会签那些东西的吗？他这么试我干吗？"

肖迪站起来，去厨房给乔勇倒了一杯橙汁，回来边将橙汁递给乔勇边说："像什么让下属签个不该签的文件，报个不该报的销，等等，是有些外国首代试探当地员工是否对他'忠心'的最快的方式。你想呀，他刚到了个陌生的国家，第一就是要了解下属，特别是直接下属是不是'忠心'，是不是能为他今后可能的错误'买单'，就是当'替罪羊'。你的问题是，你除了向斯考特汇报，还有条虚线向约翰汇报，他当然要首先试试你，看看你对他的态度并争取把你绑在今后可能出现的问题上，让你为今后的业绩不佳买单，这很正常。刚来中国，一个最简单有效的验证你是否对他忠心的方式，就是看你是否能按照他的意思办些不该办的事。"

乔勇摇摇头，说："他这是跟谁学的！他这么做，是让我左右都没活路的路子。不签，他认为我'不忠'，种下'仇恨'的种子，以后会找我的茬儿；签了，一旦那几个他雇的人出事，我就又会是'替罪羊'。怎么外国人也知道这么干？"

"这不分中国人、外国人，只要是人，都会这么干。"

乔勇苦笑了一下，说："你说他还雇了我推荐的于倩倩，还故意不面试她就雇了她，他肯定认为我会感激他，会按照他的要求做一些对我今后不利的事，给我挖坑让我跳。我过去还想，斯考特可能就是像有的首代似的，在北京干个一两年，享受一下海外舒适生活，然后再找个高薪的下家。现在看来，他这人还挺复杂，弄得一环套一环的。"

肖迪接着说："现在跨国公司也逐渐要求它们的海外分公司要从成本中心向利润中心转变，也得对经营有贡献。但现在国内市场对大部分跨国企业来说还是处在培养期内，他们如果看好国内市场，是愿意花几年时间在市场上建立他们的品牌认知和销售渠道的，有些首代可能就是利用市场培养期内公司不会给他销售压力的情况，计划在这儿先舒服地混几年。"

乔勇突然想起什么，说："上午那女的还说约翰可能明年退休，斯考特想申请约翰国际部主任的职位。"

"那斯考特就得把明年的业绩做得好点儿。"肖迪说。

"像他这样经常不上班的，怎么做得好？"

"他可能有他的想法吧。哦，对了，你们过去的前台，于倩倩，她有消息吗？"

乔勇摇摇头，说："没有，她离开北京那天给我打了个电话，之后就再没联系了。"

"她在北京的这段时间受到的伤害太大了。那个害人的判了几年？"

"还没判呢，要我说，判几年都不多。"乔勇答道。

51

第二天早上乔勇进办公室后，打开公司邮件系统，看到斯考特回复了自己昨天的邮件。乔勇点开邮件，看到斯考特的回复是：

Qiao,

I don't recall that I have agreed to drop the charges against Ms. Yu. All matters of this nature shall be forwarded to the Management in NY and let them decide.

Scott

（乔，我不记得我同意过不追究于小姐的事。这种事应该提交给纽约的管理层并且应由管理层决定。斯考特）

乔勇看完斯考特的回复也就明白了，不管是什么原因，斯考特是在于倩倩的事上给自己挖了一个坑，没有斯考特的确认，任何人都会认为是乔勇自作主张让警察不追究于倩倩的。加上于倩倩又是自己介绍进公司的，如果纽约人事问起此事并追究起来，自己唯一的选择就是辞职。

但乔勇觉得自己必须对斯考特的这封邮件有所反应，否则，自己的沉默会让人觉得自己默许了斯考特邮件里的第一句话。想到这儿，乔勇给斯考特回了一个邮件：

Scott,

I am surprised. Is this a set-up? The email attached can surely attest to the fact that you and I had discussed the issue before I went to the local police. You had agreed to drop the charge and had asked me to relay the decision to the police before I did it. Why do you deny it.

Qiao Yong

（斯考特，我很吃惊。你是故意给我下套吧？我给你的邮件附件完全可以证明在我去当地警察那儿之前，你跟我讨论过这件事。在我去警察那儿之前，是你同意不追究于倩倩了并让我把这个决定告诉警察的。你为什么不承认？乔勇）

乔勇知道这份电邮发出后，他跟斯考特的关系不可能再修复了，所以在发送邮件后他马上建了一个文件夹，把回北京后所有跟斯考特以及Tracy的往来邮件复制到这个新建的文件夹里，然后拿出自己的移动硬盘，将文件夹存了进去并把文件夹上传至自己的私人邮箱。

乔勇没有回复Tracy让他确认的有关于倩倩的电子邮件。看过斯考特的邮件，他已经确定Tracy跟自己谈话并让自己签字是迫使自己辞职的一种手段。乔勇知道如果北京人事以这种方式跟他谈这种事，美国总部的人事肯定事先就同意了，说不定约翰也知道了。乔勇最近一直没有收到约翰的邮件或电话，乔勇心想：是不是约翰已经听信了别人先入为主对自己不利的谎话，以为自己真的出于"裙带关系"，把于倩倩带入PCT，结果给公司造成了巨大的销售损失，以致约翰对自己产生了看法？虽然乔勇在Tracy跟自己谈完话后一直在想自己是否应该给约翰写封邮件，解释一下销售下降以及于倩倩的问题，但又考虑，约翰不主动问，自己贸然解释，恐怕效果不好。但乔勇已经计划起草一封给约翰的邮件，心想：自己决不能这么被陷害而没有任何反应，如果真的被迫辞职，就要在辞职前把这封邮件发给约翰。

乔勇正想着，就见Peter走进自己的办公室。

Peter脸上显得有些不自然："早，乔总。"

"早，Peter，有事？"

Peter犹豫了一下，说："乔总，我是来跟您辞职的。"

听Peter说要辞职，乔勇愣了一下，但马上说："哦，Peter，我们今年业绩不好，主要是我的责任，跟你没关系，也不会影响到你。你为什么要走？"

Peter马上答道："不是，乔总，我明白刚才您说的，只是我觉得来这里半年多了，没给您帮上忙，觉得挺对不住您，加上我在北京要攒钱买房，想趁现在年轻多挣点儿。"

乔勇点点头，说："可以理解。你已经找到下家了？"

Peter点点头，说："是他们通过猎头找的我，那边给的薪水比PCT高些。对不起，乔总。"

"还在这行里吗？"乔勇问。

Peter犹豫了一下，点点头。

"是Mola吗？"乔勇直截了当地问。

Peter的脸上不自然起来，没有说话。

看到Peter的表情，乔勇知道十有八九是莫拉通过猎头挖的人。冯军被抓，那边缺一个替代他的经理，Peter在这行多年，了解市场也有人脉，会是一个不错的选择。想着，乔勇对Peter说："没事，Peter，哪儿给你薪水高，你就去哪儿这很正常。只是市场也是江湖，一切自己都要小心，希望你今后越来越好。"

听乔勇这么说，Peter赶忙说："谢谢乔总，那我就去跟人事和斯考特说了。"

乔勇点点头，说："好。"

这天下午，Tracy快下班时接到一个猎头的电话，问PCT是否需要请一位销售经理。Tracy心想，上午Peter刚说辞职，下午提供寻找Peter职位替代者的猎头电话就来了，这个猎头不是帮Peter找到他下一份工作的猎头，就是跟这家猎头公司内部员工有联系的猎头。但Tracy记得很清楚，斯考特在她入职前跟自己说得很明白：PCT中国区雇用员工，必须经过他推荐的那家猎头公司。想到这儿，Tracy客气地回绝了对方。

Tracy想的没错，刚才给她打电话的猎头公司，是从为Peter找到莫拉工作的那家猎头公司内部员工那里，通过有偿信息介绍方式，得到Peter马上要从PCT离职的信息后给Tracy打的电话，他们希望向PCT提供寻找Peter替代者的猎头服务。

52

这天乔勇下班后去健身房前给肖迪打了个电话:"领导,我今天想多跑1000,晚上回去晚点儿。"

"成,晚上我请你吃饭吧。"肖迪在电话里说。

"你请我?别了,想吃吗,说话,我请你。"

"速佳乐今天给了我几天工资,本来想等你回来告诉你。"

"你回来后在国内的第一份薪水!但请吃饭这事还是得我来,以后你挣大大钱了,再你请吧。"

肖迪一听,在电话那头笑着说:"也成。那我想个地方,想好了短信告诉你。等你练完了直接过去,咱们庆祝一下。"

"哦耶。"乔勇冲电话喊了一句。

半个小时后,乔勇来到健身房,在更衣室换上跑步的衣服,蹬上跑步鞋,来到放置跑步机的区域后,看到黎晓正在辅导一个人活动关节。黎晓看见乔勇,停下示范,对那个人说:"上跑步机前,一定要先做几组抻拉,特别要把踝关节和膝关节活动开,不然虽然是在跑步机上跑,也可能出现扭伤。"说完,对迎面走过来的乔勇说:"好久不见,乔总。"

"不'您'了,也别老'总'成吗?"乔勇笑着说。

"那叫你什么?"黎晓问。

"革命同志,叫大号。"乔勇答道。

黎晓"切"了一声,继续纠正那个人错误的抻拉动作。

乔勇来到离黎晓不远的一台空着的跑步机前边开始活动关节边问黎晓:"你不是说要支教吗,怎么还没走?别不是你怕了苦,又不想去了吧?我就知道你跟贫困地区的小孩儿玩假招子。"

听乔勇这么说,黎晓转过身平静地说:"我明天就去,明天下午的飞机。"

乔勇一听,不自觉地停下正在做的准备活动直起身,看着黎晓,一时不知道说什么，但心里油然升起一种佩服的感觉。看到乔勇这样，黎晓依旧平静地说："你要不信，明天可以去机场……"

乔勇马上说："我信，要是没人送你，我去送。就你一个人去？"

黎晓摇摇头答道："不是，北京有5个人，我们一起走。上海还有6个，他们两天后走，全是白领，从上海去的还有一个跟你一样的留学生，但他是从英国留学回来的。我们这拨11个人把上一拨9个人替回来。"

"牛。"乔勇说。

"怎么着，乔勇同志想参加吗？"黎晓问。

乔勇马上说："想呀，我能教数学和英文。但恐怕得是短期的，两三个星期。"

"我们都是短期的，大家都是用年假干这事，并且没有报酬。"黎晓说。

"报不报酬我不在乎。说实话，看到你这样的北京女孩儿能做这个事，我的确挺佩服你们的。"

黎晓笑了，说："你也在帮助我们呀，你和你爱人不也捐了好几千块钱吗？"

乔勇马上说："那都不算，跟你们没法比。"

黎晓扭头看了看她刚才教做准备活动的那个人，然后对乔勇说："你开始练吧，我马上就下班了，还得回家收拾一下，再见面估计得3个星期之后了。"

乔勇赶紧说："您能把您的电子邮件地址赏下来吗？"

黎晓回身去到前台，把她的电子信箱地址和手机号码写下来，回来交给乔勇，说："明天你不用去机场了，你回头给我发个邮件，我到了那边会把我们在那边的照片通过电子邮件发给大家。"

"那祝你一路顺风。"乔勇说道。

"成，再见。"

看着黎晓的背影，乔勇心想："这才是真正的北京女孩儿，仁义，古道热肠，还漂亮。"

两个小时后，乔勇和肖迪坐在了建国门外一家湖南菜餐馆里。点完菜，乔勇把斯考特邮件的事跟肖迪说了。肖迪听了后，说："如果是真的，他还真有心计，缺德，但可以理解。别想了，他如果有了想挤走你的想法，你很难改变，最后你还必须得走。"

"他是挺有心计的,他跟我说他不懂中文,让我全权负责销售,但他让Peter带他见了所有重要客户。都说中国人心机重,我看不准确,外国人一样也特有心机。"

"他也得生存,也想过得好,也想多挣钱,也想把代表处弄成铁板一块,弄成独立王国,然后为所欲为。"肖迪说。

"但也赖我,我应该追着他要那封关于于倩倩的确认。"

"要我看,他要是想让你走,即使你有那份确认邮件,他还是会找其他借口,你早晚也得走。"

乔勇点头:"也是。"然后问肖迪:"哦,对了,还记得过去跟你说的健身房的那位女教练黎晓吗?"

肖迪抬起眼,想想,说:"记得,我们给她们捐过钱,怎么了?"

"刚才我在健身房见到她,她跟我说她明天就开始休年假,要和几个人去广西贫困地区志愿教几个星期书。"

"是吗?那这个女孩儿真不错。"

"是呀,在北京这段时间,碰到这么多事情,我真有点相信齐晖当初在拉古纳海滩说的了。但黎晓她们做的,又让我觉得老齐说的可能也不是很全面。"

"其实上次捐钱的时候,我就也想参加他们去贫困地区短期志愿教书的事……"

"如果你去,那我也去。"乔勇说。

"那你问问他们。咱们现在正好还没孩子,正可以作为志愿者,去那边教几个星期。"

"我看成。"乔勇答道。

"并且我想我的下一份工作是去学校教书。"肖迪说。

"传道、授业、解惑,我支持,肖教授。"乔勇马上说。

"但如果去大学当老师,我可能还得回学校读个博士学位。"

"甭管领导读什么,去哪儿读,我这儿坚定支持!"乔勇笑着说。

正说着,乔勇看见斯考特跟一个女孩儿特别亲热地挽着手走进餐馆,他们在导位小姐的引导下,直接走向里面的一个包间,没有看见乔勇和肖迪。乔勇向斯考特方向努努嘴,小声对肖迪说:"斯考特。"

肖迪转过身，朝斯考特的方向看了一眼。乔勇说："旁边那个女的不是我上次见的，现在我敢确信上次给我打电话的那女的就是那个叫什么Lisa的斯考特的前女友。肯定是斯考特喳摸上了现在这个新的，把她给甩了，她想报复。"

"这也可能是斯考特想让你走的理由。"肖迪说。

乔勇不解，问了一句："怎么？"

肖迪解释说："你想呀，多当一年首代能在这儿换多少女朋友呀，有多少小女孩儿想着跟一美国首代结婚，出国过洋人的生活。"

乔勇"哦"了一声，接着说："你说本来在洛杉矶的时候，我老觉得那儿生活单调，不丰富多彩，回北京这段时间，发现北京的生活又太'丰富多彩'了，简直'丰富多彩'大发了。碰到这么多事，我在北京这些日子真没白过……"

吃完饭，乔勇和肖迪走出餐馆。乔勇刚想去叫辆出租车，被肖迪拦住："咱们走走吧，回来这些天，我还没晚上跟你一起在北京街上轧过马路呢。"但说完，就注意到乔勇穿的是上班的服装，好像单薄了点儿，就问："你冷不冷，这么走？"乔勇把西服扣子全都扣上，把领子竖起来，然后拉起肖迪的手，说："不冷，这才到哪儿呀，咱们就走会儿吧。"

一个小时后，乔勇和肖迪走回到他们的住处。刚进门，乔勇的手机就响了。乔勇从兜里拿出手机，看到是魏军的电话，就马上接了起来。就听魏军在电话里说："吴越刚才给我打电话，说他爱人下午下班的时候被带走了。"

乔勇没听明白，就问："被谁带走了？"

"检察院的。"魏军答道。

"为什么？"乔勇立刻问。

魏军叹了口气，说："吴越没具体说，只是说如果他过几天也被带走，请咱们帮着照顾他们的女儿。他父母常年有病，带不了，他姐离婚后一直带着孩子跟他们父母一起住，吴越又不想让老人知道这些不好的事，怕他们知道了，再急出个好歹。吴越爱人的父母早没了，小舅子正打离婚官司。"

"那没问题。"乔勇答道，接着问魏军，"现在吴越在哪儿？"

"可能在家吧，但你先别联系他。"魏军说。

乔勇没有说话。

魏军在电话那头接着说:"其实上次你告诉我你在街上看见老吴跟一个女的后,老吴找我喝过一次酒。他喝得挺多,我就问他是不是跟他媳妇儿吵架了,他说不是,他说他媳妇儿虽然官儿比他大,还老管着他,但对他挺好。就是老吴自己工作上不顺心,老碰见逆事。"

"什么意思?"乔勇问。

魏军"咳"了一声,说:"机关关系难处,要站队,他没说是他的领导,但他问我:比如说,领导指定公司给我送钱,我收还是不收?"

"送什么钱?"乔勇问。

"办事、办批文不得送钱呀?"魏军反问了一句。

乔勇"哦"了一声,然后马上说:"那能收吗?"

魏军接着说:"我也是这么说,但老吴说,不收领导就认为你跟他不是一条心,推荐、提拔就没戏。"

"他什么意思,收了?"乔勇问。

"他没说收,但说'收了,你就有把柄攥在别人手上了,你就得上别人的船,一旦别人对你不满意,或别人栽了,你收钱的事就是一雷'。"魏军说。

"真够累的。要我就不收。"乔勇感叹。

"你要不想进步想倒霉,你可以不收。"魏军说。

"进步得群众说了算吧?"乔勇说。

"你又错了,进步得先领导说了算。"魏军答道。

"那就没招儿了。那跟他爱人有什么关系?"

魏军想了一下,说:"他爱人是正处,是有实权的差事。我想这里头恐怕是以权谋私的什么事让人点了,所以把检察院招来了。"

乔勇"哎"了一声,然后说:"那老吴没招着检察院呀?"

魏军在电话里咂了一下嘴,说:"你怎么糊涂了,他们一个床上睡着,他能不知道点儿他媳妇儿的事吗?要么他也不至于给发小打电话,托付孩子。"

"他孩子你见过吗?几岁了?"乔勇问。

"见过,9岁了,小女孩儿,听老吴说学习不错,还在学舞蹈。老吴想今后把她送出国,留学。"魏军答道。

乔勇"哦"了一声。

就听电话里魏军接着说:"我是说,如果老吴真的也被带走了,那咱们就得管这个孩子。"

乔勇马上答道:"魏子,没问题,甭管老吴出什么事,孩子无辜,也没罪,咱们,加上肖迪,一定管。"

"我先不给小松打电话了,他那边最近事情挺多,等吴氏真的托了孤,我再告诉他。"魏军说。

"小松最近什么样了?复婚了吗?"乔勇问。

"听他说快了。还有那个张丹,在小松帮着找的房子里住了几天,警察说她没事了,她就走了,可能是回老家了吧。"

"那就好。"乔勇说道。

53

从给斯考特发了那封关于于倩倩的电子邮件后,乔勇没有收到斯考特的任何回复。这段时间,斯考特因回纽约开PCT全球销售年会,离开了一个多星期,回来后便很少来代表处,即使来了,待上一会儿也就马上离开。没人知道他在干什么。虽然乔勇知道他跟斯考特的关系很难修复,并且相信斯考特在看到他的邮件后,会用编造的故事加大力度继续影响杰夫和约翰,同时也会利用这次在纽约开会的机会,在那边的人事部门及管理层面前诋毁自己,以使那边的人接受那些针对自己的不实之词,但在纽约人事跟自己谈话之前,乔勇还是每天准时上下班。

Peter已经离开PCT去莫拉上班。PCT还没有找到接替他的人,负责市场的李莉暂时帮着处理一些原来应由Peter做的工作,包括编制年终销售报表的工作。Tracy已经招了一个接替于倩倩的女孩儿,但那个女孩要下个月才开始上班。因为没了前台及业务量急剧下降，这些日子PCT中国代表处更显得冷冷清清，连周一的销售早会也不开了。

已是11月份，这天上午，乔勇正在看李莉发过来的今年国内年终销售报表，Tracy来到他的办公室，站在门外轻轻敲了敲敲着的门。待乔勇抬起头，Tracy对乔勇说："斯考特让您马上去他办公室，他想跟您谈谈。"

乔勇知道，这可能是斯考特要跟自己摊牌了。从约翰很长时间没有跟自己联系的情况上看，斯考特这些日子可能已经做通了美国那边的工作，美国那边已经相信了他的说辞。

几分钟后，乔勇来到斯考特的办公室。见乔勇敲门进来，斯考特指着他办公桌前面的椅子，说："Please sit down."（请坐。）

乔勇没说话，在椅子上坐下。

斯考特想了一下，对乔勇说："Qiao, I want to talk to you about Yu's case."（乔，我想跟你谈谈于的案子。）

乔勇点头："OK."（好。）

斯考特想了一下，说："Obviously, she stole company's commercial secrets and got away with it last month, with your help."（显然，她上个月偷了公司机密，并且在你的帮助下没受到惩罚。）

"来了。"乔勇心里想着，眼睛直视着斯考特的眼睛，说："Scott, I did not help her get away with it. What I have done has been transparent. I have discussed her case with you and you have agreed to drop the charge against her."（斯考特，我没帮助她逃避惩罚。我做的事完全透明。我跟你讨论过她的案子，是你同意不追究了。）

听乔勇说完，斯考特摆了摆手，说："No, Qiao, like I said in my email all matters of this nature must be forwarded to the Management in NY and let them decide what to do."（不对，乔。就像我在给你的邮件里说的，这种事必须得提交给纽约的管理层，由他们决定怎么办。）

乔勇马上说："Scott, I report to you and, actually, I have done the reporting about Yu in a timely manner. If you think you need to forward anything to NY, you shall do it yourself. By the way, have you done the forwarding?"（斯考特，我是直接汇报给你的。事实上，在于的事情上我也是及时这么做的。如果你觉得应该向纽约提交什么信息，你应该自己去提交。顺便问一句，你提交了吗？）

斯考特犹豫了一下，答道："Well, yes. And the decision is we shall not let her get away with it. She must stay behind the bars for what she did to PCT."（哦，是的。他们的决定是我们不能就这么让她走了，不受惩罚。她必须得为对PCT做的事进监狱。）

"When did you do the forwarding?"（你什么时候提交的？）乔勇问道。

斯考特在椅子里挪动一下身子，说："I don't remember. But I am telling you now that's the decision. You need to tell the police what you have told them has not been authorized by PCT Management. You need to tell them now. Or we will do that. The case is back on, Qiao, and the Management is angry that you have wrongfully told police that we want to drop the charge against Yu Qianqian, a thief and criminal."（我不记得了。但我现在告诉你这个决定。你需要告诉警察你让他们不追究于倩倩是没有得到PCT管理层授权的。你应该马上去告诉警察，否则我们会去。这个案子又重新开始了，乔。同时，管理层对你错误地让警察不追究小偷和罪犯于倩倩的事非常生气。）

乔勇直视着对面的斯考特，心想，这个人真是太阴了，为了自己的目的，不惜跟所有人撒谎，加害别人。但显然，跟他讲理完全不会有任何效果。想到这儿，乔勇平静地说："Scott, I believe you know that Yu Qianqian is a victim. She is an innocent girl just coming out of college. It is absolutely not right to punish her for someone else's crime."（斯考特，我相信你知道于倩倩是受害者。她只是一个刚刚大学毕业没多久的女孩子。让她为别人的罪行遭受惩罚，绝对是错的。）

斯考特耸了耸肩，说："But she is the one who has done the stealing."（但是是她偷了PCT的商业机密。）

"She was forced to do so."（她是被胁迫的。）乔勇语带愤怒地说。

斯考特又耸了耸肩："I don't care. The fact is we know she did it and for that matter she must be punished."（我不管。事实是我们知道是她干的，她必须为她干的事受到惩罚。）然后马上接着说："Why do you always want to protect her? Were there anything between two of you we don't know?"（为什么你老是想护着她？难道你们俩之间有什么事我们还不知道？）

乔勇冷笑了一下，答道："Do you want to mislead people to get them believe that I was part of it?"（你想误导别人，让他们相信我是她的同谋吗？）

斯考特摇摇头，说："No. I am just curious and asking you a question"（不是，我只是因为好奇，问了你这么个问题。）

乔勇把声音提高了一些，说："I am not sure about that, Scott, but let me tell you that I had not met Yu Qianqian before she came to the office for the job interview. She was recommended by a friend of mine."（斯考特，我不确定你刚才说的话是真的。但我告诉你，在于倩倩来代表处面试之前，我没见过她。她是我的一个朋友推荐的。）

斯考特摇摇头："Whatever. But I believe you should also be held responsible. I believe the Management agrees with me."（随你怎么说吧。但我相信你也应该为这事负责。我相信管理层也同意我的观点。）

乔勇马上问道："Can you be more specific, Scott? Exactly why should I be held responsible?"（斯考特，你能具体点吗？我究竟为什么要为这事负责？）

斯考特咳嗽了一声，然后说："First of all, Yu is your referral…"（首先，于是你介绍的……）

乔勇打断斯考特的话，说："Scott, we have done that already. Remember? Yes, she was my referral, but it is up to the HR and you to decide if she is qualified for the job."（斯考特，记得吗，我们已经讨论过这个问题了。是，她是我介绍的。但她是否符合雇用条件是由人事和你决定的。）

听乔勇这么说，斯考特马上大声说："I didn't get a chance to interview her."（我没得到面试她的机会。）

"Well, I remember clearly that I told Tracy to ask you to interview Yu Qianqian before giving her the employment contract."（哦，我记得很清楚，我

跟Tracy说过在给于倩倩雇用合同前先让你面试她一次。）乔勇据理力争。

斯考特假装吃惊的样子，说："Really?"（是吗？）

看着斯考特虚假的表情，乔勇觉得好笑："I am not impressed by your act, Scott. Don't pretend you don't know this. The fact is that I have also sent Tracy an email asking her to remind you to do so."（你的戏演得不好。别装作你什么都不知道。事实是我还给Tracy发了封邮件，让她提醒你面试于倩倩。）

斯考特知道他在招聘于倩倩问题上的说辞站不住脚，于是马上换了个话题："Whatever. But how about asking the police to drop the charge?"（随你怎么说吧。但你让警察不追究于倩倩这事你怎么说？）

看到斯考特在雇用于倩倩问题上理屈词穷后马上转移话题的做法，乔勇心里好笑，但依旧平静地看着斯考特，说："Scott, is this a set-up?"（斯考特，你这是给我下套吗？）

斯考特装出吃惊的样子："What are you talking about?"（你说什么呢？）

看见斯考特又在装，乔勇提高声调："You know what I am talking about. OK, let me remind you for one more time, I had discussed with you about Yu's case and you had agreed to drop the charge against her before I went to the police asking them to do so, period!"（你知道我在说什么。好，我再提醒你一次，在我告诉警察我们不追究于倩倩责任前我跟你讨论过，你也同意这么做。句号！）

听乔勇说完，斯考特一时不知道怎么回答，想了一会，才说："That is your side of story. It is your words against mine. Yes, I received your email, but later I clearly told you in your office to wait for the decision from the Management."（这是你的故事。你说的跟我说的不一样。是的，我是收到了你的邮件。但那之后，我在你的办公室清楚地告诉你，要等管理层的决定。）

看见斯考特公然在自己面前说瞎话，乔勇大声说道："What? That is a big fat stupid lie! Shame on you! Scott."（什么？那是愚蠢的大瞎话！斯考特，你太无耻了！）

斯考特也大声喊道："That is the truth."（那是事实。）

乔勇摇头："This is nasty."（这太肮脏了。）

十几秒钟，乔勇和斯考特谁都没有说话。最后还是乔勇平静地问斯考特："Scott, what do you want to accomplish by slinging all kinds of shit at me? Just tell me."（斯考特，你就直说吧，你往我身上泼脏水想要达到什么目的？）

斯考特看看窗外，说："Qiao, I am not sure if I still want to work here after all kinds of these things happened."（乔，我不确定发生了这些事后，我是否还想在这儿干。）

在美国，这是让人辞职的表述。乔勇相信，斯考特能这么说，表示公司管理层，包括约翰已经接受了他关于自己的不实之词。中国区今年业绩不好，所有经理都想在管理层那儿把自己摘出去，让管理层认为这都是别人的错，业绩不好跟自己无关。现在这个"别人"已经在纽约管理层那里被这个中国区首代的一个又一个瞎话确认成自己了。斯考特是急于让自己离开，以便为他顺利通过年终考核创造条件，而重新追究于倩倩的责任，肯定是他逼自己主动辞职的一个策略。

想到这儿，乔勇稳了稳心神，依然平静地对斯考特说："So, you want me to resign?"（所以，你想让我辞职？）

斯考特摊开双手，说："It is a decision you need to make, Qiao."（这应该由你定，乔。）

乔勇已经开始鄙视斯考特了，但他还是尽量用平静的口吻对斯考特说："You know you don't have any evidence to link me to Yu Qianqian's case. I have done nothing wrong. You just want me to be the scapegoat. You have created an environment where everyone thinks that I have done something wrong, which I have not. What is this all about? One more year on your current job? That's nasty."（你知道你没有任何证据把我和于倩倩的事连在一起。我没做任何不该做的事。你就是想让我当你的替罪羊。你做了一个局，让所有人都觉得我干了什么错事，但我没干。这是为什么？就是因为你想再在你现在这个位子上多待一年？肮脏。）

听完乔勇的话，斯考特猛地从椅子上跳起来，边摇头边喊："That's what you think."（这只是你那么想。）

"That's what I know."（这是我知道的。）乔勇马上说道。

听到乔勇的回答，斯考特愣了一下，然后坐回到椅子里。几秒钟内乔勇和斯考特又谁都没有说话。

还是斯考特首先打破了沉寂，他把座椅往桌子前挪了挪，两手交叉放在桌子上对乔勇说："Ok, Qiao, Let me ask you this: on what terms would you leave? You know you and I won't be able to work together anymore in this office."（好吧，乔，我问你，什么条件可以让你离开？你知道你和我已经没办法再在这儿一起工作了。）

乔勇想了想，说："My employment contract expires on July 15 next year."（我跟公司的雇用合同明年7月15号到期。）

"Well, it can be terminated anytime."（哦，我们可以随时终止雇用合同。）斯考特马上说。

乔勇嘴上显出明显的冷笑，说："I know you are capable of lots of things. But if you do that without a legitimate reason, I am sure you know you and the company will be in trouble."（我知道你能干好多事。但如果你没有正当理由就那么干，你知道你和公司都会有麻烦。）

听乔勇这么说，斯考特也马上说："You will be in trouble, too."（你也会有麻烦。）

乔勇摇头："I don't think so."（我不这么想。）

斯考特点点头说道："You can be laid off."（我们可以解雇你。）

乔勇知道任何公司lay off（解雇）员工可以在经营不好的年份随时发生。员工在这种情况下，不需要有任何过失，仅仅因为公司业绩不佳就会被解雇。PCT中国代表处目前符合这个条件。显然，斯考特是想利用这个条件。乔勇想，如果斯考特真的利用这个条件解雇自己，自己还真就没辙。想到这儿，乔勇站起身，平静但加重了语气对斯考特说："You can do whatever you want. But you will be held accountable for the consequences caused by your stupid selfishness."（你可以做你想做的，但你必须为你自己愚蠢的自私自利承担后果。）说完乔勇马上转身开始往外走。但他没想到，斯考特听到他的话，看到他要往外走，突然缓和了口气，对他说:"Qiao, I don't want to go down that road. Nobody wants. Let's talk about your terms."(乔,我不想选择那条道。没人想。让我们谈谈你的条件。)

乔勇转过身,看着斯考特想了想,说:"If I resign, I want you to drop the charge against Yu, Qianqian."(如果我辞职,我希望你不再追究于倩倩。)乔勇在这里没有用"company"(公司),而是用了"you"(你),并且在说"you"时提高了声调。

"Well, that would be the decision for the Management."(啊,那得由管理层定。)斯考特说。

"Well, that is the condition for my resignation. I want to make this crystal clear. Also, if I resign, that is not because I have done something wrong."(哦,这就是我辞职的条件。我想把它说得很明白。同时,如果我辞职,那并不是因为我做了什么错事。)

"I will let the Management know your terms."(我会让管理层了解你的条件。)斯考特答道。

"You make sure you will do that."(你想着把这件事做了吧。)乔勇说完,转身走出了斯考特的办公室。

回到办公室,乔勇把刚才跟斯考特的谈话内容写成邮件,发给斯考特,并在邮件最后加上了一个词:Ugly!(你很脏!)

发完这封邮件后,乔勇也把它复制到他新建的文件夹中,然后把文件夹再次另存到自己的移动硬盘上并上传到他的私人信箱里。

跟乔勇谈完话后,斯考特一连两天没来PCT中国代表处上班。但乔勇还是像往常一样正点上下班。这天早上,乔勇依旧准时来到自己的办公室,打开电脑登录到公司的邮箱后,发现没有任何邮件。他于是从椅子上站起来,来到办公室的窗前,看着依旧拥堵的长安街。往年这时候的PCT洛杉矶国际部,是订单最集中的时间,也是乔勇每年最忙的时候。在这段时间里,他要根据订单的要求,协调生产、安排运输、处理结算等,还要抽空写出当年中国市场销售分析报告和下一年的销售预测报告。今年因为PCT中国市场订单大幅度减少,除了有些零星小单需要处理,PCT中国代表处里已经没有太多的事可做。想到自己在年底前就可能离开PCT,但自己今年还没休年假,乔勇觉得应该尽快把今年没有用的年假用了,带肖迪出去旅游一次,就当是结婚旅行了。

乔勇正在心里想着带肖迪去哪儿休年假,桌上的手机响了。乔勇从窗前回到桌边,看看手机,发现是魏军打来的,就接起电话。

"魏子。"乔勇冲电话说了一声。

"刚才老吴单位一朋友给我打电话,说他被警察从班上带走了。"电话里的魏军语气低沉地说。

听说吴越被带走,乔勇不由自主地说了一句:"这么快!孩子呢?"

"还在学校,我下午去接。"魏军答道。

乔勇叹口气,说:"让肖迪去吧,你上着班呢。"

魏军赶忙说:"肖迪不认识孩子。老吴肯定已有预感,已经跟孩子说了,他跟孩子她妈可能要去援藏半年或一年。前些时候,他也让我跟他去学校了,见了孩子班主任并跟孩子班主任说,他和孩子妈妈要出差半年,这半年由我帮着带孩子。但肖迪要是下午有时间,也跟我去吧,我把她介绍给孩子和她班主任。我爱人在医院确实没时间,如果我什么时候实在不能去接,就让肖迪帮着接一下,然后送到我家,交给我爸妈。"

"那老人那边呢?"乔勇问。

"暂时别跟家里老人说了,老吴前些时候就担心会有事,已经跟他姐和他小舅子说了,如果出事就让他们也跟他爸妈说他们两口子出长差了,得半年,帮着保密。他们跟老人这么说,可信度大点儿。要不然,老人岁数大了,怕接受不了。"魏军答道。

停了一会儿,乔勇问:"他们要问去哪儿,怎么时间那么长,怎么办?"

魏军无奈地回答:"援疆援藏援非洲,只能这么说。"

乔勇觉得这么回答会有问题,就说:"那时间长了,他们不会去单位问吗?"

魏军叹口气,说:"哎,现在只能祷告他们不去单位,能保密一天算一天吧。希望老吴两口子事不大,能早点儿出来。"

"让孩子跟我们吧,我们还没孩子。肖迪现在有时间,可以帮着带。"乔勇向魏军建议。

魏军想了想，说："为让孩子有思想准备，前几天，吴越已经让孩子在我这儿住了几次。这样，先让她在我这儿住，以后需要临时帮忙，我再找你。"

听魏军这么说，乔勇就说："好吧，孩子所需的费用我来负担吧。"

"也没有什么费用，就是学跳舞的一些费用。"

"我来负担她的所有费用。"乔勇说。

"我们一起吧。"魏军说。

"两年内我负担，之后看情况，不争了。魏子，你们多费心了。"

"放心吧，我们肯定对她比对我儿子好。"魏军应着。

乔勇说了句"仗义"，又问："老吴到底因为什么？"

"我想左不过是拿人钱的事，或是帮他媳妇儿收人钱的事。"魏军答道。

乔勇"哎"了一声，说："要真那样，不值。前些时候他还说小松折腾，他这也是折腾，只不过形式不一样。"

"我说也是，但老吴也是心里一直不平衡。他在机关，也是看不惯好些事。他一直跟我说钱挣得太少，得想辙多挣几个，好在北京买套房和送孩子出国留学。我当时根本没在意，要是他们真的靠收人钱挣钱，哎，没法说……"

"我知道。"乔勇说。

"那就先这样，我有事再找你吧。"魏军说道。

"好吧。"说完乔勇挂断了电话。

挂了魏军的电话，乔勇回到窗边，长安街上还是车流不畅。看着下面拥堵的大街，乔勇突然觉得自己不应该学经济，应该学城市规划，帮助像北京这样的城市解决交通问题，或是应该学医，悬壶济世，帮助患者解决疾病给他们带来的痛苦。乔勇觉得，如果当初自己真的学了这两样的其中一样，成就感肯定会比现在高。男怕选错行，乔勇边心里自言自语，边走回他的办公桌，然后打开公司邮箱。他想，自己肯定是快离开PCT了，应该把这两天给约翰写的关于于倩倩问题真实情况的邮件发给约翰。虽然乔勇不知道他这么做是否能有什么效果，但乔勇不想继续让斯考特再这样左右美国那边的视听。他知道，如果斯考特"公关"做得好，纽约人事近期就会跟自己联系，让自己辞职。乔勇已经决定，在纽约人事跟自己谈话之前，一定得让美国那边的人知道这边的真实情况。

当乔勇打开自己公司的电子信箱，刚把自己在word文档中给约翰写好的邮件粘贴到给他的邮件里，桌上的手机又响了。乔勇用余光看了一眼，发现电话是从斯考特的手机打过来的，于是就接起电话，说了声："Hi。"（喂。）

就听斯考特在电话里说："Hi Qiao, I have talked to the Management back in the States. They have agreed to drop charges against Yu Qianqian. Now, you can tell me when you can resign as your condition has been met."（乔，我跟美国的管理层说了。他们已经同意你的条件，不再追究于倩倩了。现在你的条件已经满足了，你可以告诉我你什么时候可以辞职了。）

乔勇确信斯考特有能力说服美国管理层不再追究于倩倩，因为重新追究于倩倩的目的实际上就是他要挤走自己。如果自己辞职了，再追究于倩倩也就没有任何实际意义了，同时，乔勇相信，斯考特肯定知道，如果法院起诉了于倩倩，而整个过程一旦让媒体了解了并给爆出来，对PCT的名声也不是好事。乔勇就是觉得于倩倩无辜，不想让这个无辜的、刚走进社会、在北京只待了几个月的女孩子再有任何痛苦的经历。所以，乔勇才以PCT不再追究于倩倩作为自己辞职的唯一条件。但他没想到斯考特这么快就告诉他这个结果。乔勇想，我得吸取过去跟斯考特打交道的教训，让他给我个书面的东西，以防他今后再耍赖。想到这儿，乔勇说："Just send me an email confirming what you have just told me and I will get back with you. Also, I have unspent vocation days. I want to take them from tomorrow."（把你刚才说的写封电邮发给我，我会回复你。还有，我有没用的年假，我想从明天开始用。）

听乔勇要拿年假，斯考特就问："Well, how many days in total?"（哦，总共多少天？）

"18 days. I want to take 7 days and the company can pay the rest. In the meantime, you can get HR start to prepare relevant documents."（18天。我想拿7天，剩下的公司可以折算成钱付给我。这期间，你可以让人事开始准备一些我辞职的相关文件。）乔勇答道。

斯考特在电话那头想了一下，说："OK, but we need a date in the document."（好，但我们的文件里需要你具体的辞职时间。）

乔勇回答："You will get that info in my email. Just send your email first."（你会在我的回复电邮中看到我的辞职时间。先把你的邮件发过来吧。）

斯考特说了句"OK（好）"，就挂断了电话。

听斯考特挂了电话，乔勇马上拨了肖迪的电话。肖迪正在收拾东西，准备把家搬到乔勇父母那套空着的房子里，听见手机响，看是乔勇打来的，马上接起来。就听乔勇在电话那头说：我在这边可能只有一两个星期了。

"没事，工作来，工作去，咱们都得适应。"肖迪在电话里安慰乔勇。

"谢谢领导理解和支持。"乔勇觉得很温暖。

电话里的肖迪明显地停顿了一下，然后说："跟你说件事。"

"是给我做顿好吃的吗？"

"晚上我请你出去吃好的，庆祝咱们乔迁之喜，但不是这事。"

"那是什么事？"

"晓彤可能不太好。"

"什么意思。"

"她精神上可能出了问题。"

"她不是跟一局座结婚了吗？"

"是，但我们班同学下午告诉我，他们已经离婚了，那男的上个月让警察带走了。"

"腐了还是败了？"乔勇在电话里叹了口气，问。

"什么区别？"肖迪问。

"腐了是那主儿腐化堕落，败了是指他办错了事或是跟错了人，一荣俱荣，一损俱损地干活。"乔勇解释着。

"哦，他们没具体说，但他们有人前些时候见到晓彤了，晓彤说那男的老让她在家帮他写发言稿，写得还都特冠冕堂皇，实际上他干的蛮不是那么回事。"

"口言善，身行恶的路子吧？"乔勇不屑地说了一句。

"据说那男的德行也不好，家里有一个那么年轻漂亮的老婆，还在外面胡搞，晓彤真倒霉。"肖迪愤愤地继续说。

乔勇听着没说话。

"他们离了后，晓彤情绪就一直不好，开始以为是因为离婚情绪波动，过段时间就会慢慢好，但这些日子情况越来越差。她爸妈害怕了，带她到医院一查，医生说她是精神上出了什么问题。"

"那她孩子呢？"

"她爸妈带着。"

"可怜。"乔勇说了一句。

肖迪在电话里叹了口气，接着说："晓彤老是想通过嫁个好男人，改变生活质量，但两次结果都不好。接受不了吧。"

"世界观决定方法论。"乔勇答道。

"也许吧。"停了一下，肖迪继续说，"我把你们那个商业计划书看完了，我觉得这个项目会有前景，特别是上海今后肯定是中国的经济贸易中心，对贸易结算和融资服务的需求肯定会很大，就是你们提供的服务范围是否可以再大些，一些衍生服务也可以包括进去？在财务预期上可能需要调整一下。初期股权结构确认了吗？"肖迪在电话里问。

"你要说成那肯定就成，他们正在跟投资人谈股权结构，要不我跟那几位说说，咱们也加一磅，参加进去？他们一直想让我当这个项目的总经理。"乔勇说。

"那得去上海吧，你愿意吗？"肖迪问。

"人跟工作走，问题是你愿不愿意？"乔勇说。

"只要你愿意，你去哪儿我都跟着。"肖迪答道。

"我在PCT还有18天假，我准备拿7天，要不咱们先去上海转转，你也见见那老几位？"

"好哇，我没去过上海，一直特想去。"肖迪高兴地说。

"那你订飞机票吧。别忘了，订了机票马上订酒店，最好是浦东的。"

肖迪说了句"好"后接着说："我已经把东西快收拾好了，等会儿搬家公司就过来把它们搬到你爸妈空着的那套房子里。你今天下班，就别回这儿了。"

"成。"乔勇应着，然后问，"那你那位同学……"

"我们班的同学在集资，想通过这种方式帮帮她，但……"

"最可怜的是孩子。"乔勇说道。

"是。"肖迪在电话里同意着。

乔勇顺便把吴越的事跟肖迪说了，肖迪叹了口气，说："难为孩子了，咱们去上海，魏军自己成吗？"

"他说他先带着，不成这两天让小松帮忙照顾一下，我等会问问他。"

"好吧。"肖迪答道。

挂了肖迪的电话，乔勇马上给魏军打电话，告诉他自己马上要辞职和要带肖迪去上海转几天的事。

听说乔勇要辞职和去上海，魏军马上说："你干吗？也……"

乔勇笑了，知道魏军的意思，就说："没'也'，就是不能干了，也没法干了。"

"那你们去吧，我这儿没事，有事这儿不还有小松呢吗。你们踏踏实实地去，听说上海这些年变化特大，我还想什么时候去那儿看看呢。"

"你们要点儿什么，我和肖迪给你们带回来。"乔勇问。

"不用，就是给老吴孩子带点上海特色的东西。"魏军答道。

"成，你晚上问问孩子要点什么，然后给我发个短信。"

"成。"魏军答应着。

挂了魏军的电话，乔勇坐在椅子里想着刚才发生的事情。吴越被警察从单位带走和自己被迫决定从PCT辞职，居然发生在同一天。他和吴越工作的地方是那样不同，但结果是那样相同：都得被迫离开自己工作的地方。乔勇想到这个巧合，不禁心里笑了一下，然后把给约翰的邮件又看了一遍，按下"发送"键，将邮件发给了约翰。

刚把给约翰的邮件发走，人事的Tracy就出现在乔勇办公室的门口。乔勇抬头看见她，没有说话。Tracy犹豫了一下，看见乔勇正看自己，显得有些不自然。乔勇看着Tracy尴尬的样子，就问了一句："有事吗？"

Tracy："是这样，乔总，上次您让我给您的谈话邮件，您还没给我回呢。"

乔勇知道Tracy指的是关于于倩倩的那封邮件，就说："Tracy，你能告诉我是谁让你跟我谈于倩倩的事的吗？还要我签字确认？真的是纽约人事吗？"

Tracy点头，谨慎地回答："是纽约人事。"

乔勇眼睛看着Tracy，又问道："是吗？"

Tracy躲开乔勇的眼睛，说："是。"

乔勇看着Tracy不敢看自己的样子，就说："Tracy，我相信你自己心里完全清楚，我只是将于倩倩的简历转给你，请不请她完全是你和斯考特定的，这中间我还提醒你务必多面试几位，然后从中挑几个最好的再让斯考特面试一下，等斯考特面试完了，再决定雇谁。我还保存着关于雇用前台跟你的邮件，里面清楚地记着我刚才说的。你可以回去查一下。如果找不到，我可以把那些邮件给你转发过去。至于让警察不追究于倩倩，是斯考特的决定，这个斯考特清楚。可能纽约人事得到的信息不准确，甚至是被歪曲了的信息，但Tracy，我得提醒你，这个事情非常简单，要证明它根本就不是一件难事。我希望你在处理这件事上，能秉持最起码的公正和善良，这对你现在和以后都有好处。"

Tracy听完乔勇这番话，脸上显得很不自然。她往后面看了一眼，小声对乔勇说："乔总，您看我就是一个打工的，找份外企工作也不容易，您……"

乔勇打断她的话，说："Tracy，于倩倩和我都是打工的。我不管你上次是出于什么目的跟我谈于倩倩的事，你的那次谈话和你让我签的东西，分明是在给我下套，我不会回你那封邮件。"

说完，乔勇不再理站在门口的Tracy。

肖迪已经买了第二天中午飞上海的机票。这天晚上，乔勇和肖迪布置完他们的新居，正在一起看黎晓通过电子邮件发过来的照片，其中有几张是黎晓在一间简陋的教室里正给十几个十多岁的孩子上课的，其余则是广西当地的风景照片，蓝天白云，山清水秀，非常漂亮。两人正看着，乔勇手机响了。乔勇从桌上拿起手机，发现是至盛老板秦立钧打过来的，于是接了。就听电话里秦立钧的声音问："请问是乔先生吗？"

"是我。您好，秦总。"乔勇答道。

就听秦立钧说："乔先生，是这样，我们发现赵海波从莫拉公司拿回扣，已经把他开除了。"

乔勇吃了一惊，但只是"哦"了一声。

秦立钧继续说："乔先生，我们觉得很对不住您，跟您都表示了扩大合作的意向，100万美元的购买协议我们也没什么异议，但突然赵海波跟公司说莫拉那边提供了更好的销售条件，又说明年人民币要升值产品价格要下降什么的，说明年跟您签合同我们可以用相同的钱给您下更多的订单，这样可以加大力度感谢您对我们的帮助。我想离明年就几个月了，也没多想，就同意了。前几天莫拉的一个销售被抓了，供出他们公司向赵海波提供回扣的事，警察来核实，我们才知道这事。原来莫拉威胁赵海波，说如果他把单给你们，就把他拿回扣的事告诉我们，赵海波害怕了，才骗了我们今年继续把大单给了莫拉。"

听了秦立钧的介绍，乔勇虽然有些吃惊，但还是简单地说道："哦，是这样。"

"是这样。乔先生，我们已经见过Y&N在香港的代表并且正在按程序往下走，我们很感激您，但没想到出这种事。"秦立钧说话的口气带着真诚。

听秦立钧这么说，乔勇马上说道："秦总，投行的关系您别再提了，举手之劳。希望能一切顺利。也希望今后您能跟我们多合作。"

"一定。"秦立钧答道，然后马上接着说，"我们正在研究撤销莫拉年内的部分订单，然后把它们转给PCT的事，如果可行，我会马上联系您。"

秦立钧的话让乔勇意识到至盛今年可能会从莫拉那儿转过一些订单，但想到自己明天就要去上海，就对电话那边的秦立钧说："谢谢秦总，但我明天要去上海休年假，7天之后才能回办公室上班。这样，如果您决定给PCT订单，麻烦您让您公司采购部的员工跟我们公司市场部的李小姐，李莉，茉莉花的莉，和她联系，她可以帮您协调。"

"好的，我们决定后会马上让采购部联系李小姐。抱歉，这么晚给您打电话。"秦立钧说。

"没事，秦总。"

"那就祝您假期愉快。"秦立钧说道。

"谢谢秦总。"

挂了秦立钧的电话，乔勇马上拨了李莉的电话。李莉接起电话后，第一句话就问："乔总，听说您也要走？"

"听谁说的？"乔勇奇怪。

李莉那边犹豫了一下，接着说："乔总，我觉得您是好人，我的意思，不是，我就是想跟您说，您是好人，但旁人未必也是好人噻。"

"这道理我上中学的时候就懂了。"乔勇答道。

李莉又犹豫了一下,说:"我是说您得防着点不是好人的人嚜。这几天Tracy跟每个人都说了,说您把于倩倩招进公司,于倩倩偷公司机密,被发现后被公司开了,公司打算告于倩倩,也准备……"

乔勇听李莉说了一半话,就平静地问:"准备什么?"

"准备开除您。"李莉小声说。

乔勇心里好笑,说:"哦,她还真成。"

李莉马上接着说:"还有,Tracy让我们不要再跟您有任何接触,说这是老板的决定。我知道她是想让我们孤立你,让您觉得在这里工作没意思。我以前在别的公司也碰见过这种事。"

乔勇听李莉说完,心想,"老板"肯定就是斯考特,Tracy这是在向斯考特表忠心呀。但乔勇依旧平静地对电话那头的李莉说:"本来我想休假回来后再跟你说的,是,我要离开PCT了,是辞职。关于于倩倩,我只能说,Tracy跟你们说的不是事实。"

李莉叹息着,说:"Peter走了,您也走了,销售部和市场部没人了。"

乔勇接过李莉的话,说:"我跟Peter的情况不一样。这样,这些天至盛采购部的人可能会给你打电话,他们可能要在年内给咱们下些订单,麻烦你帮着协调一下,就是把他们的订单情况记下来,然后转给斯考特。"

李莉纳闷,问:"至盛不是把订单又给了莫拉了吗?Peter现在在那边当销售经理……"

乔勇因为只是在电话上听秦立钧说了关于至盛赵海波拿回扣的事,所以暂时还不想把至盛转单的原因告诉李莉,只是简单地说:"可能至盛那边改变主意了吧。"说完,马上又嘱咐道:"你拿到他们的订单信息后,一定要第一时间通过电子邮件告诉斯考特。"想了一下,乔勇马上又接着说:"还有,我回来可能还会去公司几次。我在公司时,你别过来跟我说话,你还要在那儿继续干,犯不着因为我影响你。"

李莉小声吞吞吐吐地说:"知道了,那祝您一路顺风。"

"谢谢。"乔勇说完挂断了电话。

54

乔勇和肖迪在上海待了5天，回来的时候，两个人共同的感觉是上海会是他们今后工作和生活的地方。乔勇从他朋友那里了解到，每年有大量创业者到上海创业，这其中一个主要原因，就是上海及其周边的市场规模及发展前景。

经过半年多反复多次的讨论，乔勇和他朋友写的贸易结算和信贷服务项目商业计划书已经日臻完善。在朋友的引见下，乔勇在上海见了这个项目的所有原始股东。乔勇和肖迪在上海商量后，决定在把他们两家父母为他们借的留学学费还完之后，将剩下的一半存款投到这个项目上。在他们去上海之前，3个机构及个人投资人已经跟这个项目签了投资意向书，首批资金人民币600万元也计划明年2月到位。在知道乔勇已经决定加入这个项目后，投资人也力邀乔勇担任这个项目的总经理，因为乔勇的教育背景及外贸结算工作经历对这些投资人非常有吸引力。乔勇跟肖迪商量后，同意明年3月份和肖迪搬来上海，出任这个新创建项目的总经理。

在做出来上海工作的决定之后，乔勇在上海给魏军打了一个电话。

"上海怎么样？"魏军接起电话第一句就问。

"不错，非常有发展前景。"乔勇答道。

"你不会不回来了吧？"魏军问。

"魏子，我和几个朋友在这边起了一个公司，是做外贸结算和信贷服务的，我觉得这个项目不错，也和肖迪投了点儿，明年初所有股权投资的钱就会都进来，肖迪和我打算明年3月就搬过来……"乔勇答道。

"搬到上海去，你一北京土著？"

"人得跟着机会走，我也一直想自己干点什么，正好有这个机会。"

"也成，你要做大了，我投奔你去哈。"魏军在电话里说道。

"绝对成。"乔勇爽快地答应，然后接着说，"就是我们过来后，老吴孩子就得你和小松多费心了。"

魏军立即说："这没问题。听老吴他姐说，老吴问题不算太大，律师说先争取取保候审再说，但他爱人可能就没那么简单了。"

"现在知道到底是因为什么了吗？"乔勇问。

"他媳妇儿收钱给人办事，老吴代收了几次，完后让人点了。吴越跟他姐说，他大概知道是谁点的他。"魏军说完叹了口气。

"谁点的？"乔勇问。

"说是老吴的一个朋友，他们经常一起打牌、去歌厅什么的，几次找老吴媳妇儿办事也是这主儿中间牵的线。老吴跟他姐说他知道每次想办事的人给的钱，那主儿中间都扒了层皮。但前些时候，也是因为什么事折了，可能到里面为立功减刑，就把跟老吴的事说了。"魏军说完又叹了口气。

"要真那样，也是老吴自己交友不慎造成的。"停了一下，乔勇问魏军，"老吴还能回原单位吗？"

"回不去了。乔老板，你得好好干，我们以后可能全得投奔你去。"

"没问题，只要我这儿顺利，欢迎你们到我手下当差，也让我由着性子使唤使唤你们。"乔勇答道。

"成，兹您乐意，您由着性子使唤。"

乔勇又问："老吴孩子要的东西肖迪已经买了，我们明天回去，咱们带她一起出来吃次饭吧。"

"成。"魏军应了一声，接着问，"不是，你就这么离开你们公司了？也没见你怎么着了呀？还带媳妇儿出去旅游。"

"那我还得痛哭流涕呀？工作永远是今天有，明天就可能没，在外企打工，你永远都是临时工，最保险的是自己给自己当老板，只要产品好服务好，工作永远在。这叫'自己动手，丰衣足食'。"乔勇答道。

"也是，那我也得想想创点儿什么业。"

"你媳妇儿不是医生吗？你们出来开一诊所得了，肯定赚钱。"乔勇建议。

"别逗了，现在不允许西医个人开诊所。"魏军说。

"是吗？听说政府马上就要采取措施了。"乔勇调侃着说道。

魏军没听出乔勇是在调侃，马上问："你听谁说的？真的？"

"我猜的。"乔勇答道。

"操。"魏军泄了气似的骂了一句。

回到北京后的第二天，乔勇很早就来到PCT中国代表处，他知道这应该是他在这家公司的最后几天了。因为来得太早，代表处除了保洁阿姨在打扫卫生，别的人都还没有到。乔勇在他的办公室里安静地坐了一会儿，然后打开电脑，登录到公司的邮件系统。乔勇在上海期间，没有登录过PCT邮件系统查看公司邮件。登录后，他发现纽约人事总监朱安给自己发了一封邮件，乔勇相信这是一封希望自己辞职的邮件。乔勇已经想好了辞职的日期，本来是想看到斯考特确认不追究于倩倩责任的邮件后，再在回复他的邮件里，把日期告诉他并通知约翰以及纽约人事。但如果朱安代替斯考特，给自己发了那封确认不追究于倩倩责任的邮件，乔勇倒也觉得无所谓。

朱安的邮件是在乔勇从上海回来前两天发的，乔勇正要点开它，发现在这封邮件下边有约翰的两封邮件。乔勇于是先点开日期远些的约翰邮件，看到以下内容：

Dear Qiao,

I am sorry to be late in responding to your email. I was surprised reading your email. I will discuss it with people in NY.

I visited Shanghai in 1986. Wonderful city. You guys have fun there.

John

（亲爱的乔，对不起，回你邮件晚了。读了你的邮件，我很吃惊。我会跟纽约那边的人讨论这件事。我1986年曾去过上海，美丽的城市。祝你们在那边玩得愉快。约翰）

看完这封邮件，乔勇又点开日期比较近的一封，看到以下内容：

Dear Qiao,

Hope you have been enjoying your visit in SH.

I have discussed your email with Jeff and HR people. I'd like to talk to you re. Ms.Yu's case. Please let me know when you come back from your vocation.

Thanks.

John

（亲爱的乔，希望你们正在享受你们的上海假期。我已经跟杰夫和人事讨论过

你的电邮。我想跟你聊聊于的情况。请告诉我你何时销假上班。谢谢。约翰）

看完这封邮件，乔勇马上回复了约翰：

John,

Thanks for the emails.

I have come back from SH. Likewise, I'd like to talk to you about Ms.Yu's case.

Also, I want to let you know that I am resigning from my current position effective from November 28th. I want to thank you for all the helps and supports you have given me these past 6 years. Really appreciated.

Thank you.

Qiao Yong

（约翰，谢谢你的邮件。我已经从上海回来了。同样的，我也想跟你谈谈于的事情。另外，我想告诉你，我决定11月28号从公司辞职。感谢你在过去6年中给予我的帮助和支持。非常感谢。谢谢。乔勇）

乔勇将自己的辞职日期先告诉了约翰。在回复了约翰的邮件后，乔勇点开了朱安的邮件，看到以下邮件内容：

Dear Qiao,

The Management has agreed to your terms. Please let me know when you want to leave the company. HR needs time to prepare relevant documents.

Thanks.

Joan

（亲爱的乔，管理层已经同意你的辞职条件。请告诉我你打算何时离开公司。人事部需要点时间准备相关文件。谢谢。朱安）

乔勇退出朱安的邮件，看了一眼约翰给自己最后一封邮件的日期和朱安的邮件日期，发现朱安的邮件比约翰给自己最后一封邮件的日期晚了一天。心想，看来约翰跟杰夫和人事的讨论没能改变纽约对自己的看法，纽约肯定还在相信斯考特的瞎话。但乔勇现在对这些已经不在乎了。他重新点开朱安的邮件，给朱安写了以下回复：

Hi Joan,

November 28th (Beijing Time) will be my last day.

I have already moved out of the apartment rented by the company and will give two keys to Tracy today. Please get Tracy to contact landlord for the security deposit.

Thank you.

Qiao Yong

［你好朱安，我的辞职从11月28日（北京时间）开始生效。我已经搬出了公司为我租的公寓，今天会把两把公寓门钥匙交给Tracy。请让Tracy跟公寓管理公司联系处理定金。谢谢。乔勇］

刚把给朱安的辞职邮件发走，乔勇就看到约翰给他的回复邮件：

Qiao,

I will call you at 8 p.m. (your time) today.

John

（乔，北京时间今天晚上8点，我会给你电话。约翰）

看到约翰的回复，乔勇马上回复：I will be looking forward to your phone call tonight.（我晚上等你电话。）

把给约翰的邮件发走后，乔勇拨了肖迪的电话，告诉她，今天晚上要在办公室等约翰的电话，大概晚上9点30分回家，让肖迪晚上自己先吃，他下班之后先去健身房，然后买份外卖回办公室等约翰的电话。

挂了肖迪的电话，乔勇看了看手机上的时间，发现已经9点15分了，于是拿起桌上的电话，拨了李莉的分机电话。等李莉在那头接起来，乔勇说："早，李莉，我是乔勇。"

"啊，早，乔总，您假期怎么样？"李莉显得很高兴。

"还成。至盛的单转过来了吗？"

听乔勇问至盛订单的事，电话里李莉声音中的高兴成分立即消失了，低声说了句："没转。"

乔勇一听，觉得纳闷，问："怎么没转？他们没给你打电话？"

"他们给我打了，他们也把增加订单意向的传真给我发了，等会儿我给您一份复印件，60万美金的单。我也按您的要求，第一时间就通过电邮，把这事如实地跟斯考特说了，但那天下班前，斯考特过来跟我说，让我别管至盛订单的事了，说他会处理这事。以后就没下文了。"李莉声音中带着沮丧。

乔勇皱皱眉，说："那我等会儿问问斯考特吧。"

"斯考特从今天开始休假了，要到下个月5号才回来。"李莉马上说。

听李莉说斯考特休假了，乔勇心想可能他料到自己会在月底前走人，下月初回来，是避免再碰见自己尴尬，所以躲了。这么想着，乔勇"哦"了一声。

"乔总，您离开这儿的事定了吗？"李莉在电话里问乔勇。

"月底28号是我在PCT的最后一天。"乔勇答道。

李莉"哦"了一声，说："我觉得您离开对公司是个特大的损失。"

"别这么说，公司离开谁都成。你说能给我一份至盛订单意向的传真复印件？"

"我已经给您复印了一份，马上给您送过去。"

"不用，你别过来，免得给你找麻烦，我去你那儿取。"乔勇马上说道。

"谢谢乔总。"

几分钟后，乔勇从李莉那儿拿了至盛订单意向的传真复印件后，回到自己的办公室。刚想仔细看看传真内容，就见会计经理Tina手里拿着一个文件夹，从他办公室门前走过。乔勇看见Tina，想跟她说一下退公寓定金的事，就喊了一声："Tina。"Tina听见有人喊她，条件反射地停了一下脚步，但当她意识到是乔勇在喊她时，她没有回答，也没有往乔勇办公室的方向看，而是马上继续往前走。乔勇在屋里看着Tina的举动，想起李莉跟自己说的Tracy要求PCT中国代表处员工不要再理自己的事情，于是摇摇头，开始看传真件上的内容。

看到一半，桌上的手机响了，乔勇拿起手机，发现是至盛老板秦立钧打过来的，于是接起来，说了声："早，秦总。"

"早，乔先生，您假期过得好吗？"电话里的秦立钧问道。

"很好，谢谢。"乔勇答道。

乔勇不知道秦立钧是否知道了自己要离开PCT的事，但乔勇想，不管他知不知道，自己最好暂时先不要主动跟秦立钧提这件事。乔勇计划等到他把离开PCT的手续办完，再把他离开PCT的事告诉他的客户，包括秦立钧。想着，乔勇继续对电话那头的秦立钧说："秦总，我今天刚销假回来上班，我知道至盛前几天给我们发了订单意向，但我现在也只是看到订单意向……"

秦立钧"哦"了一声，说："可能您刚回来，您同事还没跟您说。是这样，在我们给你们发了订单意向后当天，你们的首代斯考特先生的秘书就给我们打了电话，说斯考特先生希望第二天下午过来跟我们谈谈订单。我们同意后，斯考特先生第二天下午就过来了。因为他不懂中文，所以他是带着秘书一起来的。为表示重视，我是和我们执行副总裁周明一起跟斯考特先生谈的。周明过去在斯考特先生来我们公司时，见过他。斯考特先生说您休假回来后，工作会有新的安排，不再负责我们的订单了，我们的订单以后由他直接负责。又说你们工厂生产已经饱和了，今年没有再接订单的生产能力了，让我们把订单挪到明年1月。但我们等不到明年1月，我们12月就得等米下锅，所以没办法，我们只能再继续从莫拉和其他公司进货。希望明年我们能有机会跟PCT扩大合作。"

乔勇还是第一次听说斯考特有秘书。但听电话里秦立钧说得这么肯定，心想，可能是在自己休假期间，斯考特给自己找了个秘书吧。但如果美国工厂今年真的因为生产饱和接不了订单，这可是自己在PCT工作这么多年第一次碰到。要真那样，PCT今年除了中国销售业绩不理想，其他地区的销售业绩肯定有了很大幅度的增长。想到这儿，乔勇对电话那头的秦立钧说："抱歉，秦总，希望明年能跟您有扩大合作的机会。"

电话里秦立钧立刻说："我也期待着明年能实现跟PCT扩大合作的愿望。"接着又说："是这样，乔先生，我知道您不再负责对我们至盛的销售了，给您打电话是为另一件事：我们跟您介绍的投行Y&N下周四下午2点，会在我们北京总部正式签署投行服务委托协议，届时Y&N香港的负责人会来北京。我们计划下午签完约晚上请大家吃个饭，我非常希望您能来参加。本来前天敲定时间后，就想通知您，但怕打扰您休假，就等到今天。希望您一定过来参加。"

乔勇一听，很为至盛高兴，但想到自己马上就要离开PCT，去PCT客户那儿参加这种活动，觉得不太合适，而且如果斯考特知道了，他再添油加醋地捅到总部，又会生出很多是非。想到这儿，乔勇说："秦总，谢谢您。下周四下午我正好有会，恐怕去不了。"

听乔勇说不能来参加签约仪式和晚餐，秦立钧觉得很失望，对电话里的乔勇说："那真太遗憾了，乔先生，没有您，我们不会找到这么专业的投行。甭管我们上市工作最后的结果是什么，我们至盛会一直记着您对我们的帮助。"

乔勇马上说："您别这么说。希望您能成功上市。"

"谢谢。那明年初我们再跟你们联系，讨论明年的订单。"

"好。谢谢您。"

挂了秦立钧的电话，乔勇轻叹了一口气，心想秦立钧不知道，自己明年初肯定已经不在PCT了。又想起刚才电话里秦立钧说的，心想，斯考特是认准自己休假回来，不是自己辞职就是被马上解雇、开除，所以提前跟PCT的主要客户打了招呼。但不管怎么说，自己为增加至盛订单，忙活了这么长时间，最后因美国工厂生产能力的限制，失掉60万美元订单真的非常可惜，所以乔勇想看看12月PCT美国工厂生产排表。可在公司邮件系统查了一下，发现这个月他没有像往常一样，收到PCT美国工厂生产排表邮件。他心想，可能是纽约人事或斯考特已经告诉美国工厂那边自己马上会离开公司，让工厂不再给自己发送生产排表了吧。想着，乔勇拿起电话，拨了李莉的分机，想问一下斯考特秘书的工位在哪儿。乔勇想问问斯考特的秘书是否有这个月的生产排表，如果有，他想试着借一下，看看能不能争取对至盛12月份的订单做些补救，哪怕接个5万、10万美元的，也总比让至盛把订单全给了莫拉和其他公司强。但当乔勇问李莉斯考特的秘书工位在哪儿时，电话那边的李莉有些发蒙："什么秘书，这些天公司没进新人。"

听李莉这么说，乔勇的直觉告诉他肯定是什么地方出了问题，或什么地方要出问题。但是什么问题、会出在哪儿，乔勇也没有一点儿概念。挂了跟李莉的电话，乔勇想了一会儿，想不出任何头绪，索性就不再想了。乔勇刚要再看一下至盛订单意向的复印件，手机又响了。他看看手机屏幕，是翟小松的电话，就马上接了起来。就听电话那头翟小松兴奋的声音："哥们儿，假期还成？"

"挺好。"

"晚上有安排吗？"

"我晚上8点得接一长途电话。有事？"

"哦，那就算了，我本来是想请你和魏子出来喝一盅。"

"不年不节的，你有什么喜事？"

"我孩儿她妈刚才同意跟我第二次握手，复婚再重新一块过了。"

"你这是重获新生呀，得请客，这回我挑地方。"

"请，请，我这不请你们来了吗？我孩儿她妈晚上下班要带孩子去孩子姥爷那儿，老爷子早上把腰扭了，所以我就给你和魏子打个电话，想着晚上哥儿几个一起出来哪儿待会儿，但魏子媳妇儿晚上值夜班，他要带他孩子去学琴，不想晚上让他爸出去，就剩你了，现在你又有事，那就改天。"

"一定。"

"成，那先挂了。"

这天晚上下班后，乔勇在健身房锻炼了一个小时后，买了份外卖快餐回到办公室。8点整，约翰准时打来电话：

约翰："Good evening, Qiao."（晚上好，乔。）

乔勇："Good morning, John."（早上好，约翰。）

约翰没有任何其他的寒暄，直接说："Saw your email. I am so sorry that you are leaving us."（看了你的邮件了。太遗憾了，你要离开我们。）

乔勇："Well, I don't know what else I can do. I was accused of something I didn't do. I have to resign."（哎，我不知道我除了辞职还能做什么。他们指责我干了我根本没干的事。我必须辞职。）

约翰："Understood. Now, Qiao, you were telling me in your email that you had discussed with Scott about Ms.Yu's case and he had authorized you to tell the police to drop the charge against Ms.Yu before you did so. Is that correct？"（我明白，好吧，乔，你在邮件里告诉我，你在去警察局前，跟斯考特谈过于小姐的事情，是他授权你跟警察说不追究于小姐的。是吧？）

乔勇："Yes."（是。）

约翰："I also saw the email you sent to Scott asking him to confirm his decision to drop the charge against Ms.Yu. That was good. But Qiao, you shouldn't go to the police before you receive his written authorization.

Actually, Scott doesn't have that authorization, NY has."（我也看了你给斯考特的让他确认不追究于小姐的邮件。这很好。但是，乔，你应该等拿到他的书面授权后再去警察那儿。事实上，斯考特没有那个权限，只有纽约有。）

乔勇："That was a mistake on my part. But John, we all know Ms.Yu is a victim, even though she has stolen our commercial secrets. She was threatened by Feng Jun, who was Mola's sales manager before being arrested by the police."（那是我的错。但约翰，我们都知道于小姐是受害者，即使她偷了我们的商业机密。但她是受到冯军的胁迫才干的。冯军被警察逮捕前是莫拉的销售经理。）

约翰："Bastard! I can tell you I haven't seen this type of thing my entire career. Poor girl. When did you go to the police asking them to drop the charge？"（混蛋！我可以告诉你，在我的全部职业生涯中，我还没碰到过这种事。可怜的女孩儿。你什么时候去警察局让他们不追究于小姐的？）

乔勇："Same day after Scott asked me to do so. And the email asking him to confirm his decision went out to him on that day too."（在斯考特让我这么做之后的当天。同时，我让他确认不再追究于倩倩责任的邮件也是在那天发给他的。）

约翰："Interesting."（有意思。）

乔勇："Why is that？"（为什么？）

约翰："Because Scott sent an email to NY informing them about Ms.Yu's case one week after you sent him the email. Wondering what happened in between. Why was the delay？"（因为斯考特是在你给他的那封邮件一周后，才告诉纽约于小姐的事。这中间发生了什么事？为什么发生这种延误？）

乔勇："I don't know. What was NY's response？"（我不知道。纽约什么反应？）

约翰："They were considering options when Scott's second email came in telling them that you had told police to drop the charge without authorization. He also said Ms.Yu was your referral and he was not allowed a chance to interview

Ms.Yu before an employment contract was given."（他们正在考虑几种选项的时候，斯考特给他们发了第二封邮件，里面说，你已经在没有授权的情况下让警察不追究于小姐的责任了。他还说，于小姐是你介绍来公司工作的，在给她雇用合同前，他没得到面试她的机会。）

乔勇："That was interesting. As you can see from my email exchanges with Tracy, the local HR manager, that I asked her to invite more people for an interview for the front desk job. I also told her to remind Scott to interview the shortlisted candidates before an employment contract was given. Why did Scott give Ms.Yu the job without interviewing her?"（有意思。从我给Tracy，就是本地的人事经理的邮件中你可以看到，我让她在给雇用合同前，多请些人来面试这个前台职位，然后从中挑几个请斯考特面试。为什么斯考特在没面试于小姐前，就给她那份工作？）

约翰："Yes, I saw the emails between you and Tracy. And I have passed them on to Jeff and Joan."（是的，我看了你和Tracy之间的邮件。我也把这些邮件转给杰夫和朱安了。）

乔勇："Thanks."（谢谢。）

约翰："Have you kept Scott out of sales and marketing operation in China?"（你一直不让斯考特参与中国区的销售和市场工作吗？）

乔勇："No. The facts are that I have kept everything transparent and have sent weekly pipeline reports to him in a timely manner for his review and comments. Scott has been closely informed. He knew exactly what was going on in sales and marketing areas. My email exchanges with him can attest to those facts. Actually, it was Scott himself who failed to attend several weekly sales meetings. And on at least two occasions, he was not very sober when I phoned him after 9 on Monday morning asking him if he was going to attend the meeting. And he said no. John, I know it is none of my business, but we don't see Scott in this office very often and sometime it's hard to find him."（不是。事实是我做的所有事情都是透明的，我也按时向他提交市场预测报告供他浏览并请

他做指示。我一直随时向他报告,他知道销售和市场部的所有情况,对此我跟他之间的电邮可以证明。实际上,是斯考特本人多次不参加每周的销售早会。我至少有两次在周一早上9点给他打电话,问他是否来参加早会时,发现他不是很清醒,像是喝多了,他说他不参加。约翰,我知道这事跟我没关系,但斯考特不经常来办公室。有的时候我们也很难找到他。)

约翰:"Where did he go?"(他去哪儿了?)

乔勇本想把吴越在洗浴中心看见斯考特的事告诉约翰,但马上想到,那不是自己亲眼所见,说了恐怕不好,于是说:"I don't know. But I think Fapiao, which is the evidence of payment in China, in Accounting may provide a clue."(我不知道,但斯考特交给会计要求报销的发票,发票在中国是支付凭证,可能能提供一些线索。)

约翰:"Qiao, have you ever refused to give more money to entertain purchasing manager from ZS?"(乔,你拒绝过要求增加招待至盛采购主管费用的请求吗?)

听约翰这么问,乔勇愣了一下,马上想起Peter曾经要求过增加招待至盛的费用以便带赵海波去歌厅但被自己拒绝的事,就说:"Yes. The money Peter asked for was way above his limit. It would be against the reimbursement policy if I approved."(是的。Peter申请的金额远远超过他的额度。我要同意了,就违反报销规定了。)

约翰:"Scott said the reason that we lost ZS's PO was in part due to your refusal to approve more funds to entertain people from ZS."(斯考特说你拒绝增加招待费,是导致我们丢掉至盛订单的一个原因。)

乔勇:"ZS did not give us PO because their purchasing manager feared his kick-back story would be exposed by Mola. We all know that now."(至盛没从我们这儿走货,是因为他们的采购主管怕他收受回扣的事被莫拉捅出去。我们现在都知道这件事了。)

"What? Is that true?"(什么?是真的吗?)约翰吃惊地问。

"Yes."(是的。)乔勇答道。

电话那边的约翰似乎在考虑着什么，等了一会儿，他说："Qiao, regarding reimbursement, you made an absolutely right decision according to accounting rules. But next time, you might want to get your supervisor involved in order to get any of your possible exposures mitigated."（乔，关于报销，你在执行会计规定时做得很对。但下次再碰到这种事，你可能会希望让你的主管也参加进来，了解你的决定，以降低你今后可能的风险敞口。）

乔勇知道约翰在善意地提醒自己，于是答道："I will remember that and thanks."（我会记着这个，谢谢。）

约翰又说："Qiao, it is a shame that you will leave. I know you have gone extra miles to help out and have been the Dutch boy sticking your fingers in the dike. You must think your hard work and contribution while in Beijing have not been recognized and appreciated by the Management. But let me tell this: that is not true."（乔，很可惜，你要离开我们。我知道你为了帮助我们争取订单，在中国付出了很多额外的努力，并且为帮助我们获得订单做出了牺牲，就像那个用手指去堵大坝上裂缝的荷兰小孩儿。你肯定觉得你的努力工作和对公司的贡献没有被管理层认可，但让我告诉你，那不是事实。）

乔勇的确为争取至盛和洪阳的订单，做了很多销售经理没能力也不可能做的工作，但乔勇在约翰说完之后没有说话。

没有听到乔勇的反应，电话那头的约翰叹了口气后接着说："I know it's off-putting to you. Hope you won't be pissing in while outside of tent."［我知道你经历了不愉快。希望你到了帐篷外不要往我们帐篷里撒尿。（意思是：离开后不要说我们的坏话。）］

听约翰这么一说，乔勇笑着说："John, I would be rather inside the tent pissing out."［约翰，我更愿意在帐篷内往外撒尿。（意思是：不会的。）］

听了乔勇的回答，约翰也笑了。

停了一下，就听约翰接着说："Qiao, I want to tell you, I will retire next June. But please keep it to yourself now. I have only told Jeff, my boss, about my plan."（乔，我想告诉你，我明年6月退休。但你知道就成了。我只跟我的上司

杰夫说了。）

"Is that true, really?"（真的吗？）乔勇脱口而出地问了一句，与此同时，乔勇想起前些时候接到的那个陌生女子的电话。电话中，那个陌生女子说斯考特知道约翰明年要退休，还想申请约翰现在的职位。肯定是杰夫在知道了约翰要退休的想法后，把这个信息告诉了在北京的斯考特。这么想着，乔勇摇了摇头。

就听电话那头的约翰平静地回答："Yes."（真的。）

乔勇突然想起美国工厂因产能已满不能再接至盛订单的事，于是说："It seems you have been doing pretty well for your last year, John, production is reaching its full capacity this year and we can not accept more PO."（看起来你的最后一年干得不错，约翰，生产已经饱和了，我们没有能力再接订单了。）

电话里的约翰显然没听明白，说："What? No, we only use 60% of our production capacity at our plants. We have been looking for more PO like crazy from both domestic US and international markets."（什么？不是。我们的工厂才用了60%的生产能力，我们一直在美国国内市场和国际市场上发疯似的找订单。）

乔勇突然明白，为什么斯考特要拒绝至盛今年的订单了：他已经找到自己这个"替罪羊"了，今年业绩不好，纽约也不会对他如何，因为他刚担任新成立的中国代表处首代并且有自己这个"替罪羊"跟他"捣乱"。斯考特会顺利通过今年的年终考核。他让至盛把今年的订单放到明年，是希望明年中国区的业绩比今年好，以在纽约管理层那儿证明他是一个有价值的经理人员。明年约翰要退休，斯考特正在觊觎约翰的职位，他想通过以上计划使他在申请约翰空出的职位时更加有竞争优势。想到这儿，乔勇马上把早上李莉和秦立钧跟他说的，至盛发过60万美元的订单意向，但斯考特在带着他的秘书去至盛拜访时以美国工厂生产已经饱和为由，拒绝了至盛今年12月份的这份订单，并要求至盛将这份订单转到明年的事跟约翰说了。

听乔勇说完，约翰那头半天没有声音。乔勇"Hello"了两声后，才听见约翰说："I was surprised, again, to hear that. No one told me anything about ZS's new PO. Unbelievable. Can you forward a copy of ZS's fax to me, please?"（听到这消息，我又吃惊了。没人告诉过我至盛有新的订单。不能相信发生这种事。你能把至盛的那份传真给我发过来吗？谢谢。）

乔勇："Ok. And Ms. Li is the person you might want to talk to as she was the one passing the PO info to Scott."（好。你可能想跟李小姐谈谈，是她把至盛的订单信息转给斯考特的。）

约翰："Someone will be in trouble if he rejects a much-needed PO without a legitimate reason. I really don't want to see this type of thing happen again."（如果没有合理的理由就拒绝公司非常需要的订单，有人会有麻烦。我真不想这种事再发生。）

乔勇没听懂约翰的最后一句话，就问："What are you talking about, John?"（你说什么呢，约翰？）

约翰："Well, That was almost 20 years ago, long before you joined us. It happened before Christmas holiday. We had a guy who would succeed his boss to be the manager in a couple weeks. He wanted to make his first year performance as manager look better to impress the management. So, he told our customers that we could not accept more PO because of limited production capacity, which was not true, and asked them to postpone placing PO with us for a few weeks. We found out later and the guy was showed the door immediately. Selfish and boomeranging."（哦，那是将近20年前的事了，是在你加入我们之前很久发生的。那是在圣诞节假期前。我们有个员工，他马上会在两个星期后接替他的主管当经理。为了让自己当经理之后第一年的业绩超过他的主管，以便在管理层那里显示他的能力，他故意告诉我们的客户说我们的生产能力已经饱和今年不能接受新的订单了，但事实并非如此。他让我们的客户推迟几个星期再下订单，后来被我们发现了，那个员工马上就被解雇了。自私，搬起石头砸了自己的脚。）

乔勇："I am without speech."（我不知道该说什么。）

约翰："Qiao, shit happens. Hope Scott is not that type of person. But this type of thing repeats. I believe we will have the moment of truth soon. Now, Qiao, what are you going to do after you leave us?"（坏事情是会发生的，希望斯考特不是那种人。但这类事会重复发生。我相信我们不久就可以知道真相。好了，乔，你离开我们后会去做什么？）

乔勇:"My friends and I will start a Trade Finance business in Shanghai and I will go to Shanghai next year."(我跟我朋友会在上海成立一个做贸易结算和信贷业务的企业,我也会在明年去上海。)

约翰:"Great. Entrepreneurs are what China needs for its future."(好极了,中国的未来需要创业者。)

乔勇:"What we will do is to help entrepreneurs in trade business, international trade in particular."(我们将要做的就是帮助在贸易行业内,特别是国际贸易行业内的创业者。)

约翰:"You know I always believe borders frequented by fair and sustainable trade seldom need soldiers."(很对。你知道我一直相信被公平和可持久贸易经常光顾的边界是不需要多少士兵的。)

乔勇:"Agree."(同意。)

约翰:"Shanghai will be the commercial hub for Asia, a big cosmopolitan city. It will return to its former glory. No doubt about that."(上海也会成为亚洲的商业中心,一个大都会。它会重现昔日的光彩。那是肯定的。)

约翰的话让乔勇想起黎晓给他发的广西农村的照片,于是说:"I would prefer a quiet bucolic setting and rolling countryside in southwest China."(我更喜欢中国西南安静的田园环境与绵延起伏的原野和乡村。)

约翰:"I've never been to China's southwest. Maybe my wife and I will go and visit that part of the world after I retire."(我没去过中国的西南地区。我太太和我可能会在我退休后去世界上的那个地方看看。)

停了一下,约翰接着说:"And you know what, I don't believe Scott has a secretary. I would know it if he had one."(知道吗,我不相信斯考特有秘书。他如果有,我应该知道。)

乔勇:"Well, what can I say?"(那……我能说什么?)

约翰:"We will see. I will talk to you soon. Good night."(等着瞧吧。我近期会再联系你的。晚安。)

乔勇:"Bye."(再见。)

挂了约翰的电话，乔勇拿起桌上李莉给他的至盛订单意向传真复印件，把它通过自己办公室的传真机发给了约翰。发完后，乔勇去复印室，将这份传真复印了一份，然后回到自己的办公室，将其中一份复印件放进自己的双肩包里，另一份放进了桌上的订单意向夹内。

做完这些，乔勇坐在椅子里，回想着跟约翰的电话。突然，乔勇想起他回北京后，第一次跟斯考特见面时，斯考特就曾经问过他约翰是否要退休的事情。当时自己觉得斯考特的问题既突然也奇怪。现在看来，斯考特来北京前可能就有这么个计划。肯定是杰夫知道约翰明年计划退休后，把这个消息告诉了斯考特。斯考特希望接替约翰，但他在日本的业绩平平，所以当PCT计划在北京建代表处时，斯考特（或许是在杰夫的建议下）就申请来北京，当这个今年和明年业绩压力都不大的首代，只等约翰明年退休，斯考特就可以申请约翰的职位，并在杰夫的帮助下顺利获得这个职位。乔勇心想，如果真是这样，就完全可以解释斯考特这段时间在北京的行为了。

乔勇估计得没错，但他不知道的是，斯考特本来是想让他的同学来做北京代表处的副手，以便他自己一旦明年回美国接替约翰，他的同学可以申请首代、总经理的职位。但可能是约翰对斯考特在日本的表现印象不佳，不希望斯考特和斯考特介绍的副总搞砸今后PCT最主要的海外新兴市场的初期经营，所以，向管理层推荐了乔勇，而经过几轮面试，乔勇获得了这份工作。虽然乔勇很高兴，但他不知道这样一来，就使斯考特的同学来不了PCT，也就影响了斯考特的计划。

但斯考特当初怎么计划现在对自己已经不重要了，因为自己马上就要离开PCT了。想着，乔勇看看手机上的时间，已经快9点了。乔勇打开自己的私人邮箱，想查查有没有朋友的邮件时，发现黎晓又给他发了一封带附件的邮件。点开邮件后，乔勇看到以下文字：

朋友们，

我们这批三个星期的志愿工作明天就要结束了，这里风景实在太漂亮了，别说北京，我相信就是全世界也找不出几个能跟广西媲美的地方……但这里的孩子还是缺少老师，特别是数学老师，希望你们当中有假期的，能拿出几天来这里帮助孩子，哪怕弄懂几道数学题。北京见。

黎晓

打开附件，乔勇看到几张黎晓在蓝天白云下跟当地孩子的合照。照片里，孩子们高兴的表情，跟黎晓阳光般的笑容，使乔勇突然有了一种马上去广西教几天书的冲动。

乔勇9点30分左右回到家，刚进门，肖迪就迎过来问："跟约翰谈得还顺利吗？"

乔勇点点头，说："还成。"乔勇随后把今天在办公室碰到的事和跟约翰的电话跟肖迪说了，完了之后，问肖迪："你说这斯考特的那个'秘书'不会是代表处的谁吧？"

"难说，也说不定是他的那个新女朋友。"肖迪答道。

乔勇边往屋里走边说："不想PCT的事了。跟你商量件事？"

肖迪跟乔勇进到里屋，在桌子边的椅子上坐下，问："什么事？"

乔勇坐在肖迪旁边的椅子上，问："你说咱们明年1月拿出几天去广西教几天书如何？"

"什么情况？"肖迪看着乔勇。

"等会儿你上我的私人邮箱看看。黎晓，就是健身房的那个教练，去广西做志愿者教书的，今天又发了几张照片，碧水蓝天，美丽儿童，他们需要教小学数学的老师。中小学数学咱都不在话下，我想跟你商量商量，咱们也当回志愿者，在青山绿水边帮孩子们弄懂几道数学题，你看如何？"

肖迪点头，高兴地说："咱们又想到一块儿了。"

"咱们什么又想到一块了？"乔勇问。

肖迪笑了一下，说："你还记得我跟你提过我想去学校教书吗？"

乔勇点点头。

"想着你要去上海创业，这段时间我就跟上海的几所大学联系去大学教书的事，但他们当中最快也得等明年暑假后才能有决定，所以，我今天上午就先联系了一所叫田丁国际学校的私立学校，在浦东，他们在找教英文的老师，说是明年寒假一过，3月就可以开始，每周有5节课，但需要有留学经历。我上午刚把我的简历通过电子邮件发给他们，下午他们就回复了，说是很有兴趣。希望下周先通过电话跟我聊聊。这样，你在上海创你的业，我去上海教书。你现在说要去广西当志愿者，教孩子数学，咱们不是想到一起了，都想当老师？"

乔勇点点头，然后问："那你同意去广西？"

"我没问题，如果田丁那边定了，我3月能在上海就成。"肖迪马上答应。

"咱们得在广西待两到三周。"乔勇说。

肖迪点头，然后问："那咱们去广西讲什么？"

"小学数学吧，我还可以当当田径教练教教他们跑步。没事儿的时候，我还可以给他们讲讲外面的世界，让他们有个梦想，外面的世界很精彩呀，我的肖迪同志。"

"外面的世界有时也很无奈呀，我的乔勇同志。"

乔勇听肖迪这么一说，苦笑一下，说："没错儿，你说我在北京这一百来天碰到的事：公司的事，于倩倩的事，张丹的事，吴越的事，周霞的事，还有那个斯考特的事，冯军的事……有时真觉得挺无奈的，所以得让小孩儿从小就知道什么能做，什么不能做，特别是不能成心、故意去伤害别人。得让他们知道那些干有悖人伦天理事的人，绝不能成功，即使一时侥幸，也不会长久。"

"孩子都是好孩子，长大是好是坏，就靠成长的环境加上基因了。"肖迪说。

"那咱们俩的孩子错不了，单从基因上说。"乔勇马上接着说。

肖迪笑了一下，问："你打算1月什么时候去？"

乔勇想了想，说："1月中，你看怎么样？"

"成，我也可以教数学。"肖迪答道。

"成，那我这就问问他们1月份需不需要人。"

得到肖迪肯定的答复后，乔勇来到电脑前，给黎晓回了如下一封电子邮件：

黎指导，

这次的照片也很漂亮，我和我爱人肖迪也希望志愿一下，你看明年1月中旬你们需要人手吗？

乔勇

55

第二天一大早，乔勇刚把手机打开，就看到魏军发给他的一个短信：小松昨晚出车祸，没了。

乔勇一看这条短信，眼前一黑，等平稳下来，又看了一遍短信，确认看得没错后马上拨了魏军的手机。等那边魏军刚把电话接起来，乔勇就冲着电话大声问："短信是你发的？"

"是，小松昨天晚上出车祸，走了。"魏军声音低沉地答道。

乔勇不敢相信："他昨天还给我打电话，说晚上请吃饭，但我晚上有洛杉矶的电话，跟他说改天……"

电话里的魏军重重地叹了口气，说："他昨天下班的时候也给我打了电话，说他爱人同意跟他复婚了，晚上要请客，但我晚上得送孩子去学琴，准是他自己哪儿喝去了，还没少喝。出事的地方在他们公司和亚运村之间，肯定是小松喝完了开车回亚运村的路上出的事，警察说他是醉驾还超速……我要是昨天晚上跟他去，也不会出这事。"

乔勇没有说话。

等了一会儿，魏军继续说："警察从他身上的手机里查到他昨天最后给你我打了电话，打你手机，你关机了，所以给我打了电话。我到医院的时候，他已经走了。"

乔勇拿着手机，半天不知道说什么。这时肖迪走了过来，看到乔勇拿着手机发呆的表情，就问："怎么了？"

乔勇轻叹一声，对肖迪说："小松没了。"然后问电话里的魏军："你在哪儿？"

"我昨天夜里在医院，凌晨3点多回的家，等会儿还得去医院，帮着他爱人料理一下后还得马上去上班。"魏军说。

"你能成吗？一夜没怎么睡？你爱人下班了吗？"乔勇问。

"她下了夜班还得等八点半主任查完房才能回来，指不上她。"魏军答道。

"那谁送孩子上学？"

"白天让我爸妈帮着送一下吧。"

"我马上过来。"乔勇说。

"你行吗?"魏军问。

"行。"

挂断魏军的电话,乔勇在桌子边的椅子上坐下。肖迪给他倒了一杯水,放在他前面的桌上,然后也默默地在乔勇旁边的椅子上坐下。

好半天,乔勇重重地叹了口气,跟肖迪说:"他昨天跟我说,他爱人已经同意跟他复婚了……真是生命脆弱,世事无常。"说着站起来,问肖迪:"你那儿还有多少现金?"

肖迪明白乔勇的意思,拿过她的双肩包,从里边拿出钱包,打开把里面所有100元面值的钱都拿出来递给乔勇,说:"大概2000块。"乔勇接过钱,说:"加上我的有3000多块,我等会儿再去银行取点儿,给小松家带1万过去。"

肖迪点头同意。

乔勇在PCT中国代表处办理交接的同时,杰夫、约翰和PCT人事总监朱安,正在美国激烈地争论中国区最近几个月出现的问题。争论的焦点有两个:

1. 斯考特是否将于倩倩的情况及时和如实地向纽约做了汇报。

2. 斯考特是否为了自己的目的,故意拒绝至盛12月份的订单。

在认真核实了所有相关信息后,杰夫、约翰和朱安认为:

1. 乔勇在没有获得PCT纽约管理层书面授权的情况下,让中国警察不追究于倩倩的做法错误。

2. 斯考特在收到乔勇请他确认不追究于倩倩责任的电子邮件后,没有及时将情况报告纽约的做法错误。

3. 斯考特关于乔勇是导致至盛撤单的主要责任人说法不成立,至盛撤单是因为它的采购主管害怕其收取莫拉回扣的事被曝光,不得不撤销跟PCT的订单并继续从莫拉进货。

4. 斯考特拒绝至盛12月份订单的行为不能接受。

杰夫、约翰及朱安的一致意见是斯考特已经不再适合继续担任PCT中国区首代、总经理。但当约翰提出，是否说服乔勇收回辞呈，由乔勇接替斯考特出任PCT中国区首代及总经理，并指出跨国公司在中国高管的本地化将会是今后的必然趋势时，杰夫和朱安一致反对。两人的理由是，乔勇在没有获得PCT纽约管理层书面授权的情况下，擅自让中国警察不追究于倩倩责任的做法已经严重违反了公司规定，这是被开除的过失，不能再继续雇用。

经过PCT管理层的讨论，决定立即免除斯考特中国区首代及总经理的职务并提前终止同他的雇用合同，暂时把科特从欧洲调回亚洲，担任中国区首代和总经理。

斯考特是11月26日在泰国的普济岛休假时，接到纽约人事总监朱安的电话后才知道公司对他的处理决定的。听到纽约的处理决定，斯考特马上大声抗议，说公司听了乔勇的一面之词，但朱安马上对他说，他被解雇的主要原因并不是他在处理于倩倩问题上的失误，而是他采取欺骗的方式，以其虚构的美国工厂生产已经饱和，不能再接受新的订单为由拒绝至盛的订单，并指出，公司管理层已经看到至盛发给公司希望增加订单的传真件，以及中国代表处李莉女士给他的关于至盛希望增加订单的电子邮件，公司也跟李莉女士谈过并得到她对传真件和邮件的确认。事实证明，斯考特在收到李莉女士转给他的关于至盛希望增加订单的电子邮件后，没有按规定立即通知美国国际部的任何人，时至今日也没有，并且在没有得到任何授权的情况下，就以欺骗的方式拒绝至盛的订单，这完全是斯考特个人的决定。他的这种行为已经给公司造成经营及声誉上的巨大损失，这是公司管理层不能接受和原谅的，按规定，他应该被立即开除才是。因为杰夫的努力，公司管理层才勉强同意以终止雇用合同的方式，让他离开……

11月27日，也就是乔勇离开公司的前一天，早上乔勇不到8点就来到PCT中国代表处。因为时间还早，办公室里还没有其他员工，连保洁阿姨都还没到。乔勇打开公司邮件系统，发现约翰给他发了一封邮件：

Dear Qiao,

I know today is your last day at PCT. Needless to say, it is a shame that we will lose you. I know you will be doing well in Shanghai. Please let me know if I can be of any help in the future.

Let's stay in touch and do not stop running.

John

p.s. Kurt will be arriving in Beijing in two days. I have asked him to call you after he arrives. Kurt is not a China hand at all, so I'd be appreciated if you can spend some time with him to bring him up to speed and help him better understand the market and, more importantly, people. Thank you.

（亲爱的乔，我知道今天是你在PCT的最后一天。不用说，我们失去你是个损失。我知道你在上海会干得很好。如果今后你觉得我能向你提供什么帮助，请告诉我。

让我们保持联系并希望你不要停止跑步。

约翰

另外，科特过两天就到北京了。我让他到了给你打电话。科特对中国不熟悉，如果你能用点时间跟他在一起，向他介绍一下那里的情况，帮助他更好地了解中国市场，特别重要的是那里的人，我将会很感激。谢谢。）

看完约翰的电子邮件，乔勇马上回复道：

Dear John,

Thank you much for the email.

I will always remember those wonderful days working in our LA office. Thank you again for all the supports.

I will be more than happy to provide necessary assistance to Kurt after he arrives and will surely stay in touch...

I will not stop running. Actually, I have been thinking about running another marathon in the States. Maybe a Chicago marathon run sometime in the future. Its route seems wonderful.

Best,

Qiao Yong

（亲爱的约翰，

谢谢你的邮件。

我会记住在洛杉矶办公室那些年的美好时光。谢谢你给予我的所有支持。

我会很高兴在科特到后向他提供他需要的帮助，也会跟你保持联系……

我不会停止跑步。事实上，我一直想再在美国跑一次马拉松。下次可能跑一次芝加哥马拉松，它的那条线路看起来很漂亮。

祝好，

乔勇）

56

乔勇离开PCT的第二天上午，接到一个猎头公司的电话，说是有一家化工行业的跨国公司正在找中国区副总，主管销售和市场，职位在北京，待遇很好，不知乔勇是否可以考虑。

乔勇听对方介绍完，问："您是怎么知道我的信息的，是从哪儿拿到我手机号的？"

猎头："是我们同事给我的，我也不知道他是从哪儿得到的。我只知道您是国内名牌大学美国名牌商学院毕业，在美国待了好些年，在PCT做到国内副总，主管销售和市场，并且刚刚离职。"

乔勇知道猎头公司跟很多企业主管特别是人事主管有联系，这些主管经常会把他们自己公司离职员工或计划招聘员工的信息透露给这些猎头，以为他们自己今后需要找下家工作时使用这些猎头服务创造条件，就像斯考特当初要将PCT北京所有经理的招聘工作外包给他的猎头公司的路子一样。这些猎头在得到信息后，会直接同公司人力资源或相关主管联系，向他们推销他们的猎头服务，同时也会跟他们知道的、认为符合职位招聘条件的在职或离职的人联系，看看他们是否对空出的职位感兴趣。如果他们可以成功获得向企业推荐候选人的业务，并且他们推荐的候选人最终被录用，他们就可以得到服务报酬，而经理或经理以上职位的服务报酬都会很高。乔勇心想，可能是哪家化工跨国公司要找人，而PCT中国代表处的谁，很可能是Tracy，把自己已经离职的信息告诉了这家猎头，但跨国化工公司在国内有分支机构的现在就两家——PCT和莫拉，肯定不是PCT，因为电话那头的人已经知道自己刚从PCT离职，难道是莫拉？想到这儿，乔勇问："您说的那家化工跨国企业在国内成立多长时间了？"

猎头："不到一年时间。"

"是莫拉吧？"乔勇立即问。

乔勇感到电话那头明显地犹豫了一下，然后说："是。"

"您刚才说他们要找什么职位的人？"乔勇接着问。

"国内副总经理，主管销售和市场。"猎头答道。

"他们不是有销售副总经理吗，姓尚的？"

"尚先生已经离开莫拉了。"

乔勇"哦"了一声，说："谢谢您的电话，但我不考虑。"

"他们那边为这个职位开出的薪水很高……"猎头马上说。

"我知道，但我不考虑，谢谢。"

挂了猎头的电话，乔勇扭头跟肖迪说："这猎头消息真快。"

"是猎头？"肖迪问。

"是，你猜他问我愿不愿意去的公司是哪家。"

"哪家？"

"莫拉。"接着乔勇又加了一句，"职位是国内销售副总经理。"

"我听你回了人家了。"肖迪说。

"得回，我得去上海创业。再说，莫拉的销售方式包括他们向客户采购主管提供回扣的做法，我比较腻味。"

"你不是说你们公司过去了一个销售经理，现在他还在那边吗？"肖迪问。

"Peter赵，他过去有些日子了。还在吧。我曾经跟他说过，在美国提供回扣和收取回扣都是违法的，不知道他是否还记得，他在莫拉的前任就是那个冯军。"乔勇说。

肖迪"哦"了一声，问："判了吗？"

乔勇摇头："我也不知道，但几个月了，应该判了吧。"

"那个Peter过去能不能也给人提回扣呀？"

"不知道。但我相信一个好制度，能让坏人不敢干坏事；一个坏制度，可以逼着好人干坏事。"

肖迪点头，说："没错。"然后向乔勇建议："今天上午咱们出去转转吧，回来好几个月了，咱们还没有一起白天出去走走呢。"

"去日坛公园吧，好多年没去了。"乔勇向肖迪建议。

"好，我也是。我父母家在海淀，朝阳这边的公园本来就不怎么来。"肖迪答道。

一个小时后，乔勇和肖迪来到位于北京老使馆区的日坛公园。公园内很安静，乔勇和肖迪手挽手沿着公园内的石板路慢慢地走着。乔勇边走边左右看着周围的景致，对肖迪说："多少年了，当初我们家住这边的时候，我有时早上起来会绕着日坛公园外圈跑一圈。"

"早上？"肖迪问。

乔勇点头："是，不吃饭。现在知道了那不是锻炼的路子，早上锻炼其实就应该抻抻筋，出点白毛儿汗什么的。"

他们正走着说着，突然不知从哪儿传来一声："刚才最后一响，是北京时间11点整。"乔勇和肖迪同时回头，看见一位六七十岁、身穿运动服的老者，手里拿着一个小型收音机，正从离他们不远的地方走过。看着走远了的老者，肖迪笑着对乔勇说："多少年没有听见收音机报时员的声音了。"

"想听吗？等会儿我也给你买一个收音机。"

"不是，我就是突然觉得反差大了点。在洛杉矶的时候，学习太紧张，很少有时间想国内的事，就是想，也不想'刚才最后一响……'，回来又忙着找工作、工作、生气、辞职、搬家，现在在这儿，这么安静，突然刚才那个'刚才最后一响，是北京时间11点整'，一下子让我有了小时候的感觉，觉得特别亲切。你在洛杉矶、阿凯迪亚，在美国任何地方，绝对不会有机会体会到这种感觉。"

乔勇轻轻叹了口气，说："在北京跟发小听报时的时候，我们都还小，朝气蓬勃的，但现在，小松没了，周霞走了，吴越进去了，国民废了……咳……"

肖迪感到乔勇情绪一下低沉了下去，忙说："你不还有我呢吗？"

乔勇扭过头，看着肖迪，半天，轻轻地说："没错，幸亏我还有你。"

中午，正当乔勇跟肖迪在朝外大街的一家餐厅吃中午饭的时候，乔勇接到Peter给他打的电话。

Peter："乔总好。"

乔勇："Peter，有事？"

Peter："乔总，我知道您离开PCT了，正好Mola这边的尚北祥辞职了，所以，我给您打个电话，告诉您一下，Mola正在找接替尚总的人，不知道您……"

乔勇："Peter，你们尚总为什么辞职？"

Peter犹豫了一下，说："是因为他销售操作上出了点事，现在外贸部和工商什么的都在查，您别跟别人说啊。"

乔勇心想，莫拉管理层肯定知道并且允许尚北祥带有回扣内容的销售方式，要不尚北祥不敢——他要没有莫拉管理层的认可真这么干了，财务那边他也过不去。大概是冯军把回扣的问题说出来后，政府一调查，莫拉担心今后在国内市场的销售会出现问题，为向政府交代，就推出尚北祥，让他也当了替罪羊，为莫拉带有回扣内容的销售方式导致的后果买了单。想到这儿，乔勇对电话里的Peter说："Peter，已经有人问过我了，我不想去Mola。你在那边干得怎么样，舒心吗？"

Peter："反正跟在您底下做销售不太一样。有些时候，我真怀疑我离开PCT的决定是否正确。"

乔勇："Peter，没有后悔药，希望你在那边一切顺利。"

Peter："谢谢乔总。"

乔勇："再见。"

57

　　黎晓给乔勇和肖迪安排去广西短期义务支教的时间是在2月15号到28号，两个人都是教小学三年级的数学课。这些天，乔勇和肖迪从书店买了小学三年级的数学课本，一直认真地按照黎晓提供的讲课内容在家里备课。上海的创业公司预计在明年3月中旬开始正式营业，肖迪也跟上海田丁学校签了一个学期的教英文的合同，从3月2号开始。乔勇的上海同学已经为他们在浦西预租了一处公寓。乔勇跟肖迪计划，他们一结束在广西的志愿者工作就直接从广西飞上海。

　　去广西前，乔勇跟PCT新任的中国区首代科特见过两次面。本来，科特希望乔勇来PCT中国代表处跟他聊聊，但乔勇在离开PCT后，不想再回去，所以两次见面都是在代表处楼下的咖啡店。

　　在跟科特第二次见面后的第二天上午，乔勇和肖迪正在各自备课，乔勇听见他的手机响，接起来后，听见电话那头一个吞吞吐吐的女人声音："请问是……是乔总吗？"

　　"我是。"乔勇答道。听声音，他觉得好像是PCT的会计经理Tina。在离开PCT北京代表处后，乔勇已经把代表处除李莉和Peter之外的所有人的手机号都删了。

　　打电话的就是PCT会计经理Tina，因为昨天她去银行办事的时候，正好看见乔勇跟新来的首代在办公室楼下的咖啡店喝咖啡。Tina担心她前些时候对乔勇的态度，会使乔勇在新首代面前说她什么坏话，使新首代对自己产生不好的看法。Tina的先生在北京一家民营企业做会计，挣的不到Tina的一半。他们正攒钱，准备在北京买房，Tina需要这份工作。她知道，丢掉PCT这份工作，很难再在北京找到一份薪水相同的工作。如果那样，他们就得搁置买房计划。昨天晚上Tina一夜没有睡好，半夜把她先生叫醒，商量该如何办。商量的结果，Tina决定听从她先生的建议，主动给乔勇打个电话，为前些时候她在公司里对乔勇的态度道歉。现在听见乔勇接起电话，Tina马上说："我是Tina。"

听对方说她是Tina，乔勇"哦"了一声，问了句："有事吗？"

"乔总……"

乔勇马上打断Tina的话，说："Tina，我现在已经不是什么'总'了，您别这么叫。"

"是，我是想跟您道歉，我前些时候对您态度不好……"Tina小声地说。

乔勇"哦"了一声，没说话。

"主要是Tracy说您给公司造成了特大损失，公司……公司……"

乔勇不想再听下去，再次打断Tina的话："Tina，道歉不必。我相信如果再遇到这种事，您还会这样。"

听乔勇这么说，Tina忙说："对不起，乔总，您过去还帮了我很多忙……"

"不提了，没事挂了吧。"

听到乔勇要挂电话，Tina赶紧说："乔总，我爱人挣得少，我们家就靠我这份工作了，您能不能别跟Kurt说我什么？"

乔勇这才明白Tina打电话的目的，摇了摇头，对电话那头的Tina说："我没有跟你的新老板说任何关于你的事。好了，不说了。"说完，乔勇挂断了电话。

"良心丧于困地。"挂断Tina的电话，乔勇又摇了摇头，心里突然又想起了这句话。

圣诞节前，北京迎来了入冬的首场雪。雪下得很大，这也是乔勇这么多年来，第一次见到这么大的雪。虽然3年前乔勇去洛杉矶的大熊湖旅游时碰到过下大雪，但跟眼前的这场大雪没法比。乔勇早上起来，吃完早餐，坐在靠窗的书桌旁边，将网线跟计算机连上。因为拨号上网时间比较慢，乔勇就一边喝着肖迪煮的咖啡，看着窗外银装素裹的雪景，一边等着计算机完成拨号上网。旁边的光碟机里轻声放着他喜欢的凯伦·卡朋特（Karen Carpenter）唱的《昨日重现》（*Yesterday Once More*）这首风靡70年代的歌曲。乔勇此时感到非常踏实，这种感觉是他在国外留学、工作和生活的这些年从未有过的。

等到计算机连上互联网后，乔勇登录到他的私人邮箱，发现他洛杉矶的朋友赵志成给他发了一封电子邮件。看到是赵志成的邮件，乔勇马上回头冲肖迪说："老赵来了封电邮。"

肖迪正在收拾屋子，听乔勇说洛杉矶的赵志成来了封电邮，边问了句："说什么了？"边走到乔勇旁边，拉了把椅子坐下，跟乔勇一起看赵志成的邮件。

乔勇把赵志成的电邮点开，看见以下内容：

乔勇你好，

想必你在北京的日子过得滋润，都忘了给你大洋这边的朋友写封电邮了，也让我们分享一下你北京美好生活的喜悦。我和老齐一致的看法是：你在北京肯定是事业、生活双丰收后，早已经乐不思蜀了，否则你不会这么丧心病狂地杳无音讯。

给你写这封电邮，是因为再过几个月，我就能拿博士学位了。我也想回国发展，但国内不同的朋友给我介绍的国内信息彼此都非常矛盾。我周围也出现"倒回流"（回国人员又回美国的现象）。你回国在北京半年多了吧，我想听听你对国内目前情况的意见。

老齐让我代他向你和肖迪问好，他已经在俄亥俄申请到了一个博士后，下学期就离开洛杉矶了。他的想法没变，还是不想回去。

问肖迪好并希望能尽快收到你的回复。

赵志成

看完赵志成的邮件，乔勇和肖迪半天谁都没说话。最后，还是肖迪问了一句："你打算怎么回老赵？"

乔勇眼睛一直看着屏幕上赵志成的邮件，听肖迪问自己，想了好一会儿，然后一字一顿地说："我想这么回他：我是下定了决心，准备着不怕牺牲，但还得排除万难，才能去争取最后更大的胜利。"

肖迪一听就笑了，说了句"我看成"后站起来向厨房走去。

刚把给赵志成的邮件发走，乔勇的手机响了。乔勇拿起手机，看了一下，是魏军打给他的，接起电话，就听那边魏军说："老吴昨天下午取保候审，出来了。"

乔勇一边把光碟机的音量调得小了一点儿，一边问电话那头的魏军："你见着他了？"

魏军："还没有，是他姐刚才给我打的电话，他现在在家呢。但他姐说，老吴单位已经把他开了。"

乔勇："你问他姐老吴情绪怎么样了吗？"

魏军："问了，他姐说还成，就是头发白了好多。他想马上见他女儿。"

乔勇："他爱人呢？"

魏军："他姐说，律师估计他爱人恐怕现在还出不来，但他们把收的十来万块全都交了，律师正在争取。"

乔勇："魏子，我觉得老吴刚出来，跟他说说，得让他缓个两三天，然后再见孩子，不然他如果情绪不好，面目呆滞，再吓着孩子。别忘了，咱们可跟孩子说，她爸妈是出远差去了。"

魏军："也是，那我跟他说吧，你倒提醒我了。咱得把跟孩子编的出差故事跟他说说，别他跟孩子和他爸妈一见面，说得穿了帮。"

乔勇："成，等几天他稍微缓过来点，咱请他吃个饭吧，让他挑地方。"

魏军："好。"

乔勇："咱们是不是得给他凑点钱？"

魏军："他应该不至于被没收了全部个人财产吧，等我过几天问问他姐，然后咱们再商量。"

乔勇："好。"

时间过得很快，转眼就到了第二年的2月14号。明天乔勇和肖迪就要启程去广西义务支教。早上10点，他们在超市买了一些准备带到广西的日常用品，在往家走的路上，当路过他们住的小区外面的一个幼儿园时，乔勇和肖迪不约而同地在幼儿园铁栅栏墙外停住，看着里面十几个四五岁的孩子在老师的带领下，围成一圈，蹲在地上，像是在玩什么游戏。正看着，乔勇的手机响了，乔勇一看是黎晓打过来的就接了起来。就听电话那边黎晓说："早，乔总。"

乔勇："黎指导好。"

黎晓："明天你们就要飞了，还有什么需要我帮忙的？"

乔勇："没有，谢谢。"

黎晓："上拨去的会有人在机场出口处举牌接你们，出来留点儿神哈。"

乔勇："好的。我和肖迪都会注意，谢谢。"

黎晓："想着给我发你们在那边的照片。"

乔勇："成。"

黎晓："你们那边完了，还是直接去上海？"

乔勇："是的。"

黎晓："那我祝你们一路顺风，以后我要有机会去上海，我会去看你们。"

乔勇："中。"

挂了黎晓的电话，乔勇和肖迪继续在栅栏墙外看着幼儿园里面的孩子。栅栏墙离这些孩子只有二十几米远，他们俩静静地站着，看着里面。栅栏墙里面那些天真可爱的孩子，正在安静地认真听着老师讲着什么游戏规则。乔勇边看边对肖迪说："还是那句话，希望他们长大后，不要碰见我们这些日子在北京碰见的那些逆事，不要碰见像冯军、张丹和斯考特那种人。"

"难说，但儿时是一个人一生中最美好的时期，应该让孩子在他们小的时候，充分享受健康、温暖的环境。即使以后他们长大了碰见那些逆事，也能有一些美好的回忆。"肖迪说。

"没错，希望他们中间更不要出冯军、张丹和斯考特那样的人。"乔勇说。

"还是那句话，孩子全是好孩子，就看他在什么环境下成长、怎么教育了。我特同意你说的：重要的是，应该从小就让孩子知道不能故意、成心去伤害别人。这样，他们一辈子才有可能生活得平安。还有，榜样，不是说'榜样的力量是无穷的'吗？"

"还有基因。"乔勇在旁边补充。

肖迪看了一眼乔勇，说："成，那就加上基因，但别忘了，遗传变异也是有可能的。"

乔勇笑着说了句："矫情。"

"这是事实。"肖迪坚持着。

"事实是，明天咱们就又要离开北京了……"乔勇看着远处的孩子说。

"你有什么建议？"肖迪问。

乔勇扭头看着肖迪说:"晚上咱们要跟我爸妈、你爸妈吃饭,中午我带你去吃炸糕吧,我小的时候特别爱吃那东西,在洛杉矶的时候就老想那口儿,但那边没有,回来大半年了也是一直忙,还没顾上呢。"

"你忘了,去年你在洛杉矶还说今年在北京请我吃大餐呢。"

听肖迪这么一说,乔勇也想起自己去年在洛杉矶对肖迪做的北京大餐的承诺,于是马上说:"要不中午咱就大餐?"

"先欠着吧,晚上还要跟老人家吃饭,而且你一说炸糕,我也想吃了,你知道现在北京哪儿有卖的吗?"

"想吃,那就把手里买的东西放家里后跟我走吧。"乔勇说。

肖迪点头:"成,我跟你走,中午就炸糕了。"说完笑着拉着乔勇的手转身准备回家。

他们转身刚走出两三步,就听见后面的孩子用稚嫩的嗓音开始唱:

丢呀丢呀丢手绢,轻轻地放在小朋友的后面,大家不要告诉他,不要不要告诉他,不要不要告诉他……